目錄

我準備不發瘋

一

母親瘋了，別人不一定都知道，我知道。

「你還好吧？沒有被他們抓走吧……那些隱形人一天到晚跟著我，偷聽，窺視，他們知道我還有一個女兒，就決定對你下毒手了，你在哪？怎麼不說話啊！」

我已睏倦，不免煩躁：「媽媽，你沒事吧？」話音未落，母親反而掛掉了電話，十分鐘後，電話又響起，這次她的聲音更低沉了，略帶哭腔：「喂，你是我的女兒嗎？」

她接著說：「我有兩個女兒，你是哪一個啊？」我睏極，說隨便吧，哪個都行。「你能不能幫我去找找你的妹妹啊，剛才她還在我這裡吃了水煮毛豆，昨天買的，下雨了，賣不掉，降價，我買了六斤，很新鮮、很好吃的，可轉眼她就走丟了，你見到她了嗎？你怎麼會沒見到呢？要是在街上碰見一個跟你一模一樣的人，你要過去幫她，她是你妹妹……我知道你妹妹在哪了，她被那些隱身人抓走了，關在一個黑屋裡，我耳朵有聲音，她在喊救命，你快去救救她呀……」

我有些害怕了，夜深人靜，這樣的話讓我驚心，母親仍在電話裡不住地說著，語調卻忽然變了，低沉而平靜：

「我其實是個數學家，沒人知道我的才能，說出來他們會打死我，可我是數學家，我在裁衣服時心裡有一個透亮的太陽，我精打細算，針線一點不多一點不少，我知道每件衣服有多少針眼，多少線頭，多少改動，幾寸，幾釐米，幾毫米，沒人信的，連你也不相信，可你的數學怎麼就沒有繼承我呢。也怪我，太忙，沒時間教你，你就荒廢了。我也傷心，後來一想，也好，不要做數學家，一件衣服能賺多少錢呢，會有陳景潤那樣的工資嗎，不過陳景潤也窮，你看他瘦的，像整天吃不飽飯。」

「……知道現在有一種高科技嗎，在你肩膀上拍一下，就會把精氣吸走，你會迅速老掉，而對方就變得永遠年輕，所以，你出門的時候最好小心一點，當然，最好不要出門。」我說我不能不上班啊，她說：「嗯……班還是要上的，但不要出門。」

我掛了電話，關了手機，躺下來，望著黑暗裡的天花板，流下了眼淚。

二

如果不是陳傑，我想自己是很難度過這個難關的。最近做的夢很亂，而且都是「反的夢」，

裡面有一個場景：陳傑冷笑著，一句話沒說，轉身向黑暗裡走去。夢醒後，我躺在床上一動不動，越想越不安，於是決定下床梳洗，做早點，以此割裂開那個夢的影子。當我打開iPad，瀏覽了一下新聞之後，我又漸漸回到現實來了。

我不知道陳傑是否真的愛我，但有一點是清楚的，就是我並不期許那飄忽游弋的愛真的可以持久。初春了，我會在外面偷偷摘下幾枝梅花和桃花來，插在玻璃瓶裡，端詳些許時候，然後緩緩地輕輕地就近聞它們的清香。雖然這是我自小以來的習慣了，或是說成為少女以來的習慣，但我幾乎每年的這個時候，都會像新發現似地感到第一次領略了初春花朵的芬芳，那是何等嫩弱又明晰的清香啊，那分明是一種處在孤獨狀態或孤獨空間裡面的清香，稍離遠點，半尺之遙，香味就聞不到了，花就不再是香的花了。然而，在之後的一個禮拜裡，那種嫩香漸次變老，變濁，變重，變得面目皆非，它背叛了幾天前的它；或是相反，幾天前的它離它而去。我能期待最初的嫩弱的、清柔的「氣質」持久和不變嗎，我還不至於那麼傻。

我們並不經常見面，他的電話也不多，隔幾天一個。說來有些好笑，我呢，每次電話響了，一看是他的，便高興了，覺得生活並非不堪，轉瞬間又覺得自己像在旁觀自己的「高興」——我畢竟不再是少女了，雖然依舊羸弱，情感上並非那麼「嫩」了。大多數少女的初戀我想都是在幻想中消磨掉的，愛的「清香」多半沒有真實對象，也許我想多了，因為我不得不承認陳傑的電話是我唯一的精神寄託。每次他打電話來，不管在幹什麼，我都會立刻放下，跑出去見他。

然而他每次跟我做愛的時候都要戴套套，即使是在我安全期的時候。我說，不用戴了，今天我是安全的。他看了我一眼，又把套套戴上了。我想他可能是不信任我，怕我騙他，故意說錯安全期，然後讓自己懷孕，逼他結婚。我真想說他的擔心是多餘的，我愛他，所以不想占有他，因為占有總是要有個終結的；而那個終結，沒有一個是好果子，我怕吞食苦果。可是愛情麻煩就麻煩在讓人不斷地產生占有的欲望，占有無望，苦果就在那裡等著了。

每次見面後，他開車把我送回，頭也不回地就走了。望著那逐漸消失的車影，我才發現自己是一直沒動地站在那裡，我忽然覺得自己的孤零，甚至是卑微的，就像路邊的垃圾桶，它天天立在那裡，只有在扔垃圾的時候，人們才會意識到它的短暫存在。

三

母親住進了精神病院。此後，我每月底都從杭州來西鎮看望母親，給她帶一些零食、錢、日用品什麼的。這段路不算太長，一小時火車，一小時小巴，再換乘九十八路公交車，走一段老巷子路，就到了。

西鎮原來是個安靜的小鎮，生活是慢悠悠的，什麼都慢。婦女們白天夜晚都穿著睡衣出來嗑瓜子，軋馬路。男人搓麻將，喝老酒，路邊撒尿；醉了就站在馬路上罵人，說髒話。

每家每戶都過著一樣的日子，人們把大頭菜切片晒乾，醃著吃。蘿蔔呢，也是切片晒乾醃著吃，此外還醃各種酸菜，做肉粑粑、糖糕和艾草團。我深深感到，食物的多樣和精緻，必須要以時間的悠閒作為前提，忙匆匆，急乎乎，不行。你看大城市，哪有什麼美食呢，麥當勞，肯德基，還有什麼呢，哦，還有無恥的披薩。這小鎮的女人們用新鮮的菱角蒸飯，甜糯清香。菱角剛買回來時呈嫩綠色，含少許粉暈，如少女的胴體；老菱角則黑粗，兩頭尖，水牛角一樣。時令的菱角是溫和的，形態多樣而造型曖昧。她們把菱角一只只剝開，奶白色的嫩肉就豁然而無奈地露出來了，一口下去，乳汁溢出嘴角。秋天了，她們蒸河蟹，鹽焗蝦，將毛豆和自家醃的雪菜摻在一起炒，香味飄出門窗，漫向四鄰。冬季人們會做筍乾燉肉，放很多醬油，燉好之後那些肉塊顯出沉鬱黏稠的暗褐色，配上老酒，很快就醉了。

與小鎮的慢形成對照的是，年輕人談對象的速度驚人，通常不出一個月，雙方父母就見面、寒暄、吃飯，再兩個月，磕頭，婚宴，洞房，娃娃就呱呱落地了。

後來，西鎮變了，它被包裝成一個旅遊勝地，再也不是原來那個安靜的小鎮了。每到週末，大批的男人開車帶著不同的大屁股小屁股女人湧到小鎮喝酒吃飯，共度春宵。原先用來洗衣淘米的河面上，泛著那些男女遊客們完事之後洗澡時沖下來的油膩膩的皮屑和肥皂泡。泡泡們簇擁著河裡的垃圾，在水面上輕輕浮游，時緩時急，時而與別的泡沫匯合，時而被水流或垃圾阻斷而破裂了，像是生命的細胞在不斷裂變著。

我睡在西鎮母親的房間裡，再次失眠了。隔壁房間的聲音又轟然傳來，那裡已被鄰居改成一間旅社，春桃旅社。牆的隔音不好，幾乎每晚我都可以聽到隔壁房間的各種聲音，簡直就是現場直播。男人的奮力咳嗽聲，咳咳咳，好像要把地板咳塌，把牆咳倒，濃痰成團成團地像是咕咾肉似地黏在他的肺裡；打牌時的大聲叫罵聲，砸椅子腿，放浪的和竊竊淫蕩的笑聲此起彼伏，終於是沖澡的嘩啦啦的水聲了，這樣就接近就寢了，終於可以安靜了。沒想到歌聲又浪浪起來，什麼「桃花盛開的地方……」，「為我們偉大祖國站崗……」，「長江，你源自哪裡……」。這幫傻逼中老年，我扯了點紙巾，捲成小團塞入耳中。好了，這麼好的辦法，怎麼開始就沒想到，唉，人總不是一下子就聰明的，我倒是真的殷切希望隔壁的人一下子就睡死過去，可是這幫人身體太好，而我的神經系統太弱，不公平！

呼嚕聲又穿過薄牆和耳中的紙巾，震盪著我的耳膜，是夢話的聲音，女人的叫床聲，這些不同的聲音交雜匯聚過來，使我苦不堪言，時而還有點興奮，越想蒙頭睡越是變得清醒無比。隔壁的人聲又傳來了，夜深人靜，我聽得真切，都是夢話，奇怪的是那個說夢話的開始是一個人，接著多了一個人，又多了一個人，我貼牆細聽，那個「對話」是這樣的：

「我跟你說了，我不是你想的那樣的人……」，「你想害我……我是誰，你問問你媽……」，「你找死吶……」，「什麼代表，代表婊子……」，「錢要藏好……不能亂說……我的舞姿還是很美的……」……

這種夢話每夜都不同，我還怎麼睡?!只好爬起來抽菸。有酒嗎？我環視了一下，倒是有幾個空酒瓶，我拿起來聞聞瓶口，是醋味，可憐的媽媽。父親死了多年，母親再婚又離婚，現住在外公外婆家。時間久了，外公開始煩她，覺得嫁出去的女兒老住在家裡不像樣，彼此分開吃飯，母親再次落單，幾乎是自己在屋裡打發掉一天的全部時光。她不幸，我理解的，想到在這些年漫長的日子裡，她心裡究竟發生了什麼呢？

母親房間雜亂不堪，到處堆滿了無用的東西。她什麼都不捨得扔，塑料袋，藥膏包裝盒，一次性飯盒和筷子，牙膏皮，斷了許多齒的梳子，空醬油瓶，發霉的蚊香，缸裡腐壞發黑的醬菜，油膩的粉餅盒，斷裂的從來不用的口紅；洗漱池旁掛著十來條髒毛巾，碎了的鏡子依舊端正地掛在牆上。打開衣櫥，霉味撞來，十幾年前已經霉壞的衣服還掛在衣櫥裡；那件白襯衫上的霉斑隱然入目，屍斑一樣，又像傳染的皮膚病。我沒想到母親有這麼多雙高跟鞋，二三十雙吧，但每雙都已破敗不堪，堆在布滿蜘蛛網的黑暗床底。鞋容易讓人想到腳，我想到母親的腳是好看的，小巧白皙，而今都敗落了。

四

我至今仍說不出喜歡陳傑的原因。論長相，他乏善可陳，也沒什麼錢，不過是美術學院的老

師。我第一次見他，是在他的一個小畫展上。全是美女圖，衣著都是那種淑女長裙子，美女們要麼在梳頭，要麼在拋媚眼，要麼在小河邊洗腳，要麼懶在草地上長臥不起，矯揉造作，搔首弄姿，是我討厭的那種類型畫，沒怎麼看就想拔腳走人。領我來的女友說別急啊，總要和畫家搭訕一下吧，況且我喜歡這些畫啊。我只好忍下性子，又陪她轉了轉。角落裡有兩張風景，畫的是空蕩的草原，倒是比那些美女圖略順眼些。

終於瞅準了空子，女友上前對畫家說，哎呀你的人物畫得都太好了，像真的似的。他聽了便露出標準的禮節性的微笑，這種微笑是專門為這種場合設計的，又經歷時間的打磨，所以輕鬆自如不費勁。我心不在焉，說：「我看還是那兩張風景好一些。」然後急著要走，畫家聽了，問：「你也畫嗎？」我說不畫不畫，他反倒話多起來，說不對啊，看上去你是懂點畫的。我又重複了自己對於此道的無知，他說你懂的。

我幾乎煩他了，哪有這麼自以為是又強加於人的，本想說他兩句，還是強忍住了，這回輪到我的臉上擠出他的那種「標準的禮節性的微笑」，我想我的這種微笑一定更造作，難看死了，不過倒也明確地傳遞了一個信息，就是：好了，好了，我要走了。心裡這樣想，臉上那樣笑，於是也正眼看了他一眼。那一眼，我事後認為，我栽就栽在那一眼上：他的眼神有些不同，居然是誠懇的。

我去了陳傑的工作室，其實也就是他學校裡一間廢棄的道具室。髒亂不堪，廢棄的畫框，畫

架，殘破的石膏像，人體雕塑等雜物，比比皆是。那是下午，陽光很好，炙熱地穿過玻璃窗，投射在那些殘破的石膏像和人體雕塑的身上，使它們有了影子。

他坐在躺椅上，懶洋洋地把腳擱在畫架上抽菸，面前擺的幾盆植物早已枯死，跟他一樣，死相一具。我說你的畫和人是分裂的。你畫的美女俗氣，你人似乎還好，至少你知道自己的畫俗氣，可以旁觀它。他不好意思地笑了。他的窘，讓我覺得好玩，一個大男人的窘無疑是他最真實的時刻，我於是對他的好感多了一層。

他問喝咖啡嗎，我說不喝，怕晚上睡不著。他說那就喝點檸檬水吧，我有很好的檸檬，我來榨汁給你喝。榨汁機是全新的，隨著榨汁機的粗糙的隆隆雜聲，清淡微酸的檸檬汁味就輕盈地飄了過來。喝了一口，不錯，於是脫口說，真好。

陽光從窗子照進來，沐浴著畫室裡那些石膏像和石膏頭骨，也照在那些我不喜歡的畫上，它們似乎有了活力，生動起來，好像有什麼不明的生命體在微微地顫動。我盯著那些石膏頭骨，心想這是從什麼人的頭骨上翻製下來的呢？那些人活著的時候，無論如何也想不到自己會待在這裡，望著前方，供人揣摩，而且，這些人的媽媽如果知道自己的兒子的命運是這樣的話，其心情就不堪設想了；還有晚上，天黑了，我想這些頭骨是可怕的，我是不敢把這樣的東西放在自己屋裡的，哪怕隔壁的鄰居屋裡有這樣的頭骨，也不行。

陳傑這時拿出來一些紙上作品給我看。嗯，這是些另類的東西，畫日常，畫想像，還畫一些

花卉靜物，顏色和造型都很清淡怪異，淚珠晶瑩面色陰柔的水仙花，女人嫩寒的玉腿自枯萎的花叢甦醒過來，夜空裡逆光的樹枝銀亮成暈，夜行人的影子蔓延開來之後便向天際伸展而去，暗示著生命的消失。我分明感到了他畫裡的陰鬱和真摯，我說這些畫比畫展上的好多了，他又那樣窘窘地笑了，好像自己的一個冤案被我及時平反。我說為什麼不把這些畫拿去展呢，他聽了，輕聲嘆了一嘆。

我怎麼能忘記那個下午呢，他突然說我來畫你吧，於是在畫板上鋪開紙，懶洋洋地看了我一眼，手執炭筆，悉悉索索地就畫開了。他看我的眼神竟是那樣直勾勾，我的心好像緊張起來。他一邊畫一邊說，你的鼻子真好看，你的眼睛好像掩飾著憂鬱，你很驕傲吧。我說你在畫我還是給我看相算命啊。

他畫完後拿給我看。紙上的我很年輕，微微抬頭，典雅而倔強的樣子，神態酷似父親當年在小公園裡給我拍的一張照片，那時我不到十五歲吧。我凝視片刻，沒說話，把畫遞還給了他。然後，他忽然親了我。

就這樣，我們開始了來往。某些傍晚，我們坐在一起，看著窗外的雨色，芭蕉濕亮，遠林灰藍，時間寧靜而緩慢，我從背後輕輕地抱住他。雨還在下，不知怎的，我傷感了，我知道這是好時候，也知道好時候總會過去的。

陳傑畫得開心的時候，會喝點酒，可他酒量真不怎麼樣。他也會自找藉口，說，沒有好酒，

是不會開懷的，否則就淪為酒徒了。飲酒時他的眼睛亮亮的，性情既顯，全不像畫那些俗氣美女畫的人；我就逗他，挖苦他，他說我就喜歡你的直率，可以和你說實話。有一次酒後（他照舊喝得不多），輕掂著我的手，斟酌片刻，還是說了，「不要結婚，不要孩子，不要家庭。」停了一會，他又說，「我知道這樣說很殘酷，你們女人過不了這一關，但我這是實話。」

那天酒後他跳起舞來，他的舞呀，使我肚子笑痛了很久。哪有人這麼跳舞的，毫無樂感不說，舞姿可怕不說，動作粗蠢不說，問題是他還自鳴得意，肆無忌憚，完全瞎跳，一邊跳一邊喘，一邊喘還一邊笑，後來還把我拉了過去，雙雙瘋跳起來。我的舞感當然好多了，無奈的是，氣場卻被他的「瘋跳」完全左右，弄得我居然也進入了他的節奏和「樂感」裡去，節奏寸斷，像初學者一樣。我曾為之自豪的資深舞齡因而煙消雲散，他見此狀更加得意囂張。我們跳了很久，直到跳得彼此都累倒趴下。

五

西鎮第七人民醫院，簡稱七院，是西鎮人人都知道的精神病院。西鎮人罵人，就說，「你是七院出來的吧！」自母親住進七院之後，聽到這話，總像是在說我，我即訕訕閃過，有一種祕密被窺視的不安。

小巴上那個肥售票員對每位上來的乘客都厲聲嚷嚷：「你，你，說你呢，聾啊，坐那邊去。」「還有你，那不是有空位嘛，還杵著幹嗎？」這個肥售票員儼然是一位皇后，司機是皇帝，你的坐和站，坐在哪站在哪，似乎都不是自己說了算的。司機喇叭亂摁，車亂停，只要高興，隨便放人上來。當那些出門的農民滿頭大汗地挑著擔子趕著雞鴨鵝豬湧上車來的時候，我即刻被夾在中間，燠熱、腥臊的氣味包圍上來，弄得我昏昏欲睡，隨之又無奈地變得更加敏感，對那些臭味悉數領受細細分辨，煩惱不堪。皇后仍在呵斥，我坐立不安了，直想變成那些活蹦亂跳的雞鴨鵝豬，至少在此時，牠們比我要自在得多。

走進七院的病房，多半會碰到那位年輕的、笑瞇瞇的主治醫生，她一身白大褂，馬尾辮，真有些白衣天使的味道。據說她在西鎮有不少追慕者，而我每次看到她的笑，雞皮疙瘩都會即時豎起。記得有一次我給她打電話詢問母親的病情，當她得知我是病人的家屬時，立即不耐煩起來，語氣尖厲粗暴，電話呱的一聲就掛掉了。我當時愣住了，心想母親住院是經她的手，至今不過數月，怎麼就變了臉呢。

那天，她問過母親病情後，說要馬上住院，必須住院，然後指揮著另外兩個穿白大褂的女護士走到母親跟前，一邊一個，把母親像犯人一樣從車上拖了下來，架進了住院部的鐵門。那兩個女護士一臉橫肉，怎麼看都像兩個悍婦，她倆把母親往床上一摁，手腳一捆，母親便呈大字狀被綁在床上了。白衣天使在旁微笑說，把她的高跟鞋也脫了，於是母親的高跟鞋迅速被扔到床底

下。白衣天使表示滿意，繼續指指點點，很快，母親的手錶和戒指被卸下遞了過來，我趕忙伸手接住，正欲存入包裡，眨眼間，母親紅色羽絨服的拉鍊也給拉了開來，褲帶也抽掉了，兩位悍婦摸遍母親全身，好像還在尋找什麼東西，這場景使我不由感到不是在醫院，而是在看守所。現在，母親已經像一尾剝了殼的大蝦一樣躺在床上了，她扭動著，好像知道自己即將被扔進滾燙的冒著煙的煎鍋裡似地，不停掙扎，嘴裡發出啊啊啊的聲音。白衣天使呵斥道：「喊什麼，再喊就把你嘴給堵住。」母親的嘴立刻闔攏，消了音，身體卻仍在扭動，表情開始痛苦。

外婆在旁老淚縱橫，嘴在微微抖動著，不知是在可憐自己的女兒，還是在對自己的女兒遭到粗暴的對待而憤怒，可能兩者都有。我則心緒混亂，束手無策，我們家的三個女人，老中青三代，此刻看上去都像蹩腳的啞劇演員，一起咿咿呀呀地，連句完整的句子也說不出。這時白衣天使對母親說了，「老實了吧，老實了就好，只要你不鬧，待會就鬆綁。」

十分鐘後母親確實被鬆綁了。小病房裡只剩下我們這一家老弱病殘。母親看醫生護士都走了，骨碌一下從床上爬起，捶胸頓足地喊起來：「姆媽呀，你們心狠吶，又把我送到這種地方來呀，這傳出去，我還怎麼找人家呀，我還是要嫁人的呀，啊啊啊，嗚嗚嗚。」接著又指著我說：「你呀，你呀你，你是不是我女兒呀，你不是。我生孩子的時候，感覺到那些護士用鉗子在我的子宮裡呱嗒了兩下，我生了兩個，雙胞胎。你不是我女兒，你是我女兒的分身，你去把我女兒找回來呀，嗚嗚嗚，啊啊啊。」

看著母親，我不知道該說些什麼好。我成了語言白痴，支吾半天，擠出一句：「我給你出去買籠包子吧。」雖然母親還在傷心，但沒忘交代一句：「醋要多。」

我飛一樣地衝出住院部的鐵門，掠過白衣天使的辦公室、兩個垃圾堆和一條塵土飛揚的馬路，一往直前，全神貫注。路人以為發生了什麼，其實我不過是要去買一籠包子，但我估計自己的表情過於嚴肅，速度過快，結果無意中衝散了路邊一對正在交合的野狗。牠們憤怒異常，在我跑過去之後，狠狠窮追一氣，狂吠不止。

當我把包子遞到母親面前的時候，心情有些複雜，我不知道是在討好她呢還是在打發她，或者別的什麼。母親三下五除二就吃光了包子，然後把筷子往吃過的打包盒上一插，挑起來向床邊的垃圾桶一扔，蹬掉鞋子，仰臥在床，似乎接受了必須住院的這樣一個現實，頭無力地歪過來對我們說：「那麼，你們什麼時候來看我？」

六

西鎮回來，我沒跟陳傑說我母親的瘋，只是說她病了，但我跟他說了另一個瘋子。

那天我正低頭走路，忽然有人在背後和我打招呼。我回頭看，是個老頭，他眼睛卻不看我，只聞得一身臭味，模樣也有些可怕。可此人是誰呢，怎麼也想不起來了。當這人瘋瘋癲癲從我身

邊掠過時，我漸漸想了起來。原來是他，是「瘋老五」。記憶也怪，要麼完全想不起來，要麼一下子都想起來了。這個「都想起來了」的裡面，還有「時間」，連人帶時間一起拽了出來，十幾年了，他老成了這樣。那時他冬天也光個腳，常常口吐白沫，那是話多而生出的藻沫。他總在我們中學的門口遊蕩，一放學，就伺機跑上去摸女學生的胸。女生都怕他，討厭他，躲著他，有時急了我們也撿路邊的小石頭打他。他被打著了也不生氣，也不鬧事，好像期待我們扔過來的石子似地，眼光閃閃地迎接和目送石子們飛來、擊中、落地，又轉過頭來渴望著空中飛來的第二批石子，然後又笑嘻嘻樂滋滋地繼續跟在我們身後。

有個雨天，他忽然在學校門口講演起來，口角泛著白沫，已經講了一會了。我只注意到他的髮型極其難看，旁邊的人說是「列寧頭」，我一時忘了列寧是誰了，問了旁邊的一位大伯，換來的是一臉的鄙視。他從牙縫裡擠出一串字：「連列寧都不知道，你還知道什麼！唉，現在的中學生啊！」我沒搭理他，繼續欣賞瘋老五的髮型，心想如果是瘋老五頂著這樣的髮型給我們講述歷史課的話，我可能會記住列寧是誰的。他的髮型就是大半禿頭，如果可以俯瞰的話，那髮型會像個「月牙灣」，只是毛髮剪得雜亂，狗啃似的，雨水一淋，反倒順溜了。他講的什麼也聽不明白，像是在和誰激烈辯論，馬克思，列寧，國家與革命，家庭和私有制的起源，黑格爾怎麼說，費爾巴哈怎麼說，列寧怎麼說，毛主席怎麼說；而且還說出一串別的書名，我全忘了，也聽不太懂，周圍的人時而哄鬧，時而取笑，但多半的時間是在呆呆地聽著。

「革命不是請客吃飯，不是做文章，但是你們天天吃的是大魚大肉，所以你們都是壞蛋，是革命的對象，什麼？你沒吃大魚大肉，那你吃什麼？吃魚乾？魚乾也是大魚大肉，你才吃屎，你是反動派，列寧說，我們要像冬天那樣對敵人冷酷無情，要橫掃你們，要全無敵，你知道什麼！你讀過《國家與革命》嗎！你是文盲，假革命，你知道我的名字怎麼寫，你才是傻逼呢，你看你的眼睛，你看過自己的眼睛嗎，那是豬的眼睛，但是你不知道豬也是很聰明的，所以回民不吃豬肉，回民省出那麼多豬肉給你們吃了，你們還打人，這是什麼道理……」

瘋老五瘦小，每次挨打，都奄奄一息地趴在那裡，模樣很慫，但也有例外，就是如果別人罵他的爆粗口有「媽」字，瘋老五會突然地目露凶光，揮拳奮力回擊，結果他被打得更慘了。我見到過一次瘋老五被摁在地上，雙手顫抖，嘴裡鼻腔流的血模糊了他的臉，此時他的血嘴還兀自念叨著：「媽的，罵我媽，我拍死你，我拍死你……」

有天放學時天黑了，冬天很冷，我加快腳步想早點回家，猛見前面屋牆上貼著個黑影，嚇了我一跳，凝神看，是瘋老五，他正扒著一戶人家的窗戶專注地往裡看。我也好奇，順著往那窗裡望了一眼，黃燦燦的燈光下，一家人吃著晚飯，平常的景象，有什麼好看的呢，我轉過頭來看瘋老五，發現他的眼裡閃著淚花……他動衷了，當時我疑心瘋老五沒有真瘋，是裝的吧，然而再碰見時，他又恢復原來的老樣子了。

陳傑聽了瘋老五的故事後，眼睛亮亮的，似乎對瘋子很有興趣，說如果一個城市裡的人全是

瘋子就好玩了，你說呢？

我想起了母親，什麼也沒說。

他說：「如果一個城市的人全瘋了，一個國家的人全瘋了，會是什麼樣兒？一定是很好玩的。最有意思的是：在這個瘋人國裡是沒有瘋的概念的，大家都瘋，又相安無事，親密合作，和諧無間。如果有外面的人來旅遊探親，在旁聽在旁看，很快就會發現這裡的人全是瘋子，怎麼辦？注意，這時絕不能把實情說出來，你得裝著什麼也沒發現，覺得這裡一切都好極了，要讓瘋子感到你們彼此一樣，這樣你就安全了，否則你很快就會被瘋子弄死。」

「事實上呢，瘋子國管理得並不壞，特立獨行，屬於世界先進水平，發達國家。五香牛肉很便宜，披薩餅不僅是烤製的，而且有三層以上的肉餡。廣場中心的噴泉其實就是五糧液，噴完了就換茅台，輪流噴，遊客伸手一捧，就可以喝夠，醉倒趴下後，還有瘋子趕來在旁搧扇子，非常體貼。在大街上瘋子經常即興演講，語言生動，靈感如泉，絕對沒有套話、假話、大話、官話，都是很有創意的。房價穩定，KTV不僅免費，而且還有很容易中獎的點歌抽獎活動，工資也花不完，幸福指數永遠『爆表』，等等。」陳傑越講越起勁，我說：「你就是瘋子國的總統，終身制，怎麼樣？」他說好是好，就怕當不上啊，因為人家是直選，我怕不行，主要的硬傷是我自己不是瘋子，人家不選我。我說：「人家能看出你和他們不是一夥的，就不是瘋子了！」陳傑瞪了我一眼，說：「人家是瘋子，可不是傻子，當然能看出我是異端，我會被追殺的。」

「畢加索、馬蒂斯、梵高、塞尚、培根、小弗洛伊德，這些繪畫大師，其實都是瀕臨瘋狂的邊緣，所以畫得才好，才深諳精髓，各領風騷，獨步當代。如果都像我這樣，就完了，就是平常人了。」

「真正的創作活動是把雙刃劍，一方面產生偉大作品，一方面極度消耗體能，體格差點的就早死，過度消耗又沒有及時返回自我的，就瘋掉了。話說回來，什麼是瘋呢，病理上的定義是其一，其二就是人真正自由了，自由地回不到本我了，在這種狀態下，出筆不凡，出語也不凡。」說到這，陳傑從旁邊的抽屜拿出幾幅畫給我看，那是些彩鉛和蠟筆素描，下筆狠，落色毒，想像野，確實難得一見，莫非是陳傑近作？問了，陳傑突然把臉湊過來，眼睛盯著我，「都是出自瘋子之手，精神病醫院裡面的瘋子畫的，醫院讓我去教他們畫畫，說是藝術療法，結果反而被他們給療了！他們才是真正的藝術家。」

我們邊喝酒邊胡說，不知不覺夜深了。我做了點夜宵，牛奶雞蛋，然後在他工作室的破沙發上做愛。他一邊吻著我，一邊貼著我的耳朵說：「如果我是個瘋子就好了，我幾十億的精子也就是幾十億的瘋子，幾十億的天才。」我笑著說：「那世界就完蛋了！」

七

現在，該說說我的朋友葉小雅了。

我習慣抽「愛喜」牌女士香菸。這種菸細細長長的，拿在手裡好看，菸味卻淡，好像女人什麼事都喜歡淡淡的，其實不一定，我有時就很想喝高度酒，抽濃烈菸，問題是和誰在一起。我抽菸就是葉小雅教的。

想來也好笑，我們第一次相遇是在浴室，大學附近，城鄉結合部簡陋甚至有些汙穢的公共澡堂。女人入浴出浴，本是男人所夢寐以求的美景，而作為女人的我呢，說來「病態」，我也喜歡看美女，喜歡完美無瑕的女人，儘管我幾乎沒有見到過，但這種心思不死。我不喜歡安格爾的〈土耳其浴室〉，裡面的女人雖然多彩多姿，但顯然被過度理想化了，假兮兮的「豐腴」不說，單就膚色的「白皙」，我看其實和石灰的「死白」無異，一點沒有女人的生動和性感。畢加索說「美是危險的」，此話深得我心，他說得誠實，而誠實本身猶如裸體一樣坦率動人。我對葉小雅的第一印象是她的臀部，一個豐滿渾圓的臀部，豐腴、潔白、形美；我從未見過中國女人有這麼好的屁股，她們一般都扁平、走形，除了功能性的存在之外，幾乎沒有審美可言，換句話說，在畫家眼裡，那類臀部屬於「有就跟沒有一樣」。我本來覺得我的屁股也是很好的，一見到她的，不由看呆了，這是什麼屁股，這是什麼腰身，這是什麼身材，討厭！我的眼光繼續上移，等到她轉過身來，我呆了，完了，她的臉也是美的。

不知怎的，我開始為她的安全擔憂。這麼美，在這麼個骯髒汙穢的破地方，是危險的，而

且很危險。好像環境之所以為環境，就是為了摧毀美好的事物和人物的，我不知怎麼會冒出這個念頭，但它竟是那麼的油然而生。她呢，可能也覺察到有一雙眼睛在注意她，真正的美女對這類「眼光環境」是心知肚明又毫不在乎的，那麼對這環境的危險感呢，也毫不在乎？她擦乾身體，裹上浴巾，走了出去。

我呢，跟著她，一直跟到樹林，天色也開始暗了下來。她停下來，回過頭望著我，宛然笑了，說：「還是你，怎麼跟著我啊。」我不知怎麼回答，心裡想說「你真美」，可嘴裡冒出的卻是「對不起」。「對不起？」「嗯，你忘了什麼吧，這是你的香菸。」我把她忘在櫃子裡的一包菸遞給了她，她笑了笑，接了過去，說謝謝。月光下，她美得像天使。

我們成了朋友。我朋友不多，她也是。我孤僻，她美麗，孤僻的美麗，我這樣瞎想著，覺得裡面好像真有某種內在的關聯似的。那天她忽然問我怎麼會這麼喜歡美女啊，我說不知道，她說可是她不喜歡，我問為什麼啊，她說我也不知道。小雅性格陰鬱，話少，我陰鬱，寡言。我說，國家應考慮建立這樣的軍隊，全是美女，當快要打敗的時候，美女大隊在前沿陣地一亮，怎麼樣？停火了！永久性停火協議順利簽訂，誰說的「不以兵屈人者，上」？以女退兵者，上上！小雅哈哈笑了，說我可真會扯，但美女們可就慘了。我說不要緊，美女都是身懷絕技的少林高手，專練踢襠。小雅這次樂得從床上滾落地下，笑岔了氣，然後翻身打我，說：「真討厭，你嘴裡怎麼什麼都敢說啊……」然後就笑得出不了聲了。純粹出於被小雅的笑「傳染」，我也樂了起

來。這時小雅仰起了臉，唉，上面全是淚花了，她幾乎是用一種哀求的聲調對我說：「我真喜歡你。」那是我們少有的快樂。

但小雅的陰鬱讓我常常不解。一個女人，出奇的美貌自是天賜，在商業社會裡，占盡先機，享盡優勢，陰鬱什麼呢？小雅沒有工作，那是她不想工作、不願工作？我不得不提到我本想可以迴避的事實，就是小雅的思維狀態是特別的，她的思想集中力似乎不太好，總是在漫遊，什麼事都難以引起她的專注。小雅不能算笨，但「漫遊」讓她顯得無神，此外和別的女孩不同之處是，不怕黑。蜈蚣、蛇、蜘蛛，還有血這些一般女孩怕的東西，她也都毫無反應。有一次，她把蜈蚣放在自己手上細細把玩，蜈蚣竟也沒有咬她。她還在自己的小屋子裡養了兩條蛇，一條是黑紅花斑小蟒蛇，另一條是銀環蛇，她給牠們起名為「大乖乖」和「小乖乖」，所幸的是在小雅的屋裡，那兩條蛇真的很乖，全然是「賓至如歸」，天哪，我想想都害怕。她常摟著蛇，任意讓蛇纏著自己，還買小白鼠餵牠們。望著蛇吞食著小白鼠，小雅露出了甜美的微笑。

有天聊晚了，小雅留我過夜。想到那兩條蛇，我害怕，小雅便把牠們關在一個紙箱子裡了。我說你平常睡覺時就把牠們放在外面嗎，她說是啊，我不怕的，有時牠們和我一起睡呢，我聽了又開始怕了。小雅猜中了我的心思，說，沒事的，牠們聽我的。

我和衣而臥，小雅幾乎全裸，躺在我的身邊。我並不習慣如此，更別說和一個光身子的女人了，可我好像很快覺得這是自然的了。黑暗中的香味使我想到了她馨香的肉體，我問她用的什麼

香水，她說她什麼都沒用。我的手碰到了小雅的乳房，她的乳頭一下子就硬了，她笑盈盈地把我的手推開，也摸了摸我的。我們就這樣纏鬧著，月亮出來了。

柔軟、體香、美麗，還有此時被子裡瀰漫的體溫，似乎含有天然的善意，可又與之無關。美是麻煩的。我在黑暗中想，幸虧小雅沒工作，她的美貌不用和「開會」、「應酬」、「拉關係」打交道，那樣簡直是在辱沒美貌，她也不必為「職稱」煩神，美是與之無關或是高高在上的。我想我要是男人就好了，這樣美的肉體，是唯一的，是應該用來被愛的。小雅忽然輕輕抽泣起來，我撫摸著她的肩，問怎麼了，她不說話，依舊抽泣著。在習慣了屋裡的黑暗後，我又可以看見身邊的小雅了，朦朧中更加真實動人了。這時她忽然說：「只有你真的對我好。」

小雅的男友是一個流氓，我見過那個混蛋，一副饞相，連高中都沒有畢業，家裡有兩個小錢，整天遊手好閒，喜歡打架，出手狠毒，每出手必欲置人於死地，所以他是派出所的常客，遺憾的是沒有一次是出不來的。我勸過小雅和他分手，但我的世故又提醒我勸人分手這種事只能適可而止，果然小雅無法自拔。有時還硬拉著我和他們一起吃飯，對那個混蛋，除了翻白眼，我沒什麼好說的。

有些男人就是這麼賤，越不理他，他越要來惹你，這個混球男人竟然給我頻頻發短信，打電話，約我出來吃飯。我想著要不要把短信內容告訴小雅，又怕引起她的傷心，所以隻字沒提。騷擾短信繼續發來，內容開始有些變化，漸漸出語不遜了，什麼「你踐什麼，有什麼好踐的」，「你

以為你們很了不起啊，你去打聽打聽」。

打聽打聽，打聽什麼？一次，不知怎麼遇到這個混蛋，他糾纏不放，我劈口罵道：「你這德性，你連小雅的一個指頭都不配。」這混球一聽我這麼罵他，不怒反笑，說：「我，就我，我會配不上她？我跟你說，我跟她好，那是同情她，保護她，懂嗎！你翻什麼白眼，是啊，她這麼一個大美女怎麼就跟了我呢，我算什麼東西；可是你傻啊，沒有我的保護，她這樣的傻女人還不是千人騎的貨！我打架，都是為了她，我的肋骨也是為了她斷的，懂嘛！你這個賤女人！」

我快要氣瘋，依他說來，這廝反成了義人！這回輪到他翻我的白眼了，平息了一下自己後，他繼續說：「你知道她的身世嗎？我就知道你啥也不懂，小雅是她媽被輪姦後生下來的，懂嗎，輪姦後生的！」見我呆在那裡，繼續說道：「葉小雅，要是沒有我，從孤兒院出來那會，就得去做小姐。我配不上她？媽的，你給我說說看，我哪一點配不上她，你倒是給我說說看，我是她的保護神！你也需要我保護吧。」

從那之後，我就再也沒見過小雅了。她的短信說她和男友一起去了別的地方，等安定下來會有電話的，可從那以後就杳無音訊了。我的手機裡至今還保留著她以前的電話號碼，當我想她的時候，會輕輕地撥打過去，然後我會聽見那熟悉而又溫柔的女中音：「對不起，您撥打的號碼是空號，請核對後再撥。」

八

我在一家叫宏達廣告有限公司的地方上班，我的工作是廣告策畫，就是編造「花言巧語」的職業寫手。公司每天上班的第一件事就是大家站成一溜，伸著脖子、扯著嗓子大喊口號：「宏達宏達，前程遠大，遠大遠大，只有宏達。」五分鐘後，還要跳個五分鐘的操，近看像傻逼，遠看像幼兒園小朋友。公司經理說這是一種舞蹈藝術，和口號是配套的，年輕人要多跳，這樣才會朝氣蓬勃，跳出利潤來。

等做完這些，我的一天就正式開始了。說開始，也就是坐在不足一平米的格子間裡，絞盡腦汁編那些虛頭巴腦的美麗辭藻。我的桌上擺著各種現代漢語詞典、古漢語字典、常用典故詞典、牛津英漢詞典、美式英語字典、成語大全。我不停地寫文案，想著怎麼給那些產品精心包裝，然後隆重推出。就像任何職業都有職業病一樣，我的職業病就是：不再相信文字。

這幾天，我被一款避孕套廣告的用詞折磨得苦不堪言，只好四處找參考。有一個廣告是這樣的：先是出現希特勒虐殺猶太人，斯大林三次黨內大清洗……死人無數的畫面，然後廣告詞伴隨音樂出現了：「如果當年她們選用了我公司的避孕套，這些惡魔便不會存在，歷史將會被重新改寫。」我想如法炮製，思來想去，覺得難點是如何進行替換，後來我想出來了，就是把春運人潮、高速擁堵、霧霾籠罩的情景拍成畫面，輪番閃現，再馬賽克式地在一個畫面集體亮相，這時

廣告詞出現：「如果當年她們選用了我公司的避孕套，這些情況便不會存在，一切將會被重新改寫。」這個創意我一度非常得意，可是後來被公司給斷然否決了，說我不懷好意，得當心飯碗。

每個週一都是例行的會議，每次首先發言的總是辦公室女紅人，部門經理的最愛。同事們相傳他們上過床，因為她和經理說話時嗲兮兮軟綿綿，轉臉對別人便是死相，媚臉的轉換快得可怕。現在經理又要開始第一點第二點第三點的講話了，我早已失去耐心，想說髒話，想跳上講台狂舞，想做一位痛快淋漓的潑婦，將唾沫噴出，將刀子染紅。

我素不合群，從小到大處理不好人際關係，難免寂寞，但我更害怕人群，覺得後者對我尤其有害，所以採取了一個折中的辦法，比如，我從不參加公司聚會，一到飯點我就迫不及待地先去食堂，那時人會少一些。

我已三十二歲，是單位裡唯一沒出嫁的女人，前兩天有個才結婚的女同事，突然飄來問道：「你有戒指嗎？」我說：「什麼？」她接著說，我老公給我買的，然後把手上戴的碩大的鑽戒在我面前晃了晃，又飄走了。

在同事眼裡我行為孤僻，語言藏著傲慢。她們總在背後議論我，說我閒話，給我起外號，有人說我會和貓白頭到老，死在一起。可是我從沒有養過貓，不是不喜歡，而是無心照顧；對於像我這樣一個連自己都懶得照顧的人，餵養一隻貓無疑是個沉重的負擔。也許不用等到衰老的那一天，我就會衝到街上大喊：「我的人生充滿遺憾。」但這樣的話，我是不會對貓說的。

九

我想出去走走，不論哪兒都行，只要不上班就好。我喜歡獨自旅遊，哪怕是去附近的城市也行；沒有目的，只是出行一趟，我也會煞有介事。想想自己戴著棒球帽，背著一個帆布軍用舊包，體力充沛地四處遊蕩，是怎樣的愜意啊。我還年輕，為什麼不呢。

從杭州到上海，大約一個小時火車。走在城市的廣場、街道，走在人群裡，做一個隱形人，悠閒自在，什麼也不做，哪怕就看成片的後腦勺呢，也不壞，這個城市的人啊，好像真的也只有後腦勺。

我買了一張上海的地圖，看看有什麼地方至今沒有去過，我說的地方當然是我所知道的，也就是一些博物館和老街，賣古怪玩藝兒和女性玩意兒的小鋪子了。我最喜歡消磨時光的地方是位於某條老街上的一家小舊貨店，店裡的物什兒歷經時間和人的濡染，含著難以言狀的物質，讓我凝神發呆。清末民初的老照片裡的那些人早已成灰，子孫呢，或者也已湮滅，所謂灰上落灰；或者尚在人世，或者他和她剛剛與我擦肩而過，只是永無相識的可能。舊家具、舊衣服，都被用過，主人死了，遺落於人間，依舊殘存著主人的氣息，像一個個未亡人，可誰去紀念它們呢。有一件玫瑰紅的絲綢上衣，淺銀色刺繡還依稀可辨，可以想像那頹敗的玫瑰紅曾經是怎樣的豔美，怎樣地被精心照料過，如今平臥於此，不知被多少隻陌生的手隨便而粗鄙地擺弄過，被無恥地評

價和出價。我彷彿可以想像出它以前的主人，一位女人，一位安靜的女人，梳理得一絲不苟的烏髮，在午後的陽光下，在世人永遠不知的某個幽深庭院的陽台上，喝著茶，讀著書，出著神，想像不出來了，因為我總想再想下去。

不知怎麼想到了爺爺，他死後，我曾在他的屋子裡待過整整三個星期。沒有電視，沒有書（爺爺晚年眼睛半盲，書都處理掉了），沒有短信，沒有電話。也沒有舊友。頭一個禮拜，我幾近焦躁，想快快離開，可轉念一想，這恐怕是我最後待在爺爺的屋子裡的時光了。我走後，這裡將被出租，或被賣掉，以後的主人將是別的人，完全陌生的人，甚至，這個屋子會被拆掉，掘土機只需一刻鐘，就可以將這個生我養我的地方連根拔掉。我需要待下來，安安靜靜地待在這裡，聽著水管的漏水聲，聽著屋子裡「安靜的聲音」，看著屋裡周圍的一切，空牆、空櫃子、水池上殘存的肥皂、垃圾筐，看著陽光照在地上，然後慢慢移到牆上，開始移到左面，接著移到右面，移到爺爺的書桌上、床上，之後逐漸消失了。目前，眼下，它們還「活著」，我還能與之同在，呼吸著屋裡的仍然屬於爺爺也屬於我的氛圍。爺爺還在嗎，如果真有另一維度的世界，這時爺爺應該看到我獨自在屋裡的，我不由得輕輕呼喚著爺爺，呼喚著，那聲音，連我自己聽了都覺得驚悚和陌生。

然而，第三個禮拜的時候，我似乎驀然醒悟了，爺爺真的不在了，他看不見、聽不見我了。水管子的漏水聲依舊，每日照進來的陽光依舊，書桌、床、門窗依舊，「頭七」時那種處處是爺

爺的深切感受，慢慢消失殆盡，從何時它們轉變成（其實它們歷來就是）木然的物質性的了呢。垃圾筐裡的東西是我留下的，日光燈也是老樣子。日光燈下無新事，是的，沒有了。死亡，死亡，請吞沒我，因為我不理解你。

我在街邊的一家小店裡吃了一碗排骨米粉，有點辣，我喝了很多水。坐在我對面的是一對高中生情侶，還穿著藍白相間的校服，摟抱在一起，互相餵食，時時刻刻難捨難分，戀愛的人應該是一體的，像《山海經》裡的一些怪獸，兩個頭，四隻腳，到處走。

怎麼打發時間呢，我繼續研究地圖，有個國際藝博會，今天就要結束了，那麼就先去那兒看看吧。

我拿藝術歷來不當真，就是解悶，那幫藝術家成天神神叨叨地弄什麼啊，煞有介事的，也有點瘋瘋癲癲，但我還是喜歡看。我們這些行屍走肉，不管是什麼職業，做到什麼分上，其實不都是在煞有介事嗎？既然如此，我喜歡認認真真地煞有介事，天天真真地諱莫如深，以不枉此生。

藝博會離我看地圖的地方只有兩站地鐵的路程，不出我所料，展廳裡果然沒什麼人，令人愉快而靜謐的時刻。很多來自各國的裝置、繪畫、攝影、各種材質的雕塑、動畫、影視，作品種類風格很多，不太懂，只好看文字介紹。從前大學時，我曾選修過藝術史，以為這個學分容易拿，結果反被弄得一頭霧水，可考試又高分通過，所以我估計我和藝術有緣。有一個觀點我曾堅持到現在，就是不管你藝術家怎麼鬧騰都可以，但不好說你在「探求未知世界的本質」，因為，

既然有「本質」了，怎麼又「未知」了呢！藝術家也別口口聲聲說要呈現什麼事物的「不定性」，你們其實只是呈現自己的「不定性」，而與事物的不定性無關。自設迷局是自戀的，自揭謎底是無聊的。雖然我不大喜歡迷局啊謎底啊之類，又覺得少不了它們，否則生活就真的無聊了。

傑姆斯．卡斯比亞(James Casebere)，這位美國八十年代出道的裝置藝術家的代表作居然也在這裡，那是些巨幅銀版照片，場景是幽閉無比的長長的地下空間，有單間，有病房和會議室，疊落的抽水馬桶，橫七豎八的病床，浮塵寸厚的教室裡的課桌，單間屋裡的迷人幽光，這是個系列，題目是「庇護所」。記得在一本當代藝術雜誌上初次撞見這些照片的時候，心裡一震：怎麼如此像我心中的某種「桃花源」呢？記者問他，在哪找的這麼個壓抑的空間啊，傑姆斯．卡斯比亞說：「是我自己造的。」

還有那個墨西哥女畫家弗里達的〈出生〉也在牆上掛著，這可是名作啊。一個蒙頭女人躺在鋪著白床單的床上，兩腿岔開，嬰兒的頭已經從陰道鑽出來，眼簾低垂，血染紅了床單。我像熟悉我的化妝品那樣熟悉弗里達，我的床頭牆上曾貼過她美麗的自畫像，注意到她居然有淡淡的鬍子。這位悲傷的女人一直在瘋癲的臨界處創作，她深愛丈夫，也知道他絕不屬於她自己一人，她的妹妹也是丈夫的情人之一。後來她在車禍中下肢癱瘓，竟然還在床上畫畫。她患有嚴重的抑鬱症，病情嚴重的時候，正是她下一個創作高峰來臨的前夜，那夜色多麼黑啊。我看著簡介裡藝術家的眼睛，她也看著我，這位死於六十多年前的畫家，好像還活著。

影像藝術不多，其中有一個作品吸引了我的注意。就形式而言，那是很簡單的，其實連影像也談不上，不過是通過錄影機打出的一段文字而已。我走進一間有燈光的屋子，六七秒後，燈忽然熄滅，牆上便出現了那段文字的幻燈。為了保持原作感，我還是把作品的原文摘引如下：

一九〇五年，一位法國的醫生做了個試驗，他試圖與一枚剛被斷頭台斬下的頭顱進行對話。那頭顱剛被斬下時，眼簾和嘴唇緊縮了五六秒，幾秒鐘後那緊縮停止了，臉上呈現出鬆弛，眼簾半闔，露出些許眼白，正如剛死了的人那樣。

就在那時，我對他大喊了一聲：「蘭奎拉！」我見到他的眼睛慢慢睜開，動作清晰，眼神也不昏茫和空洞，生動地看著我，幾秒鐘後，徐徐闔上。

我又喊了一聲，那眼簾又徐徐抬起，沒有收縮，更關注地朝我看來，然後，又徐徐闔上。我這樣向他喊了第三次的時候，就沒反應了。整個過程持續了二十五至三十秒。

一般說來，需要二十五至三十秒的時間讀完這段文字。

十

凌晨兩點多，電話裡母親的聲音很輕，好像怕別人聽見：

「……有什麼事情要發生了……我昨天又看見了那個女人，她就站在窗外，一臉驕傲地看著我，想到這，我火就往上竄！她身上穿的黑色暗花旗袍還是我做的，我在作孽，我承認她長得比我漂亮，可那不就是一張皮嗎！我哪天要把那張皮扒下來，撕碎，吃掉，拉出來，拉到蛆窩窩裡！我已經選好茅坑了，我尋遍了西鎮的茅坑，別忘了我是數學家，我進行了精密計算和排除，最終鎖定了水電局後面小巷子裡面那個，那個茅坑比較深，幾個月也沒人打掃，蛆蟲長尾巴，嘴也大得什麼似的，能把我吃掉，還吃不了一張皮？有個十分鐘就差不多吃光了！」

「她的肚子好像也被他搞大了，這臭女人是條狗，我不願看到他們那副得意的樣子，我不願和那種爛女人爭，我要蛆把她肚子裡面的小孽種也一起吃掉，不管怎麼樣，我有自己的人生觀……」

「今天早上你妹妹來看過我了，我叫她給你爸爸燒點紙……他們害死了你爸，現在又想來害我，難道我真的看錯人了嗎，他們在背地搞什麼？我不過就是上次見他時笑了一下啊。」

我只好又關機，睡下，次日晨，剛開機，電話又來。

「我跟你說，你不要說出去啊，你舅公早就強姦了我，你不信，小孩子懂什麼，他是從照片裡走出來把我摁到床上的，我記得很清楚，我正在剝毛豆，他哭著掐著我的脖子，後來又笑了，我想喊又喊不出，完了他就回到照片裡去了。我立刻撕那張照片，這樣就可以撕死他，可是撕啊

撕啊怎麼也不爛，我就燒，燒也燒不著，我就哭了……！後來我發現窗子上都貼著人的笑臉，你也在那裡面嗎？我看到你了，認出你了，你也在笑。」

「那些女護士也不對頭，我看她們肯定被收買了，那些藥我喝下去之後就不舒服，現在我再也不喝她們遞過來的水了……最近我陰道老疼，我聞到內褲上有藥味，她們肯定做了手腳，她們有很多分身。那天我在院子裡走，一個女人在我耳邊說你丈夫死了，你很高興吧。我嚇一跳，心想她怎麼會知道。我知道她是她們一夥的了，可能所有的人都有分身，你是不是也是她們安排的，要不為什麼不來救我呢，你不是我女兒，你為什麼拿著我女兒的手機，你到底是誰，啊，你把我女兒怎麼樣了，啊？喂，喂喂，你給我回來……」

我有個體驗，就是無論你聽到的話語有多麼離譜，多麼荒謬，但是，如果說話的語氣真摯、專注、不容質疑的話，你可能就很難不陷入那個被說服的磁性裡面。我是軟弱的，容易被影響、被籠罩，但我不是少數。我曾經在一個偶然的時候讀到過精神病臨床診斷的紀錄，那是一個大學同學不知從哪弄來的，她讀得兩眼發直，我也搶來讀了，也讀得兩眼發直，幾夜沒睡好。西班牙畫家達利的畫以怪誕聞名，可那畢竟是畫，明白地預先告訴你「我這是瞎編」，但那本紀錄則不同了，字字句句，扣人心弦，讀完恍然若失，卻不知失掉了什麼，想來是失掉了閱讀前的常態，那個立足點。幾天之後我才緩過來，似乎像男人大醉之後的「回神」，或者類似我們女人的失戀後的「緩過來」？母親這些天的電話，又使我重溫了那個閱讀經驗。窗外颳過來的微風有些潮濕

和清涼，而我卻有點惶惑了。

十一

從曲苑風荷的湛碧樓往下看，湖光粼粼，裡面有山的倒影、樹的倒影、樓的倒影。對面的一個角落，是一座白房子，矮樹繞牆扶疏，陽光下顯得懶洋洋。我曾多次來這裡，坐在窗邊望著湖面發呆，我一向迷戀頹廢的景觀，懶洋洋的事物和人，還有懶洋洋的太陽。

我給陳傑打了個電話，問他什麼時候能來，他支支吾吾，匆匆掛了電話。我再打過去時，他的電話就一直是忙音了。

我和陳傑之間的聯繫一向都是這樣，從來是他容易找到我，而我卻不易找到他，如同特務之間單線接頭，除非上線呼叫你，不然，你唯一能做的就是等待，心平靜氣地等，顧全大局地等，無日無夜地等，等，只有等，等他忽然想到你的時候，電話就來了。和陳傑交往的這兩年，我一直都努力地在等，我不知道自己還能這樣等多久。

陳傑住院了，酒醉從樓梯摔下去，右腿脛骨骨折。我從他同事那兒打聽到了這個消息。

陳傑躺在病床上，腿已上了石膏被吊了起來。他靠在枕頭上睡著了，我把水果放在床頭桌上，然後靜坐床側。他現在的樣子有些好笑，戴了一個墨鏡，嘴還微微張著，怎麼會有人睡覺還

戴著個墨鏡啊。陽光穿過眼鏡片，使他的眼睛顯得一藍一綠，想到蒼蠅的眼睛，我微笑了。想起英文蒼蠅的「fly」，也指街頭整天胡鬧的少年，同時還有「飛」的意思。唉，陳傑啊，你怎麼就沒飛到樓梯下面呢！

他醒了，見到我，有些意外，說：「你怎麼來了。」「我怎麼不能來，住院也不告訴我。」「倒楣。」他嘴唇動了動。

「我剝個桔子你吃吧，在醫院門口的小店買的，說是很甜的。」他沒說話，我於是開始剝桔子，然後一瓣一瓣地餵他。他倒是老實了，嘴巴一下一下地張開，十分聽話。桔汁很多，汁液滲進指甲旁的倒刺裡，有些刺痛，我用嘴輕舔著倒刺處，眼神空泛了。旁邊的電視機裡正在放著一齣都市言情劇，哼哼唧唧，吵吵鬧鬧，一個男的向一個女的求婚，手捧鮮花，撲通下跪，花瓣撒了一地，那女的假裝一扭臉，不屑的樣子，陳傑說去關了電視吧，我說你不看，別人還看呢。

接連幾天，我去醫院看他。先後也碰見幾個來看望陳傑的同事朋友，他(她)們用那種心知肚明的眼神與我微笑打招呼，好像彼此已經是熟人。然而除了我和他的同事朋友，沒有親人來看陳傑，而同屋別的病床那些病人，親屬則每天不停地來探望。其實臥床病人，像陳傑這樣的，需要陪床、伺候起居，親屬是多多益善，朋友少些甚至沒有也無妨。而陳傑的「親屬」就我一個。

我往他身下塞尿壺，取出倒掉清洗後再放回原處，有時扶他去洗手間，幫他勤擦勤洗，以防褥瘡，效果還是可以的。我從前照顧過住院的爺爺，這些伺候病人的事都是懂的，所以現在我儼

然變成經驗豐富的「護工」了。早晨醫護人員查房之後，那位女護士長過來對我讚嘆道，你伺候得比這裡最盡職的護工都好，不過如要找護工的話，我倒是可以介紹的，然後說，結婚不久吧，這麼年輕！天天伺候，也是夠累的。我笑了笑，沒説話。

兩個月後，陳傑出院了。我送他回去，這還是我第一次去他的住處，以前我們都是在他的工作室裡約會的。他的屋子很簡單，近四十歲的人，屋子卻像二十出頭的單身漢的豬窩。髒也就髒了，亂也就亂了，主要是處處可以看出這屋子的主人對生活沒有興趣，到處都是做了一半的事：沒關上的抽屜，沒疊起來的衣服，沒洗的碗和襪子，沒吃完的乾枯的麵包，沒倒掉的洗臉水和杯中已經發霉的茶葉。床是一個席夢思墊子，被子也是沒疊起來的被子，枕頭居然不知哪去了。陳傑躺在墊子上瞇著眼，似乎還很疲倦。

我動手開始替他收拾。整整拖了四遍地，桶裡的水起先黑得可以寫大字，接著可以畫水彩，最後水才開始有了一點清的樣子，可以洗毛筆和水彩筆了。在將拖把擰乾的時候，我發現了纏在上面的細細長長的頭髮絲，是女人的。我愣了一下，也來不及多想，便繼續打掃。我將他那兩大盆的髒襪子都拿去洗了，又一對一對揀出來晾好，把房間裡的垃圾都拎出去倒掉，不知跑了多少趟才扔完；跑完最後一趟回來時，買了一盆小小的綠蘿，放在他的窗台上。等這一切都忙完的時候，天色已經漸漸暗下來了。

其實，作為一個女人，我對家庭生活的瑣事興趣索然。小時候看著父母每天一邊吵架拌嘴，

一邊買菜做飯，心情就鬱悶無聊，日子如此日復一日。我討厭那樣的日子，甚至想過離家出走，卻不知道自己渴望的生活是什麼樣的，我也極少想到婚姻，我就覺得「它」離我很遠，不屬於我，我也不屬於它。可在這時，不知道怎麼，我很想替陳傑操持這間屋裡的日常瑣事，很想給他做一頓豐盛的晚飯。

我走進廚房，唉，那也叫廚房！一股嗆鼻的味道，切菜板上的蟑螂呼啦地轟散開來，到處是陳年累月的黏灰，還有……不說了。想到陳傑住院時的孤單，沒有一個家人來照顧，不知怎麼，我忽然走到他跟前，說，要不我們結婚吧。

他睜開了眼，陌生地看著我，良久，什麼話也沒有說。看得出他不知說什麼好，我此時也對自己剛才的想法感到驚訝和意外。又過了一會，陳傑拉起我的手，輕輕地撫摸著，說，莫莫，我愛你，但如果要繼續下去的話，我們不能結婚。

天暗了，屋裡沒有開燈，黑暗中覺得自己流了淚，我很高興他看不出來。

十二

像大多數女孩一樣，我喜歡婚紗裙，喜歡那些相關的美麗的童話。讀小學時，班裡的女生都有公主裙，白色喬其紗做的，裙擺是一層一層的蕾絲，我也想要這麼一條，向母親求了好幾次

未果，極度悲傷。母親是裁縫，後來我想，天下的裁縫都會覺得買衣服就是浪費錢，我母親也不例外。我那時的衣服，大半是她用客人做衣服剩下來的邊角料拼湊做成的，按現在的詞叫「混搭」，綠顏色裙子的袖子是一隻藍一隻黃，咖啡色的褲子底下又要接兩節，我好像從來沒穿過一件完整的、全新的衣服。我想我的某種自卑感就是那個時候生長起來的。

我渴望的公主裙，至今沒有得到。現在我已三十二歲，我想是永遠不會得到它了。我怎麼就一下老成三十二歲了呢，十歲的時候，我永遠都不會想到有這麼一天。我那時堅定地認為女人，至少是我自己，應該在二十五歲以前死掉，死在一場暴風雨裡。

下班後在家的空餘時間，我和辦公室其他女同事一樣喜歡逛淘寶，不同的是我只逛不買，而且我只在婚紗這一選項裡徘徊轉悠。我發現婚紗的款式原來是這麼多樣的，中式的、西式的，各種顏色和質地，但歸根結柢，我還是最喜歡白色。我看到一款白色的魚尾婚紗，沒有任何多餘的裝飾，抹胸掐腰，後擺足有三米長，我把它存入收藏夾，時而點出來看看，心滿意足。

公主裙，婚紗裙，兩個夢。有的時候，我也想問，為什麼這兩樣幾乎每個女孩都能輕易擁有的東西，而偏偏在我只是個夢？但我只把這個問題放在心裡，因為不知道該去問誰。

後來我自己給了自己一個答案，就是白色。白色的公主裙，白色的婚紗裙，穿上它們，與其說是圓了個夢，不如說是結束了一個夢，就是說，穿上後就必然地要脫下來了。白色不是一個顏色，白色是一無所有的意思，白色是「脫下來」後的虛無。

我住的小公寓離單位不遠，兩站公交車，走路大概十五分鐘，通常我都會走著去上班，下班再走回家。從上班到現在，這條路，我走了五年，現在我可以閉著眼睛去那條街上的任何地方，譬如山西麵館、便利店、藥店和處在小巷深處皮薄餡多的餛飩小店……

巷子路口的這家婚紗店是兩個月前開張的。櫥窗中新人們的大彩照，有的甜蜜地摟抱在一起，有的扭頭向我望來，我走了進去。穿黑色套裝的店員輕快無聲地走來，殷勤問道，「您好，有什麼可以幫您的，拍婚紗還是拍寫真？」我指了指穿在模特身上的那件魚尾婚紗。「哦，拍婚紗照啊，首先恭喜您並請接受我店的祝福，您真有眼光，這款婚紗是我們店最新進來的，是意大利目前最時尚的一款，現在拍的話，還有八點八折的優惠。」「那麼，今天可以拍嗎？」「當然當然，只是，不好意思啊，婚紗裙是不能試穿的，因為是剛剛從意大利空運過來的。」我看了一眼那婚紗，魚尾上的水鑽晶瑩地閃爍。我付了錢。

試衣時，我看到自己的舊內衣了。內褲破了個洞，胸罩左邊有一小塊不知哪來的鏽斑依稀可見。幫我試衣服的店員見了眼睛迅速移開，禮貌地幫我把婚紗往上拉，但拉鍊卡在了背上，怎麼也拉不上去，顯然這件婚紗裙小了點。她說吸氣，我說吸了，她說再吸，我說吸不動了，她見狀非常柔聲地說：「等著，我去拿兩個夾子夾一下，就好了。」

我於是等她，此時感到背後的拉鍊緊卡著皮膚，我把它往下拉了拉，不料裙子一下落到了我的腰間，裙擺便層層疊疊地堆在我的腳邊了，像一座小小的銀川。

化妝師開始給我化妝了，我把破舊的內衣帶子塞進了衣服裡，裙子背後拉鍊拉不上的地方也用夾子固定住了，不會有人知道我內褲上的破洞；從鏡子裡看，一切完美無瑕。

鏡中的自己，已被抹上了濃重的粉底和口紅，漂亮得不像我。這就是婚姻了？走入攝影棚，攝影師已把光調好，將鏡頭對著我調試了幾下，然後停下，沒說話，但分明在等什麼。過了一會，他望著我，想詢問什麼，欲言又止，終於開口了：「那位呢，新郎呢？」我把裙擺重新理了理，說：「沒有新郎。」他不解，繼續疑惑地看著我，呆在那裡，我望了他一眼，微笑地說：「我自己同自己結婚。」

拍完照，脱掉婚紗的時候，我覺得我確實經歷了婚姻。我結了婚，又離了婚，前後不到一個小時。

十三

醫生說，你母親可以出院了。

我走進病房的時候，母親正在活動室和眾病人一起站著看電視，她全神專注，直勾勾地盯著電視屏幕，沉浸在裡面。我輕輕地喊了喊母親，她沒聽見，我又以略大些的聲音再喊了一遍，她還是沒有聽見。這時我打量了一下母親，冬天剛過，南方的春天還是很冷的，母親在白色藍條紋

病服外面加了一件衣服，也就是剛進院的那件紅色羽絨服。她雙手插在口袋裡，不時掏出一顆花生剝著吃，活動室的其他病人也都站得筆挺，盯著電視，旁若無人。

女護士見了我，走過來，說：「你幹嗎的，幹嗎，幹嗎？」她四五十歲的樣子，神情緊張，一臉焦慮，緊閉雙唇，像被什麼壓抑住了，每說一字，彷彿都在釋放某種積鬱。比起房間裡其他的病人，她的相貌更憂鬱和煩惱，更像一個精神病患者，我甚至懷疑她退休的時候，會不會以病人的身分繼續留在這裡。

「你到底找誰，找誰啊？」女護士的嗓音乾癟尖刻，繼續追著我不放。母親這時看到我了，微笑著走來，說，「莫莫，來啦，早飯吃了嗎，外面冷不冷啊，哎，天這麼冷，你還穿得這麼少！到我屋裡來。」母親思路清晰，顯然和電話裡的不是同一個人，我略感詫異，然而她的氣色是很好的，我還能說什麼呢。

回到家，母親看上去確實是正常了，甚至表示晚上做紅燒魚給我吃。其實，母親並不怎麼會燒魚，醬油放得太多。她做菜只會紅燒，紅燒肉、紅燒魚、紅燒豆腐、紅燒冬瓜，恨不得什麼菜都要紅燒一下，倒半瓶醬油，她彷彿不知道「紅燒」之外還有別的作法。

看著母親，我想到小時候她總端個大紅塑料澡盆，在天井裡給我洗澡。她的身上有好聞的雪花膏的氣味，每當母親彎下腰來，我會看到她的乳房，垂脹飽滿，像兩個水蜜桃。母親年輕的時候有很好的皮膚，是江南女子常有的那種溫潤滑膩，看上去如同包粽子前浸泡了一夜的白糯米。

夏天的夜裡，我總是要摟著母親的一隻胳膊睡覺，她的胳膊清涼柔潤，使我的心靜了下來。

父親死後，母親老得很快，不久就再婚了，可是很不幸，她每天生活在謾罵和爭吵中，無休止地責怪那個男人不愛她。

男人漸漸不太回家，即使回來，也冷著臉，一聲不吭。母親變得多疑，總疑心他在外面已有女人，猜疑久了，便開始自言自語，時而咬牙切齒，時而握緊拳頭。

有一次，母親和男人吵完架，突然跑到我那時就讀的大學找我，事先連電話也沒打，就忽然像天兵天將似地直接杵在了我宿舍門口。我已有半年多沒見母親了，猛一見，沒認出來。她已變得蒼老憔悴，完全像個村婦了，一隻手還拎著一袋米。我覺得她丟人，突然就生氣了，向她吼道：「來也不打個招呼，還帶米，什麼年代了，學校有食堂，還用我們生火做飯嘛！」母親低著頭，囁嚅著，看了看我，又低下了頭。

那天晚上，我和母親住在學校附近的小旅館裡，開房的時候，前台突然交代晚上睡覺要當心，門要反鎖，我有點不明白她的意思。走進房間，看到床單上處處是可疑汙漬，垃圾筐裡的紙巾、水果皮、紙飯盒，我居然還在洗手間裡發現一個針頭，像是注射毒品的那種針頭。我明白前台說的話了。母親坐在床邊，低頭看著自己的腳，我們沒說話。她就我這麼一個女兒，傷心的時候除了找我，她無處可去，而我卻讓她住在這麼一個糟糕的地方。我隱然有些後悔，後悔剛剛吼了她，後悔沒有給她開一個好一點的房間。可是我們沒有錢。只住了兩晚，母親又拎著那袋米回

去了。

我照母親吩咐去菜場買魚，路邊的樹不知什麼時候都被刷上了半截白石灰粉，像穿了高領毛衣。地上的落葉也已枯黃，一踩就碎了。走進菜場，菜販子紛紛同我親切搭話，好像多年好友，熱絡不已，讓人不自在，感到不買的話就好像嚴重辜負了對方。我選了一尾大鯉魚，就逃回來了。

母親坐在門口吃桔子，桔子皮扔了一地。她低著頭，自言自語地嘀咕著什麼，好像在數桔子皮，又好像在找什麼。她抬頭看了我一眼，然後又低頭繼續尋找著。我發現那眼神還是十幾年前的，彷彿我還是個背著書包去上學的小學生，現在放學回來了。

番茄湯熬得很濃稠，鯉魚用來紅燒，肉切片炒青椒，吱啦啦油鍋裡騰起一陣煙。醬油不夠了，母親說那就多放點鹽吧。吃飯時，我注意到母親還穿著年輕時常穿的那件黑毛衣。燈光下，她的白髮已經很明顯了，以前她總說人越年輕越應該穿黑色灰色，老了再去穿那些大紅大綠，可是母親還沒有熬到穿大紅大綠的年紀就已經老了。

飯後我們去散步。沿著一條幽僻的小路走著，牆壁上的絲瓜藤漫出了牆外，小絲瓜一個個地散散地掛落在那裡，夜色中看上去像一條條扭曲的肥蛇。母親走在前面，背也駝了，雖穿著高跟鞋，感覺卻是矮的。走著走著，她突然回過頭來，說：「我好了，你不用擔心我了，回去上班吧，回去立馬就結婚，隨便和什麼人。」

十四

我和陳傑見面的次數越來越少了。電話裡他總是說他很忙。

我想到給他打掃衛生時發現的女人的頭髮絲。這些頭髮絲慢慢纏住了我，網住了我，占據了我，左右了我。我開始胡思亂想，毫無辦法，唯有嫉妒，什麼都嫉妒，嫉妒他的車，嫉妒他畫室的椅子，嫉妒他手中的畫筆，嫉妒他的鄰居，嫉妒他的同事，他們可以經常見到他，而我不可以。

嫉妒終於像一顆種子一樣在我心裡發了芽，生了根。我看著陳傑畫冊裡的那些美女圖，猜測她們的年齡、身世，猜測裡面哪一個女人是他以前喜歡的，哪個女人常來他的工作室，穿他的白襯衣，哪個女人是頭髮絲的主人，我覺得每一個女人都有可能。她們都年輕漂亮，於是我自卑了。

我開始變得沉默，偶爾和陳傑通電話，說話也陰陽怪氣。我知道自己的狀況越來越糟糕，這樣下去，我遲早會失去他。

那天終於見到他了，當時他剛畫完了一張美女圖，心情似乎很好，一邊呷著茶，一邊端詳著畫架上的那幅新作，然後對我說白顏料用完了，要出去買，叫我待在畫室裡等他。

陳傑不在的畫室還是很「陳傑」，頹廢而凌亂，到處都是美女油畫。我們沒見面的這些日子裡，他的美女圖產量驚人。我不由得翻看著那些美女肖像。角落裡有一張畫被塑料膜包著，那是一張什麼畫？包裹得這麼好，定是幅特別的畫吧，可理智似乎在暗示我，不要去碰它。

五分鐘後，我又站在了這張畫前。我把包裹著油畫的塑料膜小心地一層一層掀開，然後，我就看到了，是她，是小雅！她微笑地看著我，那天使般的微笑，好像在說：沒想到吧，我們在這裡見面了！

畫裡的小雅是全裸的，仰臥在玫瑰色的床單上，淺桃色的面頰冉冉微醺，睡眼惺忪婉婉；如玉的酥胸，富於彈性的腰肢，微微岔開的雙腿，纖細的腳踝，還有那該死的迷人的頸窩，一切都美極了。我的大腦一片空白，我不得不承認，這張畫是他所有美女圖裡最精美的一幅，雖然陳傑也畫過我，但毫無疑問，這幅畫，陳傑傾注了他的全部精力和才能，只有對小雅的美非常敏銳，甚至可以說，只有對那種美迷戀之至，才可能畫出這樣的畫來。那麼，他們？他們！我感到腦子裡嗡嗡的，耳朵裡有個聲音在喊：把這張畫毀了！

不知道什麼時候我的手裡多了一把美工刀，我拿著刀尖對著畫布裡小雅的臉，心想，如果一刀下去，她這美麗的臉蛋就毀了。我第一次對她的美貌感到深深的嫉妒，突然覺得胃疼，胃液在肚子裡翻了個跟頭，湧了上來，這是一種刺激的液體，像硫酸，也許我應該把它一口噴在小雅的臉上，但我沒這樣做，又嚥了回去。我的喉嚨一定被燒壞了，熱辣辣地被堵住了。我又看了看小雅，她依舊在對著我微笑，她美貌的肉體也在對我微笑，這個微笑是可以征服世界的，我一刀刺了過去。

夜晚的校園被濃重的霧霾包裹住了，看不清路，我突然想到小雅養的那兩條蛇，一條黑斑

蛇、一條銀環蛇，我感到牠們現在正躲在這黑夜的某個角落裡，不知什麼時候就會跑出來咬我一口，然後一口一口地吞噬我，把我吃光。

十五

如果沒有時針的提示，黑暗中的時間大概是要死的。我已經很久不戴錶了，日子卻在悄悄地過去，到底過了多久，也一時弄不清了。電話忽然響起，是陳傑？我連忙從包裡掏出電話，一看，是母親，我有點洩氣，可還是接起了電話。

「莫莫，你在哪啊，在壞人那裡嗎？別被壞人帶走啊，這年頭到處是壞人！我昨天去跳舞了，憑什麼她們都能跳我不能跳，她們跳著跳著就跳到廣場的另一邊去了，一個個對我露出奇怪的微笑，好像我是個怪物。她們笑的聲音真大，比哭還難聽。我知道這種笑，我數學考十五分時，她們就是這樣笑我的，她們不知道我數學其實是很好的，我可以做很多事，做很多她們做不了的事。數學老師把我叫到辦公室補習，他就摸我的屁股，摸我的奶，摸完了之後也像她們一樣笑我，還對著我說，毛主席萬歲，真是瘋子！我真想上去咬他的手，咬出一排排的牙印子，讓他知道我比毛主席厲害多了，可我不敢。他摸著摸著就開始掐我了，把我往死了掐，還不住地冷颼颼地笑。這些人喜歡看我痛苦，我痛苦他們就高興，他們從一出生就穿著尿布，然後穿遮羞布，

最後蓋裏屍布，都睜著眼睛看我的笑話。」

「你在哪啊，在壞人那嗎？我跟你說了不要出門，你又出門，在街上亂跑。你可瞞不住我，我是數學家，不用一道數學題的時間，我就能算出你在哪，還能算出你不開心，莫莫，今天是你的生日，生日快樂。」

掛了電話，才知道原來今天是我的生日。「生日快樂。」我對自己說。

十六

陳傑不再打電話來了，我想，也好，這正好說明你們好上了。開始的幾天我還在等他的電話，想像中電話鈴響了，是他，他說我喜歡你的嫉妒！……不就是一張畫嗎，毀了就毀了，我還會再畫的，我畫你……但是這樣的電話沒有打來。一天天就這樣過去了，我終於不再忍耐，砸碎了手機，我是用一塊大磚頭向手機砸去的，手機瞬間四分五裂，磚頭卻完整無損。我從殘骸中把手機卡取出，剪碎，扔進了抽水馬桶，然後按鈕放水沖下，那瞬間，我覺得痛快淋漓，報復的快感洶湧澎湃，可是我也知道復仇的對象對此一無所知。望著那空空如也的馬桶，我突然後悔了，我想如果他在這個時候打電話來，那枚ＳＩＭ卡可能會在下水管道的某處遠遠地取笑我吧；或者有什麼辦法把它找回來，或者我可以找到下水道的出口處，在那裡耐心地等待進而成功攔截。可

是那畢竟是下水管道，假如順流而下的還有別的團塊物質，我如何下手？或者，萬一，如果，那麼，必須，不能，我不知怎麼辦了……於是開始恨那枚小小的ＳＩＭ卡，進而發現「恨」的聚焦點，哪怕是「大恨」的「聚焦點」，常常是很小的，就那麼一點點，已足以耿耿於懷，念念不忘，再後來，我開始笑了……

我買了新手機，補辦了新的手機卡，電話依然沒有來，我知道他的電話永遠不會再來了，是的，永遠，我這個時候特別想用「永遠」這個大詞，我知道就算一直到死，他的電話也不會再打來了，永永遠遠地不會再打來了，這新的ＳＩＭ卡將是一枚永遠寂寞的卡。

那麼我就去死好了，辦公室在九樓，足以將我摔死。從窗子向下望去，人群不顯得那麼擁擠了，人與人之間有著不大不小的空檔，容納一個我的屍體應是夠了。我要挑一塊好位置，瞄準，不能落在樓外貼牆的廣告台上，那樣的話我更可能被電死，或者被什麼鐵杆戳死，腦袋則可能會完整留存，但我的痛苦的表情會暴露無遺，死相就不好看了，所以，最好還是直接落地，頭顱摔它個落花流水的好，由此我便可以面目全非，真正「隱形」了。我喜歡隱形，這符合我一貫為人處世的性格，也與我的世界觀完美契合，千萬不能墜入斜下方的垃圾堆裡，那裡太骯髒了，相隔九層樓，我似乎可以看到那裡面蒼蠅眼睛上翠綠的、閃爍的高光，聞到那裡腐爛的氣味。哎，那裡面什麼都有，包裝盒、酒瓶、菜湯、破舊衣物，等等，完全是一幫烏合之眾，我可不願與之為伍。窗戶正下方的花壇怎麼樣，不行，不行，那裡面的薔薇花開得正好呢，簡直可以說是怒

放，遠遠望去腥紅腥紅的，它們怎麼開得這麼好呢，幾乎是忘我和驕傲的，還是讓它們在那裡自在自為，孤芳自賞吧，不能破壞那裡的清淨，砸壞了它們形體，強制拉它們來給我殉葬。可轉念想為什麼不呢，死在一片薔薇花叢中總比死在一堆垃圾裡要好，我的熱血只會給它們增色而非為馬路平添突兀的暗紅，那樣會嚇著小孩，嚇趴老人，使有心臟病的路人與我一起上路也未可知。還是對準花壇往下跳吧，讓那些薔薇花的刺扎滿我的全身，刺穿我的皮膚、我的喉嚨、我的眼睛，讓我分享它們的孤獨、孤絕、自在的氛圍，讓它們清潤我、陪伴我、簇擁我。此刻，我簡直可以想像到我死後的畫面，非常具有形式感；我呢，也簡直像個濫情的浪漫派的女詩人，旁若無人，死前，這些動容的想像層出不窮，我在提前感受著死。我還沒死，已被自己感動了。

我開始精算，就算要死，也要錯過上班高峰，不能讓同事看見，讓他(她)們幸災樂禍。這麼多年來，她們憑什麼一直在看我的笑話，窸窸窣窣地在背後講我的閒話，其中有個女人，不知在哪裡打聽到了我母親的病，從此她們看我的眼神都不一樣了，好像我是會傳染的痲瘋病人，哼，我決定不去死了！而且，在做過一番上述的死亡預演之後，我忽然不想去死了，我好像已經死了一遍，此時又重獲新生，現在可以審視從前的自己了。我幹嗎死呢，死雖痛快，怕就怕「痛」的是我，「快」的是別人，那我就瘋吧，瘋給她們看，然後我來狠狠地傳染給她們，讓她們也都變成瘋子。她們又在那裡笑了，而且果然有點瘋的味道了。我真想把她們的腦袋一一打開，用手電筒照照，看看裡面裝的到底是什麼，腦袋各部位的結構有何特殊或者基本是普及版的，我

總感覺這個世界上好像就我一個人傷心，我發現我不懂除了我以外所有的人，就像對方也都不懂我一樣，事實上，我連我自己都不懂。

美國有一個叫亨利．莫萊森的人，因病切除了腦部的部分「海馬迴」之後，只能保留二十秒的記憶。死後他的大腦被泡在實驗室的玻璃瓶裡，享受愛因斯坦的同等待遇，不同的是愛因斯坦的大腦被一個病態醫生偷走，像切土豆一樣地切成了兩百四十多片，小心翼翼地存放在藥水裡。這位醫生每天觀察研究這些腦切片，也沒有發現愛因斯坦之所以是天才的腦部任何特殊性。

我在網上看到過愛因斯坦的腦切片，它們使我想到醃製後的桃核。我盡力貼近電腦屏幕想看個仔細，琢磨那發暗的「核」是如何形成的，暗色為何是「暗」的，這些「物質」們是多少層神經細胞的密集排列，是什麼區域的大腦皮質，如何留住記憶。在物質屬性上，我和愛因斯坦一樣，當然也和希特勒完全相同，但我們還是不可避免地各自成為自己。我很想能變成血液或電脈波，哪怕變成一個紅血球白血球呢，這樣我就可以進入那個迷宮，去尋找，去發現，或許可以在裡面找到什麼也難說。

腦垂體部位的「海馬迴」所曲身懷抱的是「杏仁核」，主管情緒，就那麼點大，一個小肉疙瘩，像個小瘤子，躲在海馬迴的懷裡，這個情感之源，也是恐懼之源；可不管在哪，它都是物質，有手感，有形狀，有肌理，全由上百億的腦細胞毛細血管組成，而這些切切實實的物質卻為什麼能產生光怪陸離的心理、天馬行空的幻想呢。如果完全拿掉會怎麼樣呢，人就無畏無懼了，

多好啊，我就可以放心大膽了，但也不能貿然走夜路，那樣反倒危險。嗯，小杏仁核還是不可少的預警系統的終端，不能割掉，但可以割去一點，降低我恐懼感的靈敏度總是可以的吧，這樣至少我就不用每晚摟著三個枕頭睡覺了。是的，我一個人睡覺，但是我需要三個枕頭，多一個少一個都不行，一個枕頭用來睡覺，一個枕頭用來陪我說話，還有一個枕頭是用來喚醒我的。

有時候我真想把海馬迴取出，把含有快樂記憶的那部分保留，把痛苦記憶的那部分切除。如真能如此的話，我首先想忘記的就是母親的病，忘記曾經愛過的人給我的傷，忘記那些一個個難熬而悲傷的漫漫長夜；而對另一些記憶，比如母親在我小時候給我做的紅燒魚的味道，父親用雙手把我舉起在太陽下不停旋轉的那種輕度眩暈，夏天爺爺常給我買的綠豆棒冰的甘甜口感，以及陳傑曾經在我最孤單時，在電話裡輕輕地對我說「我在呢」的喉音，我則想讓它們在我的血液裡青春永駐。可是我真的能分得清楚它們嗎，在我這短短的有限的生命裡，我的痛苦與歡樂，愛與恨都早已相互融合交織。如果沒有痛苦了，恐怕也留不住歡樂，因而也就留不住我自己。我之所以是我，也許全是由那些屬於我自己的獨特的痛苦和快樂組成的。

十七

扔在陽台上的爛番薯長出了盛大的葉子，我躺在華麗的席夢思墊子上已經超過了二十四個小

時。我看了看自己裸露在被子外面兩隻潔白的腳，感覺那不是自己的，可我抬左腿的時候，那隻左腳也微微地被抬起了，我抬右腿的時候，右腳也相應地被抬起了；我又左右晃動了一下它們，終於決定起床，我用玻璃水杯裡的隔夜水潑臉，站在斑駁的有些骯髒的窗子前抽了一根菸，窗外灰濛濛的。

我已經有好幾天沒去上班了，覺得身體被抽空了。渾身不舒服，可是具體哪裡不舒服我也說不上來。

點了一個外賣，發現原來牛肉鍋仔就是一碗熱粉絲，想到好像很久沒吃東西了，就努力認真地吃，細細咀嚼，斯文下嚥，感覺自己是頭嗓子被塑料袋卡住的海豚。吃完後依舊懶軟如故，站在洗手間的鏡子前面，我看到自己皮膚鬆弛慘灰，臉色像是被福爾馬林浸泡過的，頭髮散亂，如同日本電影裡的女鬼。我掉髮的情況更嚴重了，還沒老，就已經變醜了。我不停地照鏡子，鏡子裡的一切事物好像都很累的樣子，只有鏡子依然在老老實實兢兢業業地折射著客觀世界，鏡子真討厭，你就不會撒點謊嘛！儘管如此，我還是喜歡照鏡子，簡直照鏡成癖，如果身邊沒有鏡子，我會焦慮，會茫然，沒安全感。我如此眷戀鏡子，不是因為我愛自己，而是因為我在鏡子裡看到另一個人，另一個人和我在鏡中對照，她沒有呼吸，沒有心跳，也摸不著，只是一個彎曲的折射，是我詭異的不可思議的拼圖，它之所以還不是碎片全因它沒有被打碎。

為什麼所有的人不停地說話呢，我將自己反鎖在房間裡，悶頭躲在被子裡，被子裡黑黢黢

的，一點也不透氣，可是我寧願待在黑暗裡，聽自己的喘氣聲。

時間不知過了多久，憋悶得厲害，我只好鬆了鬆被子，讓清冷的空氣鑽進來。自己畢竟很難憋死自己，但是如果外面有人呢，那個人是可以憋死我的。如果我被憋死了，會連那個人的長相都沒看到，那就太冤了。我的門可能沒鎖好，或者他們可以從別處進屋也難說，我得趕快從被子裡出來。我出來了，四處看，還好，沒有什麼動靜，屋子裡很安靜。

我大概又睡了很久，夢中好像穿過了許多黑暗的走廊，走廊裡有地下滲水，水越來越多，逐漸要淹沒我了。水很髒，死水藻漂浮在水面，但不涼，無聲地冒泡，然後這些泡泡又紛紛破掉。我很想講話，但張不開嘴，我知道一張嘴水就會嗆死我，像嗆死一條狗。水越漲越高，我不會游泳，試著踮起腳來走，沒想到居然浮了起來漂在水面上了，這不就是游泳了嗎，這麼容易，而且我怎麼這麼輕呢。

我睜著眼，牆上有窗外反射過來的光，一層一層的光圈暈開來，暈開來，我聽見自己呼吸的聲音像伐木場的鋸子在拉拉扯扯。

十八

胡醫生站起來的時候我才發現他的個頭只到我的胸部，臉色紅潤，一本正經，非常客氣。越

是看上去善良的人越是變態，沒準這位胡醫生私底下喜歡把女人吊起來也說不定。

我不知道自己到底是屬於內科還是精神科的病人，也許這並不重要，在醫生的眼裡，這個世界也許只有兩種人，一種病人，一種死人，醫生自己是上帝。這時上帝微笑地看著我了。

「哪裡不舒服？」

「哪裡都不舒服。」

「什麼症狀？」

「睡很久，有時候很久也睡不著。」

「還有別的什麼嗎？」

「夢，醒著的時候也做。」

醫生給我開了一系列的檢查單，有驗血的，有驗尿的，有驗肝功能的，心電圖，腦ＣＴ等一系列詳細檢查。我想我肯定得了什麼非常嚴重的病，也許快要死了也說不定。這樣也好，省得跳樓了。

來到二樓，樓梯口左側就是腦科康復中心，一個男人直直地站在那裡，缺了右腦，所以頭型像洩了氣的籃球，怪怪的。他正視前方，沉默不語，好像是金字塔前面的獅身人面像——偉大的斯芬克斯。他眼神深邃而平靜，偉大時代已經過去，而我依然在這裡。我不由得一直盯著他看，從他身邊走過去的時候還不住回頭看，他一切如舊，我想到斯芬克斯也是不斜視不說話的。

不過他終於動彈了，他開始從褲兜裡掏出紙菸，從菸盒裡取出打火機，擦著，用那火苗精準點上，然後深吸一口，緩慢吐出來，好像在延遲這享受的時光。這時有個年輕護士走過來，欲言又止，終於開口了，說不能吸菸啊。「斯芬克斯」白了她一眼，沒說話，繼續吸菸，護士也就走開了。我於是覺得「斯芬克斯」的形象更加偉岸，只可惜缺了半個腦袋；不過那個金字塔前真的斯芬克斯也缺了一部分，不是缺半個腦袋，而是缺了鼻子；只是缺鼻子和缺腦是不同的性質，缺鼻子是破相，缺腦是缺失知覺，但並不一定破相，我看還是缺腦好。

那位護士的高跟鞋噠噠響地從我身邊走過去，那是一雙黑色的細繫帶皮涼鞋，黑帶子繫在她雪白的腳面上，腳趾甲還塗著大紅色的指甲油。這樣的一雙腳出現在醫院裡更顯得它的性感，男病人看了可能會有益於康復。我不由得又看了一眼「缺腦斯芬克斯」，發現他穿的是一雙舊拖鞋，這實在不好，而且好像有灰指甲，而金字塔前的斯芬克斯是光腳的，沒穿鞋，因為它的腳是獅子腳，獅子是不穿鞋的，母獅子也不穿，可惜。

配藥房裡的各色藥品都一小格一小格擺放得整整齊齊，藥盒圖案設計新異而雅致，色彩明亮又安詳。我思忖片刻其緣由，欣喜地發現那是因為藥盒底色的白色占據了大部分面積，這肯定是一個深思熟慮的考量，因為白色使人安詳、使人平靜，而那些字的顏色則是多彩的、跳躍的，使人感到裡面的藥是有效的。但不是有假藥嗎，即便不是假藥，真藥也是一種毒啊，吃了使人無法平靜安詳，吃多了便永遠平靜安詳了，所以這一切是個陰謀。

不同的藥就是不同的毒，以毒攻毒。人的一生，許多時候是由這種毒來伴隨著你度過美妙的時光的，逐漸衰老的過程也就是緩慢地中毒的過程，所以人越老也就越難看，老人斑、皺紋、口臭、浮腫、多屁，這些都是中毒的表現。終有一天，我們都會被自己的毒毒死，人死後，人體裡的藥毒就會閒下來了，但如果土葬的話，毒就會繼續活躍，侵蝕土壤和水，毒害著環境，所以還是火葬的好。我不怕死，但我害怕衰老。

十九

這間房沒人，我走了進去。牆上掛著一些錦旗，套間裡面也沒人，桌台上直立著一些人體模型和大腦模型，都是粉紅色的，有點像嬰兒的肌膚，其實更像小蛔蟲的顏色，我想到電影裡剖開的肚膛裡扯出來的腸子。

牆上有張人腦解剖圖，不同的區域以不同的顏色表示出來，大腦、小腦、腦垂體、腦前葉、額葉、頂葉、顳葉，這些似乎眼熟，想起來了，是從前讀過的那本精神病臨床診斷案例，不過那個附圖是單色的，也小，沒有這張圖細緻精美。

腦顳葉的部分是粉色的，裡面有個部位是曲身海馬的形狀，就是海馬體了。我見過水族館裡玻璃缸中的小海馬，一個個呆呆地直立著，都像在午睡，色彩是褐灰色，實在無聊，我當時就看

不起，甚至想趁人不備往水缸裡放一把手裡的小石子，可是我更喜歡小石子，它們很漂亮，我捨不得扔進去。

平庸的海馬在這幅圖中變得煞有介事了，不光色彩鮮亮，而且還代表著「思維，理性，綜合，判斷，控制」，這樣，高級動物才有了腦功能。可是高級有何用，那年我在街上走，忽然身後人聲鼎沸，回頭一看，一輛公共汽車停在馬路中央，人們都扭頭往那看，公交司機呢，這時正看著方向盤，輕輕地把白手套往上面敲著，發生了什麼已不用說了。

公交車前輪下一個人被壓在那裡，沒有什麼血，但既然是壓著了，血總會出來的。我正欲上前看，身旁的一個人忽然用什麼在我腳下掃了一下，我轉眼注目，是一小塊粉色的東西在竹條掃帚中被滾動著掃到馬路牙子上了，啊，是人腦子，從公交車輪下蹦到路這邊的人腦子，那團新鮮滑軟、閃爍著水靈靈高光的人腦被掃到下水口處，然後被那竹條子尖銳地扎入下水口。也怪得很呢，那團腦子迅速地順勢滑入（像逃入）到裡面了，誰也沒注意到這邊的情景，更沒注意到那個手握掃帚的清潔工，他是如此平靜，幾乎是在掃垃圾一樣地日常。

可怎麼會這樣呢，一個人的腦子，瞬間就離開了主體，慌亂地突然被蹦了出來，然後被「日常地」掃入地下，前後不過幾分鐘啊！「那是個大學生，那是個大學生！」有人這麼說。我看著那清潔工，回想著他把人腦掃入下水道入口的麻利，難道你不是天天掃垃圾，而是天天掃人腦嗎？我注視著他，他也看了我一眼，轉身走開，有點像逃犯。他為什麼這麼快地把那腦子掃到下水道

去？因為恐懼、慌亂？一個有著腦子的活人害怕一個突然出現的裸體的腦子？或者，因為清潔工最卑微、最底層，現在他有機會隨手可以把一個大學生的腦子掃入、捅下水溝，因而充滿快感？也許還有別的什麼原因？私人性的原因？我實在不明白。

那塊淡紫色的部分是腦垂體了吧。我看過一個紀錄片，是肯尼迪的驗屍紀錄片。肯尼迪死眼半睜，無神地望著什麼地方，其實他已經什麼也看不到了吧，可萬一看到什麼又不作聲，則更瘮人。誰知道呢！不過等我死後就知道了，終會有這真相大白的一天，不急。這位美國英雄似的總統，腦部中了兩槍，一槍在靠近脖子的位置，也就是腦幹部，另一槍在左腦，就是語言區域，雄辯才能就此完蛋！他的前額倒是完整無缺的，那也無用，也照樣無神地、安靜地躺在驗屍間的平滑冰涼的鐵推車上。

我是個特別怕冷的人，想到停屍間裡面的那種鋥亮的冷冰冰的鐵推車，就感到周身的寒意。當自己有一天要擱在那上面的時候，最好事先多穿一件厚實些的、保暖的大衣。這點絕對不可忽略，不然那可怎麼辦，太可怕了！

我突然想到母親，她為什麼要生下我，一個這麼奇怪糟糕不討人喜歡的我，估計是一時糊塗。生育真是一件奇妙的事，我和母親明明是兩個截然不同的人，可我們曾生死與共，融為一體。如果她當時腦子一熱，也極有可能把我刮掉，我也並不遺憾，可她錯過了那個機會，我的細胞在她的子宮裡漸漸分裂擴展，壯大，發育成形，穿過狹窄黑暗潮濕的陰道，終於頂著個腦袋站

在了天空下、陽光中，堂而皇之地呼吸、走路了。

「你是幹什麼的？」一個穿著白大褂，既不像醫生又不像護士的中年男人不知怎麼地突然站到了我的面前。我沒理他，轉身就走，離開了那個房間。

我下樓時看見拐角處有個垃圾桶，便把那些檢查單統統扔了進去，去他媽的檢查，去他媽的指標，去他媽的減號加號，去他媽的醫院，全部滾蛋吧，我一個檢查也不想做了。這時手機鈴聲響起來了，是母親的，我立刻接了。

「莫莫啊，你在哪，我在珠穆朗瑪峰峰頂上種了一朵花，一朵在零下四十多度才會開的花。我跟別人說，別人都笑我，說我瘋了，我沒瘋，我是親眼看那花開的，我在那朵花身邊守了四十多天，它開的時候太美了，我知道它不是人間可以盛開的花朵，但是它為我開放了。我真想讓你也看一看，可是它謝得真快呀，你聽到了嗎，我多想就待在這裡不走啊，可這沒有我的房子，也沒有我的丈夫。我看著遠山，很遠很遠，我看到一個地方，想起來了，是我出生的地方，還有牛羊，牛羊也是藍色的，我能透過牠們看到更遠的地方，真遠啊，你不信？我也不信，誰信我啊，你以為我只是一個數學家，就會裁衣服嗎，你以為我就會一針一線地把你和我縫在一起嗎？我還會種花，會養花，我會讓那些我愛的花不死，它們就聽我的，死了也在那裡站著，為我爭氣，也為我驕傲，所以我愛它們，為什麼死了也站在那裡呢，它們在等我啊?!可是它們快凍死了，我怎麼辦呢，幫幫我吧，莫莫，你能來嗎，你在哪裡啊，我很冷，沒有衣服，你忘了我給你蓋被子

嗎，深夜我起來，咳嗽，咳出血了，我把血嚥了回去，我不能死，我死了，你就沒人管了，你孤單，我也孤單，可是你不知道我孤單，我也不想讓你知道，你知道了也不明白的，都是這樣，總是這樣，所以我命苦，所以我來到珠穆朗瑪峰的山頂，我在那裡幹什麼，我在找你啊，你到底還是個孩子啊，你什麼時候才能懂事啊，我的孩子！」

不知怎麼，我不再煩母親的電話了，我在聽，在傾聽，在傾聽一個真正的獨白，漸漸地我已分不清是誰的獨白了。

我走出醫院大門來到街上，陽光實在是好，很久沒有這麼好的陽光了。我不由得朝著太陽大笑了，這引起了街上行人的側目，他們都紛紛向我望過來，露出了奇怪的笑容。

二〇一五年四月寫於杭州

發表於《收穫》二〇一五年第五期

眩暈

一

如果這個女人不是熟睡著，他是無法如此近距離地看到她的白髮的。她頭髮上端染的栗色裡透著灰調子的橘紅，有種蓄意的人工風韻，而根部卻在靜靜地泛白。天空泛起了魚肚白，漸漸照亮了屋裡的白牆，被子床罩也都是白的。他一時想不起來昨晚那場亂糟糟的做愛持續了多久，她還在繼續睡，發出了輕微的鼾聲，於是他斜過臉來，仔細地看著她。他還從沒這樣毫無顧忌地看過她。

那些白髮是新生的，與染過的髮色形成鮮明對比，顯得更白了。他想到某種硬殼蟲被踩爛後濺出來的白漿，黏稠的噁心。那些白髮生長得很旺盛，色澤純粹，一味雪白，他想起去年老家的大雪，那是他記憶裡最大的一場雪，整整下了兩天兩夜，好像要把整個世界都埋掉。一星期後，雪才漸漸融化，但背陰裡的積雪，很久後才慢慢消失，如此的慢，以致院子裡的桃花吐蕊的時候，雪還在那兒待著，變成了凍雪，凍雪是睡著的雪，是死了的雪。他又看了看她髮根的白髮，

覺得那種白不是睡著的，它們在醒著，在生長。

他覺得白應該是新生的顏色，裡面沒有蒼老衰敗，梨花、辛夷、臘梅，是新嫩的，可是一顯露出來之後，好像就開始變老了。頭髮根部的白髮也是白，但無論如何扯不上是新的，想到這，他有點發呆。他忽然想到自己，聚精會神地體會著自己的頭髮，尤其是頭髮根部的動靜和色澤，想到自己的頭髮會不會也一點一點地在由黑變白，但很快便發現自己的可笑。

眼前老女人的睡相實在醜。一臉的鬆肉耷拉著，眼睛半翻，好在沒朝這邊看，否則會以為她根本就沒睡，或者死了。人死了，眼睛大多半睜，好像怕人虐屍，或者擔心別的什麼，鬼知道！他想到「海棠春睡」、「睡美人」，這位可不是什麼「睡美人」，而是「睡老人」，他不由邪僻地笑了一下，他想到在哪裡看到過「睡美人」的英語，於是努力在記憶裡「百度」，結果徒勞，心裡暗自罵了一下。

很靜，他有足夠的閒暇胡思亂想，天馬行空，這也算是一種休息，一種都市人奢侈的休息。可他實在天馬不起來，轉來轉去，腦袋裡都是眼前的這個翻眼呼睡的老女人。他想到上小學時去同學家做作業，進門，撞見地上橫著同學的爸媽在午睡，他看到同學的媽媽褲衩私處部位被什麼東西頂起，分明是個小雞雞，女人也長雞雞？他頓感驚恐，接下去的作業也弄得錯處連篇，一塌糊塗，他想到不久前的一個異象，就是家裡唯一的雞，一隻老母雞，忽然半夜打鳴了，他被吵醒，細細品味著那一陣陣的叫聲。後來那隻母雞也就不再下蛋，結果被母親宰殺了。他側過臉去

再次打量著那個老女人。收回目光，他有些疲倦地望著亂亂地蓋在身上的白被褥，發現被子大半被她裹了去，但女人的肩膀尚露在外面，膚質灰暗，有個形狀模糊的暗紫色胎記，像半個蝴蝶的翅膀，又有點像一個面具。此時，忽然他發現她在看著他，不知何時她已經醒了。她在打量著他，抬身湊了過來，撫摸著他，不一會，他們又做愛了。

她有節奏地蠕動著，眼睛微闔，唇縫微張，無疑是在享受著此時的快感。他早已習慣了這種「給人提供快感」的角色了，但還是忍不住把視線從髮根的白漿色移開，後來乾脆閉上眼睛，可是那白漿色已經牢牢地滲透了他，就算不看，腦袋裡也全是她的白髮。他漸生一種幻覺，感覺她整個頭髮瞬間變成了白的，並隨著那個「蠕動」而輕微地顫動著，飄動著，散發著死亡般的蒼老，他感到自己在和一個百歲老女人做愛，他有點害怕了。身下的那「白髮女」這時張開了微醉的眼睛，並注意到他的心不在焉，因此眼神慢慢變得硬了些。當他的目光和她碰上的時候，他迅速可憐地順下了自己的眼睛，不得不繼續埋頭苦幹，這樣又過了一刻鐘，他終於聽見身下傳來古老的滿意的呻吟，心裡一鬆，想這下差不多了吧，於是小心翻身下來，徑直躲進廁所。

早晨的微光環繞在白色的馬桶圈上，朦朦朧朧的像一道白光環。他看著自己的尿液噴濺在馬桶裡被窗外灰色的光映照得一層一層蕩開，他想起了小時候愛唱的歌曲，「讓我們蕩起雙槳，小船兒推開波浪……」這時她也衝進了洗手間，屁股還沒有坐在馬桶圈上，嘩嘩的尿聲就響起了，他還沒聽過如此明亮的尿聲，有點像鄉下的牛羊，這時他感到有一些尿珠子濺到他的腿上，低頭

看，那尿珠子已在瓷磚地上形成了涓涓細流。她抬起頭看著他說，你剛剛怎麼回事，心不在焉的，想什麼呢？他不知道怎麼回答，覺得一陣尷尬，好在她並未逼供，心思也好像轉移到另外一些事了。尿完以後，她攧手攧腳地繞開地上的尿流，走出了洗手間。

二

他第一次在學校聽她以製片人的身分在學校講座的時候，沒想到兩人會因為一張名片發展到上床這步。説實話，第一次和她做愛的時候，和這個比他身分地位都要高許多的老女人做愛的時候，感覺怪怪的，畢竟她比他大二十多歲。看著她渾身不菲的衣飾，精緻的妝容，還有嘴裡時不時蹦出來的他聽不懂的英文和法文的單詞，他的自卑感就溜了出來。但是，當他把光溜溜的她壓在身下時，便發現她和以前上過的女人，老家村裡的那些女人，甚至和妓女相比，也沒有什麼不同，唯一的區別就是她老，皮糙，人醜。他感到了自己的優勢，年輕的優勢，性的優勢，可以讓他在短時間內戰勝自己的貧窮卑微的心理，戰勝自己的屌絲身分，他看著身下儼然已經被他征服的屬於另一階層的女人，感到自己不是在搞她，而是在搞這個高於他的階層，甚至在搞近來總是和自己作對的世界。

他已經記不清楚和她總共做過多少次了，十二次？十五次？這樣想時，他發現「次數」並沒

有什麼意義，數字而已，他也不想用「機器」感來形容，但除此之外，他找不到更確切的字眼來形容了。除了這個女人的資深製片人和影評家的身分，他對她身體上的一切都充滿厭惡，她的平板肥腳，稠密粗硬的陰毛，還有有時會顯露出來的微微的髯鬚，這些都讓他難以忍受。

她定期給他打電話，一來就上床。雖然他也處在荷爾蒙賁張的青春時期，但面對一個老女人，他其實更想和她談電影，但是，怎麼說呢，什麼話題呢，「探討」些什麼呢。她人中部位的稀落的硬汗毛表明她性欲尚未衰退，她的動物般的眼神，哎，別提她的眼神了。記得第一次單獨見她時，倒是真的想求教於她的，當時在她的旅館房間，沙發，台燈的溫暖的光，她在吸菸，一根昆菸，這本是可以談電影的氛圍，他提了幾個法國新浪潮，意大利新現實主義，以及別的他所心儀的導演。比如，他很想談談法國的讓—呂克．格達爾執導的《狂人皮埃羅》和卡繆的《陌生人》的關係，還有意大利馬里奧．莫尼切利的《警察與小偷》的小說原型，但每次剛開口時，他感到她並沒有興趣，聽得心不在焉，而且分明是一個資深影評家在聽一個小毛頭在胡扯，嘴角也不時露出有點鄙夷的冷笑，有時她開口了，可多半是顧左右而言他，比如抱怨酒店裡茶葉的劣質，空調的噪音，屋外建築工地的大聲喧嘩。然後，她的望過來的目光就變得暈暈而火辣了，電影的談話即刻演變成浪潮般的床上運動，重複而又重複，具體的肉欲，肌膚的接觸，怎麼也無法和剛才的話題相聯繫了，而且在交媾中，他毫無快感，常做到一半，他就蔫了，而她依舊興致勃勃。

有段時間在北京，他完全陷入了困境，那是一種無法描述的逃不出的困境，深夜醒來失眠，

開始掉頭髮。他大概想要在黑暗中伸開手抓住些什麼，彷彿抓住了光，又彷彿什麼也沒抓住。要是什麼事都不做，他就不會有這麼多煩惱。他好像被一股力量牽引著。他不知道這力量究竟是什麼，來自哪，又將帶他去向何方。每次照鏡子，他都感覺身上在發生著一些什麼，又像一切都沒有變。他的房間整整一面牆，貼滿了他崇敬的導演和作家的照片。無數次他在黑暗裡凝視這面牆的時候，他想到了燈塔。這面牆是他的燈塔。曾經有一個女孩問他「為什麼來北京」時，他沒有道出他的野心，只說喜歡北京寬大的馬路和人來人往，確實，在很多時候，他會在大馬路上走著走著就停下來，或者在天橋上停下來，看著那些無數的和他擦肩而過的人。他喜歡人群，另一方面，又討厭人群。

三

有一個女人倒是總和他談電影，每次都談得眉飛色舞，滿臉通紅的，但他卻完全不想和她談。這是因為他有點瞧不上她。

他是通過微信搖一搖認識這個女人的，至於什麼時候，在什麼地方，卻記不太清了，能記住的是那天晚上他不知怎麼了，也許是無聊，更多的是不安，其實就是想搞女人。從微信上的頭像看，她有點像張馨予，又有點像李小璐，反正就是一張網紅的臉。他加了她為好友，然後就聊了

起來，沒聊上幾句就約見，對方竟然也立刻答應了。當晚見面時，他發現她和微信上的頭像差距巨大，不僅臉大，而且相貌平凡，皮膚也不嫩，但這並不妨礙他和她開了房。

她是商場賣女性內衣的，她問他是幹什麼的，他答是電影編輯。她不懂電影編輯是什麼，但「電影」是懂的，在她的眼裡，凡是和電影沾邊的職業，就和導演差不多，因而認定「電影編輯」這個工作是極其牛逼的高尚職業，她會把自己概念裡的所有當紅的電影、電視劇，以及影星和所有相關的八卦，全部與「搞電影的」聯繫在一起，而且認為所有電影界的從業人士在社會階層上也高人一頭，因而，她很自然地把「他」視為非凡人物了。

想來，他倒是很願意有女人把他當成「電影導演」那樣供著的，他需要這種虛榮，可他知道這種虛榮一捅就破，比如，女人們很快就發現這位電影導演沒什麼錢，除去日常開銷，偶爾累了才去喝兩杯，在大部分情況下，他顯得吝嗇。他總是有危機意識，不只一兩個女朋友抱怨過他的小氣，但他覺得無所謂。

近來他的電影導演野心似乎不如最初那麼強烈了，另一種相反的東西，正悄悄地咬噬著他對電影最初的那種「崇高」感，這讓他擔心，怕自己忽然有一天會對自己宣布：電影是狗屎，我不幹了。他尋思著這個心理變化是從何日開始的，這其中緣由頗為繁雜，一時也理不太清，但他需要弄清楚。於是他不得不把自己對電影的興趣和熱愛的來由，像過電影一樣地過了一遍。

高中的時候，他覺得電影真是一個神祕牛逼的世界，那裡面的人總是格外的鮮亮時尚，電影

裡面的事哪怕是個屁，也比現實要精彩得多。他常逃課，躲到錄像廳裡去看電影，看得昏天黑地，同班同學有個胖子，出於富裕家庭，有DVD，他總是以去他家做作業為名去看碟片。只要他稍有零錢，就去鎮裡那家光盤店裡買碟片，他已經數不清看過多少部電影了，總有幾千部吧。他覺得自己離不開電影，甚至覺得電影電視劇裡的生活，才是真正的生活，而現實生活，比如他自己的生活的目的，睡覺，吃喝，上學讀書識字，都是為了能觀賞電影而已。終於有一天，大概是高二的時候，他忽然認為：只要他再繼續看下去，總是可以成為導演的。他不知道這個自信從哪來，但很明確，似乎是個「啟示錄」，就是他必定會成為導演的，一個牛逼導演。

高三的時候，他決意報考電影導演專業。從高校的簡介裡，他發現電影導演專業比較冷僻，也就是說一般省立的大學是沒有這個專業的，只有大城市裡的名牌大學，比如，北京電影學院、北京傳媒大學、上海戲劇學院，等等，才設立這個專業。他決然報了北京電影學院導演系，可惜，兩次考試，兩次落榜，而且是在初試的時候就被刷下來了，但這並沒有打擊他的夢想和信心，他想到那些勵志的電影，覺得考試的失利，不過小菜一碟，根本沒有什麼，於是在信心滿滿的狀態中又考了一次，終於被北京的一所師範學院藝術系的導演專業錄取。

他並不太滿意，因為到了北京後，他發現「師範學院藝術系」畢竟是三流院系，業內人士並不太認可，可離他的導演夢，無疑還是大大近了一步。但事情並沒那麼順利，原因是學費太貴了，到第三學期的時候，家裡就負擔不起了，可讓他放棄又是不可能的，於是休學一年，去賺錢

交學費，好在他年輕，經得起這樣的折騰，而且呢，這時他又想到了某些勵志的電影，心裡變得平靜了。

算起來他打過好幾種工，跑過外賣，發過傳單，做過促銷，有一次居然還跑到一家桑拿浴裡做服務員，這使他開了眼界，認為這一切經歷遲早會成為他的導演夢的本錢，他模糊地記起不知在哪裡讀到的一句話：「我所經歷的一切，都是我的上帝。」

後來經老師介紹，他接了一份電影編輯的工作。工作的環境很糟糕，整天躲在那個幽暗封閉的小房間，像一個單人監獄。即使是白天，陽光照進來，也是那麼悶，不透氣，有時，他坐在那個房間裡對著電腦屏幕，覺得那個屏幕宛如怪物的大方形的嘴，深邃幽暗，彷彿要把他的頭吸進去。但他認為懂編輯是導演的必要素質，導演應該懂編劇，要懂作曲，最好也要懂表演，像卓別林一樣。他原以為，到目前為止，自己所做的一切，都是在通向做導演的路上一步一個腳印地扎實地運行著。但始料未及的是，就是這個編輯，使他對電影，包括電影導演的意義的原來的看法，發生了根本的轉變。

對於這個「根本轉變」，他至今仍然沒有徹底弄明白，只有一點是清楚的，就是自從他懂得了編輯後，編輯的任何一點細微的變化，比如一幀視頻的長度的縮短，與另一幀視頻對接方式的設定，像「融合」、「疊加」和「消散」，一段配音的選擇，等等，都會使原來故事的意義遽然變異，原有的「總體感」會迅速崩潰。換句話說，所謂完美的作品，全是由編輯許許多多的細節的

偶然選擇湊成的，其中的各種可能性，稍有變化，意味大變。後來他不大愛看電影了，他感到很難再回到沒有學電影導演，尤其是沒有學電影編輯時的狀態了。他很難專心，容易走神渙散，極易被枝節和非常次要的細節分神，更重要的是他不再相信電影的「魅力」了，他覺得所有的電影魅力的後面，全是脆弱的編輯，是一系列勉強的隨意的東西支撐著，是一寸一寸一釐一釐的人造的東西，它們會毀於一旦，這是他無法接受又不能不接受的。一句話，他對電影的信仰，在編輯的無限可能性中，徹底動搖了。

這個信仰的快速崩塌，其實源於他的信仰本身的脆弱或天真，如同一個情竇初開的少年人，當他剛開始著迷於女性的時候，卻不適時宜地上了一堂有關少女的人體解剖課。這是一系列課程，大腸小腸，肝，脾，腎——消化系統，包括分泌系統，排便利尿，呼吸系統，肺葉，肺泡，還有神經系統，神經元，神經末梢，生殖系統，陰道，子宮，子宮壁，陰道壁的奇怪而粗糙的肌理，等等，那些在顯微鏡下呈現的另一種奇怪的微觀世界，不僅沒有絲毫美感，反而令他毛骨悚然。而且問題在於，這個生態系統裡的任何一個環節的變化，比如排泄系統或神經系統出了問題，都會直接影響到這位少女的狀態和容貌。雖然這是個常識，但他很難將這兩者聯繫在一起。也許是他不願意，或是他真的沒有這樣想過。比如那次他追一個女孩的時候所發生的一件事，至今也使他迷惑和失落。那是同班的一位秀美的女生，他瞅準了時機遞給她一個紙條，經過漫長的幾天後，那女孩來了，也遞給他一個紙條，可就在那時，他聽到那女孩放了個屁。女孩表情頓時

變得尷尬和緊張，因為她知道自己的屁放了就收不回來了，有意思的是，對他而言，臭味飄出之後，他好像比那個女生還覺得尷尬難堪，使他很久都不願意或不太想再給女孩遞紙條了。

四

他在完全不懂性的年紀，就已經邂逅了避孕套。那是他上小學的時候，有一天早晨上學前，他看了一眼窗外，他發現一些背書包也要準備上學的同學正在樂呵呵地在玩白氣球，有的正在吹著氣球，有的把已經吹好的氣球往天上趕，但那些氣球好像並不輕盈，總是飄不起來。難道今天是什麼節日嗎，他想了想，不是的，什麼節都不是的，而且節日的氣球是五顏六色的，紅啊黃啊藍啊，沒有白色的。他出門去看個究竟，發現那些飄不起來的白氣球零落在各處，隨風在地上滾動著。他上前想去抓兩個，結果很容易就抓到了。這時他發現地上還散落著很多沒有被吹起的白氣球。從白氣球那扁扁的形狀看，它們更像「奶油冰棍」，而不像「電燈泡」。氣球嘴也大得不尋常。他心想這些氣球是哪來的呢，它們飛不到天上，難道是從天上掉下來的嗎？他不懂。這時有一個抱著棉被路過的婦女，見狀，眉頭一皺，說道：「這些傻孩子，玩這些幹嘛，多髒！」然後頭也不回就走開了。後來他發現其他路過的成年人也都視而不見。他當時根本不知道這是避孕套，也沒人跟他說，直到有一天，他在家裡地上也看到了這種白氣球，他當時想撿，父親見了，

呵斥道：別動，髒。他搞不懂，為什麼這些白白的東西老是被斥責為髒。

在後來的日子裡，他懵懵懂懂地知道了這是避孕套。現在回想起那個情景，在那玩具匱乏的年代，他寧肯它們都是氣球，而不是避孕套，清晨，那飄不起來升不到天空的白氣球輕輕地在地上滾動著，散落在路邊、樹叢中、垃圾堆，散落在四面八方……

此刻他們在酒店，房間的地上也三三兩兩地散落著避孕套，他是故意這樣亂扔的，不知怎麼，他今天就是想這樣做，他想到電影裡的「場景重現」，心中尋思著，想從中品出一種味道出來，這時響起了白髮女的聲音：我餓了。說著，她從床上爬起來，穿上衣服，然後把有點胖的腳使勁往尖頭皮鞋裡塞，終於塞進去了。

在飯桌上，他對白髮女談起了小時候的「白氣球」，白髮女聽得專注，渾濁的眼神裡居然露出一種童真來，她說，好啊，好啊，有意思，以後你拍成電影短片嘛，就叫《白氣球》，直逼法國的新浪潮，我來寫評論，我來寫。說完用那樣的眼神看著他，然後叫了一瓶白酒，二鍋頭，她原本是絕不喝這種屌絲酒的。幾口下肚，興致更好起來，喝了兩杯後說出去走走吧。

他倆從來沒有一起散過步。他不喜歡和一個老女人走在街上，可她則顯得很自在瀟灑。她說我帶你去一個你熟悉的地方吧，於是她叫了個出租，穿過密集喧鬧的市區，便在一個不知什麼地方的地方下了車。路燈早已亮起，馬路上不時有成群結隊的摩的呼嘯而過，是民工收工的時間了。從白髮女的那種自在來看，她對這裡是熟悉的。她帶他走進了一片高架橋下的類似貧民窟的地方，

一條黑暗窄小的爛泥路。沒想到的是這條小巷正在拆遷，到處是磚堆爛牆和亂成一團的電線。這時一道強烈的車燈直照得兩人的眼睛睜不開，並可以看到燈光中的飛揚的浮塵。是一輛裝滿垃圾的卡車，被狹窄的路上的一棵樹卡住不能動了。有幾個人下車嚷嚷著什麼，他們的長長的身影投在了路面上。他和她在垃圾堆上一腳深一腳淺地繞過這輛卡車，但感到被黑暗中的什麼電線攔截了一下，掙脱之後，一輛載著破爛的三輪又貼身而過，他感到自己的手指被一根可能是三輪車上面的什麼細鐵絲勒住了手指，接著一扯，指甲根的肉差點被翻開，他暗自叫苦，心裡埋怨白髮女怎麼把他帶到這個鬼地方來了。這樣想著，又走了一段路，算是回到了稍微平坦些的路上了。

她也抱怨地説真倒楣，碰上拆遷運垃圾，本來這裡挺好看的，哎，我們不能走這條路了。説著，她站在一堆爛磚前看了看，似乎有點感嘆，之後便離開了這條路，拐到一條黑暗中看不清的不是路的路。不一會兒，這條路把兩人引到高架橋下。他發現周圍除了一片已經成熟的高粱之外，橋墩上還被一種不知名字的綠色植物爬滿了，不是爬牆虎，爬牆虎的葉子狹窄而密集，而這種植物的葉子肥厚而闊大，綠油油，在黑夜裡也油綠得彷彿要滴出汁來。

白髮女依舊興致勃勃，一路上不停地在説些短片，他三心兩意，也沒有仔細聽，這時白髮女忽然快走一步到他面前，停下，盯著他説，你知道嘛，短片最好的結構，最好的敘事效果是什麼？是什麼？就是在好的時候，在觀眾最想往下看的時候，電影戛然而止，就像性交中斷！他聽了有點不舒服，性交中斷？他覺得一個老女人滿口這些東西並不合適，但她認真，而且好像説的

也有點道理，所以也就哼哈地附和著。

高架橋下有些人工搭建的爛棚子，有些婦女蹲在門口烤火，烏黑的炭在銅盆裡被燒得通紅，小的時候他在村裡常見到烤炭，他沒想到時隔這麼多年，在北京的近郊，又看見了，那些盆裡的炭像一隻隻紅眼睛盯著他。他移開了目光，抬頭看了看那升炭火的女人，是個南方女人。他問為什麼跑到外面烤火啊，熱氣都跑掉了，她說無聊，看人吶。他心想這左右有什麼人啊，這樣想著他跟著白髮女走進了橋墩。那裡堆放了很多東西，是一些長長的方形物體，這些東西被落滿塵土的塑料布罩著，在黑暗中，他有些看不清。

一個男人蹲在那些東西前面刷牙，另一個人在煤油爐上下麵條，他在空中聞到的更多的是煤油味而不是菜味。等到他的眼睛逐漸適應這裡面的光線時，他發現了那些東西全是棺材。他看到了有些薄膜中露出的棺材的雕龍畫鳳的頭部，上面有金色的一個壽字，它們直直地一排排躺在那裡。估計棺材都是空的，不然會有屍臭的。他心血來潮，問著旁邊正在煤油爐上下麵條的人這些棺材的來路，那人皺起眉頭打量了他一會，沒理他，繼續專心下麵條。他接著問，那人看著鍋裡的滾動的開水，還是沒理他。

刷牙的人把口腔裡的水咕嚕咕嚕漱了幾下子之後，嘩啦吐到地上，然後抬頭看了看，說現在拆遷戶都搬到大樓裡去了，棺材搬不進去，就扔了，而且現在都火葬了，誰還要棺材，說完又仔細打量了他們這一對男女，欲言又止，有點疑惑地進棚了。他看到棚裡面橫穿左右的一根繩上掛

了不少衣服，牆上幾張色彩鮮豔的性感的影視明星大照片。他轉身盯著那些棺材再細看了看，心想難怪剛才走進橋下，沒發現這些棺材時，好像也似乎感到什麼異樣，一種心裡的寒氣。他想到人死前備好棺木，這事老家農村裡就有，不少人早早就把棺材打好，放在屋裡，就像家具一樣。可眼前這些棺材看上去幾乎全是舊的，莫非是用過的？

白髮女不知何時已經走到橋墩外面，仰臉看著天空，突然說道：「好，我知道了，我知道《白氣球》短片的結束了，就是城鎮被拆掉的樓房的瓦礫上，排列整齊的棺材的蓋子霍然打開，一大片白氣球從棺材裡密集飄出，冉冉升起，在風中斜斜地飄向天空，對，就這樣，像是棺材裡孵出來的，生生不息，操他奶奶的！」

五

立春之後的城市裡仍然沒什麼春天的跡象，風卻不一樣了，好像在一夜間，風就變得濕潤了，習習吹來，還蘊涵著遠方的氣息。他在窗口感受到春風，有點想哭，鑽回被窩想再睡會兒。他剛才似乎做了個好夢，於是想做個夢的續集，遇到點好事兒，或者想像自己要麼變成無憂無慮的人，要麼變成灰塵。不知怎的，在夢裡，他感到自己的名字不是原來的那個，而是別的，別的什麼名字，一時也無法意識到，他看到密密麻麻的人名在空中浮游飄蕩，不知所屬，飄啊飄的，

落在何人身上，就屬於那個人了。

在那些名字中，他驀然發現了一個眼熟的，定神一瞧，是沈珏，看到這個名字，便想到高中時那段難忘的戀情了。算起來，這個和他好了快四年的女人，是到目前為止唯一真正愛過他的女人。她愛他，依戀他，甚至連買什麼顏色的胸罩和內褲都要徵詢他意見。她每次來北京都是把自己兩個月的工資帶上，進屋後就像女主人似的替他收拾屋子，給他採買日用品，給他買衣服，可憐的是她並不知道他的心已變了。他是花了近半年的時間才把她甩掉的。她的傷心和女人失戀後的短期內的各種危險，比如女人的報復和自虐，甚至自殺，他都精心考量過了，也暗自做了些準備，比如分手後每次她來電話，他是肯定接的。他懂得這時候的電話必須接，接了，無論對方如何罵他，詛咒他，威脅他，他都靜靜地聽著，給對方一個「接受詛咒謾罵」的印象，這樣對方的怨恨之氣就會及時得到釋放，而大大降低了出現極端事情發生的機率。半年後，如自己所料，她被他安然地甩掉了。

可近來不知怎麼他時不時地會想到她，他內心對這種想念很抵觸，不願承認自己可能也有點愛她，因為如果一旦承認，那就等於同時證明自己的失算甚至愚蠢，這點會讓自己沮喪的，他不會承認。

但在朋友圈裡，他看到了她的結婚照片，他從來沒想到她穿婚紗會是如此漂亮，如此豔美，完全是自己的一個理想的夢寐以求的妻子的相貌，怎麼當時就沒有意識到呢！奇怪啊！可是，如

今她再美，也是別人的女人了！那幾天他沒休息好，加上這個刺激，他竟昏了過去。

醒來後覺得地上很涼，馬上坐了起來，可頭還是有點痛，他看到掉落在地上的手機，他拾起來，翻到那張照片，唉，她還在那，溫柔漂亮，美豔卓絕，而且此時他發現她是對著他微笑的，並且好像知道了剛才自己的暈厥，所以那微笑意味深長，好像還有譏諷之意。

那幾天他反覆做一個夢，夢見自己很吃力走在一條斜坡上，大雨橫風，衣履濕透，他呼喊她的名字一路找過去，忽然，看到她站在他面前，但就在此時，她的面容隨即變化了，更準確地說是融變了，變成了陌生人……

他接著想像著她結婚後過的日子，她和她的新婚丈夫一起置辦新的家具，買了咖啡色的巨大的沙發，她用的護膚品整套的擺放在新家的床頭櫃上，她穿的鞋都是平底鞋，因為她要準備懷孕，新買的房子裡有一間是專門為將來的孩子預備的，那屋子的牆上塗上粉紅色，天花板上則塗的藍色，表明是天空，「天空」的一邊有一只月亮，另一邊有一只太陽。

其實最讓他耿耿於懷的是那個從沒見過面、不知是何方神仙的她的「丈夫」，日日夜夜和她糾纏廝混在一起，隨意撫摸把玩她的乳房，滿臉陰險猥瑣地將自己那副噁心的臉貼上他心愛的她。而她呢，居然懵裡懵懂地被感動，被融化，然後兩人合成了一人，大汗淋漓地做愛，如膠似漆的架勢，還發出呻吟，多麼造作，多麼可悲，多麼可惡！他很痛苦，但那些念頭無休止地纏繞著他，有點越纏越緊的感覺。後來他終於想明白，這一切，都是因為他自己當初的放棄，也就是

說由於自己當初的愚蠢。他不得不承認自己有點愚蠢了。

那天他喝醉了，其實也就喝了兩瓶不到八度的燕京啤酒。他已經不記得是怎麼從餐館走回去的，他把自己關在廁所裡，他知道現在暫時不能躺下，否則將天旋地轉，難說不會引起噴射性的嘔吐，那將會非常難受。他堅持站著，並趴在窗戶上向外望。他清楚地發現對面灰色房子的房簷上缺了一個角，露出了粗糙堅硬的水泥，一隻黑色的鳥斜斜地從房簷那邊飛過來，在他的窗前打了個圈，又飛走了。

走到鏡子前面，他發現鏡子裡面的那個人很陌生，特別的陌生，他迷惑於自己的陌生，那是一張蒼白的、五官有點扭曲的臉。看著自己的臉，他想吐，又吐不出來，於是就用手摳嗓子眼，這招通常都很靈，只要吐出來，醉暈即刻就會得到大幅度減緩，可是當他把手指伸到嗓子眼很深的地方，雖引起了嘔動，卻吐不出什麼來，這樣又摳了幾次，嘔了幾次，仍無效果。在這過程中，當他的指尖無效地在自己的嗓眼裡伸縮時，他覺得手指頭像隻粗大的蚯蚓在空曠黑暗的嗓子裡探頭蠕動，卻又四面不著天不著地。他能左右指頭，但無法左右那空曠黑暗的空間，哪怕讓它稍微變小一點也行，小到指尖正好能撓到的地方，然後引起細微而尖銳的奇癢，胃裡的那些亂七八糟的東西，就可以一湧而出了，可是什麼也沒發生，他的胳膊也瘦累了，只好收起指頭。他再次抬起頭來看著鏡子裡的自己，他感覺鏡子裡面的那個人臉色慘灰，就要死了。

他迅速將自己的臉從鏡子前移開，並深信這樣打量下去的話，死亡就會現形了。他離開了

那面鏡子，也就是避免了死亡的最後確認。「我這時死在屋裡，肯定是沒人知道的。」他想著想著，就感到心虛了。頭暈心虛，頭就更暈了。但他並不認為自己是一個弱者，於是他想自己這樣的醉，多半是喝了假酒，「不然怎麼會這樣！」他想喊，喊家人來幫他，可他忽然緩過神來，意識到這不是在家裡，那麼他在哪呢，他環顧了一下洗手間，感覺極其陌生，過了很久，他才想起來他在出租房裡的共用洗手間裡，他在北京。

外面是大太陽，他感到渾身有火氣，口渴的很，想去買橙子吃，於是往平日裡常去的一個地方走去。那是離這裡不遠的一條街，街兩邊各色商鋪應有盡有，因為街上來回晃蕩的人都是屌絲，所以他把這條街取名為「屌絲大道」。屌絲大道上物價比較便宜，是這個城市裡少有的幾個屌絲可以存活的地方。

可是，當他走到那條大道時，眼前豁然出現了一片廢墟，他不得不努力集中思緒，想到最後來此地的時候不過是三四天前，怎麼成了這樣?!挖掘機像一隻巨大的惡鳥起勁地伸縮著腦袋，在那裡不停地啄著那些石頭，並挑選出大塊點的磚坨來，將它們一一叼碎，塵土漫漫地揚起來了。他站在路邊呆望著，想到那些屌絲會搬到哪去呢？這座城市裡哪個地方還能讓這些人存活下去？他不由的想到自己，自己難道不也差不多是個屌絲嗎?!他忽而微笑了，想到了什麼，又一時想不起來「想到的」是什麼，只是感到自己腦袋此時很活躍，也很敏銳，如同那些深夜裡的失眠狀態，這時有些畫面浮現了出來，開始那些畫面多少還與電影編輯時的膠片上的圖像有關，後來就

離開了那些而展翅飛翔了。

他看到那些由小到大積攢起來的夢想就像紅石榴，裡面那些亮晶晶的石榴籽，一個一個都在尖牙利齒中破滅了，它們飛到天空，又散散地落了下來，紅豔豔的如同「血雨」，血雨春風中，柔美的海棠花綻放了……他聽到充滿回聲的走廊裡面隆隆的謊言，綠色的呻吟聲，浮塵中時隱時現的絢麗而遼闊的海市蜃樓，空氣中飄動的成雙結對的粉色的藍色的淡紫色的枕頭，交通事故中被截斷了的子宮血管樹根神經似的細細地噴灑著鮮血，發霉的牆斑裡的古老的愛情又在青苔中舒緩地醒來，水缸裡的人工流產流出了風姿綽約的小小蝌蚪，瘋了的桃花被黑蜘蛛纏住不放又被桃花吃掉了，太陽的胴體洋溢著迷人的狐臭，影子終於不再敲門了而藏入了那把銅鎖裡面，雲彩在柴門中一湧而入，剪刀中綿綿的倩影，枯井中的山盟海誓，潺潺不息的泉水裡的陰謀和童話，那麼跟我來吧，跟我來吧，我這裡有清水，有清水，清水裡只有你我才知道的紫色祕密……

走著走著，發現有人注意起他來，於是他走得快了些。窗戶已被卸掉的破樓裡傳出了流行歌曲，陽台上掛著鹹魚和臘肉黏著綠頭蒼蠅，散發著鹹腥的味道。鹹魚的旁邊緊挨著掛的就是內褲和胸罩，上面黏著紅頭蒼蠅，小路上破卡車晃晃蕩蕩開過來，到處都是垃圾堆、爛水果、啤酒瓶、塑料裸女，野貓叼著一個什麼竄來竄去，有的狗就平躺在路中間閉目瞌睡。廢棄的馬桶裡怒放著野花，幾雙鞋並排整齊地待在路中央，他向那雙鞋走去，走近時，發現是雙黑色的女式高跟鞋，還是全新的，他拿起來聞了聞，三十七碼吧，誰的？然後把鞋放回原處，想像著曾穿過這雙

鞋的女人和她的腳。

一步踏空，他在瓦礫上摔了一跤，手掌蹭破了皮，滲出了鮮血，濃郁黏稠，他用舌頭舔了舔傷口，體味著血的淡腥的鹹味，不知怎麼，這種血味不僅沒有驅走原來的醉意，反使醉意更濃了。他來到了一個街邊置放著變壓器的水泥電線杆旁邊，認出這裡曾是自己來買過香菸和伊力特曲的小店，價格比別處便宜幾塊錢，賣東西的是個老頭，一隻眼睛瞎了，沒瞎的那隻眼睛總是充血，紅紅的好像很熱很煩躁。旁邊的那個修車補胎的鋪子的老闆短粗壯實，他那雙手粗硬得像石頭，還有老是坐在小凳子上趴在靠背椅面上做作業的女孩，模樣很俊，像小學裡的一個什麼同學，可怎麼也想不起來到底是誰了。他本想把這些拍攝下來，作為以後的資料，但現在突然都拆了，剩下的全是瓦礫。

仰臉躺在那些堅硬的斷裂的水泥和碎磚上面，熾熱的陽光，斷裂的鋼筋水泥塊，成坨成塊的紅磚，破裂而生鏽的鐵管，他忽然感到某種性欲，下部發熱膨脹，於是他打算找一個無人的地方自行解決。他轉進一個滿是瓦礫的小道，小道通向一個類似工廠的廠房，有一個通向二層樓的鐵梯子，鐵梯子通向一個走廊，滿地垃圾狼藉，包括幾張像門一樣大小的完整的玻璃，他走到玻璃板旁邊，看到映在裡面的走廊上的天花板和他自己，覺得好玩又可笑，他繼續溜達，挨個看走廊側的每個房間。當他走進一個門被砸爛的房間時，驀然看到一地的白色藥片，覺得異樣，沒有藥瓶，只有藥，他對著那片白藥片呆望了一會兒，從顏色和場面上，他想起一幅不知在哪看到的圖

片：一大堆白糖上一男一女在做愛，也是「白色」。眼前的白是藥片，而且也不知道是什麼藥，這時他感到原本鼓漲賁張的性欲忽然消失了，取而代之的是被那些白色藥片淹沒或者是吞噬的感覺，還有藥的苦味和藥盒子的新鮮的「印刷味」，眼前自己的身體從腳下的藥片開始，白色往上瀰漫著，血液變白了，神經、神經元、末梢，細胞微觀世界裡的「山谷」、「溶洞」、「荒原」、「熱帶雨林」等等，都白化了，他感到自己是一個瓦礫中的「雪人」……

六

同屋的佟蟈蟈也是北漂，已漂了七八年了。他是山西文水人，說話發音是江浙的唇齒音和甘肅的喉音的奇怪混搭，所以常被人懷疑他的真實的原籍。他號稱自己是資深行為藝術家，可這些年下來，既沒撈到什麼名氣，更沒掙到錢，那天他沒喝幾杯，又胡言亂語了起來。

「……都他媽的罵行為藝術，我真高興，罵得好，我的藝術的短期目標就是招人罵，不罵我就不亢奮，我都硬不起來，笑我？我自虐？其實就是這麼回事。媽的，唉，連印象派這麼個小資玩意兒當時都是被罵紅的，擱在現在就是個笑話……笑話也是一種行為藝術，你有點木，不懂，就知道在那裡瞎拍，搞什麼鳥編輯，那是給人家打下手的，沒出息，你看我窮吧，但我不打下手，我是老闆、董事長、CEO、銷售、宣傳、財務，集於一身，我保持獨立的高度，你還不

懂這些，說也白說……」

佟蟈蟈往橘子汁裡兑了點二鍋頭，搖一搖酒杯，盯著瓶子看了一會兒，若有所思。然後又說了：

「現在的東西都是四處偷人家的創意，當然別人的創意也許也是偷來的。你看美國的斯班瑟·彤尼克的人體行為，人家早就搞了，全世界各大城市裡弄人體行為藝術，結果國內也開始搞人體行為，兩年前得個大獎的珍妮·安東尼的得獎作品《睡眠》網上一傳，咱們這兒立馬就有人搞和豬一塊睡覺的行為，唉，能不能不跟屁啊……我不能說出那些人的名字，你懂的。」說著抬頭滿眼紅血絲地看著他，咧嘴笑了。

室友言猶未盡，繼續說：

「那個叫什麼名字的電影導演，對了，是帕索里尼吧，拍了《豬圈》，其中講食人，日本的一個病態傢伙吃了自己的同學，於是國內就學起來了，也學食人，而且吃的是自己的孩子，不光吃，而且還給狗吃了點，而且將吃的過程拍成錄影，這個人看沒看過《豬圈》不重要，重要的是他不是偶然為之，而是做了一系列類似的『行為藝術』，說明在天性上，他與《豬圈》的食人相通的，你看可怕不可怕。在信息時代，難說是生活模仿信息，還是信息模仿生活，但事件之間必然是互動的。」

他一點也不懂行為藝術，但本能地覺得電影本身就含有行為藝術的內在元素，他對此感興

趣，覺得了解它們，可以重燃自己對電影的某些熱情，所以，每當室友大談行為藝術的時候，他是有興趣的，當然不時地要挨嘲諷，但從中也能學到一點東西，所以他在整個這樣的談話中，能夠保持和藹的笑容。

「……那小子把自己身上的皮割下來，縫到豬身上去，倒是有點意思的，媽的，被他搶先一步，不過呢，我在想著一個衍生產品，我在一個文章裡讀到這樣的心臟移植案例，說一個接受別人心臟的人原來是擊劍運動員，反應很快，但手術後情況就變了。有一天他走在街上，有個朋友在後面看到他了，上前拍了拍他的肩膀，那人的頭慢慢地轉過來，沒立刻認出這位朋友，反應很慢，後來他懷疑裝到他胸腔裡的那個心臟是老人的，去醫院問，醫院拒絕提供捐獻心臟的人的信息。除了反應慢，還有別的，就是他在接受這個心臟後，腦袋裡居然出現了一些他根本不認識的字，也就是另一種語言，有意思吧……」

佟蟈蟈接著說：「……我在想，在想，唉，你可不能和別人說，我想如果把豬的心臟移植到人身上，或者反過來，把人的心臟移植到豬身上，會怎麼樣，會出現什麼新的意識，雙方的意識交叉，行為互動……」

他聽得入神，因為這時他在想著自己以後拍電影時的事，創意啊，蒙太奇啊，甚至想到用哪些演員，漂亮的女人，肉體的亮光，細密樹枝似的蔓延開的淡青色的血管為什麼不能作為一部短片的開始的特寫鏡頭呢，然後，然後是血紅的日出……

室友發覺他的走神，推了他一下，說，唉唉，想什麼呢，我看你最近臉色發灰，不會是那個什麼過度支出吧，說完那樣地笑了一下後，繼續說道：

「你不是在琢磨著盜竊我的靈感吧，哈，沒用的，我這只是冰山一角，你跟不上的，零敲碎打沒用的，但你弄電影也要有創意，別光是盯著人民幣，剛才說了『罵』是最好的評價，那是說觀眾的反應，但是作品本身呢，牛逼作品本身應該是什麼樣的呢，是『電擊』，輕微的或重重的『電擊』，讓人發暈，最好發瘋，就像基佛爾的通上了電的飛機一樣。」

「什麼飛機？」

「基佛爾出道時的一個作品，是二次大戰德國的攔截機（Bachem Ba 349 Natter）的仿製品，展覽的時候，將飛機通上少量瓦特的電流，允許觀眾觸摸，有意思的，那個輕微的電擊感給人麻酥酥的，不是僅僅視覺的，還是作用於動物神經，進而影響人的心理……你知道克羅地亞的那個女行為藝術家嗎，就是那年在威尼斯雙年展得了金獅獎的娘們，她是行為藝術的大咖，她的東西我一直喜歡的，紐約的現代美術館為她做了個展覽，她的作品就是在展廳中央擺一張桌子，她坐在一端，另一端的椅子是為觀眾設置的，觀眾裡誰都可以走過去，坐在那裡，然後和她目光對視，對視三分鐘，三分鐘，很長啊，你試試看，你盯著我看三分鐘，還不把人看毛了！這種對視其實就是兩個不認識的人之間的最純粹的靈魂交流，沒有語言，沒有任何附加的因素，就是『對視』，聽說有的觀眾在這對視中哭了……」

佟蟈蟈越說越興奮，臉上的紅暈鮮嫩泛光，他想到這小子酒量大，今晚喝的不過是橘子汁兑點二鍋頭，不會這麼high的，可能嗑藥了。佟蟈蟈原來是畫油畫的，中央美術學院畢業後，回到山西老家待了幾個月，實在待不下去，然後又回到北京。也是到處打工，但很快就決定專心搞行為藝術了。他曾對「雜交」感興趣，開始的時候，他和一個醫院的製藥廠的實驗室的一個老鄉合作，把猴子的一隻手指頭移植到一隻小白鼠的背上，失敗幾次，終獲成功，雖然那隻手指和白鼠活了不到六個小時，卻著實使他興奮了很久。那天佟蟈蟈對他說：你知道這個實驗成功的意義嗎？意義太大了，沒想到這個實驗和他現在的想法相關。這個人挺有貨的，他這麼想著，繼續聽。

「我來北京前在當地做了個行為，被當地公安局刑拘過，什麼作品，哈，你終於問了問題，你要養成問問題的習慣，這樣對你拍電影有好處，真的，我那作品是把豬的眼睛摳出來，黏到我自己的眼睛上，然後拍了個視頻和一系列照片，題目是《我看著你》……」

說著，室友的眼睛直直地向他看來，讓他一時發怵，愣了片刻，想到自己課堂裡看電影資料片時，看到其中的一部片子，也是意大利新現實電影，叫《我出賣自己的眼睛》，聯想到室友的這個作品，心裡暗暗被觸動了一下。他想，如果「心臟」有記憶的話，那麼「眼睛」呢？眼睛也可能有記憶，小偷的眼睛如果賣給了法官，莫奈的眼睛賣給了屠夫，畢加索的眼睛賣給了教育部長，強姦犯的眼睛賣給了幼兒園阿姨，壞蛋的眼睛賣給了如花似玉的少女，傻瓜的眼睛賣給了評論家，會怎麼樣？一頭豬的眼睛攜帶的記憶如果被人意識到之後，會有什麼後果？透過豬的眼

睛，我們的現實會是什麼樣子的？老虎、獅子、浣熊、松鼠等等的眼睛呢？牠們要是寫小說，哈哈，怎麼辦啊，會不會出現更多「新現實主義」和「新浪潮」？想著想著，他覺得在眼前出現了很多的可能性。

他忽然想到白髮女的眼睛，每次做愛那盯過來的眼神，就使他想到自己是個什麼獵物，心裡沉了一下。

佟蟈蟈看到他又在發呆，說我知道你在想什麼，你在想自己的處女作是什麼吧，應該的，嗯，現在的運動攝影的微型攝像機好玩的，有人把它綁到一隻老鼠身上，然後放了牠，讓牠四處瞎跑，幾天下來再捉住，拍的東西的視角就是新鮮，要是把攝影機綁到蒼蠅蚊子身上呢，一定更新鮮。

他說現在還沒有這樣的攝影機，室友說，會有的，因為早就有可以黏在蒼蠅身上的微型的錄音機，等著，會有的，到時候我們要先下手。

說著說著，天就亮了。兩人各自回到自己的屋裡蒙頭大睡了。

七

這些天，他的性欲又變得很強，「自行解決」的次數也多了。「自行解決」，這個詞是誰說

的？他終於想起來了，那是初中時的初戀的女生對他說的。

她皮膚很白，不像班上其他的農村姑娘，眉眼雖然還沒有長開，但已經開始有了清秀美麗的雛形，他因此對那個女孩格外留意，他發現每次偷看她的時候，她也在偷看他。有一次，他還偷偷跟過她回家，他發現兩人彼此的家離得很近，這也讓他心裡有一種無法言說的快樂，不知道為什麼，他覺得他們彷彿已經很親近了。

一天下午，她到他家串門。他剛睡完午覺，迷迷糊糊的，父母也不在家，他看她站在那裡，疑心自己還在做夢，他一把就把她拉到了床上，也不知道自己哪來的力氣和膽子。他感到體內有股不可抑制的衝動，他死死壓在她身上，像發情期的一個凶殘的小動物，瘋狂撕扯她的衣服。這個時候，他聽見身下傳來她平靜的輕語：你去廁所自行解決一下吧。他聽了有點懵，不知道什麼是「解決」，該怎麼解決。後來還是她把他帶到廁所，在那裡用手幫他完成了。那是他人生中第一次性高潮，第一次射精，可是射精的對象竟是馬桶，她呢，只是站在一邊，純然是個旁觀者，後來，當他再次想到這個情景時，對他的那個「人之初」的性經驗，找到了更加準確的比喻，就是他像個「捐精者」，十三歲的女友是個見多識廣的醫生，精子庫呢則是個黑洞洞的四通八達的廣袤的下水管道。

那次她用手幫他做完後，兩人就沒再有這種事了，雖然他有好幾次想躍躍欲試，但她總是不肯，對他說，你現在還太小了，正在長身體，如果老做，會影響你身體發育的。他在聽這個規勸

時，感到在這個十三歲的她面前，自己倒像個小孩子，唉，她比我還小兩歲，怎麼這麼老道？

快上高中的時候，母親得了肝癌去世了。過了不到一年，他有了繼母，一個三十來歲的初中教音樂的老師，從此，「母親」的概念變了。他意識到自己永遠失去了那種母親的目光，取而代之的是另一種說不上來的眼神，似乎什麼都有，就是沒有母親的感覺。這也是正常的。繼母心腸不壞，最重要的是她能把他當作「成年人」，而不是一個孩子或者一個高中生，所以他很快就適應了。她是外地人，在鎮上初中教音樂。她掛在嘴邊的某些流行歌曲，常常也是他喜歡的，因此好像沒什麼「代溝」，所以很快，他就接受了繼母在家中的地位，應該說，他是喜歡她的。他模模糊糊地感到喜歡一個不是母親的「母親」，其中的某種東西好似有些不對，但是也說不清哪裡不對，他覺得她長得比自己的生母好看，臉不苦，說話不凶，身材好，穿著打扮也遠在母親之上，她身上常穿的那件駝灰的毛衣的質地多麼柔軟啊，她搬進這個家之後，原來的那種憂鬱灰暗的氛圍很快就消失了。她愛打掃衛生，常給他換洗衣服和被單，晚上在被窩裡，他聞到了乾淨的味道，但對「洗床單」這事，卻使他略有不安。他時而遺精，在床單上「畫地圖」，母親還在的時候，他總是搶在母親的前頭偷偷地先洗掉它們，這樣一來，整個床單就是那一小片是濕的，他常用什麼東西，比如課本、衣服蓋在上面，好在母親不常洗換床單，所以他可以從容地、不被發覺地去自行處理。既然不被發覺，他的「畫地圖」的次數也就多了起來，他覺得有種自由的快感，但這個情景近來發生了變化。

有一天放學回家，剛走到自己的房門時，他看到繼母盯著自己的床上的什麼看著，若有所思，開始他自己也有些納悶，想到自己的床上的亂，上面什麼東西都有，所以當時他以為繼母在檢查他的作業什麼的，這是母親以前常幹的事，但他發現不是這麼回事。繼母當時已經撤下了他的被罩，正準備撤下他的床單時看到了上面的什麼了，他想她看到了他的遺精「地圖」，心裡一下就緊了起來，臉也熱了，忐忑不安地想怎麼應付，這時繼母發現他出現在面前，也不大自然起來，有點慌亂，並沒撤下那個床單，只捧著被單出去了，這時，他趕忙走到床前用書包遮住了那片已經乾了，但還能看出來的「地圖」。

他開始了亂想，越想越不自在，心裡出現了一些非非之念，他感到了某種「罪惡感」，但又很難擺脫它們，而且發現，越是這樣的念頭，越是那些讓自己抬不起頭的念頭，越難擺脫，它們在夜深人靜的時候，出來恣意溜達。

所以在一段時間裡，他總是有意無意的迴避她的目光，同時又想看到她。有一天，他看見繼母坐在家中院子裡晒太陽，剛洗過的頭髮濕漉漉地搭在肩膀上，背上圍了一塊淺黃色的毛巾，碎花的連衣裙依然顯出她的年輕的肢體，一隻赤腳搭在另一隻穿著花襪子的腳上，他發現那陽光下的腳纖細白嫩，和生母的不同，他忽然覺得自己已經記不清自己母親的腳是什麼樣子了，但肯定不像眼前的這雙腳那樣秀美，他就這麼盯著繼母的腳發呆，「這樣的一隻小腳握在手裡會是什麼樣子呢」，他不由自主想走過去，但馬上轉念停下了，然後悄悄來到屋裡繼母的床下。他看到

她的五六雙鞋子，有皮鞋、長筒皮靴、旅遊鞋、布鞋，鞋型好看，顏色也很好看，他伸開手指量著，發現也就是比自己的手掌長一點而已，說明繼母的腳不大，他聞到那些鞋有些淡淡的汗味兒，而且感到他碰的不是鞋，而是腳，繼而好像聽到繼母忽然咯咯地笑起來了，說「癢啊」，他迅速縮回了自己那隻手，他感到自己臉熱了。

其實父親也是個外地人，陰錯陽差，來到平陽鎮上一待就近二十年。幾年前官至鎮政府宣傳部主任，喜歡音樂，喜歡吹簫，這也是他唯一會擺弄的樂器，可他不大喜歡父親吹的那些曲子，過於陰鬱了，他弄不大明白，父親原本不是輕易顯露心思的人，成天一副家長的架勢，可一吹起簫來，滿屋子悲傷，父親自己也非常投入，吹的時候鼻息很重，絲絲拉拉的，有時鼻涕竟然也弄濕了那支悲慘的簫。母親也討厭父親吹的調子，他一吹，母親臉就更苦了，嘟嘟囔囔地嚷著要出去買菜。

繼母原是走村串戶的演出團裡的主唱。近些年來，在鄉下演出越來越難了。正經唱歌沒人要聽，演出服必須要露肉，歌詞要下流挑逗，演員要年輕漂亮，至少要懂風情，不然沒人會發出演出邀請，劇團工資就發不出來了。那年，她隨團來到平陽鎮上來演出，父親也去看了，聽了繼母唱的〈北國之春〉後，就找到繼母，說留下來吧，鎮上的初中沒有音樂老師，你去那裡吧，一個女人省得跑來跑去，飢一頓飽一頓的不說，還要大冬天穿得坦胸露背的。繼母猶豫了一會，也就聽從了。他後來猜測，母親的臉苦，或許和父親把繼母安置到初中有關。這也就解釋了為何母親

把父親的那支簫燒掉的原因。

可後來父親也去世了。父親去世後不久，也就是一個禮拜後吧，繼母就離開了家。臨時有個親戚來給他做飯，每天吃完晚飯後，屋裡就剩下他自己了。他第一次覺得並不寬敞的家，顯得很大，空空蕩蕩的，他忽然感到獨自一人在屋裡的心悸，在這種時候他強迫自己超量地做數學、科學等作業，漸漸地就不怕了。他的成績並沒有掉下來，不僅如此，還有所進步，他把這些歸功於晚上屋裡的空曠和黑暗。突然有一天下午，繼母回來了，那天他們一起吃了飯，是繼母做的飯菜，都是他喜歡吃的，比如醬爆螺螄、韭黃炒肉絲和小雞燉蘑菇。這些菜平日不常吃。繼母那天總是對著他微笑。

他覺得那天夜晚的黑暗變得不同了，不再那麼空洞了，他想到繼母一個人睡在隔壁的房間裡，心裡有些異樣，他靜靜地注意著那邊的動靜，一點聲音也沒有，很安靜，他忽然想到繼母會不會自己悄悄離開了，於是假裝起夜，眼睛不由得總是瞟著繼母的房門，他覺得房門沒有關嚴，好像還留著一絲縫，他在那門邊屏住呼吸，呆立在那兒，感到屋裡似乎有輕微的呼吸聲，還有耳邊沒有停頓過的絲絲嗡嗡的「寂靜聲」，他想像著繼母溫暖的體溫和被窩，他覺得自己的腳有種走進去的欲望，但又有另外的一種意志在阻止它，這讓他心有點亂，時間就這樣悄悄地滑過去了，他終於沒敢推開那道門。

次日清晨，天色明亮，窗簾上的樹影在輕輕地搖曳著，時而傳來窗外路人的腳步聲和自行車

的聲音。直覺提示著他：屋裡只剩下他一個人了。他起床看見桌上擺著繼母給他做的早飯，蛋炒飯和紅米甜粥，勺子筷子整齊地擱在碗邊，甚至還有餐巾紙，這是他在家裡從來不用的。此外還有個便條，果然是繼母留下的，說她要去走走親戚，有些事要處理之類，落款是她的名字。「走親戚」？他模糊的印象裡知道她是外地人，那麼此次離開，就是要去很遠的地方了，他心裡感到從此很難再見到她了。

八

對他而言，在新的類型電影的熱情還沒有重新燃起的時候，剪輯師的工作，尤其是毫無價值的商業性的電影編輯，就是世上最苦逼的行業了。那些被隔開的工作室，越發像一間間牢房。休息的時候，大家像鬼一樣從各自的小房間裡溜出來，倚靠著牆壁吸菸，好像是出來放風。人人面如土色，人人懶得說話，就那樣，一支接著一支不停地抽菸。他偶爾和同事們去喝酒，而酒吧的昏暗就像工作室昏暗的延續。他想著自己會不會一輩子和黑暗打交道，有時覺得自己其實是個拿工資的老鼠，更無聊的時候，他會去翻閱舊曆和公曆的細微差別，以找出自己本該屬鼠的確鑿證據。但這近乎偏執，使他覺得更無聊了。他的酒量大了起來，暈乎乎地喝了幾杯之後，他多半就倒在吧女的懷裡。

有一次他和一個吧女去開房，進門他就把那個女人摁在牆上狠狠地幹了起來，那個女人表情似乎有點痛苦，但一直沉默不出聲，他突然有點憐憫，忍不住問她的名字，他以前從不問這些從酒吧帶回來的女人的名字。他一邊幹一邊問，你叫什麼，那個女人說，我叫××，他說好的，××，我記住你了，然後把那名字默默念了兩遍，做完愛後，他抱著她，甚至像男女朋友一樣吻了她一下，那個女人也緊緊抱著他，可次日醒來，女人已經不在了，他努力回想了一下她的名字，卻怎麼也記不起來了。

雖然忘記了那個女人的名字，但卻記得那個夜晚，他也不知道為什麼，大概是留戀那一刻的溫馨。這個城市太冰冷了，太大了，大到好像每一個角落都在漏風。他想起他來北京這個城市已經好幾年了，但這個城市似乎依然在無形地拒絕他。他來到北京的第一天就把原來的手機號碼給換了，換成了北京的號碼，他對自己說，我要在這個城市待下去，混出來。可現在的他也不過和大多數北漂一樣離成功很遠，以至於他開始感到自己所一直追尋的「成功」，其實可能正在時時刻刻在玩弄著他，就像他玩弄吧女一樣，可每當這時，他會油然想到自己是個「吧男」，幾秒鐘前的身分優勢頓時喪失，就像一個妓女在馬路上責怪一個裙子太短的陌生少女時，恰巧碰到了自己的老嫖客。

那幾天，在與室友深夜痛聊行為藝術時，他發現自己對導演的內涵有了新的認識，於是也就有了新的做導演的欲望，可眼下整天打工，使他的計畫總是得不到任何進展，他著急，又毫無辦

法，他需要錢，需要首先活著，但是時間也在一點點的溜走了，室友的一個作品在兩個禮拜之前獲得了一個小小的國際展覽的獎，更是刺激了他，他想人家也是窮酸酸的，卻敢於孤注一擲，放手一搏，而自己總是猶猶豫豫，結果就變成眼前這樣：離成功遙遙無期，錢呢，也沒掙多少，又沒有任何轉機的出現。他開始泛泛地感到某種宿命，並對「編輯」的內涵有了新的認識：在工作室裡面，自己是個電影編輯，而在現實中，他是被別的什麼在「編輯」著，那個冥冥之中的「編輯師」更高明，更邪惡，因而也就更隱身。

上個禮拜接了一個關於新開發的墓地的廣告片，甲方要求內容要特別，不僅不能有任何的悲傷，而且要有幽默感加上適量的娛樂感，當時記得自己在心裡罵道：「媽的，什麼玩意兒，還要娛樂感，你媽死了，你還娛樂不娛樂！」這兩天他的心情不同了，他覺得甲方的要求沒有錯，甚至是非常有「正能量」的，他忽然想到了那個隱身的「大編輯」，心裡一暗，繼而一亮，想到，好吧，讓我的編輯工作真正開始吧。

他想到原來看過一個日本的叫《死亡森林》的紀錄片，那片富士山腳下的鬱鬱蔥蔥的浩瀚恢弘的大森林竟吸引了全國各地想死的人，那些人絡繹不絕地自駕或乘火車大巴前來此地，帶著帳篷，走進那片森林。帳篷是他們在人世間最後一塊棲息地，一塊生與死的交接處，當他們經過長考後選擇了死，於是走出帳篷，把自己吊死在樹上。如想通了，便走出來，收起帳篷，回到大巴火車站，開始新生活。根據數據統計，大多數走進那片森林的人沒再走出來。

靈感降臨時人並不知曉，只是不知怎麼被什麼煽動了起來，而且簡直停不下來，像著了魔。那天，當得到了什麼類似「啟示」的時候，他花了半天的時間，動用了所有的影像資源，三下五除二，就完成了那個視頻的創作和剪輯。他知道這種東西甲方是不大可能接受的，但這並不妨礙他以一種勝利者的心態，坐在自己的屏幕前，重放著並欣賞著自己的傑作：

……遠山（遠景由遠逐漸搖近，慢速），伴有三兩聲鳥鳴，同時鏡頭慢慢搖下，漫天遍野的橘色帳篷（形狀介乎於墓塚和帳篷之間），做愛聲由輕轉重，由緩慢轉急促，然後是帳篷裡一對對做愛伴侶的近景，有雄武的背和豐腴的腰肢，豐滿的臀部和遒勁的臂膀，嬌喘的丹唇，浸汗的額頭，等等，圖像疊影而夢幻，然後，鏡頭逐漸推遠，做愛聲隨之淡出，遠山山影重現，此時《墓山》片名淡出……

九

夜裡差不多十二點的時候，有人敲門，很響，有點肆無忌憚，一定又是佟蟈蟈忘了帶鑰匙，他很不情願地從床上爬起來去開門，可這時門外的那個人已經開始用鑰匙開門。門開了，是個不認識的女人，他問哪來的鑰匙，女人回答說是佟蟈蟈給她的，說完把鑰匙往客廳的茶几上一扔，然後自顧自地坐在了沙發上，同時還白了他一眼。他問佟蟈蟈呢，女人說就在後面，接著說有喝

的嗎，他也白了她一眼。

那女人有點胖，二十來歲，人沒走近，香水味已飄過來，蠻漂亮的，至少是能吸引男人的那種長相。但說不上哪裡透著一種疲憊感，應該是從眼神裡來的。她進屋後好像就沒有正眼瞧過他，但其實早已把他看了個透，就那麼一瞥，盡收眼底，他是察覺到了的。他斷定她是妓女。這類女人是他熟悉的。此時，佟蟈蟈進來了。他捧著一只紙箱，可以聽到裡面玻璃瓶輕微相碰時發出的聲音，一箱啤酒之類。他把紙箱往茶几上轟隆一放，玻璃聲更熱鬧了一下，這時佟蟈蟈頭也沒抬地對他說道，這是妓女，別人介紹的，怎麼樣，人還說的過去吧，你今晚可以用。他不由又看了那妓女一眼，她也正看著他，但好像根本沒聽到佟蟈蟈剛才的話，而是在尋思別的。果然，她問他：你是拍電影的？他說是啊，妓女說那你拍我吧，他說你有什麼可拍的，不就是一個妓女嗎，這時佟蟈蟈打開了幾瓶啤酒，對他說喝喝喝，拍個卵！

酒不錯，德國黑啤，佟蟈蟈說是妓女買的，這時那女的說，別老說妓女妓女的，人家沒有名字嗎，我叫莉莉，有時也叫莎莎，不過我喜歡莉莉。佟蟈蟈看了一眼莉莉說，別囉嗦，談正事，然後把莉莉粉色毛衣往下一拉，豁然露出大半乳房，轉臉對他說，怎麼樣，貨色還行吧。他不太明白佟蟈蟈是什麼意思，沒搭話。莉莉閃了一下身子，隨之整了整自己的毛衣，站了起來，原地轉了一圈，展示著自己的身材。佟蟈蟈像打量一台冰箱似的看了看莉莉，對他說，我和她簽了個合同，準備弄個表演。記得那個行為藝術女王瑪麗娜·阿布拉莫維奇吧，她不是弄過

一個××行為嗎，我準備做個××中國版的，我自己沒法做，所以找個替身，就是莉莉。展覽時，莉莉脱光，站在畫廊展室裡，旁邊放一個桌子，上面放二十六個物件，觀眾可以用其中任何一個物件，對莉莉實施「攻擊」，那些物件包括一把剪刀、一枝帶刺的玫瑰、一個打火機、一條鞋帶、一支圓珠筆、一張紙，等等。在展示期間，觀眾使用那二十六件物件對她進行的行為，不負法律責任，我要看看這裡的觀眾，在合法契約下，會對我們可愛的莉莉做些什麼，哈哈，拭目以待吧！說完喝了一大口黑啤。

他說脱光不好吧，太那個了吧！怎麼也得穿個比基尼吧！這時莉莉說，我都不在乎，你怕什麼，你不會喜歡上我了吧！佟蟈蟈聽了說必須脱光，肉體的徹底裸露，才能刺激觀眾，才能誘發想像，激勵本能，選擇「攻擊」的方式，穿個衣裳就完了，我這也不是弄比基尼展覽。而且，肉體多偉大啊，尤其是青春肉體，懂不懂啊，你別裝了，好不好！這時莉莉也吃吃地笑了，臉泛紅光，那是黑啤的原因。

「你讀過《論攻擊》嗎，是德國猶太人洛倫茲(Konrad Lorenz)寫的，這個人二戰時充軍納粹，被蘇軍俘虜，後來釋放，之後他就做研究，七三年獲了諾貝爾醫學獎，蘇軍傻了吧，放回了這麼個人才！這書我沒讀過，聽說是根據一連串的動物實驗而寫的書，觀點很有意思啊，我們古人說，人，食色性也，人家的實驗又加上了一個，就是人的本能的攻擊性，所以是：人，食色性和攻擊，想想呢，一點不假，可惜沒有翻譯本，我又不懂外語，但無所謂，聽聽也夠了。我覺得

所謂的攻擊本性，實際上也就是叢林法則的根本，我就喜歡叢林，沒準我原來是個金絲猴或是花豹，不過花豹體型有點像家庭婦女，不如黑豹，但黑豹又有點像恐怖分子……」佟蟈蟈已喝了第五瓶黑啤了，說話聲有點高。

這時莉莉打了個哈欠，說我年輕時也寫過詩，我絕對有才，可是詩是不能作為職業的，他聽了，冷笑了一下，心想那你現在終於選了一份有前途的職業了，於是問莉莉那你已選好了職業了吧？莉莉聽了，也不生氣，說，別鬧別鬧，我給你背誦一首我的處女作吧：

天黑以後
終於天黑了
我打開了一盒黑色的巧克力
那個黑色
連帶著巧克力上的玫瑰
黑到了我的夢裡
我不願醒來
走廊裡的回音
終於死在走廊裡

沒有出過門的我
猶豫著
應該變成玫瑰
還是變成
那傷感而絕望的回音
當我醒來的時候
我看到了一片
苗條的
亭亭玉立的骷髏

剛詠完，莉莉忽然嘆了，正色地對他說，其實我最喜歡馬雅可夫斯基的詩了，那首〈穿褲子的雲〉太牛逼了！他聽了說，你就是一片不穿褲子的雲吧！

莉莉一聽，說嫉妒了吧，你這人好嫉妒吧，哎，每當別人嫉妒我時，我都會在本子上記下來，一年結算一次次數，像記錄我的大姨媽一樣。

他有點不高興，說：就你這狗屎爛詩，饒了我們吧，你還是聰明，終於及時放棄幼時理想，選擇了更適合你的職業。莉莉聽了說，我還有一首代表作呢，可是不好輕易道出，怕你們這幫人自

卑，也難說你們聽了動剽竊之心，你們這幫鳥藝術家，我見多了，面上人五人六的，一上床，哈喇子直流。佟蟈蟈大笑了，說，我剛才淌哈喇子了嗎？莉莉說，別得了便宜就賣乖，你給錢了嗎！

這時他的手機響了，是白髮女，於是他走到自己屋裡接了電話。白髮女上來就問你在哪，和誰在一起，他說在自己屋裡，和自己在一起。她說真的假的你自己知道，我也知道，就不說了。然後說我給你租了間大點的也好點的公寓，在三環內，這樣也方便多了。你下禮拜就搬吧，我本來想聯繫搬家公司，一想，你也沒什麼東西，自己打幾趟車就搞定了，是吧，搬吧，我想你，下禮拜搬。就這麼定了。他很厭煩她的不容質疑的老闆口吻，單憑這一點，他就婉言拒絕了她。白髮女沒說什麼，只是直接掛斷了電話。

回到客廳，莉莉打量著他，微笑了，輕聲而溫柔地對他說，我今晚到你的屋裡睡，好吧？他說，不，別，不要，我自己睡，我就想自己一個人待著，說完回到他自己屋裡，砰地關上了門。

十

「白髮女」又來電話了，約好老地方見。

一進門，撞入眼簾的就是她的一頭晶瑩緞滑的白髮，乍一看他嚇了一跳，繼而發現那是個假髮。這時她板著臉把那假髮慢慢地取下來，露出了她原來的栗色頭髮來，然後，她又把假髮戴上

了。他正在狐疑時，她微笑了，問好不好看？他一時語噎，不置可否，他本想說這種時尚的閃亮的錦緞質地的白髮，更適合年輕人，而她的年紀大了，不合適了，但這種話怎能直說，只好答道：「嗯，挺潮的。」她聽了狡黠地一笑，說你看來還不會說假話啊！

她脫下灰色的大衣，露出湖綠色的「佩斯利」花紋的內衣，顯得富麗起來。他在別的女人身上也見過這種圖案，基本圖案元素就是大大小小的「淚珠子」，這圖案源自印度，據說是孔雀毛端部的那個「眼睛」的形狀，演變成「淚珠子」，之後的發展，就是圍繞這個元素越變越花哨，越變越與「淚珠子」，與「眼睛」無關了。這件佩斯利內衣穿在她的身上，倒是非常合適，但總有種「妖」氣，使她與他原本不多，或者根本就沒有的親近感，洗得乾乾淨淨。他覺得與她的距離更大了。

她今天的妝很濃，看著她掉漆的紅指甲，眼角的細紋，他突然覺得她像盛在含水的塑料袋裡的一條金魚，看去金光燦爛華美無比，但同時又接近死亡的眩暈，如果不是她打電話來說，她老公要開機的新電影缺一個助理，他也許不會再來同她見面，因為他早已不想搞她了，或者說不想被她搞了。

他越來越感到自己就是她的一個招之即來，揮之即去的「鴨」。但他知道像自己這樣一個除了年輕什麼也沒有的屌絲，如果將來要在北京立足，要在電影圈混，沒準還要有求於她，所以他不敢得罪她，也不能得罪她。她快五十了，三十如狼，四十如虎，五十像老狼，一條老狼，母

狼。他感到對她的忍受正在一天天、一次次地接近極限。

他連續抽了幾根菸，又喝了幾杯酒，好不容易才爬上了床，可他今天的狀態失常的很，兩人忙了半天，還是草草了事。事後，兩人都沒有話說，各自點了根菸抽著，最後還是她先開的口：

「是不是我的白假髮的原因啊？」她的語氣像是在質詢。

「沒有啊！」他說。

「得了，你瞞不過我的，上次你就三心二意，以為我不知道。你盯著我的白頭髮看，當我不知道？」

他沒說話。

之後兩人又都沒說話，屋裡安靜極了。忽然，電視機被打開了，是她用遙控器打開的。電視屏幕上出現了一個深海的畫面，是個BBC的科普片，解說詞說到海洋的水的來源，一半的海水來自地球氣候形成之初時的十年不斷的瓢潑大雨，另一半來自墜向地球、攜帶著巨量海水的彗星，如此形成了我們的海洋……這時插播了一個絲襪的廣告：一個穿了黑絲襪的女人的腿在高速公路上從一輛紅色跑車上走了下來，此時音樂再次揚起……

忽然她關掉電視，轉身伏在他的胸上哭了起來。

他愣住了，看著她裸露的背在抽泣中劇烈地起伏，他不由地把自己的手輕輕地放在她的背上，放得很輕很輕，好像怕驚醒了那「劇烈起伏」的裸背。

出乎意外的是，對伏在自己胸上抽泣的這個女人——他能清晰感到她心臟的悸動和聲聲抽泣的女人，他沒有什麼同情。她曾總是強勢，高高在上，那時他忍了，也認了，眼下她忽然直率地袒露自己的情感時，反倒引起了他的反感和厭惡。

他不知說什麼，一句話都說不出來，就這樣呆躺在床上，過了一會兒，她的抽泣逐漸平息了，忽然她抬起身來，又轉過去，伸手找到自己的胸罩戴上，扣上一個個小燙金鉤子，然後再把內衣、毛衣等，一件件穿上，完了，走了，他終於鬆了口氣，開始感到有些疲倦了。他掏出菸盒，空了，於是出門買菸。他來到酒店大門外轉彎處的一個小鋪子，那兒的菸要比酒店裡的便宜幾塊錢。鋪子門口有架賭博機，一元玩一次，他從沒玩過，但當他將一個五角、五個一角的硬幣換成一個一元的硬幣後，興趣已經沒了。

幾個小時後，白髮女又約他在一家咖啡館見面。她坐在對面，一手伏在沙發上，一手捏著菸，嘴裡緩緩吐著煙霧的時候，氛圍已和下午的時候完全不一樣了。她變得沉默無語，而他其實有點喜歡這種沉默，因為他並不想聽她說什麼。他沒有這種需要。

周圍的幾個沙發上都坐滿了人，各說各的，很吵鬧，其中的方言完全聽不懂，只能感到情緒的起落。因為聽不懂，所以不打擾他。她仍然沒說話，她不說，他是不會說的，一貫如此。時間就這麼一點點地過去。

這邊的她，終於開口了：

「……我剛來北京的時候比你還小，那時我根本不想結婚，也從來沒想過傍大款，我自信，也很努力，我認為自己可以搞定自己的事。那時真年輕啊。後來碰到了我現在的丈夫，當時他也不是大導演，不過就是個掛名的導演助理，蓬頭垢面的剛剛翻身的小屌絲，但他野心大，我喜歡，而且他也是外地人，所以我們互相取暖，和他約了幾次，也沒什麼特別的感覺，我發現自己其實是個很軟弱的女人，而且發現他其實也是個軟弱的男人，奇怪的是，這個發現不僅沒有使我們兩人分開，反倒親近了，我們結了婚，好了一段時間。現在我想，我不知道結婚是有利我呢，還是我人生中最大的錯誤。我還不知道。

……他和許多女人搞，所以我也搞。我們彼此都知道。誰說的那句話的，歲月不饒人，我也沒饒過歲月？平衡，控制，和那個弘一法師的書法差不多，大家都說弘一看透什麼世事，我就不信，你看過弘一寫給自己妻子的信嗎？無情無義，他出家前應該有不少無情無義的事，你不信吧，我從你的眼神看出來的，你還小呢，你知道弘一法師是誰嗎？」

她接著說道：「其實就是虛偽，一個人要是和自己的七情六欲都擰著幹的話，那不是虛偽是什麼？弘一書法的安靜是在裝假，在裝逼，裝得蠻嚇人的，他知道他要是失掉了平衡，自己身上那些醜惡的東西就會跑出來，像一枚子彈一樣的射出去，而出家當和尚了，就可以斷絕繼續做無情無義的事情的機遇而已，就像一個罪犯自己把自己鎖進牢房一樣。你看他的書法，沒有人氣，沒有動靜，多可怕，這種人，一旦活絡起來就像定時炸彈。我怕這種人，做朋友也不要。」

說著，她要了一杯威士忌，呷了一口，沉默了會兒，漸漸變得傷感起來。

「我老公現在也是什麼書法家了，其實他為什麼寫書法，我是知道的，他是想養氣，美其名曰『守中』。他那幅拍賣得最貴的草書，就是一邊寫、一邊和那些女人跳舞寫出來的，可那些評家說他的書法弘揚了傳統中國文化的道家精髓，臨風賦墨，會通履遠，真是……」

說完這些時，她的神情竟然是平靜的，然後開始評價起杯中的威士忌了，說這裡的威士忌沒有什麼好的，低價進貨高價出，以為大家都是傻子。然後，她打量了一下酒杯，說酒杯不錯，蠻好看的，大小適中，形好，手感好。

「我曾經一下攥碎了一只酒杯，滿手都是血，現在還有幾個細細的玻璃碴子在手心裡呢，不知道什麼時候就會忽然疼一下，鑽心的疼，也是一個紀念……哎，不說了，今天你怎麼不喝酒啊，有什麼心事？你能有什麼心事呢，一個小夥子，年輕蛋子？」她在說「蛋子」的「蛋」的時候，略微拖了小長音，說罷，她一邊親和地看著他，一邊又呷了一口。

他見狀，趕忙喝了一口，也不由地裝著嘆了一聲。

「……唉，你這麼年輕，怎麼也不行了？太早了點吧。你原來很猛的啊！你的身材真好，這是你的本錢。唉，年輕呀，什麼都好，一有全有。老了，一垮全垮，這個你還不懂，但人都會老的，『年輕』會過去的，沒辦法，就是這樣，再養，再練，也白搭，不是嗎?!更別說跳那些裸體舞了，造孽啊。」

她又要了杯不同的威士忌，呷了一下，露出難受的表情，然後把這杯酒遞給了他，說你喝吧，沒準你能受得了。他只好接過酒杯。

她接著說：「聽說你們男人一生裡面搞的次數是有限的，也就兩千多次吧，年輕的時候搞的多，老了就不行，年輕時不瞎搞，老了還能幹得很，你不會搞太多了吧？我們女人可不是這樣，我們靠性生活調養自己的，他啊，現在成天假裝修身養性，其實早就不行了，他在作死。」

「你怎麼一句話都沒有呢，這一晚上，一句話都沒有！我有這麼乏味嗎？」說完，她從包裡又取出了那個白假髮，戴上了，然後對著他嬌媚地鬼笑了一下。

十一

事隔五年，他沒有想到是以這種方式見到他的繼母的。當時，他正和一個認識不到四個小時的女友來到一家音樂餐館，坐下翻看菜單時，服務員端來了茶壺，「四小時女友」翻了翻菜單又翻了翻歌單，露出輕盈的鄙夷，說什麼爛歌啊，還塞到歌單裡，當我們是鄉巴佬啊。他聽了，便湊上瞄了一眼，都是不常見的歌，年代不詳，歌詞也自然不明。他倒是沒在意，因為此時飢腸轆轆的他對菜單更感興趣。

他注意到菜單上的菜是些近似「農家樂」裡的，比如栗子燉蹄膀、毛家紅燒肉、蒜苗臘肉、

毛豆雞蛋，等等，他沒問身邊這個女人就選定了幾樣，然後點上一支菸，這時，他才留意到前面廚房出菜門口邊一個女的在那裡唱歌。

這歌聲在他進門時就聽到了，微茫地感到似曾聽過，但沒留意，這時他深吸一口菸，慢慢吐出來，這個瞬間是一天中難得的安定沉靜的好時候，正是在這種時刻，人的感官變得敏感了。

他聽到「四小時女友」對那歌聲嘲笑不止，眼光還不時向他投來，分明覺得他會贊同她的嘲諷。圍著旁邊桌子的人裡有個小男孩正在問身旁的一個婦女，說這是什麼歌啊，這麼難聽，那女的聽了對這男孩明媚地莞爾一笑，不僅表示讚賞男孩的非凡的鑑賞力，而且對男孩此時的神態也疼愛有加。這時「四小時女友」開始嘲笑那唱歌女人的穿著，所有這些，都使他的專注力轉移到那個唱歌的女人身上，他發現她竟然是繼母。

她胖了不少，也老了不少，記憶裡的秀氣幾乎蕩然無存了，整個人灰了一層，但眼影濃重，雙頰的胭脂也太紅，這些使他不能一下認出她來。她衣服很花哨，是那種綠底紅花的印花布，他不記得從前繼母穿過這麼鄉下氣的服裝，大約是為呼應餐廳鄉村風的格調？或是這種花被面在時尚圈也開始流行了？此刻繼母穿著它顯得不倫不類，像是一個演滑稽戲的小丑。她已經唱完一首，而幾乎所有喝酒吃菜的人都沒有認真聽她的歌聲，他們都在說各自的事情，嘈雜的聲音早已把她的歌聲蓋住，而她唱歌時的神態也有點心不在焉。

他呆在那裡，不知如何是好，他感到自己兩條腿有明顯的站起來走過去的衝動，可是上半

身，他的意識，卻將他沉重地定在原處。他萬萬沒想到在這樣的時候，自己像個冷血的廢物，或者更像個傻子，一種前所未有的自責和自卑感在自己身體裡攪拌著，翻滾著，他感到忽然出現的不適。這時繼母唱完了，轉身去收拾那些桌子上的碗筷杯碟了。她用筷子把盤子裡的殘羹剩飯撥到一個大盆裡，然後抹桌子、擺椅子，等等，看上去還是生手，有些慢，她小心翼翼地端著那些盤子，可還是打碎了一個，繼母慌忙將那些碎片撿起來，然後急忙走到服務台那邊取了掃帚和簸箕，趕回去繼續清掃。她有些手忙腳亂，旁邊一個當班模樣的人，一聲不吭地冷冷地望著她。此刻，他不由地站了起來想著要不要去幫她，或者做點別的什麼，但又慢慢地坐下來，繼而又要站起。那「四小時女友」見狀，嘴角露出嘲諷的微笑，說：「她是誰啊，這麼上心，不會是從前心上人吧?!」話音沒落，他望著繼母，嘴裡卻對「四小時女友」說：「你走吧。」

「四小時女友」走了。他決定原地不動，把帽子又往下壓了壓，開始吃了起來，心裡盤算著這樣的見面的地點和方式，也許不是繼母所習慣的，他想馬上溜走，但還是坐著沒動，眼睛開始濕了。

旁邊的那個桌子來了一撥新顧客，他們開始叫服務員點餐。那個資深領班的服務員叫繼母過去照應，繼母便趕快走過去了。她拿出紙和筆，開始記他們點的菜。

他的心思早已不在吃飯上，頭更低了。他看到了她穿的有些油汙的布鞋，這雙鞋現在四處匆忙地走動，一會兒消失在桌椅叢中，一會兒又出現了，這樣的勞動強度，一天要幹幾個小時？這

是不言而喻的。他打過很多工，知道這些。他當然記得有時累得像狗一樣的日子。這些年她在哪裡？什麼時候到北京來的，來幹什麼？為什麼？四十多歲了，投奔親戚？為什麼不聯繫我呢？難道我不是她的親人、她的繼子嗎？這時他想到她好像沒有手機，他也從來沒有想到她是否有手機，她本應待在家，可父親死後，她就早早離開了，他想到五年前她的三十多歲的年齡和他對她的某種特別的親情。

她是因為我而離開平陽鎮的嗎？她為何要離開她的繼子？他尚不知其中的原因，但模糊地意識到裡面的某種內在的原委，這個原委有點奇怪，卻擺脫不了。現在我就在咫尺之間，見到我，她會是什麼反應？繼續像原來那樣，像那天早晨那樣，給我準備好早飯後，就悄悄地離開呢，還是別的什麼反應？他實在想不出來。但有一點是明確的，見到她，他很高興，甚至是喜出望外。

「怎麼回事啊，這是我要的菜嗎！我要的是紅燒豬蹄，你怎麼拿來這個炒土豆絲啊，識字嗎，不識字總識貨吧！整個一文盲傻大媽！」

他轉頭望去，繼母正在慌亂地拿著那盤土豆絲退下，口中連連道歉，那些顧客嘴裡還在抱怨。

他走了出去，但沒離開，走到了外面的停車場。他點燃了支菸，一邊等著一邊向餐館那邊張望。北京的冬天雖然不比從前的寒冷，但晚上七八點以後，寒氣漫來，順著地面沁入鞋中腳裡，站在那裡就感覺凍腳了。他原地不時地跺著腳，搓著手，望著自己嘴中哈出的白霧氣消失在夜晚寒颼颼的空中，天空裡的星星很亮。等到了八點，等到了九點，等到了九點半、十點，餐館裡顧

客稀少了，最後一桌子的顧客也終於開始買單，然後起身，三三兩兩地往門口走來。又等了不知多久，他終於看到繼母出現了。她換了衣服，平常的暗色的羽絨衣，邊和同事打了招呼邊向門口走來。

他等著，等到她走過自己身邊的時候，他走上前去，忽然摟住了她，哭了。

她大驚，喊了起來，他趕忙說是他，是他，但並沒有效果，她還在喊，他不得不捂住她的嘴，重複著剛才說的話，漸漸地，她才安靜下來，當確認是他的時候，她也哭了。

很久之後，不知說了多少話，問了多少話，當兩人靜下來的時候，又感到什麼也沒有問，什麼也沒有答，白忙乎了一氣，於是兩人都笑了。

兩人不知不覺地走著，說著，這樣經過了一家小旅館，他走過去，她跟著他，沒說什麼，不一會兒，兩人就坐在一間暫時屬於兩人世界的房間了。這時繼母的話，他才聽了進去。

自從那天早上給繼子做好早飯後，她就離開家，離開了那個鎮。可她並沒有親人去投靠，但她感到必須離開繼子。她對自己剛死去的丈夫還是很愛的，丈夫剛死去，她有什麼可說呢，只有盡力照顧好繼子。繼子多像父親啊，她感到，如果自己繼續待在家裡的話，又好像不行，她也說不出來怎麼個不行，直覺吧。她當時三十六歲，之後沒再婚，但她感到孤獨，生活陡然變得無望了。她原本也談不上有什麼音樂夢，只是喜歡唱歌而已，但是，當她從電視上看到和自己相似的人都一輩子堅持著自己的愛好，便感動了，她想自己的愛唱歌不是音樂夢是什麼呢，是的，而且

這個夢還沒有徹底死掉。在臨近的幾個小學教了兩年音樂課後，她離開了。她總是不甘心，在反覆思量過之後，終於決定來北京。

她去了很多酒吧應聘歌手，但沒有一家要她，對方覺得她這把年紀居然敢在北京找歌手的工作，簡直是神經病，雖然有一家名叫「故鄉風」的酒吧勉強給了她試唱的機會，但還是嫌她土氣，會唱的歌曲也太過時了。後來她還去KTV找過工作，幹的也只能是服務員的工作了，每天聽著那些五音不全的人嘶吼亂叫不說，還不時有些醉醺醺色瞇瞇的顧客巡視著周圍的女人，雖然那些可能被獵取的女人中，並不包括她在內，但她依舊覺得很不舒服。她覺得她所喜愛的音樂在這個骯髒的地方被玷汙了，她懷疑自己到這裡打工的任何必要，終於有一天，她自己在那家KTV開了一間最豪華的包廂，整整唱了三個小時，把她所有會唱的歌都唱了一遍，自己是自己的唯一的聽眾，唱得筋疲力盡，嗓子也沙啞冒火。次日，她辭掉工作。當她領了那份可憐的薪水時，她認為她的音樂夢正式死掉了，她在路上沒出聲地痛哭了一場，注意到她的路人還以為誰欺負了她。為了謀生，她又四處找工，找到了這家音樂餐館。老闆問她以前幹過什麼，她如實說了，於是老闆讓她留下來，忙時端盤子，閒時給顧客唱歌。

她也想起過他。但沒有任何消息，也沒有任何渠道得到任何消息了。她也不再回到那個被稱為「家」的地方。她覺得丈夫死後，那個村鎮暗暗地發生了變化，她不再有原來的愛人和保護人，因此她在人們的眼中也變了，有人冷眼斜視著她，有人意味深長地對她淫笑，有的熟人在路

上見面了，就像不認識似的。她打聽過原來所在的那個演出團，結果是早就煙消雲散，老老少少的團員們都不知哪去了。丈夫給她留了點錢，使她不至於完全落魄，但那個地方、那個鎮，因丈夫的死而變了。她曾沿著那條鎮上的唯一的水泥路走，那是條她丈夫曾經常走的路，在他可能停下來買東西的地方也停下來，比如買菸葉和買酒的小店鋪，她走了進去，打量著那些菸酒和售貨員，然後又走了出去。她也想到了那支簫和〈北國之春〉，她知道自己在尋覓某種極其縹緲的東西，而這些東西似乎在空氣中消失了。

「你知道嗎，你長得多麼像你父親呀！」說完，她把他摟到自己的懷裡，撫摸著他的頭髮，「我給你洗個頭吧。」說完，就把他領到洗手間裡，打開了熱水龍頭。熱水嘩嘩流出來，不一會兒空中飄散著洗髮膏的清香和水霧氣，那霧氣模糊了鏡子，也模糊了房間裡兩人的模樣。

「不過你肯定會比我有出息，也比你父親有出息的。」

他感到她柔軟纖細的手指在自己的頭髮尖輕輕揉著撓著，心裡充滿了溫暖，這是他來到北京後所從來沒有的感受，他任由她的撫摸和輕揉，享受著這個珍貴的時光，同時又想讓這樣的時光能夠延長，能夠停留，最好能夠靜止不動，可是，這不可能的。他已經不是小孩。這些年來，他承受了太多的艱辛和冷漠，太多的辱沒和挫敗，他從沒有得到任何人的真摯友誼和援手，他自己一人度過了不知多少傷心的不眠之夜，而且這樣的日子茫茫沒有盡頭。有時他擔心自己會垮掉，爛在一個沒人知道的街角垃圾堆裡，一個散發著腐臭的下水道裡，一個長滿荒草的郊外，沒

有任何人會注意到，他可能被狗吃掉，或者爛掉，就是這樣，就是的，想到這裡，他感到她的身體的溫柔和芳香，她的指尖處處撓在他的心裡，使他難以自制。他轉身摟住了她，親她，親她的眼睛，她的臉頰、鼻子、頭髮，然後他開始把她抱到屋裡，像將一個怕打碎的什麼輕輕放在床上，這一切都發生的自然而然，沒有遇到任何阻礙。當他看到床上她的白亮燦爛的肉體的時候，他也看到了她那望過來的溫柔傷感的眼神，他轉過身來，昏昏沉沉地走出房間。

他來到外面的馬路上。早晨的太陽不知何時已經升起了，街邊有些人在排隊買早點，早點攤鋪子冒著熱氣，熱氣裊裊化入藍天。街上人來車往，匆匆忙忙，正值上班的早高峰。陽光刺目，他還是忍不住抬起了頭，望著那湛藍的天空和正在那裡消失的淡月，他感到了一陣陣的眩暈。

二〇一六年五月寫於杭州

發表於《收穫》二〇一六年第五期

跟蹤

一

即便是背影，她也是絕妙美人。

説來她並不那麼打眼，炭灰色的風衣也寬鬆，遮去了身材，走在街上容易被灰突突的路人埋葬，但我可以感到她的出眾，因為呢，還是招供一下吧，我是美術學院的高材生，眼毒著吶。

她風衣的衣襟時而飄起，姣好的身材若隱若現，富於彈性，不是外國人，這點從她剛才打手機時的説話可以判定出來，但無疑不是普通中國人，我不由地想起徐悲鴻在法國留學時畫的一幅女人背面的人體素描，模特兒雖是法國人，卻東方韻味十足。眼前的她就像那模特兒，尤其她的豐腴，不同於當下時尚的瘦，這是我喜歡的。

她的身高估計不會低於一米七，不會的，個高的人適合穿風衣，那樣走起路來顯得飄逸。她身上的挎包款式樸素而昂貴，絕非暴發戶的那種光鮮亮麗的名牌，高跟鞋也是黑色細跟的，這種款式現在的女人很少穿了，而時尚男性腳上的那種粗跟鞋或寬頭坡跟鞋，刻意凸顯女漢子範兒，

她卻不，她穿戴的一切都只適合她自已。那麼她是模特兒？至少是平模，就是雜誌和網頁的時裝模特兒，職業的耳濡目染養就了她的品味，但模特兒多半是炫耀裝逼的，她卻不像。那麼是普通的上班族？現在是週三的上午十點多，她還在街上這麼悠閒地走？而且眼下的社會，以她的美貌，可以所向披靡，什麼得不到啊，都可以得到的，得來全不費功夫，不需要做朝九晚五打卡的苦逼上班族。那麼是富二代？也不像。富二代一般是惡俗的，還屬於暴發戶範圍，短時間的暴富還沒來得及使這些人除了味蕾之外的器官得到同步發育，所謂真正的富貴氣有待時日的汗漫滋育，怎麼說也要一個世紀吧。那麼是老闆？也不對。雖然老闆族衣食無憂，屬於不坐班階級，但這些人早已成了驚弓之鳥，時時刻刻為環境的「風吹草動」所煩惱，時時計算著別人和預防被別人計算，所以他(她)們極富現實感，顯得心力交瘁，疲憊焦慮，我幹活時接觸到的老闆們都是這樣的。而她的氣質，看去幾乎不食人間煙火，像幽居在什麼靜宅深巷，乏味了，無聊了，忽然來到市井街巷走走看看。那麼，她從哪裡來，又到哪裡去呢？

她偶爾側目旁顧一下周圍的什麼，有一次路過一家花店，她停了下來，隔著玻璃櫥窗往裡看了看，靜思片刻，略微緩慢地將目光從那些花草移開，又繼續走了。

這是我第三次跟蹤她了，每次都是在這個中南購物廣場附近看到她的，時間在上班高峰之後，根據我的觀察，她不在附近的什麼寫字樓裡上班，每次都好像是路過，可她為什麼常常要從這裡經過呢？

二

白日之下，跟蹤女人，我自己也沒想到自己竟如此大膽。其實我在自己喜歡的女人面前一直有一種不可克服的自卑感，我永遠不敢走上前去對她說一句什麼，哎，說實話，我可能都沒有勇氣面對面地站在她的面前直視著她，除了在學校的教室裡和同學們一起畫模特兒，那是一種集體行為。這種情況雖然後來好一些了，那是因為同班的女生拿我無所謂，也就是根本不注意我，無視我的存在，其實後來我發現這樣也好，這樣我反而會自在些，舒服些，但我還是無法像別人那樣自然和坦蕩。我也暗自想過自己有什麼心理問題，卻理不出個頭緒來。我想到雖然班裡的女生不鳥我，可我卻比別人更注意女人，對有眼緣的女生我是很上心的。我想起幾年前路過舞蹈系的練功房看到的那位女生，我也不知道她的名字，只是看到過她好幾次，有好感，就覺得她是我可親的人了。我注意到她修長的身段和靈巧的動作，走起路來輕靈而有彈性（這個彈性和我眼前跟蹤的那位女性走路的彈性是相似的），從她大腿的白嫩看，無疑是我喜歡的女人的皮膚，她肩上搭著一條淺玫瑰色毛巾走過來，完全沒有注意到我的存在，可是有個瞬間，我發現自己的目光與她的眼光碰觸了，她即刻顯得略微拘謹而不安，和別的同學一起迅速離開了練功房，在那一刻，我覺得有些異樣，我覺得自己的目光在注視她而又被她察覺的瞬間，沒有退宿，退縮的是她，於是我感到自己的勇氣了。這是一種難言的快感，這種快感持續了至少兩個星期，直到那天我去食

堂打飯時正好在窗口處碰見她，我的欣喜又重新充滿了我。她在幫廚，勤工儉學吧，看到我時目光便順了下去。我忘記我點的什麼菜了，可她好像知道我要什麼菜似的選擇了幾樣，然後滿滿地盛到我的飯盒裡，我見了也拘謹起來，匆匆地走開了，那時的感覺超過了「快感」，而有點幸福了，可之後也沒發生過什麼，確切地說，我後來幾乎沒再見過她了。還有一位女生是學校廣播站的同事，她是戲劇系的，那天她來向我要稿子時，嘴唇的鮮嫩簡直像春天裡要綻放的櫻花，我對她說寫好了，可是其實我全忘了，一個字也沒有寫。她說給我吧，這時我就把手裡的一幅沒畫完的速寫遞了過去，她接過去看了看，困惑的無語了，我見狀有點慌亂，也一時語塞，還是她用那美麗的櫻花般的嘴唇發出對我速寫的評語：畫得真好！可其實我並不是很喜歡她的身材，有點太成熟女性的體態了，她說以後你給我畫一張花吧。我說好。可是，和前面的那位舞蹈女生一樣，我後來也沒再見過她了。事到如今，我不得不承認是我的靦腆和膽怯造成了這樣的局面，現在想來我對她們記憶猶新，難說完全是親切感，親切感是有的，但每當我閉上眼睛的時候，浮現出來的是她們的那些美貌，哪怕是局部的美貌，美貌包含親切感嗎？可能是的，我不太懂。

大學的同班同學裡有一個女生在畢業的時候，曾經說過一句怪怪的話，她說我這個人絕對有桃花運，但最後到手的卻肯定不是桃花，我很不高興。可是，如她所說在畢業後相當長的一段時間裡我沒有女人，無聊孤單，整天四處晃蕩，不知所終。

兄弟，你有過那種漫長的、孤獨的、封閉的、沒人理的日子嗎？沒有？那你比我運氣好，真

的，比我運氣好。這種生活有一種沾黏性，一旦過上，比如說過上了半年一年，你就可能被沾黏住，像吃了麻葉，擺脫不了，變得越來越孤單，越來越乏味，「乏味」？是的，大部分時間是這樣的，但麻葉的效果是這樣，有時它又能使那個孤獨變得不太乏味，甚至相反，儘管你還是自己一個人，可你覺得你不算真的孤獨，而當你習慣了一種生活方式的時候，生理和心理都自然地默認了它，在每天忙碌的同時，也體會到自由自在的存在感。那天我讀到一片有關植物生態的文章，其中描述一個孤獨隔絕而又繁茂的植物世界時用了一個詞：「輝煌的隔絕」，我是輕輕念著這五個字的，心為之一動，覺得還有這樣去形容隔絕的啊！輝煌？是的，輝煌，可是那一瞬間過去之後，一切還是會恢復到常態。

大學畢業後，我的工作一直沒有著落，整天就那麼待著。零敲碎打的活只能維持我飢一頓飽一頓的生活，生存的本能使我養就了眼觀六路耳聽八方的習慣，我開始喜歡觀察路人，留意他們的言行舉動，不知從何時起，跟蹤人也就慢慢成了我的一個嗜好。起初沒有特定的目標，也並非僅僅跟蹤美女，也跟蹤一般的不美的，跟蹤男的，除了想窺視別人的隱私之外，其實我更感興趣的是想看看他（她）們是不是也和我一樣無聊孤獨，也有著相同的挫折感。

眼前的這個女人並非街上偶遇，而是從一個自己無意拍的視頻裡發現的，是的，我偷偷拍的視頻，這樣就要扯到一年多前我做的一個項目了，它們彼此之間多少有點沾邊，我說「沾邊」兩字是有找藉口之嫌的，但我沒撒謊，我們在做許多事的時候，不是需要些「藉口」嗎？

三

那年我還是一個藝術學院美術系的學生，替老師做了一件活，是市公安局刑偵科與美院合作的項目，內容是建立國民面相結構類型的數據庫，有了這個數據庫，辦案人員可以根據目擊者對嫌犯面目和體格特徵的描繪，調出相關的形象類型，快速鎖定嫌犯，製出相貌圖，以公示天下。從理論上說，這樣可以大幅度提高破案速度，實際效果如何，還待有關部門的鑑定。我的工作既不是鑑定也非對素材的研判，而是項目裡科技含量最小的那部分，就是人物形象的收集和分類。

公安局陸續發來了一些文字資料，從資料上看，數據庫的類別主要是人的臉部、五官部、頭顱類以及人的骨架體態類型諸部分，原始資料的大部分需從街上收集來。這類事枯燥繁雜，老師是絕對不願幹的，於是就落在我們這些作為助手的窮學生身上了。我喜歡畫人，所以不怕與收集人相打交道，加上是政府項目，報酬大概不會太低，至少不至於賴帳，所以這段時間裡，我應該吃喝無憂，不必再向父母伸手要錢了，如做得好，可能還有額外的獎金。

人的相貌收集到街上去偷拍就可以了，分類則需要時間，我想到以前在地攤上看到過《麻衣神相》，一本宋人的相書，它也許會給我提供一個現成的類型框架，省去我少說一半的時間，以體現我生活的座右銘：少幹活多掙錢。於是我去了省圖書館，沒費多少功夫就找到了那本書。雖是八四年印刷粗劣的小冊子，但我覺得如獲至寶，來到一家幽靜的咖啡店，點了杯招牌咖啡「夏

日花園」，坐在軟皮沙發上閱讀了起來。

沒讀一半，就失望了。《麻衣神相》對面相的研究竟是很粗糙的，一本書的目錄僅有五官分類，如「象眼」、「豬眼」、「猴口」、「仰月口」、「鯰魚口」、「胡羊鼻」、「貧賤開花耳」，等等，而沒有臉型的歸納，這樣就陷於「得毛而失貌」了，所以這本書基本上是相書無相。讓我迷惑的是，古人相人怎麼會有這樣的低級的忽略，想到從前看古代聖人像，難怪他們千人一面，老子孔子孟子墨子楊子朱子，長得都像一家人，如果誰犯了案，官差肯定不知抓誰，只好先統統帶到局子裡再說。想著想著我就陰笑了，我忽然想到自己的這張臉，於是樂此不疲地把自己的五官與相書裡的細細對照，發現自己的眼睛介於象眼和鴛鴦眼之間，又查看了一下解釋，還好，這兩種眼睛都是主富貴的，就是說我的前途還不錯。可我的鼻子是猴鼻，喻示貧窮而且壽命也不長，我略感不悅和渺茫，又趕緊去查自己的唇型，好像有點像鯰魚唇，這種唇型的人命好像很賤。看到這，我不僅是不高興而且有點沮喪了。我把《麻衣神相》扔到一邊，心想宋代人也擅長忽悠。

《麻衣神相》是靠不上了，我只好到街上到人海中去拍照，不免暗暗叫苦。我需要個相機，最好加上攝影機，我本想向項目主持的老師申請經費來置辦這些器材，可剛一張口就被無情地回絕了，於是，我只好咬牙自己傾囊買下，反正以後也還會用到的。我買了GoPro HERO3運動攝像機，這是當時我用過的頂級的傢伙了，再把原來的山寨手機換上蘋果4S，可謂武裝到牙齒。手機隨見隨拍，GoPro呢，我把它固定在胳膊一側，有時也固定在帽子上，雖然稍微有點扎眼，

模樣有點怪，但還是能在多數人沒有醒過悶的時候，把他們的模樣高清拍下。我來到市中心繁華的購物廣場、步行街、女人街、美食街等人多的地方，悄悄地、暗暗地一陣狂拍亂照，然後在夜深人靜的時候，插上U盤，把白天拍的那些人物在電腦屏幕上一遍一遍地瀏覽。

那些陌生人各懷心事，眉頭多半皺著，或盯著左右，或望著前方，神情茫然空漠，我想人的常態多半如此吧，他們沒料到自己會被一個陌生人暗中拍下，所以臉上毫無造作，露著那種沒有自我意識的意識，與電影裡電視劇裡人物的那種不可救藥的裝腔作勢相比，他(她)們好像來自另一個國度，生就在另一種文化生態和文化氛圍裡。可是，也有一些人發現了有個照相機攝影機鏡頭對準他們偷拍的時候，他(她)們神情就遽然大變，驚恐地、懷疑地、敵意地朝你望過來，沒有一個好臉。而我倒是喜歡這種神情的戲劇性的轉變，因為不管怎麼說，矯揉造作也是一種狀態，不是嗎?所謂自然，應是包容了所有狀態的一種狀態吧。

我是那天在看錄影時注意到那個女人的，是很好看的背影，我趕快把視頻退回去重放，如此重看了好幾遍。眼睛呆看著她，知道自己發現了「新大陸」，可惜我只拍了她的背影，重放了多遍，也沒發現她的正面，甚至連一個側面也沒有，只是一個風姿卓絕的背影。

四

大學三年級的時候我第一次畫維納斯的全身石膏像，一班二十七八個人，占滿了維納斯前面所有的角度，開始我還擠在很側面的一個地方，眼光得穿過前面三四個畫架六七條胳膊，才能看到維納斯側面的小肚子，但是前面有個女生喜歡把畫板拿下來放在自己的大腿上，這樣我就什麼也看不見了。一狠心，我把畫架放到了維納斯的身後。那個位置是沒有人的，就我自己。當我把畫架支在那裡，開始觀察打量背面的維納斯的時候，我得承認我有些失望。

背面的維納斯顯得有些臃腫，腰也過於渾厚，那雙豐腴秀美的腳從我的角度只能看到小腳拇指，果然沒什麼值得畫的。雖然老師說模特兒的任何角度都是可以入畫的，但我並不以為然，是我個人的偏見？那為何大家都不選我這個角度呢，周圍就是我自己一個人在畫。自己就自己吧，我開始沉下心動起筆來。這是個三星期的長期作業，所以從石膏的長高寬窄比例到背部肩部和裙子衣褶，都需畫得精確不誤面面俱到，沒料到要做到這點比想像的難得多。

或許你也有這樣的體驗，就是記憶裡的，或者印象裡的美好特殊的事物人物，一旦說出來或寫出來，常常不是那麼回事，它們無可奈何地變得平凡無奇了。那次畫維納斯石膏，我就再次體味了這種經驗。

我本寫生高手，成績一直是系裡的前三名，一個星期過去，我卻大敗下來，似乎中了邪，素描稿打了多遍，就是不大像維納斯，別說美不美了，連形都沒畫準，我感到前所未有的挫折。記得老師曾說，如果對形沒有把握的時候，可以去摸摸對象，會有幫助的，於是我等到夜深人靜的

時候，教室無人，用手把維納斯摸了個遍，當然也包括摸她的背部、臀部和大腿。

摸著冰冷的維納斯石膏像，滑膩柔潤，在和我手掌接觸的時候，石膏像好像漸漸有了溫度，某個瞬間裡，我甚至感到這沒有生命的石膏像在我的手下好像活了起來，像人的皮膚，我分明不是在摸石膏像，而是在摸一個女人。我發覺自己好像在耍流氓，有點肆無忌憚，因而一種類似犯罪的意識朦朧升起並在我的周身蔓延開來，我似乎在某種程度上理解了那種犯罪意識，我摸著，摸著，極力細細體會著指間感到的所有微妙的觸覺信息，它們如此微茫而明確，低語與暗示並存。我想起從前和女性接觸的殘片記憶，絲絲入扣又刻骨銘心，那些女友後來都哪去了呢？她們的真情和假意，嫉妒和冷漠，還有那些似乎已經徹底遺忘了的珍貴細節，正當我繼續想入非非的時候，我卻感到了維納斯石膏裡的死屍般的冰涼，這種感覺和柔滑的皮膚質感交織在一起，向我提示著兩種不同的暗示，我有些困惑了，感到了這具石膏的陌生。我繞到維納斯的前面，抬眼看著維納斯，她在黑暗中望著前方，或者準確地說望著黑暗。好在我沒開燈，維納斯也看不到我，所以我忽然很想摸摸維納斯的胸部，可不知怎的，我沒敢下手。

我又繞回維納斯背後，看不到她的臉，心裡放鬆多了。我繼續摸著，如此往復幾遍，手電光下再反覆對照我的素描稿，發現我畫得幾乎完全精準無誤，只是沒有從前面看到的維納斯那樣美罷了，我終於醒悟了：完美的維納斯是不完美的，她的缺陷就是她的背影。我在想那個不知名的有著精湛技藝的古希臘雕塑家，怎麼會忽略維納斯的背影？莫非故意，還是美人的背部本來就不

是那麼美的？可是她，我拍的視頻裡的她，那背影是多麼美妙啊！

五

我想再去拍她，拍她的正面和側面。那個視頻是在中南購物廣場拍到的，於是我又帶著攝影機去了那裡。當然白等半天。我知道在一個城市裡想要再次撞見一個街上曾見到過的人，猶如大海撈針，但還是莫名其妙地來到這裡，想再見到她。我也有點想恥笑自己，覺得自己可能有毛病了吧，她為何不是一個外地人呢，那天她只是路過此地，然後直奔了機場或者是火車站，現在正在一個陌生的城市，在一條相似的街道上同樣風姿綽約地走著。或許她已經結了婚，甚至有了孩子，是一個年輕的家庭少婦，此時正在逛商店為自己的丈夫買一條領帶或為孩子買奶粉，或者為她的母親生日選一束花，如果這些都非事實的話，那麼也可能是誰包養的小三？為什麼不呢，小三的思路雖有可能，但我當時卻極不願意那樣想下去，不知為什麼我有點傷心，覺得自己蠢得像豬。

連著等了兩三天，我開始覺得再見到她是個虛幻的事了，我甚至懷疑我的那個印象是否是假的。美好的東西多半都是虛幻的，這是我有限的不足三十歲的生命總結，我認為這是個真理。我暗下決心，決心不再去那裡。第四天早晨出門的時候，我記得我調動了自己的全部意志來壓抑和控制我想去的欲念，彷彿在同什麼頑強作對，我終於贏了。我去了城西的另一個繁華地段拍照，

我使勁地摁快門，咔嚓、咔嚓、咔嚓，聽著這些機械般重複的聲音，我感到自己與其說是被某種空蕩的機械聲所填充，不如說是更空虛了。

六

這個項目還沒有完工，我卻面臨畢業。面對將來不確定的新生活我心中惘然。在校時，我的心氣和多數同學一樣都很高，覺得自己是大藝術家的料，如今行將畢業，心理起了明顯的變化，大家都神色不安地四下找工作，然而從幾個已經找到工作的職業性質看，分明都改行了。我呢，雖然畢業創作得到了一個什麼優秀獎，但在拿到獲獎證書和五百元獎金後，我就變成了個無業遊民。是啊，想到每年全國大小藝術院校有十幾萬的像螞蟻似的畢業生，心裡就瘆得慌，社會哪需要那麼多畫畫的人啊，但我還是喜歡畫畫的，不想馬上改行，可謀生卻很艱難。我手頭正在做的那個項目尚沒一分錢的進帳，可房租和溫飽的壓力就逼上門來，所以我不得不找些零活掙錢，以解燃眉之急。我先後給小學圍牆畫過「講文明懂禮貌」的壁畫，給土豪的小三畫過美人像，在大街旁邊的圍牆上寫過大標語和配圖，也參加過幾個什麼小展覽賣過幾幅小畫，但這種零敲碎打的事是難以為繼的。記得在最困難的時候，也就是在房租已拖欠了四個月，房東準備把我掃地出門的時候，我不得不向父母再次開口要錢。父母是開小麵館的，起早貪黑，錢來得不易，所以父親

一開始就反對我學畫，說你學什麼都比畫畫好，能養活自己。現在我的狼狽印證了父母當初的英明預測，所以當我在電話上隱晦地說出那個要求的時候，父親的冷嘲熱諷甚至是幸災樂禍的聲音就直撞我的耳膜，他對我當初沒聽他的話而耿耿於懷，並揚言不再供我上大學，這我理解，但事情落到這步，總不能不救一把吧。兩個禮拜後父親打來了五千元，後來又收到另一筆一千五百的匯單，估計是母親私下寄的，她為我的窘況憂心忡忡，說一個男孩是要談女朋友的，沒錢，窮巴巴的，怎麼行！我心懷感激的同時，也很難過，決心不到萬不得已之時，再也不向父母要錢了。

沒想到的是在我幾乎落魄的時候，有個女孩向我示好，她是早我畢業一年的校友，叫嚴妍。以前在學校打過幾次照面，後來在我的畫展（群展）上再次碰上了。美院校友自來熟，她沒作品參展，但對我能參展很羨慕，尤其喜歡我的畫。她的話讓我開始不由地注意了她，我發現她有很好看的手，十指纖纖，潔白修長，長相也是秀氣的，尤其側面的四十五度角，鼻子和下巴的弧度都很美。像大多數美院女生一樣，嚴妍留著長髮，身材瘦削，愛穿一雙裝範的、皮質做舊的大頭皮鞋。我問她在幹什麼，她說在混，有一頓沒一頓的，我說瞎說，你的氣色那麼好分明是富二代，她說氣色好嗎，我說好啊，她說那你請我吃飯吧，我笑了，說早知道就不說你氣色好了。

沒過多久，嚴妍就向我表白了，現在想來我那時是心不在焉的，我覺得自己並沒有動心。記得問過她為什麼喜歡我這樣的屌絲，她說你不是屌絲啊，你的畫很好，那個策展人也是這麼說的，他很看好你，我也看好你。你畫的人和別人不一樣，你懂人，你畫上的人都是活的，像在哪

裡見到過，主要是這些人物裡面都有一種可以打動人心的憂鬱和孤獨。你畫的那張維納斯石膏也好，那麼美。我聽了心裡暗笑，覺得她沒有見過真美人，事實上她和所有戀愛中的女人一樣，都認為自己是最美的，那天她對我說畫畫我吧，給我畫張肖像，再畫一幅裸體，以做我年輕時的青春紀念，你不覺得我比上學時老了嗎？

我為嚴妍畫過一幅肖像，沒畫好，原因可能是和她太熟了，不如初見面時的敏銳了。而那幅畫她的人體我卻認為畫得相當成功，她也滿意得愛不釋手，總是看啊看，然後問我她的身體真的有那麼美，那麼白嫩嗎？我說當然。她說沒騙我？我說沒騙你。她聽了將信將疑，良久，終於還是選擇了相信，轉過頭來對我那樣地含笑說道，怪不得你對我那麼色！當晚她做了幾個我喜歡的菜，像麻辣雞丁和蹄膀燴栗子，還有她從江蘇老家帶來的高度數的雙溝大麯。

嚴妍那天喝了不少酒，臉色泛著少見的紅暈，不停地對著我微笑又微笑，然後硬實地坐在了我的大腿上，使勁親我的胸脯和臂膀，我順著她腿往上摸，感到她滑溜溜的睡袍裡什麼也沒穿，於是就摟住了她，她繼續進攻，抓，撓，嘬，齊頭並舉，咄咄逼人，極富侵略性。那一夜，她活像動物世界裡發情期齜牙呻吟著的小浣熊，我看著她那瘋狂而扭曲的表情，心裡並不舒服，也不好說什麼，只好閉上了眼睛，在翻天覆地的做愛中默默忍耐，至少有三根菸的功夫之後，終於，我感到她達到高潮時明顯的痙攣以及我自己的癱軟。從那以後，嚴妍完全黏上了我，既小鳥依人，又像養鳥似的對我體貼入微，關懷備至。不久，在她的鼓動下，我在離學校不遠的地方租

了一個小單間，和她同居了。

在那些無所事事的日子裡，我們在屋裡廝混，看美劇，吸麻喝酒，做各種自以為是的美食，給她拍各種臭美的照片。照片裡的她光鮮豔麗，而實際上並非如此。同居之後，我發現她生活混亂也不愛收拾，嗜愛懶覺，有時連吃飯都懶得下床，就直接躺在床上吃喝，這和我的愛整潔整個擰巴，心中叫苦。有時候，我上午才收拾好，下午又亂了，時間久了我也懶得動，隨它去，後來我竟然在屋裡發現了老鼠，牠們的毛髮看去好像比我還要乾淨。

我後來想，如果我和嚴妍不是那麼快地上床，特別是，如果她不是在做愛時像浣熊那樣的齜牙咧嘴，我們可能不會那麼快地掰了。我屬於那種善於掩飾自己真實心理的人，可還是讓她慢慢感到了我逐漸冷下去的心，她明白我不再愛她了，我之所以沒主動向她提出來，是自己的某種膽怯，我不知道怎麼面對她，說白了也就是不知道如何面對自己。不到半年，還是嚴妍提出分手的，她說我恨你，我恨你，然後大鬧起來，凶相畢露，幾乎瘋狂，她把房間裡凡是能摔爛的東西都砸了個稀巴爛，而且居然一下把床也掀翻了，然後突然抓向我，我幾乎是倉皇而逃了，當時我真的有種不小心掉進動物園裡又從那裡跑出來的感覺，那個房間裡我的東西我幾乎一樣也沒帶走。不能說我一點不傷感，但她掀床時的爆發力給我的震撼更強大。我承認不到兩個星期，我又平靜地回到自己並不真正討厭的孤單無聊的生活了。

我漸漸養成了一個新的習慣，就是喝酒，多半是劣質酒，酒量也慢慢大了。我常去附近名叫

「白熊」的酒吧，是個半地庫，走下幾個台階進去，裡面幽暗昏沉。扎啤賣得不貴，只要二十元就有一大杯，喝個兩三杯也就有了些醉意了，有了醉意的世界分明要可愛得多。吧台後面牆壁上的各色酒瓶在壁燈微黃的光耀下隱隱閃爍。不知哪裡弄來的一隻鹿頭也掛在那裡，牠的那雙黑黝黝的假眼睛，呆呆地望著遠方，哎，看什麼啊，再看也沒有草原和你的哥們了。

調酒師有一男一女兩位，我常碰到的是女的。想起我和嚴妍那段並不溫馨的過去，分手時她的猙獰在我心裡留下了很暗的陰影，這個陰影對我影響深刻，它讓我從此對女人小心翼翼，不太相信了，應該說對她們吃不透，所以我在那段時間裡對於女性有些望而生畏。其實呢，我對自己好像也不大相信了。望著那位女調酒師，心想她的真實面貌又是怎麼樣的呢，她這張溫柔的面孔下，是不是藏著另外一副面孔，是否也會突然凶相畢露，猙獰得齜牙咧嘴，原來那一臉的淑女相瞬間蕩然無存？但這些是一時半會看不出來的，能看到的只是酒吧昏暗燈光中她的殷勤和藹，調製雞尾酒時晃動調酒杯的動作熟練而優雅，這麼個昏暗的地方，天天和酒打交道，會如何呢，我想到調酒師的臉上都有夜色，而且我也沒見過喝醉的調酒師，特別是女的調酒師，她們太理性，太旁觀，總是小心翼翼，和酒永遠保持著安全的距離，所以你們並不懂酒，你們只會調一調酒，搭配點好看的、按你們的話說各種「浪漫的顏色」，但你們不會懂得裡面的奧妙和精魂，那麼你們跑到這裡幹什麼？我一邊喝著酒，一邊想著。酒杯裡的酒不知不覺喝乾了。這是杯 Mojito，今天第一次品嘗，是這位女調酒師給我介紹的，她說男人可以嘗嘗，沒準喜歡，一般男人都喜

歡的，說完她還對我微笑了一下，那笑容很溫婉，有點賢慧的味道，我很受用，喝了兩口，果然好，也說不上怎麼個好，甜酸味，口感醇厚，不錯，不錯，我第一次發現自己很喜歡這種酒味，它很懂我，甚至體貼我，在這昏暗之處，疲憊的夜晚，我會喝幾杯Mojito？我看到她剛調好一杯，黃綠紅三色獨立疊加，女性喜歡的那種東西，這時我才想起來作為雞尾酒中的「底酒」的朗姆酒Rum，威士忌Whisky和伏特加Vodka，這些濃烈的酒和橘汁、蘋果汁、檸檬汁和薄荷汁等的混合，有點像男女的融合，配的量、選的味對頭了，就可口了，不然就完蛋了，我就是完蛋了一次，才跑到酒吧裡來的。可是為何要喝雞尾酒，單喝朗姆酒、松子酒等豈不更好，我覺得自己這個想法有點道理，再想下去卻是愚蠢的，是啊，男女搭配，幹活不累，搭配不好就打起來了，酒就變得難喝。嗯，差點忘了，以前那位男調酒師就曾經說過，雞尾酒裡的各種酒的量必須精準，稍有不慎，雞尾酒就成雞屎酒啦，他說「雞屎」的時候臉泛紅光，我現在臉也有點溫溫的熱，很舒服，想著想著我就有點自鳴得意，覺得今晚在這沒白來，「白熊」給我上了一課，我已經有點「微醺」了，「微醺」這個詞真好，是誰想出來的啊，一定是個酒吧老手，去他媽的，今晚把錢包喝空為止。

我隨手從旁邊胡亂堆放的雜誌裡捏出一本，就著燈光看，好像也是在介紹酒，雖然也伴有寒帶、熱帶、亞熱帶的各色旖旎風光的風景，主要的還是那些設計精美的酒的圖片，更準確的說是各種酒瓶的特寫，它們好像來自世界四面八方，都是有頭有臉的身分。燈光暗，沒法細看也沒心

情細看，只是發現那介紹酒類的幾頁裡，都有一位光鮮亮麗的女人，身材姣好，婀娜多姿，一手握酒瓶，一手做不同的嬌態，眼睛深情而挑逗地看著我，我心裡笑了，所以嘴角也咧開了，我終於明白為什麼在酒的雜誌裡會出現女模特兒，也明白了這酒吧裡為什麼僱女調酒師，或者說，女調酒師為什麼跑到這個男人扎堆的夜間酒吧裡來，她是來了解我們男人的，是來窺探我們男人的那些東西的，這些東西就是我們在酒吧裡喝酒時喜歡說的胡話，而這些胡話只對男性，有時甚至是陌生的男的敞開心懷說的，是的，一定是這樣的，想到這，我看了看手裡剛斟滿的Mojito，一飲而盡。其實我原不懂酒，也並非真的喜歡這個兔崽子Mojito，可是今晚我好像懂了，心裡敞亮得可以照亮自己。這時，她正在為另一位顧客配製著另外的一種酒，從顏色上看，肯定不是Mojito了，是橘色的，我看了看那個顧客，四十多歲，比我至少大十歲吧，可顯得深沉蒼涼多了，他似乎是這裡的常客，因為旁邊的一位老闆模樣的人，也過來和他搭訕，好像在議論著別的什麼事，說著說著都笑了。那女調酒師遞過來一杯剛調好的雞尾酒，我看著那杯有三四層多色的雞尾酒，那粉紅色、淡藍色、翠綠色的和淡紫色，絢麗而多情，不像喝的東西，而像是一個城市的幻覺。

七

老師看到了我發去的郵件，對我工作的進展讚不絕口，說夠快的啊。我向他提出了一個新的類型，就是：人的後腦和背影。罪犯也是有後腦勺和背影的啊，而且，罪犯作案之後逃跑，想來多半都是掉屁股跑開的，這時罪犯的後腦勺就會成為目擊者所看見的唯一的一部分了，不是嗎？老師聽了覺得有道理，說他會和公安局聯繫，建議增添內容，我心裡想問經費是否也加點，但沒敢說出來。

我活幹得快起來，但又擔心幹得太快以至於項目過早結束而再次失業，因為這個項目聽說是計時工資，所以我又故意慢了下來。比如，以前十張照片，十分鐘的影像，需要花半個小時處理，而現在時間增加一倍，有時是一倍半，我還添了新的毛病，就是一邊喝啤酒一邊吃韓國烤肉串一邊幹活，暈暈乎乎，舒服愜意，我常常就在電腦屏幕前一邊幹活一邊睡著了。

有時做夢我也會看到滿目的臉臉臉，還有背影，後來主要的影像都是背影了，它們匯成浩瀚的海洋，海洋遠處的背影是模糊的，他(她)們好像在往黑暗的海裡義無反顧地走去，然後消失在那裡。我忽然冒出一個念頭，就是那些背影全都變成了嫌疑犯，他(她)們都在逃避我的目光。

那個擁有美妙背影的她在哪兒呢？有時我也夢到她，我想快快走上去看看她的正面、她的臉，可是她彷彿有意地要和我保持距離，不讓我走到她的前面去。不僅如此，我和她之間的距離不但沒有縮短，反倒擴大了，模糊了，她的身材也在發生變化，一會兒變得粗獷肥胖，一會兒變得更加妖嬈，有時竟變成了剛分手不久的嚴妍，她變成了一匹英俊的白馬在城市的大道上飛奔起

來，馬尾巴也隨著張揚起來，我看到牠鼻孔衝著我粗悍的喘氣，凌空嘶叫，然後很傷感地朝我望來……

醒來後，發現原來窗子忘關了，清涼的夜風吹進來掀起了桌上的紙片和外賣飯盒。我想起已經熬了兩個通宵，已把無數的人臉和背影都歸了類，增建了十幾個文件夾。我為那位絕色女人的背影專門建立了一個文件夾，視為一個特例。特例源自類型又獨立於類型，這叫人有些迷惑。我不打算把她這個「特例」作為犯罪嫌疑的造型參照資料交給公安局，我不希望別人注意她，評點她，她是我的，我要獨享她。

我不斷地將她的身影放大，將她的頭部放大，然而越是這樣，彷彿越是虛幻，但是我滿足於對她的一廂情願，於是對別的圖像和視頻畫面也做了同樣的放縮變化，結果效果是同樣的。我開始大幅度地放大那些圖片，以細細觀察它們，結果有些意外的發現。我看到一個老頭正在惡毒地注視著旁邊一位少女嫩白的脖子，一個樸素無華的婦女把一個男孩踢翻了，還有一個老外正在抬頭往天上看，好像在盼下雨。

由於這些發現，使我想到前些時候拍的照片是否也有類似的情況，於是回到那些文件夾裡，點擊，放大，再放大，慢慢瀏覽，不久，也發現了新的類似的細節，其中有一個人正在對遠處的什麼人做著奇怪的手勢。此外還有一張熟悉的男人的臉，似乎在電視還是在什麼報紙上看到過，穿得很低調，卻仍然能看出是高檔貨，尤其是那黃燦燦的手錶錶帶和細的也是黃燦燦的項鍊，此

時他正在和另一個男人說著什麼，旁邊還坐著一些衣著暴露的女人，表情曖昧，左右張望，我忘了拍的地點是哪裡了，好像是本市最豪華的酒店大堂裡。這些無意中拍下的東西，使我輕微地震驚了。我不知道是什麼時候拍下來的，也沒去多想。

然而，當我把整理好的資料發給老師後，我莫名其妙地失去了那份工作，我給老師打電話詢問，他說他也不知出了什麼事，上面要他換助手，哎，他說你做了些什麼事啊，想想是不是得罪了誰？我說我拍照片能得罪誰啊，老師說，他們說你像個賊，鬼鬼祟祟的，還跟蹤人。我心裡一驚，覺得我的動靜怎麼人家都清楚啊，莫非我也被跟蹤了？但本能的反應是對那些指控斷然否定，說除了拍照，我啥也沒幹，老師聽了，沉吟著說道，也沒什麼，不幹就不幹了，沒什麼了不起的，以後再有別的活我會給你打電話的。

八

我畢業了，同時也失業了，變成了無業遊民，哎，「遊民」多少還是個「民」，是個普通階層的一員，而當你失去收入來源又渺無希望的時候，你其實就是個鬼，無業遊鬼。我往哪裡遊呢？我感到我被一雙巨大的手牢牢的擋住了眼睛，以至於看不清那雙手後面的東西。我想到小時候數學考試不及格，被老師關在教室裡罰抄，抄了一遍又一遍，抄到眼暈頭脹，可是還是不行，那是

我不會做的題目，哪怕五十遍五百遍我還是不會做。我感到整個世界好像都在與我作對。

好在老師還是向著我的，他往我帳戶裡打了相當於四個月工資的紅包。我感到未來的一段時間將是很不安定的，於是我決定換一間租金便宜些的房間，把省下的錢存下以備不測。新換的屋子位處一個塵土漫漫的城鄉結合部的小巷深處，是舊院落裡的一小屋，沒有廁所，如內急了便要去院子外面的那個公共衛生間。房頂上有貓，僅有的那個小窗子外面可以看到另一灰瓦房頂，天黑了，房頂後面的天色悠遠而深邃。

很快我發現新的鄰居都是民工之類的草根族，他們下班之後，便習慣待在院子裡打牌搓麻，有的在天井裡水龍頭上接上皮管子給自己沖澡，這是一天裡他們愜意的時候吧。每當他們光著身子擦澡的時候，我便看到那些黝黑發亮的軀幹，那些只有常年幹體力活才有的漂亮肌肉，這種人在城市裡很難找，於是我就坐在一旁用速寫本畫他們，他們也好奇，問我畫沒畫雞巴，有個也許是湖南來的人，盯著畫看了半天說，什麼雞巴，沒有啊，給割掉了，都是雞巴毛，於是大家哄笑了，說雞巴毛管鳥用啊。

有時我和他們聊天，他們問我怎麼混到這裡來了，言下之意是我這樣的小白臉應該是住在城裡高樓的，我胡亂編了個瞎話搪塞了過去，他們懂，絕不再問了。這些人都愛抽從農村家裡帶來的大菸葉，喝劣質白酒，吃鹹菜辣菜，找二三十塊錢一晚的女人。有一個四川來的細高乾瘦的年輕人，常和我找話說，開始有點猶豫，怕我不理，可我注意到他那像玉米的滿口黃牙，有一次，

我對他說，你很帥，可以想辦法去電視劇裡弄個什麼角色。他聽了張開黃牙嘴樂了，說我逗他，我說人家導演沒準就看上你的黃牙，你看王寶強的翹翹板牙還不如你，黃牙聽了臉色略微一正，耳朵也直了些，我接著問結婚了沒有，他說早結了，娃都兩個了，我問媳婦呢，他聽了臉色一下就沉下來了，沒再說什麼，我想其中怕有難言之隱，也就不再追問了，沒想到幾天後，黃牙反而主動對我說起了他媳婦的情況。

原來兩口子來城裡不久，媳婦就失蹤了。幾個月後的一天偶然撞見了。那是在一個超市的收銀處，黃牙正在付錢，看到門口出現了一個女人似曾相見，定神再看，像是媳婦，當時眼淚一下就出來了，拔腳就要追，收銀員喊住黃牙說錢還沒付，等把錢胡亂付完再轉眼時，媳婦不見了。他緊追到門口左右張望，看見那個女人在路燈下急速往前走，黃牙想喊，一轉念心想萬一認錯了也不好，就快速安靜地在後面跟蹤著，這樣走過了一些街道和小巷。黃牙發現她穿了一件黑色閃金屬光的短裙子，很時髦的樣式，頭髮也燙過、染過了，雖然有點怪怪的，但好像年輕了不少，他似乎明白了她的不告而別。他注意到這女人的背影，她走路時那特有的「往外扒」的姿勢，那一刻，他完全確定了這女人就是他的媳婦，雖然相貌發生了不小的變化，但某種曾經在一起生活過才有的「關係」，使他迅速對自己的判斷確信不疑。

他跟著她走過天橋，走過幾條巷子和小街，看著她一路像小鳥一樣不安地探頭探腦，他不緊不慢地跟著她，打定心思一定要跟著她，看她去什麼地方，什麼「家」，見什麼人，這樣越想心

裡也就越難平靜了，他說他當時的心都要跳出來了。黃牙這樣心亂如麻地走著，腦袋緊張而空蕩，在一個路的拐彎口的地方不料被一輛路過的自行車撞倒在地，小腿肚子被劃了個大口子，鮮血直湧，黃牙仍然不顧一切地爬起來繼續追，不料腿已不那麼聽話了，只能一瘸一跛地跟上去，但哪裡能追上那女人呢！黃牙眼看著她走遠，急了，脫口喊她，她聞聲回頭看了看，大概認出了黃牙而走得更快了，後來竟小跑起來，當時有幾個在路旁吃麻辣燙的人認定黃牙是個流氓，厲聲喝斥黃牙，黃牙見狀急了，就蹲在地上哇哇地嚎起來了。後來，當他站起來的時候，感到頭暈和極度的疲憊，但更麻煩的是他不知自己身在何處了，周圍雖是普通的街道和樓房小區，但卻不知究竟是哪裡，他走丟了，他迷失在這些對他說來「長得都一樣」的錯綜複雜的街道和樓宇之中。

我後來和黃牙聊天時，又提起這件事，問他有沒有再去找過媳婦，他說去找過，但再也沒見到過她，說完咧開嘴，憨孌地微笑道，這個城市太大了，城市什麼都好，就是太大了。我說你們農村不是也很大嗎，他說那不一樣，村裡再大，走不丟，城裡是會走丟的。

我有時也和他們一起抽大菸葉，去胡同口的小館子裡喝兩杯，試圖把自己喝大，有幾次還真的醉如爛泥，一覺睡到次日的下午。我不知道我是在開始一種新的生活呢，還是在逃避正在開始的生活。我需要找個工作，美院畢業好歹也是手藝人，找個工作並不太難，可我什麼也不願意幹，我感到自己原來一直力求上進的狀態現在鬆軟下來了，也許原來的上進才是個假象，我骨子裡恐怕是有著墮落基因的人，從前那些基因在沉睡著，現在可能正在逐漸甦醒，我在傾聽它們甦

醒的聲音，它們的生機和訴求。我想到和從前女友在黑暗裡的做愛，高潮時她扭曲的臉其實是可怕的，同居時出租房裡從破布堆裡鑽出的老鼠溜光潔順的毛，還有現在窗外院子門口的垃圾堆中的野貓和野狗們，在路燈下投出的斜長的影子。

那次喝高了，黃牙他們拽著我去找小姐，我也很久沒有碰女人了，二三十塊錢一晚的女人是什麼樣的？沒見過，便跟了去。那是城鄉結合部裡位處高架橋下的一片農民房，其中有一半都已經被拆毀得看不出原來的面貌了，那些待拆的屋子也已很破舊，暮色中看去，容易被誤認為廢墟。密枝成暈的禿樹影與昏暗中的屋頂和破樓融為一體。巷口的幾個小攤販的攤位上吱吱啦啦地冒著熱氣，像是賣麻辣燙和鐵板豆腐之類，攤主們的臉被自己支起的燈光照得暖亮，每個攤口面前都聚著一些耐心等待的人。走入小巷，便看到一副浴室招牌，招牌裡的燈光將廣告字映得血紅，門口立著一個婦女正把一盆綠殷殷的水往路上潑，濕漉漉的地面上已經浮著一些灰白的泡沫。往前十幾步之遙，是另一些小點的廣告牌，幽光瑩瑩，飛蛾繚繞。路的兩邊都是垃圾，隱約地散發著腥臊，一些可疑的東西上落著些興奮的蒼蠅，估計是嘔吐物，一個臃腫的人東倒西歪地走過來又走過去，身上傳來一股濃烈的酒臭，我不由地看了他一眼，他眼神渾濁飄忽，鼻子碩大油膩，捲著舌頭一邊用手指剔牙一邊不知道在嘟囔什麼。

黃牙把我們帶到一家小理髮店，門邊坐著幾個年輕的男人，正懶洋洋地翻看著掌中手機，我看到理髮店裡的粉紅色的燈光下坐著幾個女人，都不年輕了。其中一個抬頭看了看我們，也沒說

話。掀簾進裡屋，撞見一個女的正扒開裙子，襠對著吹風機在吹。粉紅燈光下的女人們的眼光都抬起望了過來，她們中有的人比從外面看起來更老，其中一個女人臉很黑，擦了滿臉的粉也沒有抹勻，她熟人似的對我們其中的一人說，大哥啊，怎麼今天有空啦，早把我們給忘了吧！黃牙則問有沒有新妹子，那女人說有啊，東北的東莞的都有啊。我們進了另一個裡屋，幾個女人坐在那裡嗑瓜子夾核桃，空氣中有清晰的香味兒。有個女人嘴角長了一顆黑痣坐在角落裡，圓盤臉，眼皮鼓鼓地，刷著紫色眼影，怔怔地看著我們，並沒有什麼姿色，好像很識趣地坐在角落裡看別人，我一時覺得她有些臉熟，卻想不起在哪見過。我挑了她，她看了看我，然後拍去大腿上的瓜子碎屑，同時似乎換了口氣後，站起身來。我跟她進了房間。她很溫順，走到那張像是按摩床一樣的墊子前對我說，在這上面吧，要鋪乾淨的毛巾嗎，然後，一邊脫衣褲一邊問我要不要用嘴做，我還沒有回答時，她已低聲甜甜地說這雨天太潮了，什麼東西都會發霉的，說著就抓起我的手摁在她已經下垂的乳房上。

我暈暈乎乎地回到屋裡，倒在床上想睡，可腦袋昏沉而清醒，地磚上的月光明澈得將我沁透，睡不著了，於是坐起來發呆，覺得髒，自己髒，床上髒，畫夾髒，電腦髒，菸灰缸髒，酒瓶髒，哪兒都髒，於是出門在院子裡用那接著水龍頭的皮管子沖了把澡。

天有點涼了，我一邊沖一邊哆嗦，水花四濺。我打了很多香皂，那肥皂泡泡把自己弄成了「雪人」，月光下覺得自己像一個什麼「神」。清幽的檀香好聞極了，可我卻更冷了，趕忙擦乾身

子，穿上衣服縮回屋裡，燒水泡了杯熱茶，喝了幾口後感到稍微暖了起來。打開電腦，重新瀏覽起不久前所拍下的那一張張陌生的人像、人影和背影，我忽然感到所有的這些人都是似曾見過的人，他們、她們，都是熟人了，而且我自己也是其中的一個。

我想到了那女人的背影，那如此美妙的背影，不由地有種什麼稱之為歉意的東西冒了出來。我點擊那個屬於我自己的文件夾，再點開那個視頻，一片熙熙攘攘的人群裡，她在那裡輕盈地走著。

九

她再次出現在中南購物廣場的時候，我幾乎是一眼就認出來了。

不再是那件風衣，是淺藍色的連衣裙，晨風中，隨著她輕快的步履飄逸著。我有點猶豫，雖然以前也跟蹤過女人，但今天怎麼了，我感到有生以來第一次真正跟蹤一個女人，心怦怦地跳，不敢跟得太近，怕她察覺，怕她回過頭來鄙夷地看著我，然後一刀兩斷我們這種關係。我和她有關係嗎，什麼都沒有，我連她的正面都沒怎麼見過，但不知何由，我卻感到和她有種似曾相識的感覺，我想向前急走幾步以便端看她的臉、她的眼睛，如有可能，我甚至想拉起她的手，可是覺得時機還沒到，我想到了不久前做的那個夢，現在是夢嗎？不是的，因為我聽到她那靈巧的高跟鞋走路時發出的清脆的聲音了，而夢境再真切，也是聽不到聲音的。路人熙攘，但都是各走各

的，並沒注意這邊，我於是若無其事地繼續跟在她的身後。

她淺藍色裙子上的玫瑰花在擺動中盛開了，似有恍惚的香水味兒，又好像沒有，彼此的距離不過七八來步，我好像離她很近，能感到她的呼吸，一種莫名的親切感油然而生，心跳也急速起來。

這件淺藍色玫瑰花連衣裙我似曾相識。初中時，同桌的女孩子也穿過這樣的裙子，雖然那個女同學長相並不出眾，可當時我卻感到她是好看的，甚至是美的，她的名字已經記不起來了，但那件裙子在我的記憶裡清晰如昨。在我眼裡，那裙子不僅是美的，也是善良的。也許並非在同一個夢裡，我看到過我的母親也穿著一件藍色的連衣裙，但不是淺藍而是天藍的，晴美的藍天下她和鄰居們一起聊天說話，母親後來轉臉時看到我了，那樣平常地微笑地望著我，慈愛而美麗，讓我驚異，因為平日母親的眉頭永遠是緊縮的，她的手指因常年忙碌而顯得短粗有力，衣服常年是舊的，只有在節日時才換上新裝，那天母親把我姐姐打扮得美麗極了，什麼節日使母親自己也穿上了這麼美麗的衣服？那麼這一定是我的夢了，可那女同學淺藍玫瑰花的衣裙難道也不是真的嗎？她察覺到我注意這件裙子，所以常常穿那藍裙子，有時還換白色的，但她不知道我最喜歡的還是那件藍裙子。她的長相似乎是甜美的，她為我削鉛筆，把一盒鉛筆都削得尖尖的，尖得讓我擔心別扎到了我的眼睛。她是我第一次那麼近地接觸到的女孩，我天天感到她的呼吸，她喝奶茶時的咕嚕嗓音，她手腕的細瘦，她額頭上的膩汗，特別是她微微凸起的胸，有一次她轉身，而我正好伸手去接另一個男生遞來的書本，意外地碰到了她的胸，現在想想那是柔軟的小乳房，還沒

怎麼發育吧，但當時我嚇傻了，她也很不自在，臉紅了，然而彼此很快都鎮靜下來，她還那樣地瞥了我一眼，並沒有怪我的意思。後來據說她因為父母調動工作而轉學了。

急駛而過的公交車的聲音提醒了我，那是輛正要靠站的公交大巴，等在車站的一大堆人急急貼了上去。她也停下片刻，然後繞開車站向右側走去，她邊走邊抬頭望了望左前方的高樓。風吹亂了她的秀髮，她抬手整理它，哎，那胳膊多麼優美啊，這不是夢，不是的，是真的，現在她在問路了，向另一個女人問路，一邊問，一邊側過臉來看著什麼，我終於看到她的側臉了，那是如此美妙的側臉。一個人的存在是件奇怪的事，我是因為愛這個人而去愛她所在的城市嗎？我想是的，反過來也一樣，這樣想著，我看了看周圍的行人，居然升起了一點莫名的好感，覺得他們和她們一個個都很順眼，如果這時有人忽然踉蹌了或摔倒了，我會不加猶豫地上去攙扶的。這樣想著，走著，如果不是擔心她會忽然轉彎而跟丟了的話，我會繼續這樣瞎想下去的。果然，她停了下來，往旁邊張望了一下，我感到她隨時可能轉身改變方向，甚至掉頭向我走來……

但沒有，她繼續往前走，走過了廣場，走到古柳街。這條街是一條仿古的旅遊街，街的兩邊有很多賣紀念品的商店，民族風的長裙、披肩和大項鍊串子，女人們都喜歡裹個大毯子偽裝藝術範，幸好她沒這樣穿，幸好。

她在一家咖啡館前停了片刻，然後走了進去。那家咖啡館的牆一半是玻璃的，所以我能從外面看到她，她走到台前看了看，向店員說了什麼，然後走到那些桌子前選了個靠窗的位子坐了下

來，似有心事地看著窗外。雖有玻璃窗的反光支離了裡面的影像，透過它我還是終於看到她的正面了。我至今也沒有找到一個合適的字來形容她的美貌，只記得自己不由自主地走進了咖啡館，小心翼翼地在桌子邊坐了下來，一個店員走過來問我要點什麼，我說要一杯臘腸，話剛出口，發覺說錯了，急忙糾正，要了拿鐵。

她喝了會咖啡，看了看手機，手指似乎在打著短信或微信，然後就望著窗外的什麼若有所思。陽光穿過玻璃窗落在她的淺藍色的裙子上，由此折射的藍瑩瑩的反光映在她的臉頰，使她看去彷彿沉浸在天色裡。這時她又叫來服務員點了個甜點什麼的。我注意到店裡的音樂似乎是個懷舊老曲子，歌名卻記不起來了。為了招攬生意，咖啡館在選擇曲子上看來是動了不少心思，就是有意地不時地換著不同的歌曲和樂曲，以使來自不同地方的顧客都覺得好聽，覺得賓至如歸。那麼她喜歡什麼曲子呢，她來自何方？現在懷舊的曲子快接近尾聲了，我才想起了歌名，噢，是鮑伯．迪倫的〈If Not for You〉。

她再次把目光轉向窗外，然後略微抬起下頷，不知什麼意思，後來我發現她那個角度是可以從玻璃窗上看到自己的身影的，也就是說她在「照鏡子」？是的，我看到她用手指整理了一下垂在那兒的頭髮。不知道為什麼，雖然看不清她的表情，但有一種莫名的感覺告訴我，她心情並不好。音樂又換了，是個比較吵鬧的流行歌曲吧。她又坐了一會，起身走出去了。

這條街上的遊客很多，促銷員吆喝得聲嘶力竭，此起彼伏，大人和小孩，本地人和外地人，

其中還有零星的外國遊客。我看著她的背影在人群中若隱若現，從她身邊擦肩而過的人也不時回過頭來看她，她似乎也不在意，始終那麼不緊不慢地保持著自己的步調，往前走著。

晚高峰了，街上穿行的車輛有點多，我注意到她在過馬路的時候有些慌亂，步伐快了些，好像擔心過往的車輛會隨時把自己撞倒似的，我情不自禁地緊跟了幾步，此刻忽然響起一聲急剎車，一輛吉普好像從空而降，突然杵在我的左側，轟隆隆的搖滾樂聲即時撞來。那個年輕的司機對我狠狠豎起了中指，眼珠子鼓鼓地瞪著我，我也用中指頂了回去，他大罵了我一句什麼，然後那吉普猛地一加油，幾乎是蹭著我的肩膀衝過去的，我本想也破口大罵，但猶豫了，怕被她聽見了而認為我粗魯不堪，我立在那裡怒目遠送著那可惡的吉普，但等我的眼睛再次轉過來的時候，她已經不見了，我急走了幾步還是不知她的去向，這時我看到許多人從地下的什麼出口湧出來，是地鐵出入口，於是想到她是不是進了地鐵？很可能的，我順樓梯而下，進了地鐵口。人依舊很多，當擠到站台的時候，我看到一輛地鐵車正在慢慢地駛離車站，站台上人聲鼎沸，而她已經消失了。

十

我是兩個星期後在同樣的地方等待她的時候，被人打了。一個人出現在我的眼前突然一記重

拳，我感到被什麼硬物狠狠砸了一下，頓時金星四射，眼前一黑就栽倒在地，並沒有摔在地上的痛感，只記得在那瞬間水泥地的味道提醒我現在已經趴在地上了，而且可能會更糟，那個襲擊我的人還會趁勢再次攻擊，雖然我意識到了這點，但已無力防衛了。身體很重，挪動困難，十幾秒鐘過去，第二次襲擊沒有發生，我才閉上了眼睛，黏稠的有腥鹹味的血糊住了我的左眼。

後來我想，如果我是那個襲擊我的人，也可能會這樣做的。一個人總是在同樣地點出現，每次出現都是在跟蹤一個美女，而且基本上沒有顧忌，旁人會怎麼想？當然會覺得我是個膽大妄為的小流氓，如果那人也認為她是個絕色美女的話，那我挨的這記重拳則是遲早的事了。所以當警察在醫院問我有關嫌犯的時候，我並沒有向他提供什麼有價值的信息，警官也沒怎麼細問，雙方都沒覺得這是值得挖掘的案子，所以算我倒楣，或者說我白挨了一拳。只是這一拳打裂了左眼的眉骨，皮肉像小嘴一樣張開，縫了十七針。一個星期拆線後，我頭纏著繃帶出了醫院，哎，好在左眼沒瞎，但要戴眼罩，所以像個獨眼龍了。我在鏡子裡發現自己真有點像《加勒比海盜》裡的那個船長，只是船長的船艙裡常是金銀財寶，我卻是個正牌屌絲，那三千多塊的醫療費對那時的我是一筆大開銷啊。

我銀行裡的錢已用得七七八八了，也無臉再向家裡要錢，我還是不想去找工作，可這麼混下去也不行，房租在逼我，胃在逼我，連七塊錢一包的中南海也難以為繼了，不管如何我必須行動，我先得活下來再說。

我在鼓樓旁邊擺了個攤畫像，生意不錯，顯然我選對了地方。那裡有酒吧一條街，白天和晚上都充斥著各類像我一樣無聊的人和來自四面八方的興奮又無聊的遊客，一天下來，怎麼也有一兩百可賺，應該說對我這樣的已經久無銀兩進帳的人，生意已經算是很好的了。無疑，在幾個同樣擺攤畫像的人裡，我的技巧也是最佳的，唉，我差點都要忘掉自己曾是美院的高材生了。我把我畫的瑪麗蓮·夢露和范冰冰等的美女畫像往架子上一擺，很快吸引了不少遊客的注意，尤其是女遊客，原因很簡單，我把她們個個都畫成了范冰冰，我發現她們根本罔顧真實，而是認定某種美的模式，也就是大眼睛和錐子臉，然後讓我把她們往那模式裡套。這種對美的認知如同一種偏見，一旦形成，再改無望。我曾經碰到過幾個女顧客，她們其實相貌嬌好，但都不太滿意自己的臉型，手指著我模版中的范冰冰說，就畫成這樣，就畫成這樣，畫成這樣就好，每逢這種情況，我都說這是小菜一碟，只要三十塊錢，不用整容，就可以變成鮮活的范冰冰了。後來生意太好，我便及時加價，一張畫原本六十元，漲到九十元，而那些女士問都不問就穩坐在我給她們準備好的靠椅上了。這是一條畫像掙錢的捷徑，我很容易把她們畫得飄飄然，讓她們覺得物超所值。此外還有一個發現，就是我的那個眼罩，本來隨著傷口的癒合可以取下來了，但發現沒了「獨眼龍」的範兒，生意即刻冷清，無奈又把眼罩戴了回去，讓那隻已經恢復健康的眼睛暫時繼續蒙受黑暗的委屈，果然，生意又東山再起，我心想，這種鳥畫我用一隻眼去畫，也就夠了。

畫像的收入平均每月能有八千多，除去攤位費和房租吃飯等開銷，還能存點錢，這很重要。

幾個月下來我居然有了點積蓄了，身心稍安，日子也穩定下來，可我明白這眼下的生活不是我要的，但什麼是我要的呢，我也不太清楚。我還不老，說不出「譬如朝露，去日苦多」這樣的話，雖然我認為曹操的詩牛叉，他是懂得悲傷的，但心裡暗忖他如不殺人放火，詩也難說寫得好，你看曹植曹丕，詩就軟了。詩和殺之間果然有那樣的互動關係嗎？我不清楚，可我卻想著：為什麼那些自殺失敗了的人，之後會安然選擇繼續活下去呢，他們在留戀什麼呢？我在留戀什麼呢？我也不知道。

我只知道日子就這樣如此一天天過去了。每天晚上回到屋裡，我累得就不想再出那個門，如果房子是我的，我就願意死在這裡而懶得換個好點的地方。想到不久前我還在為公安局的那個項目奔忙就心裡冷笑，雖然瞎忙乎了幾個月，後來又莫名其妙地被開了，但從那時我開始對人臉骨骼的類型發生了興趣，這個興趣不同於我學畫畫時對人像的興趣，我想兩者是不同的，怎麼個不同？此事雖已和我不再有任何關係，也不可能再有一分一毛的工資，我卻像吸了大麻似的怔怔地琢磨著，自己也笑自己的痴。

畫人之要取其神，這是學美術；畫人之要取其型，這是學偵探。雖然偵探要會揣度嫌犯的眼神，但在抓到嫌犯前，你是很少有機會面對面地看到嫌犯的「眼神」的，目擊者或攝像頭只能給你提供嫌犯的外貌特徵，也就是大概的臉型和體型，你也只能依據那些信息來鎖定對象。在那個階段，你還看不到嫌犯的眼睛，體味不到那些眼神，你看告示上的嫌犯的眼睛都是個「符號」或

一個「標記」，就是這個道理。如果運氣不好，你碰到兩個體型臉型差不多的嫌犯，那你就麻煩了，這時就要拿出作為偵探看家本事：盯著嫌犯的眼睛，揣摩那個眼神。

我大概喝高了點，居然在網上樂呵呵地查起著名罪犯的圖片，把他（她）們一一巡視一番，逐漸發覺裡面有一種什麼稱之為「犯罪類型」的東西，和「臉型」有關，與「眼神」又難捨難分，飄忽不定，好像是「氣質」或者是某種「氣息」，這種東西本身就能讓人迷惑和微醉。我看到其中一罪犯的眼神很像鄰居養的鴨子，想到一位偉大的慈善人物的臉型居然也是和網上一個罪犯的臉型不謀而合。

從前在學校畫石膏，那一排排我們學畫時心儀已久的古典石膏像，落滿浮塵，姿態各異。記得我畫的第一個石膏像是古羅馬的「布魯特斯」，短脖厚背，武士之像，那又怎麼樣，現在想想那不就是一個殺手嗎，甩鐵餅的古希臘男子體態多麼俊美勻稱啊，而那優雅的姿態其實是一個戰鬥姿態，因而也就是一個殺人的姿態，將一枚「投槍」向敵人扔去，對方呢，對方可能也是另一個和他一樣相貌俊美、姿態優雅的人，中槍倒地，血如泉湧。還有那位偉大的米開朗基羅的石膏像，現在想來他的臉型無疑屬於「貧」相，表情也苦巴巴，昏頭昏腦，低頭沉思，是啊，一個一輩子和石頭和牆壁和天花板打交道的人，還能怎麼樣呢，只能如此了。那麼「摩西」石膏像呢，鬈毛、長臉、直鼻梁，如果不是石膏的白色，而是現實中的顏色，那麼他就是栗色鬈髮，落腮鬍子的長臉、直鼻梁，眼睛的顏色是棕色或是棕橘色，這就像電視上看到的恐怖分子的模樣了，當

然也有點像耶穌的偉大形象。此外還有維納斯的旖美的臉型，怒目而視前方敵人的永恆少年大衛特，學畫時，大衛特不是作為一個俊美的牧羊少年來畫的，而是被視為一個典範，也就是一個標準，美的標準來對待的，他的鼻梁、眼窩、眼眶、嘴、耳朵和手，都被分別切割下來，作為我們初學畫的「標本」，哎，標準，類型，類型，標準，弄得人怎能不犯糊塗，怪不得造物主是不露臉的，以免被標準化、類型化，變成我們的同夥了，這頗具深意，我不敢往下想，又很樂於想下去。

我聽到自己的笑聲。「千島湖」的酒瓶已經喝空了五個，剩下的一瓶在電腦邊急切地等著我。我一邊享受著今天對人臉類型的「發現」，一邊想著在賣啤酒的小店關門前再去買幾瓶來。那天在給顧客畫像的時候，碰到一個非洲的喀麥隆客人，那傢伙醉醺醺的要我畫他，畫就畫唄，可他喝醉了，東倒西歪坐不直，我說你坐好了，他聽不懂，哇啦哇啦說什麼鳥語，我扔下了筆，說你滾吧，別人還在等著畫呢，他立刻就坐直了，然後用純正的漢語說，他在通向上帝的隧道裡飛翔，飛啊飛啊，快追上了。那喀麥隆人太胖，滿面紅光，看不出臉型，可既然下筆畫，總要畫出個臉型來，於是我就把他的臉畫得像一張披薩餅，他看了卻滿口稱讚，伸出大拇指叫好，還要和我合影留念，哎，真弄不懂老黑。

那麼我的骨骼屬於什麼類型呢？我是粽子臉和國字臉的混搭，這是中國男人最常見的類型，也就是說無論在北方和南方的男性裡，這算是常見的臉型，那麼這有什麼意味呢？《麻衣神相》

裡沒說，哎，我媽生我時也沒說，此時，我忽然領悟到相書的諱莫如深是明智的。明智歸明智，可是我左眼的傷口留下了永久性的月牙狀的疤痕，像個被封死的嘴，永遠沉默是金了。

十一

那段時間畫得晚，回去的路上走著走著就剩下自己了。走在回去的路上，能感到囂騷的市井氣寂然在月夜中平息下來，我甚至聞到了路邊的梧桐樹葉的味道，它們原來是夜裡出來活動的。我手中畫夾中的樣畫袒露在外，這是一幅沒畫完的髮式輕佻的范冰冰，路燈一明一暗地掠過了她的錐子臉。月光很好，但我卻總覺得有些異樣，似乎有人跟蹤我，可每當我回頭的時候，身後總是空無一人。

那麼是我的疑心，可我分明聽到身後隱隱的哭聲，微弱的哭聲，飄忽不定得難以確定，或者準確地說是鎖定。我轉身望了望周圍，除了我，便是黑暗以及把路面上的黑暗照亮的一小塊一小塊的燈光了。錯覺？幻聽？我繼續走，那哭聲似乎沒有了。前面的街道依舊無人，路邊的垃圾桶散發著精細而濃郁的腐臭味。我走過了柏油馬路，石砌街道，然後就是泥路了，這就離我的住處不遠了。那麼哭聲是從前面的十幾個垃圾桶裡埋伏著的野貓傳來的嗎，有的貓叫分明是哭，而且像女人的哭聲，特別是初春的夜裡，貓叫和人的哭聲相比幾乎亂真。我走近垃圾桶，停步細細觀

望了一小會兒，沒有貓，只有酒瓶，空的蛋糕盒，此外還有塑料袋和爛紙什麼的，在風中沙沙作響，莫非有老鼠？可老鼠是不會哭的，至少我沒聽見過老鼠的哭聲，但是想到這，我感到渾身發涼，汗毛豎起，轉身四下望望，定了定神。除了我自己的呼吸聲，周圍和死了一樣的安靜。

泥路漸漸變窄了，我不知不覺地走在已經熟悉得閉著眼睛都不會撞到電線杆的路上，我注意著街邊的那些平日熟視無睹的東西，比如那個水泥電線杆之間的正發出隱隱電流聲的變壓器，那堆煤塊和砍好後堆放淩亂的木塊，掛晾在電線上的襯衫、乳罩、褲衩，等等，大概是忘了收回去了，一輛躺在地上的綠色小孩騎的自行車，還有又是一大堆模糊不清的垃圾，還有⋯⋯

哭聲又起了，似乎不像剛才那樣飄忽，離我近些了，我覺得自己後背麻酥，雙腿有點發木。我知道這是身臨危險時的身體反應，很久沒有這種感覺了。我現在居然還在這麼平靜地觀察和判斷自己的身體狀態，這本身就是我的一種麻木？我有點害怕了，躲進了小巷的拐角處樹叢的黑影裡，我在那裡等著，讓那個哭聲以為我走遠了好快步跟上來，這一決策果然奏效，當我躲到那個影子裡的時候，我就看到那個影子了。是她，是嚴妍，我看到了她的臉，她一直在跟蹤我嗎？一年沒見，我搬了兩次家，她如何得悉又如何跟蹤到此呢？我看到她的臉扭曲而頹唐，猶如嫩草逢霜，我突然想走過去抱住她，她卻像看見一件可怕的事物一樣盯著我，快速地縮著身體往後退，那表情驚恐而誇張，讓我想到了她的性高潮。她一邊往後退，一邊看著我，這樣退了幾步後，忽然掉頭奔跑了起來，她跑得很快，高跟鞋的聲音響徹夜裡空蕩的街道，不知為何我沒去追她，望

著她那遠去的背影，我聽到一個哭聲在離我遠去，它迴旋在路面，然後逐漸消失在黑暗裡。我站在原地，隱然感到此生怕再也見不到嚴妍了，她要以這種方式從我的生命中消失了。

十二

我那天沒去鼓樓的畫攤幹活，放了自己一天的假，也不知為什麼，我居然刮了鬍子，並把髒被單髒床單等等塞入大包，拿出去送進洗衣店，然後回到街上。天氣真好，夜風吹來，感到自己步履矯捷，我忽然發現自己原來並不討厭這座城市，我甚至又有些喜歡它了，這種變化，使我開始覺得自己不再是個局外人了。我走著走著，不由地走到那天拍那美人的地方——中南購物廣場。夜宵店的香味梟梟飄來，頓時感到肚子餓了，要了個炸糕、煎蛋捲和皮蛋粥，外加一杯橙汁，我好像從來沒吃過這麼多的夜宵。

夜晚地鐵站台上人少多了，稀疏零星的人走來走去，精神看上去好的人大概是上夜班的吧，人稱「耗子族」，下班晚的就顯得疲憊不堪，我現在應該屬於「耗子族」。這時地鐵通道傳來隆隆的聲音，一輛地鐵車將開進來了吧，是的，車開進來，慢慢地停穩，開門，我走了進去。

車廂很空，幾個年輕人捏著手機在玩，有的在發呆、瞌睡，有的在聊天。怎麼還有高中生？那些鼓鼓囊囊的書包看上去就很重，他們也許是剛剛補完課。一個瞌睡的老漢背著一把二胡，大

概是賣藝的，他看去已經睡熟，他是不怕坐過站的。他這把年紀的人拉的曲子我是知道的，就是那些〈二泉映月〉啊，〈春江花月夜〉啊，〈鄉音〉啊什麼的，有一次我居然聽過一個老頭拉過改版的〈戰士打靶把營歸〉和〈東方紅〉，那速度實在慢得可怕，像在惡搞，但老頭子是不會惡搞自己時代的紅曲的，他的慢，無疑是藝力不逮，無可奈何罷了。一個女人頭埋在自己的胸前打瞌睡，車身的晃動也是驚不醒她的，她那半邊臉的青胎記隱約可見，我想到小時候看到的被高壓電電死的人的臉色也是這樣的。幾個農民工模樣的人背著碩大的方型牛仔包，包的高寬都是一米多，不知裡面裝了什麼，也許是他們的冬衣和棉被這類所有出門人需要的東西，他們神情麻木而警覺，有些像我當年上大學初來這座城市時的樣子。我很理解他們，沒想到這麼多年下來，如今我也變成了旁觀者了。

夜行車的速度因為乘客少而顯得快了一些，因而車的晃動也更厲害，車輪子和鐵軌摩擦而發出的聲音更響，除了報站名的廣播女聲是清晰的，別的都顯得空蕩和睏意。我看著車廂上端那一溜站名，感到從來沒有像今晚這樣注意過它們，繼而又想到自己在這個城市生活了多年，竟有這麼多地方自己從來沒有去過，不免有點驚異和感嘆。

車有規律地間歇地停靠車站，車門先後自動打開，有的站有乘客進來出去，有的沒有，當車門打開而沒有人進出的次數變得多起來的時候，我便意識到車行駛到郊區，這時車廂裡除了我之外沒有別人了。

我下了車，時而換乘不同線路的車，以便能去城市的不同地方。這個地下鐵軌的網絡真不小，簡直是浩瀚無際，可也許這僅僅是我在不斷地兜圈子而產生的錯覺。每個站台不一樣，好像每個車站的氛圍和「性格」是不一樣的。市區的車站人氣濁重，哪怕在冬天，那裡站台上也是很暖乎的。城郊的站台人少，顯得冷寂空蕩，不時有風從站台的入口習習吹入，又在樓梯拐彎處盤旋不去，所以在那裡等車，就像滯留在一個奇怪而荒涼的地方，隱約聽到地鐵出口外野地的風聲。牆上和廊柱子上的色彩鮮豔的各色廣告，有女人胸罩的，有國內國外旅遊勝地度假的，有英猛男士剃鬚刀的，有豪華樓盤即將封頂的，有某交響樂隊的演出的，有大片和國產片的，幾乎所有廣告上全都有面容豔麗的女星，她們目光青春無比的看著前方或者看著我，彷彿囊括了世界所有的迤邐春色。我盯著她們，她們也盯著我，不論從任何角度看著她們，她們都在深情地笑吟吟地看著我。

十三

我是無意間透過咖啡店的玻璃窗看到外面的正在行走的她。她美妙的側面讓我心裡緊了一下，我放下咖啡跟了出去。

她今天衣著鮮豔奪目。玫瑰色緊身套裝柔軟貼身，頭髮也鬆鬆地盤了起來，有那麼幾縷頑皮

地散落下來，微風吹來，有種難以言狀的好聞的香味兒。她也許出門前剛剛才沐過浴洗過頭，或者這氣味是她天生就有的，還有她水滴狀的耳環，長長垂下在頸間盪來盪去，裙擺在小腿之上，因而顯得她的腿型更矯健和修長了。

去赴約還是派對？眼下是四月，早春時候，沒有什麼特別的節日，那麼是私人性質的派對？我想到至今也沒敢和她說過一句話，她也沒有正視過我一眼，不免覺得自己的膽怯和可笑，可不管怎麼說，我感到我們已不再是陌路人了。

她一路徑直走著，目不旁視。路上行人不多，但還是有人向她望過來，也就有人向我望過來了，我感到自己左眼的那塊傷疤栩栩如生的存在了，心想著我的右眼今天不知能否安然無恙？記得那個傷疤的新肉剛長出來的時候，有些異樣，微微的瘙癢，摸上去有些麻硬，似乎在提示我那小塊平滑的新肉好像還不完全屬於我，還在適應著我，或者是我在適應著它，雖然自小就有因各種原因留下的傷疤，但是這個小疤不光是最顯眼，而且破相了。即使如此，我卻沒有絲毫的不快和悔意，一點也沒有，而且我是快樂的，因為這樣一來，我似乎和眼前這位我至今只敢在她身後跟蹤的女人產生了一種不可思議的親切關係，肉體的、感情的、心理的，好像都有一點，可是哪來的「關係」呢？人家都沒有正眼看你一眼，即便轉身了，正臉看你了，又怎麼樣，你敢看著她，你敢表白嗎，你不敢！不敢吧！此刻，我忽然想到如果有個惡棍，或幾個惡棍走來調戲她，你敢上前揍扁他們嗎？我想我是敢的，我會毫不猶豫，把所有的仇恨，新的、舊的、相干

的、不相干的全部仇恨，把迄今為止所遭受的一切苦難和坎坷，一股腦全部凝聚在我的拳頭和腳上，向任何企圖接近她的人猛烈攻擊！可是你會什麼呀，你在初中時學的那一點西洋拳不過是點皮毛，也沒在實戰中用過，摔跤也沒學好，你在體育老師那學的幾下子，不過是花拳繡腿，經不住對抗。而且啊，小時候你嘴饞時偷鄰居馬家的油炸雞腿的時候，還被人家打翻在地狠狠打了一頓，更糟糕的是，當時你還沒有從地上爬起來的時候，就被馬家的不滿十歲的小外孫把雞腿骨扔在你的頭上，被羞辱了一頓，就這個紀錄，你還能保護眼前的這個女人？是的，是的，我還會保護她的，雖然那些是事實，可都是過去的事了，簡單地說，它們和眼下無關，我是一個不同的人了，雖然我的身手並無長進，但你們敢過來嗎，不要動這個心思，免得吃苦頭，惹出人命。操你大爺的，你們誰敢！你們這些人啊，雖然也是爺們，可是你們還不懂這樣的事，就是如果你們敢碰她，我是會和你們拼命的！你們敢拼命嗎？我可能會吃點虧，挨幾下子，但你們記住，只要她在旁邊觀看，我就會將你們打翻，她如果再瞪你們一眼，我就會把你們打死。可是我就怕她瞪我一眼，那會是致命的，但她至今還沒有看過我，是啊，這是我渴望的。今天我要做個決定，我要向她表白，她可能會鄙視我，嘲笑我，對我不屑，但這都是一瞬間的事，不就是一瞬間的事嘛，你跟蹤她已經多久了？想不起來了？你這個糊塗蟲，你還能有這麼長的時間跟蹤她嗎，你還有幾隻眼睛會被打爆，還會有幾個「月牙兒」的小嘴在你臉上綻放？沒準你的腿也難保能繼續行走，你的腦袋也難免在一頓暴揍中開花，但是，抓住這個機會吧，上前去，迎接那個一瞬間，或

者捱過那個一瞬間，了卻這一心結。是的，什麼事都可以發生的，即便再壞的情況發生了，也會過去的，也會有當天晚上的睡眠，這種睡眠就是為一切失敗者預備的，在這個睡眠中，或在一個夢裡，一切都會得到自我修復，第二天就來到了，太陽照樣升起，我還會走路，呼吸，掙錢，不是嗎？但我很難再交女朋友了，我可能很難再碰上任何能和你媲美的女人了，這時我不由地伸手摸了下左眉骨上的疤，指尖輕壓揉撫著那小塊新肉，我覺得那裡面是有熱血在流淌的，細胞生就的過程記載和儲藏了這幾個月我的跟蹤歷程，它是個證明還是旁觀？都是的，既是旁觀又是證明，現在那塊「小鮮肉」似在安慰我，鼓勵我，慫恿我，真的，我忽然想，如果她轉身看到我的第一眼後，會不會把她美麗迷人的目光轉向我眉骨上的這塊傷疤，那枚「月牙兒」？她會是什麼反應呢，詫異，迷惑，疼愛，可憐，還是無感？都可能的，不會是無感的，不會的吧？你毫無希望，一點一毫一點點男兒血性都沒有，全無出息的可憐蟲！那麼，可是，她為什麼就不可能喜歡你呢，奇蹟的發生，就是為了證明你剛才所有的想法全是庸人自擾，是的，庸人自擾，就是這樣的，她很可能在看到你時露出微笑，善意的，甚至是一見如故的微笑，如此一笑，便足以表明我和她的親切關係了，是的，是親切關係，這是個莫名的有待命名的「關係」，當發生在陌生人之間的時候，它是神祕的，是種緣分！那麼你還等什麼呢，上前快走兩步，輕輕攙起她的手，她不會覺得意外的，也不會覺得你粗魯突兀，她會說，哎，你怎麼啦，這麼膽小，讓我等你這麼久，或者什麼也沒說，而是順從地把她的手交給你，讓你輕輕握在手裡，然後你們就一起走，

不管往哪裡走都行，只要是一起走，這個世界很大，走吧，上前去吧，上前去。這樣想著，我忽然感到自己身輕如燕，於是緊走了兩步，可這時我發現她在視線中消失了，她在哪兒啊！去哪了？不會走遠的，剛才，就在眼前，我還看到她的玫瑰色的裙擺在路人的童車上蹭了一下，對推車的人好像說了聲「對不起」，而且還摸了一下那坐在車裡的孩子的頭。我趕緊往前走了幾步，看到了前兩天來過的地方——地鐵站口，於是快步走下了台階。

熙熙攘攘的乘客出來進去，雖然已過了上班的早高峰，站台上的人還是擁擠，人們剛從一列地鐵車湧出，急匆匆或是慢騰騰地往外走，有的可能要轉車，所以時而向車將要進站的方向探頭觀望，人人都懷心事，可是你們哪知道我此刻的心事呢，而且，我也不想讓你們知道。

我擠過人群，看到了她，玫瑰紅的她。

她走到站台，抬頭看了看站名，與周圍的人相比，她不像是個每天乘地鐵車的人。其他那些等車的人都在與同伴說著話，有些人站在原地看著手機，或者看著前方的廣告牌。她不時望著列車將要開出來的黑洞洞的地鐵隧道。我看到她用高跟鞋的鞋後跟輕輕敲擊著地面，她在想什麼呢，那姿勢和節奏使我想到了倫巴舞，跳倫巴舞的女人通常需要蟒蛇一樣的腰肢，動作極富彈性。我忽然想到她要是去跳倫巴會怎麼樣？也許古典舞更合適她，她自己會這樣想嗎？她是否在此刻也想到了倫巴？我也可能和她一起跳啊！雖然我摔跤不行，但我是會跳舞的。

她的高跟鞋跟稍微停頓片刻後，又輕輕地敲擊了起來，我心亂如麻，不知如何是好，這個時

候，隆隆的地鐵車進站了，當地鐵車呼嘯進站的一剎那，她忽然往那車輪下縱身一跳。

不知過了多久，我才能想起剛才發生的那一幕：她跳下去了。她的背影像蝴蝶一樣輕盈，似乎想要去撲向什麼，又似乎要去擁抱什麼。她的肉體幾乎沒有給車子的行駛造成任何影響，哪怕是讓車輪稍微顛動一下呢，沒有，一點也沒有，車平緩地喘著氣地開過去了。我記得她被車輪吞噬的瞬間，她那套玫瑰色的衣裙一閃而過，那瞬間，我分不清其中的血色和玫瑰色了。

二〇一五年十二月寫於杭州

發表於《十月》二〇一六年第二期

奔喪

我坐在為叔叔奔喪的火車上。叔叔死得非常突然，約半個月前，我接到嬸嬸的電話，說他因患酒精肝硬化住進了醫院。對於他的肝硬化，我並不奇怪，倒奇怪他得的不是肝癌。叔叔是我見過的酒癮最深的酒鬼，他每天醒來做的第一件事就是喝酒，印象裡他幾乎沒有完全清醒的時候，整個人像是長期被酒精浸泡著。一週前，叔叔的狀況還是相對穩定的，大家都以為他可以拖過農曆新年，沒想到昨天我就接到了他去世的通知。據說，兩天前的早上，他還從病房裡偷偷溜出去喝了一瓶白酒，就是這瓶白酒加速了他的死亡，他這樣做無疑等同於自殺。

半年前的一天中午，我奇怪地接到叔叔的電話。爺爺死後，我們的聯繫就很少了，叔叔的電話使我本能地覺得出了什麼事。他說要到杭州來，我問為什麼，他也說不出，支吾著說想來看看我，這讓我納悶和意外。叔叔從來就不喜歡我，他酒醉時倒是打過我一頓，他掐著我的脖子使勁亂晃，差點沒把我晃死。兩個小時後，又接到他的電話，說是已經上了火車，但是車廂裡太熱，他打算在下一站下車，然後回家，不來看我了。不來就不來吧，我也沒放在心上。

而眼下我要回去為叔叔奔喪了。我坐的是綠皮火車，這種火車的特點就是慢和髒，像某種人

生。一對乞討夫妻正大聲唱著歌走過車廂，女人用她燒傷了的手牽著盲人老公，挨個向車上的乘客乞討。她像母雞一樣帶著丈夫。已是十一月了，她大半手臂依然裸露，而那裸露的地方正好是燒傷過的皮膚，那塊皮膚像樹皮一樣糾結擰巴，只是這些已不足引起別人的注意和同情了。他們幾乎沒有什麼收穫，我想在其他車廂裡也不會有什麼起色。我給了這對夫妻一塊錢，並不是因為我有同情心，而是那塊糾結擰巴像樹皮一樣的皮膚讓我心裡一動。

火車在一個不知名的小站臨時停車了。這裡大概是個工業城市，我看到一些煙囪矗立在樓房之間，在這樣一個朦朧的雨天中，靜靜地向天空冒著白煙。這座城市安靜的彷彿死了一樣。

四十二年前，一個美貌的中年婦女挺著一個五個月大的肚子去醫院打胎，在此之前，她曾吃過兩次打胎藥，但是都沒有把孩子流掉。肚子繼續一天天地大起來，她一個人去了醫院。她那個時候已經四十多歲了，醫院拒絕為她做手術，說做手術對小孩大人都有危險，她又一個人慢慢地走回了家。五個月後，一個男孩出生了，這個男孩就是我叔叔。

這個男孩在很小的時候就顯示出暴烈而偏執的性格，不愛上學，酷愛打架，初中還沒有畢業他所率領的一幫小混混已在街頭巷尾打出了名聲。叔叔輟學很早，遊手好閒，愛看武俠小說，喜歡射擊，想當兵，人家沒要他，學過理髮，開過餐廳，但都失敗了，他做什麼事都沒耐心，不能持久，可是漫長的時間該如何打發好呢，像大多數無聊的男人一樣，他把時間花在了女人身上。這個無比懶散的男人卻有一張異常英俊的臉，從不缺女人。幼時的我經常在上學放學的途中

看見他和不同的女人一塊走著，其中一個女人給我留下了較深的印象，該怎麼形容她好呢，我歷來不會用形容詞，但她卻讓我第一次知道了什麼叫「漂亮」這兩個字。這個女人也是與叔叔見面次數最多的，我一直以為這兩人會結婚的，可最後還是分手了。分手的原因據說是因為有一次天熱，兩人出去遊玩，她穿著長袖連衣裙，捂出了很多汗，叔叔聞見了她腋下的狐臭味，第二天便不再與她來往了。叔叔和她分手之後，她很受打擊，之後的婚戀很不順利。叔叔這邊當然沒有絲毫影響，他繼續沒心沒肺地換著女朋友，不知道為什麼，那時年幼的我竟然覺得叔叔離開了那個女人是件可惜的事情，他會後悔的。後來我還在街上遇到過這個女人，彼時，她已經四十多歲了，保養得很好，看上去依然年輕，生意也做得很好，是潭城有名的房地產商了。那時的叔叔則變成一個為她工地每天拉石子的卡車司機。據說他們曾經相遇過，那個女人依然記得當年的事，耿耿不忘，她對叔叔說：「我會永遠恨你。」

叔叔吊兒郎當混到了三十歲，女朋友找了一打，但沒有一個長久的，不是斷了聯繫就是被叔叔打跑了。奶奶開始急了，託人給叔叔相親。為了交差，叔叔去見過幾個，不是嫌人瘦就是嫌人矮，總之都是不行。叔叔的工作也是個問題。後來爺爺託關係，在單位裡給叔叔謀了個臨時工，開始還好，時間一長，叔叔又幹不下去了。他和單位的領導合不來，一天夜晚，他用磚頭砸了領導的車，破口大罵，整個市政大院都可以聽見他的叫囂聲。

沒工作了，他又恢復了百無聊賴的生活。不多久，叔叔又領回來一個女人，一個體態健壯皮

膚粗黑的女人，肥厚的嘴唇像兩片黑香腸似的要把整張臉包住。有時她的臉會給我一種錯覺，好像她那張臉上只長了一張嘴，其餘的五官都可以忽略。我不明白叔叔為什麼要和她好，因為在我看來，她不僅不好看，簡直可以算難看了。我以為這次叔叔也會和以往一樣，很快和這女人分開，然後再換一個，出乎意料的是，他們不僅沒有分手，還很快結了婚，於是這個女人就成了我的嬸嬸。

叔叔的婚事，爺爺奶奶自然不反對，也許兩位老人覺得穩定的婚姻可以讓一個男人成熟起來。很明顯，這種估算錯了。男人是不會成熟的，他只會變老。婚後叔叔嬸嬸經常吵架打架，沒有幾天安生。開始叔叔還占上風，很快他就不是這個健壯黝黑的女人的對手了。這個女人習慣邊打邊罵：「你這隻呆豬，傻子，窩囊廢。」起初叔叔還瞪眼睛反抗，後來也就習慣了，裝作沒聽見，這個從前的少女殺手，現在變成了他粗野妻子身邊的一條狗。他好像對什麼都無所謂了，我感覺他身上的某些東西在一天天地死掉了。他嗜酒的毛病也是從那時起，一天天地厲害起來了。他開始頻繁喝醉，醉後就什麼也不管地往床上一倒，口水就吐在自己枕邊的床單上。他的房間總是有股悶悶的酒和口水混雜而成的腥臊氣味。嬸嬸大概也管過叔叔的酗酒，但好像沒用，有時她一氣之下離家出走，然後叔叔就去把她找回來，再出走，再找回，再找回，再出走，兩人也挺忙。他們倆好像都不愛對方，但又病態地糾纏在一起，悠悠忽忽十幾年。

他妻子，這個從農村出來的剽悍女人，有著母豬一般的旺盛生殖力。她為我叔叔總共懷過八

次胎，流掉七個，其中唯一生下來的是第三胎，即我堂妹。堂妹出生後，這個女人的性格更加暴躁了，她總是指使叔叔幹這幹那，稍不順心，她就破口大罵。叔叔呢，也好像更加地慫了，他成天為女兒洗尿布，為老婆洗內褲，幹這些雞毛蒜皮的爛事，他完全被這些日常生活的瑣碎和無聊給消解了，他迅速地衰老，相貌也發生了巨大的變化。很奇怪，原來年輕時長相好看的人有時比長相平庸的人老起來要更加的醜陋不堪，叔叔很快變成了一個庸俗甚至是有點猥瑣的中年人。有一次喝酒，他醉倒在桌子底下，磕掉了半邊門牙，從此叔叔好像更沒有底氣了，每次出門都站在他那黑胖婦人身後，心虛地微笑著。沒有人瞧得起他，他的妻子，他的女兒，甚至是我也瞧不起他，爺爺對他似乎也不喜歡。只有奶奶，這個貧病的老婦人依然寵他，這個已然中年的男人有時喝醉酒還會撲倒在他母親的懷裡哭泣，背影遠遠看上去好像一隻喪家之犬。

想到這裡，我有點煩躁起來，突然想中途下車，折回杭州去了，就像叔叔那次來看我一樣，不過這個想法也就是一念而已。車又開始緩緩地行駛，我到家的時候已經是夜裡了，街上的人也不多了，只有路邊樹上的彩燈還在不知疲倦地閃爍著，盲目地高興著，也不知道在高興什麼。我已經想像到了我回家之後的場景：一個新寡的婦人帶著她尚未成年的女兒，捧著遺像坐在地上哀嚎，無非如此，還能怎麼樣呢。可是當我走進家門的時候，這一幕卻並沒有發生。家裡異常地平靜安詳，我嬸嬸在和她的母親、妹妹躺在床上聊天，我妹妹正在玩電腦遊戲。屋裡的氣氛出奇地溫馨，我不由得懷疑叔叔是不是真的死了，直到我嬸嬸走出房間，我看到她袖子上別著的孝帶，

我才再次確認這個家裡確實有人去世了。嬸嬸的表情遲緩而平靜，她對我說：「你叔叔去世了，我們決定四天後火化，明天你陪我去醫院給你叔叔開死亡證明，墳地我已選好，你可以去看看。你的叔叔留下兩張銀行卡，一張是他的工資卡，我已經領完。另外一張是你爺爺生前的銀行卡，我不知道密碼，你知道是多少嗎？」我回答她：「是否為叔叔舉辦一個告別會，他的遺容可還安詳，有否為他的遺體化妝？爺爺的密碼我不知道，但是你可以輸爺爺的生日試試。」在我們說話的時候，妹妹一直全程面無表情地參與著，既不激動也不傷心，趁我不注意，她把她的小拇指放進了鼻孔裡面。你叔叔死的時候很安詳，他不需要化妝，也不需要遺體告別會，沒有什麼人來。嬸嬸的回答把我從妹妹的鼻孔裡拉了出來。

我們的談話結束了，不到十分鐘，但是已經把我叔叔的死亡和接下來四天要做的事情都安排妥當了。我收拾行李，原本以為要大哭一場的事情並沒有發生，我坐在凳子上開始有點無聊起來，也許是因為無聊，我開始感到飢餓，我想起來我還沒有吃晚飯。

妹妹陪我一起去街對面的小巷子吃夜宵，因為有夜宵吃，妹妹似乎有些開心，但是她也許隱隱覺得這個時候為了吃而開心是不對的，所以極力克制住，勉強裝出一副成人的懂事的傷心的表情來給我看，她知道我一直在看她。

走到原來熟悉的夜宵攤檔，這家原來很火爆的小店不知為何生意變得十分冷清，店員們好似已經習慣了這種冷清，都在專注地看著電視連續劇。我的突然來到打斷了他們這種閒散的狀態，

他們似乎有點不高興。我點了炒米粉、烤雞翅、花蛤和茄子，當我在冰櫃挑選肉串和翅膀時，它們因為存放的時間太久吧，都已經凍住，並結了一層薄薄的冰霜，我突然想起叔叔此刻也正躺在殯儀館停屍間的冰櫃裡，他是不是也已經被凍住，像這雞翅一樣結起冰霜了呢，我忽然覺得他有些可憐。

因為店裡沒有生意，我們點的東西很快就送上來了，為了省時方便，原來烤製食物的炭火爐已經被電子爐所替代，全然沒有了以前的味道。妹妹坐在我的對面，她胃口很好，一面對著電視機裡的劇情哈哈大笑，一面大快朵頤，她好像是真的不傷心。妹妹十五歲了，肥胖而早熟，臃腫的身材就像她吃的雞翅膀一樣彷彿被注射過某種激素，被迅猛激烈地催肥了。她的體態神情早已不像一個未成年的少女，倒更像一個接近中年的婦女。我一直看著她，想不明白為什麼有些人的成長會這麼畸形而快速。我依然記得妹妹八九歲時的模樣，那時候的她已經有了少女的漂亮與嫵媚，眼角彷彿好像經歷過情事，連鄰居家的老太太看見我都說，「你的妹妹長得真像你，不過可比你漂亮。」妹妹的美彷彿具有一種野性，生猛粗野但具有活性，有著讓人動心的力量。和她一比我簡直就像一塊木頭了。我看著妹妹，想起當年奶奶還在世時，有一次在飯桌上她看妹妹的眼神。我一看見那個眼神我就死心了，因為我知道奶奶永遠不可能用這種眼神看我，那是一種打心眼裡發出的愛與喜歡。我再也沒有見過這樣的眼神，彷彿看一眼就得到了全世界的幸福。那時，妹妹還小，沒有一點兒收入的奶奶用自己攢的私房錢給妹妹買了一個玩具大熊，兩百塊錢，這對

奶奶已經是天價了。但是妹妹喜歡，奶奶沒怎麼猶豫就給她買了。這個玩具熊後來被妹妹暴力地把眼珠和鼻子摳掉，頭扯爛，成為一塊骯髒不堪的坐墊後，無情地扔進了垃圾桶。

妹妹在對面發出了愉悦的打嗝聲，對於我這個姐姐，她基本滿意，因為只要我每次回來，她都可以有幾次這樣胡亂吃喝的機會。聽著她愉悦的嗝聲，我打消了原本想要問她的問題：「你一點也不想你的爸爸，不為他傷心嗎？」現在看來，這個問題不僅無聊而且幼稚，我被自己的幼稚哆嗦了一下，匆忙地付了錢。回家的路上，妹妹一路小跑，因為她知道我給她帶了禮物，她迫不及待地要去拆開它們了。

家裡客廳的中間攤著一條床單，大概是叔叔睡過的，上面堆著叔叔穿過的衣服、鞋子，還有為數不多的個人用品，也就是一兩個茶杯，幾瓶沒吃完的藥什麼的。嬸嬸和她的家人在收拾，我問嬸嬸，叔叔的東西就這些了嗎？全在這了？得到肯定的答覆之後，我稍微翻了一下叔叔的衣服，幾件他常穿的襯衫和兩件半新不舊的外套，一件棉襖一件大衣，兩條西褲，幾雙舊鞋，這就是叔叔的全部東西了。我第一次發現叔叔的東西竟然比爺爺還要少，爺爺去世後，他在這個家裡好像變得越來越可有可無，他的妻子和女兒都不需要他這個不會掙錢的酒鬼了。嬸嬸倒是越活越年輕滋潤了，家裡到處都堆著她和妹妹新買的衣服、化妝品和皮鞋。不知道為什麼我想到小時候看過的動畫片，裡面有一集講母螳螂和公螳螂成婚交配後，母螳螂為了繁殖下一代，補充營養，就在交配後把公螳螂給活活吃掉了。

這夜，我一點也沒睡好。屋外又傳來了陣陣的貓叫聲，是鄰居家養的貓，到發情期了嗎？不過這聲音聽上去更像嬰兒在哭，微弱的，悽惻的，斷斷續續，一直到深夜還似有若無的揮之不去。

第二天早晨，我被一陣急促而又粗暴的手機鈴聲吵醒，我一看時間，六點鐘，正打算繼續睡過去，就看見一張肥厚的嘴，堵在了我的眼前。「你該起床了，我們今天要去醫院，為你叔叔開死亡證明。」還沒等我完全反應過來，嬸嬸那彷彿來自另一個維度的聲音已經在我耳邊響起。我漸漸清醒過來，想起昨晚嬸嬸和我說的話，是的，我今天要和她一早去醫院為我叔叔開死亡證明，然後再去火葬場再去看公墓，好儘快安排我叔叔的後事。

我們很快出了門，嬸嬸開著電動車帶我穿過了鬧市，幾個月前還矗立在市中心的潭城一中已經變成廢墟，我微微有些吃驚。城市到處都在翻新拆建，瞬間就已不再是原來的樣子。這種突然而又劇烈的變動讓你分不清哪一種才是真實。街上的路人還不多，偶爾出現的幾個人，臉上都是一副懶散而又麻木的表情，這是這個城市的人普遍的表情。太陽剛剛出來一個側臉，環衛工人已經在打掃衛生，灰塵的顆粒在浮起的光線中若隱若現，我對著太陽看著顆粒在手指縫中穿過，內心突然有一種滄桑的微茫感。等紅燈的時候，我看見分岔路的路面上有一只打散了的雞蛋，一個小男孩拿著木棍在不停地敲打著雞蛋，好像要把裡面的蛋黃全部挑出來，蛋黃的半邊躺在路面上，有點像今天早上的太陽。

街道並不擁擠，這個點就連每天在中心大街晃悠的瘋子也都沒有出門。沒過多久，我們就到

了醫院，這家醫院在今年全部翻新過，已經找不到從前的半點影子了。醫院新蓋的大樓外牆剛剛刷好漆，白得似乎都可以反光，沒有一樣東西是我熟悉的了，我們上了十五樓，走過叔叔的病房，我停下來向裡張望，叔叔的病床上早已經躺著一個新的病人。新的醫院，新的病房，新的病床，新的病人，這些病人每天不停地在做生老病死這些毫無新意的事。

在嬸嬸等叔叔的主治醫生的時候，我又在醫院別處溜達了一下，偶爾路過一兩處荒僻的走廊時，心中暗暗就想，這裡會不會就是叔叔死之前喝那瓶酒的地方呢，他一個人在這喝酒時是什麼樣的心情呢，他知道這是他人生中最後的一瓶酒嗎，他是在對酒這個老朋友告別還是在對人生告別？還沒等我想完，給我們開死亡證明的醫生來了，這是個肥肥矮矮的中年人，臉色紅潤得幾乎有點愚蠢。開死亡證明對他來說早已經是家常便飯。所以他辦起這件事來，輕鬆快速，他一邊吃著早飯一邊簽完了字，表情甚至是愉快的。我猜他人概簽字的時候一口咬到了他包子的肉餡，因為他的臉現在就像個肉包子一樣。

我們下午去了公墓，這是一個荒涼的快被廢棄的公墓，但是因為價格便宜，所以斷斷續續地還在維持著，穿著藏青色破舊大褂的看墓人領我們進了公墓。沿著長長的窄道進去，兩旁的松樹好似要擁抱我們，這樣單純的路我好像有好多年沒有走過了，雖然這是個公墓，但是我倒並不討厭這裡，反而有點喜歡。在這條窄路的拐口處，有一大片圓形的墓地。這就是我們今天的目的地了。這些墓碑一層一層地排列著，墓碑與墓碑之間的距離不會超過二十釐米，每個墓碑所占的位

置最多也就三十乘四十釐米那麼大，在城市裡的人，活著已經夠擁擠，沒想到死了卻更加擁擠，這是否是人們不想死的原因之一？想到這，我不禁覺得有些可笑，看墓人奇怪地看了我一眼，也許他覺得我在墓地裡發笑是件很不嚴肅的事情。我懶得理他，繼續看我面前的這些死人，看他們貼在墓碑上的黑白相片，看他們的出生日期和死亡日期，看他們有無子女，推算他們活了多少年紀，猜測他們的死因還有活著的生活又是怎樣。這些人我沒有一個認識，可是不知道為什麼，在這瞬間，我好像都認識了他們，理解了他們。他們中很多人死的時候，比我年紀還要小，這麼年輕就死了，是死於車禍，死於意外，死於疾病？我無從得知。對於他們中的很多人，生活還沒有開始，就已經結束了。那麼，我呢，我活得比其中有些人還要久，可是我又何曾覺得自己真正開始生活過。嬸嬸在和看墓人挑選墓地的位置，說是選其實就是隨便亂指一塊。嬸嬸這種挑選的姿態有點像扔垃圾，我說不出這樣到底對不對，因為我也說不出挑選墓碑應該是什麼姿態，也許從某方面來說，人死了埋在墓地裡以後，就是一堆垃圾，一堆被上帝拋棄的垃圾。人的出生和死亡好像都不是自己的選擇，人的一生又能夠有多少自己的選擇呢？不過也許選擇太多也不是什麼好事，人生的道路，任何選擇彷彿都是錯的。

兩天以後的清晨，叔叔的葬禮舉行了，當音樂聲響起的時候，他們都唱道：「世界不是我們的家，我們的家園在天上。」這齊聲的合唱烘托出了一種人為編排的莊嚴感，好似一部通俗電影，非要製造一些情節，布置一下氣氛，在故事的結尾烘托一下高潮，可是落入俗套，曲終人

散之後回頭再看，發現原來不過如此。想想也可以理解，因為大部分人的一生平淡無味，無聊漫長，於是不約而同地要在一些固定的情節上人為製造一些高潮，比如：出生、結婚、生子、死亡……他們自己是自己人生的導演，同時也是主演。可惜劇本大多抄襲，又缺乏獨特性，於是就產生了無數的爛片。

妹妹穿著不知從哪借來的白大褂站在送葬隊伍的最前面，她知道她是今天的主角，所以一直在努力地扮演哀傷。可惜她的閱歷她的智商不足以支撐她的演技，她很不入戲，總是四處張望，頻繁地做小動作。不過，沒關係，她的大部分觀眾也都不是想要認真看戲的好觀眾，就是來走個過場，無暇顧及她真的感受。蹩腳的舞台，蹩腳的演員，蹩腳的觀眾，還有妹妹身上不知從何處借來汙漬斑斑蹩腳的白大褂，一切都是蹩腳的，就像叔叔的人生一樣。除了請來的群眾演員之外，真正來參加叔叔葬禮的人寥寥無幾，也沒有什麼人真正的悲傷，這個潦倒、暴烈、愚蠢、失敗的男人獨自在人生舞台上演完最後一場戲，沒有贏得一個觀眾、一個掌聲，這世上除了把他生下來的母親沒有一個人真正愛過他。

到了火葬場，停屍間比我想像的要簡陋，而且小得多，一排排不鏽鋼的冰櫃年代已久，看得出被頻繁使用的痕跡。叔叔的屍體存放在編號十七的冰櫃裡，被兩個工作人員熟練地打開了，冰櫃裡是一個略嫌有些小的黑色廉價屍袋，鼓鼓囊囊的，拉鍊拉開後，我看見了一具雙腳沒有完全躺平彎曲著的屍體。可能是袋子小了的緣故，他腳上的黑色膠鞋也沒有穿好，半套在腳上。由於

生前疾病留下的腹水，他的肚子像孕婦一樣腫脹著，臉則像凍過的絳紫色豬肝，嘴唇和眉毛都結上了薄薄的冰霜，五官依稀還可以辨認生前的模樣，身上穿的白色喪服，做工簡陋而粗糙，很明顯是在小裁縫鋪裡低價訂製的。我告訴自己，眼前這具浮腫而輕微扭曲的屍體就是我的叔叔了，誰能夠想到這具即將要腐敗火化的肉身也曾是個英俊的翩翩少年，他也曾年輕過、鮮活過，不過這一切都像淡淡的水彩顏料在洗漱池裡被水徹底地沖刷到汙穢的下水道裡去了。

叔叔的屍體被抬上了焚屍爐的管道，甚至連屍袋也沒有拿掉，腳也沒有擺平，就被送進了焚屍爐，一切都是這麼地倉促，快到我都不及反應。此刻站在我身邊的妹妹卻突然誇張地放聲大哭了起來，彷佛她把握好了節奏，就像是表演進行到最後一定要給你看的指定動作一樣，她開始入戲了。我的嬸嬸，這個皮膚黝黑粗壯的女人，這時她輕輕地轉過了身去，彷佛不忍看似的，我沒有看到她是什麼表情，但是她的背影告訴我，她還是有些傷心的，但是傷心的同時，她會不會也有一種解脱感呢？畢竟叔叔一死，她就可以徹底地開始她的新生活了，也許她一邊傷心一邊高興著吧。

焚屍爐的窗口闔上了，他們要像燒一塊破布一樣焚燒我的叔叔了。十年之內，我站在這個窗口外面，分別送走了我的父親、我的奶奶、我的爺爺，然後是我的叔叔。我想起了十多年前，我們一家人圍著一張桌子吃夜飯的情景，小小的方桌，每次吃飯的時候總好像很擁擠，奶奶負責盛飯，碗一只一只地傳遞著。夏天的傍晚，頭頂昏黃的小燈泡被微風吹得左右輕輕搖晃，那時小小

的我以為這就是一生一世了。十年過去了，他們都死了，我卻還活著，我只是覺得疲倦。

焚燒屍體的師傅正悠閒地坐在一邊抽菸，我忍不住向他要了一根，由於無聊，他主動和我攀談了起來，並向我炫耀他的專業知識，他說道：「焚燒一個人的平均時間在一個小時左右，如果是老人或小孩還有乾瘦的沒有什麼脂肪的農村人時間則更短，半小時到四十分鐘就燒好了。中年、壯年、肥胖的都市人則要燒一個或者一個多小時。有肝病或者肺病的人燒的則要更久一些。」我默默地聽著，不知道為什麼，覺得從他嘴裡說出來，火化一個人就好似在做一道菜，都需要把握火候，不同的是做菜需要佐料，而人卻連佐料也省了。我不由地看了師傅一眼，他氣色極佳，臉色紅潤，我情不自禁地想道，他的伙食一定很好吧。

我把菸頭熄滅了，走出了焚燒間。妹妹和她的表弟在門口玩耍，有一種演出之後下場的輕鬆。我繼續往前走，焚燒間的旁邊是條土路，順著土路走上去是一個小山坡，開採過的山，地表的岩石醜陋地暴露著，像一個人在活著的時候就被剝開了皮膚，露出了血淋淋噁心的皮下脂肪。坡頂聚集著密密麻麻的墓碑，還有一間簡陋的小石板房，年邁的看墓人牽著一條狗在坡頂上站著，不知道為什麼，這活著的看墓人比那些死者的墓碑，更讓我覺得蕭瑟和荒涼。山頂陽光很好，藍天白雲，卻依然讓我感覺這裡是另一個世界，彷彿是活著的死後世界，一個和塵世無關的世界。我回頭看見焚屍爐高高的煙囪裡冒出的青煙，我的叔叔大概快要燒完了。十分鐘之後，叔叔的骨灰從爐子裡推了出來，因為屍體沒有擺正，兩根腿骨還是斜的。廉價的屍袋還沒有被完全

燒乾淨，有一些焦黑的化纖碎片，屍袋上的拉鍊也安靜地躺在叔叔的頭骨旁邊，一看見叔叔的白骨，不知為什麼我的眼淚自己奪眶而出了。

旁邊一爐的家屬走過來好奇地打量著叔叔的骨灰，探頭探腦，神情悠閒的好像在菜場挑菜。這位仁兄十分鐘之前還伏在他母親的屍體上哀嚎不止，傷心欲絕，幾近要哭死過去。師傅把叔叔的骨頭從每個部位都截取了一塊，放在操作台上碾碎，磨平，然後剷入骨灰盒，手法乾淨而又利落，像刀工很好的紅案。在骨灰裝入骨灰盒，蓋上飾布，交到我妹妹手上的那一瞬間，妹妹原本平靜的臉又開始準時悲嚎了起來。她以後一定會是一個好演員。

我捧著叔叔的相片，妹妹捧著骨灰，我們倆走在最前面，其餘的一行人跟在後面，我們一起坐上了開往叔叔墓地的大巴車。天空湛藍，道路兩旁的樹木鬱鬱蔥蔥，風吹過，還能聞到泥土和植物的氣息。一年以前，也是這樣的大巴車，這樣的好天氣，好得不應該辦葬禮似的，所不同的是一年前的我回來是為爺爺奔喪，現在是為叔叔奔喪。那時我捧的是爺爺的照片，叔叔捧的是爺爺的骨灰，就坐在我的對面。誰都沒有想到一年後的今天會是這樣的場景。我在此刻似乎有點了解了叔叔，並且忽然無比地想念他。

二〇一四年六月寫於杭州

發表於《人民文學》二〇一五年第四期

約會

手機已響了一會，她不想接，她太睏了。

她最近的睡眠一直不好，也不是最近，已有很久了，她都沒有好好地睡上一覺。她嘗試了很多方法，跑步，喝牛奶，泡腳，看些不用動腦筋的電視，這種節目很多，打開電視就是，但好像也沒什麼用。失眠的原因，她也說不上來，好像很多，又好像沒有原因。

慵懶地陷在柔軟的被子裡，體溫在一整夜裡與被子脈脈相融，難分彼此，蓋在身上卻沒有任何重量。她喜歡這種感覺，閉目懶懶地體味著。她伸手摸了摸自己軟軟的肚子、肚臍和胯部，然後順著摸到自己的大腿根部，有那麼個瞬間，她覺得自己像在撫摸另一個人，心裡努力體味著那「另一個人」的異樣之處，那人對她的撫摸會怎麼反應，會像她這樣有默契和溫順嗎？想著想著，她忽然期待起來一種戀人間真正的親密關係，一種像一夜之後，她與被子那樣無比融洽的關係，她想著自己到目前為止是否已經得到過這樣的關係。她不能肯定。

手機又響了起來。

她無奈地翻了翻身，一時找不到手機了，她也並不著急，依舊躺在那裡，靜靜聽著和判斷著

電話鈴聲傳來的方位，一時恍惚，那鈴聲是立體聲的，自四面八方而來，又好像不是來自任何方向，就像失眠的原因一樣，飄忽和曖昧。她定了定神，果然好些，聲音的出處，似來自床下，她心裡有點莫名的得意，覺得一天的開始是個有所得的開始，她將手伸過去時，甚至有好心情發現自己的小臂和手、手腕，都還是好看的，於是略微停頓，想再注視一下自己的手，啊，它們的好看，原來是太陽光照在上面了，使皮質顯得光潤、明麗、燦爛，充滿了活力，她好像有點意外。

這時，手機鈴聲卻停止了。但她還是拾起了它，看來電顯示，是他的電話。此時電話鈴又響起，她接了，他的聲音也含睡意，一時恍惚有近在咫尺的感覺，這使她覺得親切，他說今天有點事，晚上十點鐘，在老地方見吧。

放下電話，她還想再懶會兒，可氛圍不同了。她的目光又回到了那一小片陽光，它還在那裡待著。

她記得小的時候，好像也曾如此注視著一小片陽光。當時才五六歲吧，她午睡後口渴，想到父母臥室裡去偷喝母親不讓她多喝的桔子汁，她推門的時候，看到光著的父親壓在光著的母親身上晃動著，父親表情猙獰得可怕，她頓時呆住了，不知發生了什麼，父親為什麼這樣欺負母親！

父親抬頭望了望她，晃動慢了下來，表情依舊猙獰，而且含有痛苦的樣子，看到她時，似乎並不那麼意外，這時的她，已經不由自主地往門外退去。她害怕極了，等待著一頓責罵，但父親低下了頭，繼續壓著母親，又開始了晃動。

她跑回自己的房間，恍惚地爬回床上，閉上了眼睛。很久之後，當再次睜開眼睛的時候，她看到了牆上的陽光，但不知為何，那片陽光也晃動起來了。

記得那個時期，母親最常說的話，是句她完全不懂的話：「你呀，你差點要了我的命！」她當時不明白她怎麼差點要了母親的命，她還小。

「我生你時流了一臉盆的血啊，一臉盆！」她望著母親，母親也看著她，那一刻，她彷彿看到了那盆血，她嚇壞了。她不明白為什麼母親生她要流那麼多的血，這個事情，深深地印在了她心裡，慢慢地滲入內心，像一小塊霉跡，她覺得這件事上，可能是要怪自己的，總歸是她，造成了那一臉盆的血，甚至母親發達的眉頭肉，也與她有關。

母親總是愁眉苦臉，她在母親年輕的照片上看到的是另一個人，一個快樂的女人，臉上的光澤像瓷碗一樣。而眼下的母親，即便是睡覺的時候，眉頭也是緊鎖著的，她曾想摸摸那眉頭肉，把它們撫平，可又怕母親醒來罵她。

後來上小學，同桌的小林林和她要好，有一天，小林林神祕地對她說我告訴你一個祕密：「我爺爺欺負我媽媽。」她很驚訝，對她的驚訝小林林很滿意，然後，林林用彩色鉛筆畫了一幅圖，是林林爺爺欺負林林母親的畫，她吃驚地發現畫面上的爺爺，也是光著身子壓在林林母親身上，窗外還有一個月亮。

十二歲那年，父母鬧離婚，她被寄養在郊區的舅舅家。舅舅在監獄工作，不過不是獄警，而

是文職人員。可能是舅母的更年期沒過好，常與舅舅吵架為樂，那天她去監獄找丈夫吵架玩，把她也捎帶上。到了監獄辦公室，他們倆就開始吵，互灑狗血，互揭老底，旁人看著也樂，她發現此時兩人興奮得容光煥發，變得年輕了。那天下午，知了嘶鳴，熱得有點窒息，犯人們正在排練節目，她看見一個領舞的年輕男犯，長得那麼英俊，眼神如春天的熱雨那樣朦朧濕潤，五官的精美，使她想到外國電影的某些男主角，還有他四肢的硬實，胳膊和大腿飽脹得要把練功服撐開。後來聽說入獄的原因，是他十八歲生日的那天，用菜刀把父母砍死了。

吵架之外，舅舅和舅母很少講話，只有晚上七點鐘的新聞聯播，才是兩人在一個屋裡待的時候，之後看天氣預報，完了就關機，然後各自刷牙洗澡，八點準時睡覺。他們共生了三個孩子，其中一個難產，剖腹生下的，她曾在舅母洗澡的時候見過她肚子上的刀疤，像醜陋的蜈蚣糾纏在一起，傷疤上還凸著鮮嫩的肉芽，在肉芽下面，有些一道一道灰白的斑紋，後來她才知道那是妊娠紋，皮膚的顏色像晒乾了的剩菜湯。那一刻，她覺得成年人的身體都醜陋而變形，透著腐朽、恐怖和幽暗的氣味。她有時也下意識地看看自己的腹部發呆，暗暗緊張。

後來，舅舅和舅母也老得吵不動架了，變得非常怕死，於是有一天，他們忽然做了基督徒，自那以後，舅舅家裡便常常響起基督的讚歌和飯前桌上一連串的阿門，她想，唱讚歌又怎麼樣呢，到天國吵架去嗎？後來的一天，忽下暴雨，舅母趕回家收衣服，伸手搆一件晒在陽台竹竿上最靠外面的內衣，由於心急，用力過猛，身體頓時失去平衡，從陽台掉了下去，摔死了。

舅母摔在地上的姿勢很怪異，左腿比右腿好像長了一截子，整個姿勢像個「九」字，溢出的粉色的腦漿上有一溜螞蟻在爬。舅舅回來後，哭得很傷心，她未曾看過舅舅這樣傷心地哭過，那是嚎啕大哭，可是當天晚上，舅舅就去打牌了，舅母收回來的衣服還攤在床上，沒人去疊。

事發後，她曾站在陽台上，想著舅母摔下去的情景，本能地向樓下望了望，樓下寥寥幾人，不知怎麼，她想，如果自己此時也不小心摔了下去，會怎麼樣？她想像著自己摔在地上鮮血肆流的樣子，心裡打了個哆嗦。她是怕高的人。

她回到了父母那裡，可不久父母還是離了婚，把她送去了寄宿學校。當時她不到十五歲，躺在宿舍陌生的床上，看著天花板上那些不知道是誰留下的手指印，以及牆皮斑駁的痕跡，心裡很難受。之後的幾年中，她終於在醜陋的校服裡寂寞地長大了。她和男生的約會，始自初中，晚自習上到一半的時候，就偷偷和男生溜出去壓馬路，坐環線公交車，看電影，因此高考落榜，複讀一年後再考，還是沒考好，不得已，胡亂地選了一個三本大學，胡亂地打發了大學生涯，然後，又胡亂地和一些不靠譜的人約會，胡亂地打發著青春時光。

她開始變得懶散，很少有事能讓她打起精神。她來到這個城市有幾年了？十年了吧。大學，畢業，工作，直到現在，也想過換個城市，可懶惰的天性總在向她提示：換，又如何呢？

大學畢業那年，她回老家，父母都已經各自組建了新的家庭。父親的新妻子是「少妻」，幾乎和她一樣年輕，她去看過父親一次，新區新樓新裝潢，一切都是全新的。她發現年輕的繼母已

身懷有孕，剛見面的時候，父親的親切感還是有的，她心裡也泛起一些溫暖來，但父女的關係已與從前明顯不同了，怎麼個不同，她也說不上來。那位「少婦」面色幸福，護膚霜塗得閃閃發亮，對她的來訪還是很熱情的，水果、瓜子、果脯，不停地塞在她手上，但她感到那熱情的裡面有某種警惕，警惕什麼呢，這讓她不舒服，她感覺家庭的關係已失去以往的單純了，望著屋裡精美奢華的一切，她感到隔閡，暗自下了決定，決定不再來。

她去看母親。母親的新家是舊房子，在城市的另一端，打車打了近百元。母親原是小學數學老師，後來改教體育，那天母親似乎很嚴肅很疲倦，而且還拘謹，她沒想到和母親的別後相見是這樣的。她坐在客廳沙發上，感覺自己是個客人。繼父回來了，淡淡地和她打個招呼，就鑽進他自己的書房裡去了。疲倦渙散的母親一見到丈夫回來，即刻站起來，在書房和客廳鑽進鑽出，討好著丈夫。她獨自坐在沙發上，開始覺得尷尬，心想母親有工作，經濟獨立，幹嘛討好丈夫？她終於坐不住，起身告辭了，母親稍有些意外，說不吃了飯再走嗎？她說不吃了，已約了父親吃飯。沒想到母親很快就答應了，並不多留，徑直送她到屋外，那個瞬時，她感到身後的母親幾乎在催她離開，出門後，她不由地回頭看了一眼，這時母親已在門口消失了。

回到外面的路上，走著走著，她發覺總有人莫名地回頭看她，她看了看自己，沒有異樣，可在此刻，她感到下身有黏稠的血液在大量地湧出，流落到腳踝，是經血，她這才想起自己正在來月經，而那天正好穿的是白裙子，她不顧一切地在街上跑了起來，眼淚奪眶而出。

母親永遠不會知道那天的事，也不會知道她根本就沒有約父親吃飯。從此，她沒有再去過母親的家，也沒有去過父親的家，也就是說，她再沒回過那個城市了。

父母偶爾也來電話，有時也表示讓她回去住兩天，但她覺得父母並不真心想見她，漸漸地電話也少了。她知道自己是一個錯誤婚姻的錯誤結晶，她不是沒有恨過、怨過、傷感過，直到有天，她偶然在一個筆記本裡發現爺爺奶奶的老舊照片時，心裡終於釋然。她想到父母說不定也是來自爺爺奶奶的錯誤的婚姻，而爺爺奶奶呢，也是出於更久遠前的「錯誤」，這是一個無邊無際的「錯誤的循環」，而自己只是這個循環的小小的一「環」而已。她不認為這樣的「錯誤」環環相連的觀點是偏頗的，她無疑覺得這樣的自我解釋，或者說這樣的家史的衍生邏輯，可以說服自己使她的心情安靜下來，然而，事實上並非如此，她感到苦楚，日常生活的具體和真切，使她感到自己這個「錯誤」既然已經存在，又不得不活下去，一分一秒，一年又一年，這令她厭倦。

她並不清楚婚姻是不是一開始就是錯誤的，她與父母的「隔閡」和「生疏」，其實是後來的事。她自認為自己的童年還是可以的，不然的話，她為何覺得家裡是個安全的地方呢？為何家裡的那些破舊的家具和自己的床，寫作業的桌子，直至長大後，都一直沒有忘記呢？還有父母的床單，被面的花紋圖案，母親的口紅，高跟鞋，她也記得母親摟她睡覺時的「被窩香」，母親臉上擦的潤膚霜的清香，這些都是她童年記憶的不可缺失的珍貴部分。當然，這只是她的記憶和感受，她不知父母那段時光的記憶是怎樣的，她有時也問過，但大部分內容父母都忘掉了，而父母

記得的很少與她的相似，父母的記憶要麼很少，要麼就都是些瑣事和糾紛，她感到失望，感到不知從什麼時候起，父母已經和那些糾紛、爭吵長到一塊了。

她安慰自己說，一個人也可以活得很好。雖然這個「好」並不一定能得到別人的認同。在這座城裡，她已獨自生活了十年，十年裡，她不知打了多少種工，在圖書館搬過書，站在街邊上發過廣告單，去商場賣過衣服，為了省錢，她還曾在超市買過快要爛掉的處理水果，吃壞了肚子，此外出過一次不大不小的車禍，獨自在醫院住了近兩個月，雖然寂寞和孤獨，但一切也都過來了，她活到了現在，活到了三十歲。小時候她一度恐懼成長，甚至想到，如三十歲之前死於一場意外，就可以避免衰老的命運了，但自己的身體逐漸豐滿起來，乳房逐漸凸起來，不到十四歲的時候，月經就來了，至今她還記得，初次的月經，那殷紅的新鮮的黏稠的血，使她感到極度不安，現在想起來還很清晰。

她拿起手機，看了一下時間，下午兩點十五分，離晚上的約會還有八個小時。八個小時對她說來幾乎就是一天，多麼充足和奢侈。她喜歡充足和奢侈，喜歡裡面所具有的餘地，這樣她可以不用急匆匆、忙碌碌，這是習慣還是性格，她也說不上來。她深深地感到自己渾身上下、裡裡外外、徹頭徹尾是個懶骨頭。

她又在床上翻了個身，想再懶一會，可是做不到了，懶，不是想懶就能懶的。她又躺了一會，可隱約有點偏頭疼，頭疼驅趕掉了昏昏沉沉，更懶不下去了，沒辦法，她只好從床上心不甘

情不願地爬了起來。

床頭櫃上有一包中南海，還是上次見面時從他那拿來的，當時菸盒裡也就只剩下七八支，現在裡面還剩下四五支。其實，她沒有菸癮，聚會時才抽，這個「抽」，帶有一點表演性質，她知道自己的側面好看，手也纖長，抽菸容易引人注意。曾有人說她側面的輪廓像尼德蘭畫派的荷爾拜因筆下的女人，她不知道誰叫「荷爾拜因」，但覺得這個名字發音好聽，那麼畫總歸不差的吧。想到這，她感到自己不知是有點傻呢還是有點自戀，不由地心裡笑了一下。

她點了支菸，走進了洗手間，坐在馬桶上，低頭想著，和他處了快兩年了吧，與一人相處兩年，對她來說是很久的。他對她談不上愛，但也不見得不好，一般般，就這樣。重要的是他也是一個懶洋洋的人，誰也不煩誰，這是他們在一起走了兩年的原因，也許是最重要的原因。

她不能確定他到底算不算是她的男朋友，好像也沒有必要，電影裡的有關愛情的那些，尤其是戀人的那種愛得要死要活的情感，不知怎麼和他們沒有一點關係。有一次，他約她去爬山，這是兩人約會中少有的。她喜歡山，又怕爬山的累，可還是去了。爬著爬著落起了雨點，接著下大了，於是兩人在一棵大樹下躲雨。雨氣襲來，即生涼意，眼前的山林在雨霧中層巒疊嶂，灰灰的山巒隱約遠去。植物都生長得很好，各有姿態，然後形成了一個大景觀。她看到某些樹上有小刀刻就的字，多是陌生的人名，以姓名的性別看，應是情侶留下的。她在一棵有著愛情宣言的刻字前佇立下來，那是：「×××，我愛你一萬年」。由於樹幹繼續生長，刀鋒已變得肥圓，字的筆

畫顯得模糊起來，有的筆道被增長的樹皮包裹著，像人體增生的醜陋肉芽，她想到刻字的情侶今在何方呢？

雖然累，但那天她心情很好，她說以後我們常來爬山吧，他卻懶洋洋地說，再說吧，怪累的，你不累嗎，說著他斜眼望過來。這時路邊出現了一隻野狗，她看到很高興，忍不住走上前去想和牠玩，甚至想伸手順順那狗毛，這時他說這隻狗不錯，皮油光發亮的，正是盛年，宰了燉了，肉質會很緊，有彈性，肯定好吃。她聽了，張了張嘴，沒說出話來，覺得沒什麼好說的。後來他們再也沒有一起爬過山，大概彼此都覺得無聊吧。

儘管如此，兩人每隔一個星期都還是會見一下，地點多半是在旅館的床上。她知道他定期見自己的原因中，有性欲的成分，其實她也有，特別是在來月經的時候，性欲還是蠻明顯的，但她知道這是必須克制的。有的時候，他對她好一點，她也知道，也想對他好一點，但不久之後，兩人又回到原來的狀態。這種若即若離，不冷不熱的關係，她覺得也蠻好，因為有餘地。他對此好像也有同感。

她抬起頭往上看了看，看到了牆上瓷磚的圖案，看著看著，她好像發現圖案裡面有些「人臉」，各式各樣的臉。有少女的臉，老人的臉，男人的臉，畸形的臉，有時它們還會互相交錯在一起，但是一會又消失了，再仔細一看，不過還是一面瓷磚牆而已。

這樣想著，她感到有點餓了。一天到現在，什麼東西都沒吃，她感到胃有點難受。人要是沒

有飢餓感就好了，這樣多省事，或有一種什麼藥，比如膠囊，吃上一粒，幾天不用吃飯，多好啊！可是胃畢竟在那裡，忘了誰說過，胃是戰爭之源，為了和平，看來還是按時吃飯的好。

冰箱裡亂糟糟的，塞滿了一堆奇奇怪怪的瓶瓶罐罐，有前天的剩菜，已經不能吃了，還有各種辣醬、果醬和鹹菜，她都忘了什麼時候買的了，冰箱裡有些淡淡的怪異的混合氣味，她覺得冰箱該清洗了。她找到一瓶酸奶，打開聞了聞，壞了，那麼，還有什麼呢。她找到了半包奧利奧餅乾，這總比沒有強，她取出一塊放到嘴裡嚼著，目光仍然在冰箱裡面尋覓，餘下的空間儲放著一些化妝品，那是她的室友阿麗的。

她的一輩子都有室友。大學的室友，公司宿舍的室友，現在租房的室友，什麼時候能獨自一人住個完全屬於自己的房間呢，她不知道。

她看到室友阿麗扔在茶几上的換洗內褲和吃了一半的泡麵，旁邊還有一堆白色的可疑皮屑狀物體，也許是腳皮。阿麗有一邊摳腳一邊吃的習慣。阿麗每次都是半夜回來，回來就開電視，動靜很大，好像電視是她的男人。她還很喜歡買葡萄，但每次都放到快要爛掉再吃，天熱的時候，客廳裡經常瀰漫著一股爛葡萄特有的甜腐味。兩人合租房子已超過半年了，阿麗在一個ＫＴＶ工作，很豪華的那種，工作的名字很好聽，叫公主。

她半夜上洗手間時，會經常看見阿麗癱在沙發上裸露的肉體，那豐碩的一對奶子歪在那裡，像個壓扁的水袋，而下身有時僅僅穿個三角褲衩，有時連褲衩都不穿。她不明白為什麼會有人回

家第一件事就是迫不及待地把自己脫光，像拔毛雞似的四仰八叉地睡在沙發上，展示自己裸露的肉體，這在她眼裡是個恥辱，可那肉體又是好看的，年輕，豐腴，每見此狀，她忍不住想多看兩眼。

阿麗二十出頭，也許更小，像將熟未熟的蜜桃，那種轉眼就會糜爛的水靈和嬌嫩，具有令人恍惚的誘惑，這種飽含腐敗的美，對她有種深深的吸引。說到底她心底裡是羨慕阿麗的年輕漂亮的，所以從不把他帶到這裡來，還有，她不想讓他知道自己和阿麗這種人住在一起。可是又好像不完全如此。很多事她無法想清楚，索性也就不管它，但有一點是明白的，就是自己在逐漸變老了。她還記得初中時在課本上看到杜甫的詩，「白日放歌須縱酒，青春作伴好還鄉」，當時她用紅筆在這兩句詩句下畫了兩條線，不能說她當時能明瞭詩的全意，比如「青春作伴」裡的「青春」，就有些模糊，「青春」難道不是自己嗎，可這樣的話，「青春作伴」的意思就是自己和自己作伴了，自己怎麼和自己作伴呢，想到這，她覺得有意思了，說來她喜歡「自己和自己」這樣的詞，似是而非的味道。今天是週六，阿麗還沒回來，她享受這難得的獨自一人的時光，此時，她真覺得自己是在和自己作伴似的，享受著此時的慵懶，這樣的「自己」，的確像是另外一個「我」，自己在看那個「我」，不願意打擾那個「我」。

地板上養的那盆綠蘿，葉子已泛黃了，想到好幾天沒澆水了，於是她弄了一大碗水，把綠蘿澆了個透，心想，這下總可以再撐個把禮拜吧。

時間還早，她懶在沙發上想著要不要洗個澡，化個妝，換身衣服。這一套約會前的規定動

作，對她說來，對一個三十歲的女人來說，太熟悉了，她已經不知重複過多少遍了。

這些年裡，她不時地和男人約會，靠譜的，不靠譜的，值得為他打扮和不值得為他打扮的，當然，這種約會前的打扮也不僅僅為了給對方看的，她自己也喜歡給自己打扮，喜歡看著自己在這個特定時間內發生魔術般地變化，這大概是她生活中僅剩的樂趣了，也是她所剩不多的幾件自己可以控制和左右的事。有時，她會對著鏡子做出很多表情，甚至是那種極端的表情，這讓她自己不大好意思，反正屋裡沒別人。有時她模仿某些大牌明星的招牌動作，如何把乳房最大限度地露出來，而同時又要保證乳頭的安然無恙，每當此刻，她會輕輕地把乳頭露出來給自己看，並輕輕地自語：不就是這一個小肉頭嘛，有什麼呢，這些幼稚和愚蠢的男人！說著她又將乳罩輕輕地罩回乳頭，復又挪開，如此往復，終於連自己也覺得無趣為止。這時，她也會下意識地看看身後和門外，看看有沒有外人在偷窺，其實最怕的是熟人看到，最怕的就是怕阿麗在旁竊笑，還好，這種擔憂是完全多餘的，大門緊鎖，屋裡無人，白牆、床、床單、枕頭，它們都無知無覺，幸好如此，不然該有多尷尬啊。她注視著周圍的家什，若有所思，然後將眼光緩緩挪開，回到鏡面上來，反覆瀏覽和打量裡面的那個自己，心想，鏡子總歸無知，假如鏡子有知，它就是這個世界上對我的祕密知道最多最多的人了，這是可怕的，心裡忽然閃過一念，如果鏡子笑，冷笑起來，偷笑起來，大笑起來，是什麼樣子呢。

鏡子裡的她已經三十歲了，她的五官和臉型長得還算年輕，但那股年輕女人才有的水靈勁

已經消失了，再怎麼精心的、使勁地保養，均無濟於事，那個作伴的「青春」已無聲無息地離開了，只留下她自己了。她日復一日、年復一年、一層層、一遍遍地往她略顯瘦削的面頰和脖子上塗脂抹粉，可這有什麼用呢，女人的難，常常就是對那些沒用的事，也得持之以恒地去做，有時還要興致沖沖，這就是女人的命嗎？青春是一條單行的下坡路，滑下去，就一下子下去了，好像直通深淵。她可以想像出自己五年後、十年後的模樣——微蹙的眉毛，越來越深的法令紋，疲乏而刻薄，缺乏耐心，可能也缺乏善良。

現在她打開了衣櫥，為約會選取衣服。它們都靜靜地掛在那裡，好像很久沒穿了，穿哪件衣服好呢。從小她就對漂亮的衣服無比熱衷，但父母總是不肯在這方面滿足她，十歲前，她總是穿家裡淘汰下來的衣服，或者乾脆就是改製過的父母的舊衣服。十歲生日那年，她第一次得到一條新裙子，淡檸檬黃的百褶背帶裙，上面的半透明的、小花朵形狀的扣子，獲得所有人的讚美，陽光下，她感到自己真像一朵小小的向日葵。晚上睡覺前她把那件裙子整整齊齊的折好，並放在枕邊，然後心滿意足地看著。後來有天放學回家，發現那條裙子沒了，然後發現裙子出現在表妹的身上，她不解，徬徨，然後大哭了起來，她不願聽任何解釋，不接受任何原因，就是哭啊哭，傷心大哭，現在想來，她對「傷心」的痛切感受，是源自那條裙子的失去。

長大以後，她把收入的大半都用來購買時裝，有一次，她竟然有意無意地在成人衣服中去尋找「淡淡的檸檬黃背帶裙子」，當然是一無所獲。她覺得自己的一個夢，或者是一個愛，永久地

失去了。

她從衣櫥裡取出的第一件是條黑色的裙子，這條裙子是幾年前買的，是為正式場合準備的，可她的生活裡很少有這種場合，所以她很少穿它。她近來氣色不好，又是月經剛來第二天，臉色發鏽，穿上黑衣，會使整個人的氣色發暗，像個巫婆似的，她把黑裙子擱到一旁。

第二件是桃紅色的上衣，前兩年買的，因為她的閨蜜說她是可以穿桃紅的衣服，她在問「為什麼」的時候，心裡暗自喜悅，因為她很喜歡桃紅色，可自己曾固執地認為這個顏色不太適合自己，也說不清為什麼，這使她心裡難過。以女人的敏銳，她認為只有氣色鮮嫩，年輕明麗的女孩，才適合穿桃紅色，可自己這個膚色和年齡怎麼與之相稱呢？那天，當她的閨蜜提出了相反的觀點時，她是很高興的，她很願意被說服，願意一心一意地相信她的判斷，所以那天，她倆一起去商店買了眼前的這件桃紅色衣服。雖然款式並不十分合意，過於肥大了一些，但顏色確實很好的，色很正，布料輕，當時在鏡子裡看，效果也是好的，她用信用卡付帳後，還專門請閨蜜吃了一頓日本烤魚，花去了她的月獎金的一半。遺憾的是，買下桃紅衣服後，她也就穿了兩次，就決定不再穿了。因為她從同事和路人的眼神中，似乎真正找到了那件桃紅色與自己是否合適的準確答案，她對那些陌生人的「眼光」和「判斷」更為相信。她感到失落，心裡傷心地嘆息了一下。

她又拿出一件白色的襯衫，是偏休閒款的，衣身寬鬆，但下擺收起，顯得精神。袖子在手腕處收緊，袖身則是寬鬆的，布料質地是精緻的細麻，中式的低領口，記得這是上次和另外一個人

約會前買的。她自我感覺效果很好，那人也不時注意這身衣服，甚至讚許了一下，可她並不喜歡他，約會幾次之後，也就不再見他了。自那時以後，她也沒再穿這衣服。她注視著這件無辜的衣服，暗起歉意。這時，她發現袖口上還有一塊淺咖啡色的汗漬，這使她想起是那次約會留下的，事後居然忘記去洗了。她摸了摸那個汗漬，想道，那麼今天就穿你出門吧。

她關上了衣櫥，準備了一下隨身攜帶之物，出了門。

天色已經暗了下來，殘雲的邊線鑲著西天的殘照，將暗藍的天空顯得更加深邃了。她熟悉這樣的時辰，心想，如果是在冬季，現在的天色應該是五點左右，可是眼下是夏季，所以是六點多。約會時間是十點，離現在還有三個多小時可以打發，那麼先吃點東西吧。

她在一家麵館裡匆匆地吃了碗餛飩，就上路了。

公交車站不遠，眼下正是週末的晚高峰，馬路上人頭攢動，車流滾滾，自四面八方而來，又到四面八方而去。

車站不遠，應該不用十分鐘就走到了吧，她走著，發現自己今天穿的半高跟皮鞋不太舒服，但既然已經出來，她是不願為了雙鞋再回去一趟的。

路燈不知什麼時候亮了，在路燈下來往走過的行人都沾上了那近乎玫瑰色的燈光，望著那些，她有些出神了。平日上班的時候，冬天，出門時看到的燈光是暖黃色的，那是清晨天還黑的緣故，現在是夏季日落後，天色漸暗，初起的燈光顯得冷些了。

走著走著，她發現街道的對面又起了幾座樓盤，什麼「半島國際」，樓上掛著促銷的紅色橫幅在風中飄動。另外，右前方的遠處，原來的舊樓和一些低矮的農民小樓也沒影了，空闊的那片地已經支起了打地樁的木架子。她仰望了一下暗下來的天空，想著如果不是住在這裡，而是別處，那麼此時的天空是否就不一樣呢？

當那個人走近的時候，她才感到有一個人走過來，快要擦肩而過的時候，那人把一個什麼發出金屬響聲的東西遞了過來，是個乞丐，是個女乞丐，她正眼瞧了瞧她，暮色中，發現對方的臉有些異樣，再凝神看，嚇了一跳，女乞丐的臉實際上是一堆爛肉，是燒傷的吧，她停下來，伸手從衣袋裡掏出兩枚硬幣，往她手中的小鐵罐頭桶裡扔進去，杯子裡即刻發出「哐噹」的清脆的聲音，杯子是空的。

她給錢並不完全是出於同情，還有一種對悲劇命運的恐懼。她擔心或者說害怕自己有一天也會變成這副模樣，她對悲劇的想像力經久不衰，總會變著花樣設想出自己各種下場，反正沒有一個是好的，令她心裡詫異的是，在這樣的命運「設計」的過程中，她雖然有時恐慌不安，但有時居然是開心的，甚至說有點「幸災樂禍」也不為過，好像是個旁觀者似的。關於命運，她永遠想不通，如同面對一堵磚牆，所以她基本不去費神，可有時思緒又不期然地轉到了那上面，次數多了，便有了某種遊戲般的假設，她想到高中時學過的數學的排列組合，雖然數字不增不減，但每一種組合，都是一種嶄新的面貌和計算結果的可能性。此刻，馬路的左面駛過一輛寶馬，寶馬後

面是一輛出租車，她想，假如她此時已經在馬路當中的話，肯定會被撞死，可是沒有，她眼下安然地站在人行道邊想著自己可能被撞死的這件事，可如果真的被撞死了，她覺得也沒什麼，她一直覺得死於這種慘烈的意外是一個好的結果，總要好過挨日子，一直挨到八十歲。活得那麼長幹嘛呢，人的一生又臭又長，她不想老不死。

來到某大道的公交車站，她看了看車站上的站牌，也沒看出什麼所以然來，因為她還沒有選定哪一路車。這時，有輛車進站了，車的前窗的指示牌上表明了終點站名，這是她所不熟悉的，可以確定的是車肯定是往城的西區開的，而西區離她約會的地點相距不遠，胡亂坐吧，總能找得到的，而且時間還多，這樣想著，便上了車。

車的最後一排尚有座位，她走過去坐下。坐下後，她發覺她喜歡最後一排，這樣可以看著前面所有的人。車上人很多，她以前並不知道週末的公交上人是這麼多。

車上有許多高中生，其中一對男女的嘴和嘴像長在一起了，兩人的吸吮非常老練。還有兩個女生互相打鬧恣意歡笑，嗓音彷彿被粗糙的砂紙打磨過，這使她想到六十年代香港電影裡風月場所老鴇的聲音。學生這樣年輕，聲音卻這樣蒼老。她看到學生頭上的汗氣，於是想，她們這麼年輕，身上的味道一定好聞，那味道不是花王沐浴露飄柔洗髮水的人工合成香味，也不是高雅名牌香水味，而是一種只屬於少女身體特有的香味。

她把頭伸出車窗外，天色已經接近黑了，除了路燈，星星點點的燈光都亮起來了，她感到夜

晚的城市比白天好看了，街景也顯得越來越陌生，她認為她從來沒有來過這個城區，她忽然覺得這座城市變大了。

道路兩旁高樓上的窗子，有的是黑的，有的亮著燈，每個公寓其實就是個小方盒子，亮著燈的盒裡大概住著一對對夫妻，黑著的盒子將要住進一對對夫妻。他們每天買菜，做飯，洗澡，晾衣服，哄孩子，陪小孩寫作業，廝磨，打架，做愛，和好，厭倦，次日又重複一遍。

這麼多年來，她一度努力融入這個城市，努力學方言，努力想成為那些「小方盒子」裡的其中一個什麼人，但至今一無所獲。

她想到了初戀。

記得第一次和他做愛是在郊區的小旅館。天氣悶熱，旅館的空調也時好時壞，冷氣一會有，一會無，還不停地冒出嘶嘶嘶的雜音。兩人那天做愛時都出了很多的汗，他臉上的汗水甚至滴到了她的嘴裡，他們彼此都無暇說話，空氣中好像凝結著一股安靜的電流，她很快就達到了高潮，感到內心震盪。令她感到驚訝的是，那次做愛，正逢她的經期，只不過是靠後的日子，血量已不多了，她竟允許他進入自己，他一開始也猶豫，但她還是堅持了，雖然事後出了不少血，感到疼痛，但她想讓自己以這樣的方式記住他，記住那一天。

他們的那段好時光，算是永遠地過去了。至於分手的原因，她也懶得往下想，因為每次舊事重溫，那天，那個情景，那個在他懷裡的裸著身子的另一個女人的嬌羞樣，都會使她受到刺激，

被再次深深地傷害，她不願想那些了，這也是人生理上的自我保護吧。

窗外路燈的光影在她臉上不時掠過，使她的臉龐顯得斑駁恍惚。她用手捂了捂臉，她不知道為什麼，今天總是想到這麼多過去的事。她今天也正在來月經，她感到血還是不少的，於是不由地在座位上挪了挪，好在今天穿的褲子是深藍色的牛仔褲，便略微放下心來。但由於這個座位是最後一排靠窗的，座位下面即是那發熱的、不斷顫動的汽車馬達，她剛剛安下的心，又提了起來。

她漸漸覺得有些睏，繼而想到不能真的睡著了，現在到了哪裡了？車上的人已寥寥無幾，她問了一下旁邊的人，發覺坐過了站，於是決定下一站下車，再轉另外一路車。她看了看手機上的時間，八點多了，時間還來得及的，可她發現手機的電已經很少，心想這有點麻煩了，但這種事從前也有過，沒什麼，而且約會的時間地點都早已定好，無法再變了。

她很順利地轉乘到另外一路公交車。車上的人不多，這回她在車的前面找到座位坐下。座位椅面上很熱，可能是哪個剛起身離開的乘客留下的體溫，別人的體溫通常只有在特殊的情景下，才能傳到另一個人身上，這是一種親近的表達，但這個體溫算什麼呢，來自一個陌生人，卻如此「體貼入微」地滲入了她的身體，她對此感到不舒服，好在這只是很短暫的事，坐了一會，椅面溫度消失，她的睏意又回來了。

她是被人叫醒的，是司機，他說：「唉，你，下車了，終點站了。」她聽了一驚，不由地往左右四處望了望。車廂內燈已亮，空無他人，窗外天色墨黑，她脫口問這是哪裡啊，司機反問你

要去哪啊，她還沒醒透，一時答不上來，說了約會的地點，結果把約會地點說成了她上次單位春遊的地點，之後，她很快糾正了過來。

司機思忖片刻，問了那地點的街名，然後說，你沒弄錯吧，這兒離那個地方還是蠻遠的，你怎麼去啊，這裡可沒有車去那裡，你應該早點下車，或者現在打個出租車也行。

這時她說那我不下車了，繼續坐這車往回走，行嗎？司機聽了，說不行，這是末班車。

末班車？她重複了這三個字，那麼這附近可以打到車嗎？司機說這片地方可不好打車，你往那邊走走看，司機說著往西面的方向指了指。

她只好下了車，望了望四周。

夜色濃黑，寬廣的馬路沒有行人，路燈也少，一段路有燈，一段路沒有燈，所以是忽明忽暗。用打車軟件叫個車吧，於是拿出手機，但手機已經徹底沒電了。

那麼就走走吧，往那個亮光比較多的地方走，總會有車的，或許有另外的公交車站，唉，公交車的終點站怎麼這麼偏啊。

無人可問路，其實，在這偏僻的黑夜，即便有路人來，她也不一定敢上前去問路的，她曾經在問路的時候被耍弄過，她還記得那人的骯髒的眼神，她痛恨那些騙她的人。他們怎麼這麼壞呢。

她邊走邊想，他會給我打電話嗎，不會的，約會的時間還沒到，他會想到我落到這個田地嗎，也不會的，因為這連她自己也沒想到。她隱然聯想著，如果將來結婚了，彼此都有「想不

到」的事，會是什麼一種情景呢，比如想不到結婚不過如此，想不到你是這樣想的，想不到你竟是這樣的人，想不到你竟會這麼想，想不到你有這麼多瞞著我的事，想不到你是這麼看我的，想不到你原來並不愛我，想不到你原來如此憎恨家庭，想不到你毫無責任心，想不到你結婚後還有那麼多的情人，想不到你原來如此乏味，想不到在命運的路上，自己是一錯再錯，想不到自己比自己想像的還要衰老，而且繼續衰老，老得這麼快，這麼徹底。

一個人走路的時候，就能聽到自己的走路聲了，聽著自己的腳步聲，她發現路燈下自己的影子時而變胖，時而拉長，走進黑暗處，影子就不見了。她若有所思，小的時候，她曾一度迷戀於自己的影子，受委屈的時候會看著它，發現它比自己沉靜大度，得意的時候，發現它比自己謙虛和藹。夜晚的時候走到河邊，望著美麗的草坪和水面，有時也會想起自己的影子，發現它對眼前的景色無動於衷，不免有些失望，然而陰雨天，影子消隱了，她又會想念它，後來發現那個擔憂是多餘的，影子總會回來，與她同在。她不禁有點感動了，她想可以陪伴她度過餘生，始終不離不棄的，恐怕也就是影子了吧。

路上竟長了許多成片的荒草，不，更準確地說，荒草已經蔓延和覆蓋了這條剛剛鋪就的新的人行道。沿著馬路邊，橫臥著一株一株的大樹，樹的根部緊捆著麻布以保留著水分，旁邊已有不少挖好的土坑，是為植入這些大樹的。路邊的新樓盤僅能看到黑黑的外輪廓，感覺像是被冷凍死了，冰的高樓，她想到了剛才在車上想到的「方盒子」，眼前的座座高樓的黑影子裡面，不知有

多少「方盒子」，它們在等待著一對對、一戶戶人的遷入，想到這，她忽然感到不是「遷入」，而是那些「黑影子高樓」將那些密密麻麻的人一口吞入，然後嚥了下去，想到這，她不禁打了個寒顫，想到，如果她和他入住那幢樓上的某一個「方盒子」，她想她會被埋葬在那裡的。

走到下個路口時，發現兩旁的樹大概是槐樹，常見的那種。幾年前，這座城是很少有槐樹的，現在很多了。她倒是喜歡槐樹的，因為槐花好，槐花香，小時候，住的大院子有許多槐樹，好像是五六月份的時候，一些男孩拿竹竿使勁拍打，連花帶枝打下來，她們幾個女孩蹦蹦跳跳地將花撿起，塞入嘴中，真是滿嘴含香，母親曾把槐花揉入發麵裡，蒸出了槐花饃饃，但卻沒有槐花香了。望著那些槐樹，她想著，要不是剛才路過，她已經忘掉這個世界上還是有槐花的。

路的盡頭是一條死路，堆滿了成袋的水泥、水管、磚、玻璃、鐵管、建築垃圾，以及建築工人的生活垃圾，她聞到了水泥的那種特有的令人微嗆的腥味。黑暗中，她聽到了蒼蠅的嗡嗡叫聲，甚至有一隻蒼蠅在飛旋中撞到了她的臉頰，使那塊皮膚立刻起了一片雞皮疙瘩，一種噁心隨之而生。她繞開那片地方，走到了馬路對面。

她開始覺得累了。雖然她已經走到了那片「燈光比較亮」的地方，走近卻發現那裡雖然路燈較多，但依舊是沒有人的。再環視四周，遠處依舊有「燈光比較亮」的地方，再走過去看看？新區的不便，就是每條大道都很長，走到路的交叉口時，並沒有街邊的小商鋪、小區的門崗和行人可以問路，而只是來到了一個新的路口而已，她看到的只是遠處的下一個路口，然後又是下一個

路口，無邊無際。

她迷路了，令她意外的是，她已不在意那個約會，或者說，她已經完全不想再赴那個約會了。

二〇一五年九月寫於杭州

發表於《青年文學》二〇一五年第十二期

翻車

一

公寓很安靜。樓上好像沒有人住，只是偶爾能聽到一個女人的高跟鞋走路的聲音，然後就是關門聲，她就走在電梯門邊的水磨石的地面上了，隨之恢復了平靜，但是，那個腳步聲很久不再出現了。

當初選擇這個公寓的時候，也談不上怎麼喜歡，只是圖上班的方便，下樓步行三五分鐘，就有直達公司的小公交。候車的人也不多，上車後總有空位子，這樣，坐下來後還可以再瞇上一會，這對我很重要，因為我是個不可救藥的晚睡晚起的人。後來發現周圍的乘客，也和我差不多。

我至今對鄰居一無所知，都是偶爾在電梯遇到，彼此一聲不吭，低頭就過去了。有次碰到過一個女人，滿臉胎記，青灰的色素像爬牆虎似的爬滿了她的臉，餘下一隻眼眶的膚色是正常的。還有一個坐輪椅的男孩，不到十歲，也沒人幫他推輪椅。這男孩很高興的樣子，自如熟練地轉動著輪椅，好像在玩大電動玩具。對門的鄰居是我遷入這個公寓的很久以後才在電梯裡碰見的，是

一對老年夫婦，男的禿頂笑嘻嘻，好像不在看我，可眼睛的餘光卻一直沒有離開我，令人驚訝和厭惡的是，有一次他剛走進電梯就放起一串屁來，聲音像熬得很黏稠的粥發出的咕嘟的「泡泡」聲，而他則神態自若，全沒把這當回事。女人則總是以揣測的神色和藹地看著我，讓我很不自在。有一次那女的問我：「一個人住？」我說是的，她的臉上即刻顯出曖昧的笑，接著又問在哪上班，是哪裡人，頭髮在哪裡做的，我開始膩煩，心裡想說在殯儀館上班，以便一勞永逸地結束和她的談話，但嘴裡卻說出了我上班公司的名字，她馬上說：「是音樂老師啊，很高雅的，唉，我喜歡有文化的人！」我低著頭，不再吭聲，好在電梯的門這時打開了。

一個陌生人對我表示喜愛音樂的事有過無數次了，不知怎的，每次都會引起我的不悅甚至折磨，我想起在賣豬肉的攤子上，那個滿身血腥的攤主滿面紅光地說自己的孩子正在彈馬勒的曲子。我也知道自己這種優越意識有失公允，是啊，人家為何就不能彈馬勒，人家還要彈莫扎特和巴哈呢，但我還是感到折磨。

我的最後一次個人巡迴演出已是很久以前的事了。自從那時起，就不再有新的合約，也就不再有收入，這樣，我不得不找些別的工作。開始的時候，我在這座城市裡的幾家五星級酒店找到了節假日活動的獨奏邀請，而平時呢，在一些酒吧裡也有點類似的活。這樣混了幾年，情況有了些變化。五星酒店不再邀請了，酒店找到了一個更為時髦的也更為省錢的辦法，就是一切鋼琴曲目的彈奏，全被電腦程序的演奏取代了。你會看到一架鋼琴的琴鍵在自己靈巧準確地起伏，不再

需要什麼演奏的人了，更不需要什麼鋼琴家了。這種無人演奏，我曾偷偷地從旁觀看過。

那天，我提前到了。我將自己打扮成一個遊客，坐在大堂的沙發上，點了一杯咖啡。這是一個愚人節的活動。哎，不知從何時起，同胞們也時髦過這個洋節日了。鋼琴曲目有炫技的李斯特，純真的貝多芬的〈致愛麗絲〉，除了這首〈致愛麗絲〉和《第九交響曲》，估計這座城裡的大部分人是不知道貝多芬還創作了別的什麼作品的。〈婚禮進行曲〉呢，我敢打賭，絕大部分人，結過婚的和沒有結婚的人，是根本不知道作曲家是瓦格納的，他(她)們鐵定認為〈婚禮進行曲〉是出自一個帥哥作曲家之手，甚至一個小白臉之手。此外便是〈少女的心〉，最後壓軸的曲子是〈黃河〉。

演奏的順序是滾動性的，這種輕浮的搭配，使愚人節變得名副其實了。我早已習慣這種將不同類型的經典曲子在公眾場合中混搭演奏的事，但當我看到那些琴鍵若有神助地在自行起伏彈奏時，我傻了。機器的，無人性的，無人味的又極其準確的聲響，使我周身寒徹。那些古典金曲就這樣被徹底地姦汙了，我看到聽眾的好奇和酒店大堂經理自我炫耀的神氣，繼而觀眾熱烈地鼓起掌來。我放下那杯涼了的咖啡，走出去了。

五六年前，我在一家兒童音樂培訓的公司謀到了一個老師的工作。收入還可以，但我刻意不去彈奏那些我曾經在演出時的曲目，而彈些別的，比如〈少女的心〉、〈搖籃曲〉、〈天鵝湖〉之類的曲子，這樣的取捨，使我在工作時像在做別的事，比如像在餐館打工，與我自己心中的音樂沒有什麼關係。我依舊愛我喜愛的那些音樂，但它們離我越來越遠了，或者說變成我自己的私密愛

好了，有點像我自家後院的花園，雜草叢生中有一個清澈見底的池塘。在那段我職業生涯低谷的時候，我居然有了作曲的衝動，某些旋律不知從何處冒了出來，又迅速消失。我覺得很可惜，雖然不是什麼經典大作，可卻是出自我自己的心裡，不難聽，甚至是好聽的，幾次下來，我就坐在鋼琴前把它們記了下來，而有些呢，因在外邊，身上又沒有紙筆，無奈就永遠消失了。我為此感到失落，像丟失了一個珍貴的好友。然而不可思議的是，當我坐在小巴上班的路中，確切地說是每當路過那個同樣的地方、那座橋的時候，那個被遺忘的旋律忽然又零落地冒了出來，我又能像背誦一首舊曲子那樣把它哼了出來了。開始我覺得有點可笑，怎麼會這樣啊，那就是座普通的橋而已，那種常見的、單調的、沒有任何特徵的水泥橋。我本是不信這種事情的，但在之後又間斷地發生過幾次。

我已無法靠音樂演奏賺錢謀生，我常彈的那些曲目，現在只能作為私密的音樂體驗了，奇怪的是，正因如此，它們也好像越來越親近我，向我隱隱浮現，尤其肖邦的夜曲和即興曲，我自認為對它們的理解要比從前貼近多了，我感到那些曲子好像是專為我寫的，如果我現在來彈奏的話，我心中的聽眾也可能只有一個人，我為這個人彈，開始不知此人是誰，那個形象很模糊，後來發現那個人是我的父親。

父親生前是個鐵路機務處的小處長，日日準時上下班，一杯茶泡開後就在辦公室坐足七個小時。春去秋來，如此過去了很多年，直到他死。父親死後，我去他的辦公室收拾東西，發現他的

那張凳子都已經被坐出了輕微的凹陷。

他在外面話很少，回到家和母親的話也不多，母親曾對我說她嫁錯人了，但對我而言，家裡有限的歡樂都是父親帶來的，在我眼裡，他是個完美的父親。我喜歡他講的那些歷史故事，聽他彈古琴，我的音樂啟蒙就是來自我的父親，我知道他一生都在從事著自己不喜愛的工作，有著巨大的遺憾，所以父親那個時候總是對我說，不要結婚，婚姻是假的，去做你自己最喜愛的事，那才是真的。記得當時我想，父親如果不結婚，不就沒有我了嗎。

我是早產兒，早出生了將近一個月。是雨天，父親騎三輪車帶母親去醫院檢查，在回家路上的一個大下坡的轉彎處，迎面開來一輛大貨車，父親躲避時轉彎急了點，翻車在地，母親當場腹部劇痛，被送進了醫院，母親大出血，但搶救總算及時，逃過一劫。父親後來說，要是再晚半小時的話，我也要被臍帶繞頸而死了，正因如此，母親不太喜歡我，而父親則是格外的疼我。

父親在死前給我留了一筆錢，是趁母親不在的時候偷偷塞給我的。我理解他的苦心，這筆錢後來在我本科畢業後被我拿來用作研究生升學的學費，我什麼也沒有告訴母親，可是她好像什麼都知道似的，她總是說在我們這個家裡，只有我和父親是真正的親近，而她不過是個局外人。母親後來再婚，找了個和父親完全不一樣的男人，一個喜歡做菜喜歡打牌喜歡熱鬧的人，頭髮微禿，臉色紅潤，當我看見母親和這個人一邊包餃子一邊樂不可支地看電視劇的時候，我感到母親終於找到了自己的歸宿。那年放假回家，進門時，家裡擺設大異，母親已把父親生前所有的東西

都處理掉了，完全沒有絲毫父親生前的痕跡了，就好像他從來沒有在這個家存在過。

小時候練琴，我每次一彈，父親總是以讚許的眼光看著我，彈錯了他也知道，這時他會試著彈那個我彈錯了的地方，雖然他也不一定彈得好，但這樣的事，讓我感到他在理解我，體諒我，鼓勵我。我知道在他的眼裡我是唯一的，他對我寄予厚望，覺得我應該是個藝術家，其實我覺得自己很平凡，不過是芸芸眾生中的一個人，我常常覺得困惑，也覺得對父親懷有愧疚。

父親生前的另外一個愛好就是擺弄植物，家裡的陽台上滿滿的都是他種的花花草草，山茶、茉莉、文竹和綠蘿，有些植物我也叫不出名字。父親有時候在陽台上一待就是半天，鬆土，施肥，精心調理，閒時便看著它們發呆，抽菸，不知他在想什麼。有一次，君子蘭開花了，白色粉色，香味清幽，父親說，這是它們第六次開花了，每次都像第一次開花似的，而且每次花的色澤不大一樣的。一天下午，我練完琴的時候，父親忽然對我說，他這一輩子還不如一盆君子蘭。

父親也喜歡綠蘿和文竹，因為它們好養活，父親喜歡它們旺盛的生命力。我當時上初二，科學課裡正學到植物的嫁接，於是對父親說如果把你喜歡的這些植物嫁接一下，成為一種植物又兼眾物之美，那不就省事了，父親笑了，那是他少有的開心的笑，說那不就成了「四不像」了！我說那又怎麼樣啊，so what! 父親說，那就沒意思了，文竹應有文竹的樣子，綠蘿應有綠蘿的樣，它們都有自我，儘管那也許是很弱小的，單調的，可那就是它們的本色啊。當時我並沒有覺得父親說服了我，我覺得他老了，缺乏想像力。

父親死後，他養的這些植物也很快地死了。我後來把那些死掉的植物的種類，君子蘭、綠蘿、文竹，都依次買來，放在屋裡，我怕它們被我養死掉，便買來植物種植指南，細細閱讀，我感到自己正在讀死去的父親。我不厭其煩地給它們鬆土，澆水，晒太陽，我和它們說話，問它們問題，有時還對它們說著父親的名字。一天天的過去了，這些植物長得很好。看著它們，我心想將來我死了，它們也會死的吧。

有一次我在報上讀到一個豆腐塊大小的文章，說植物也是有記憶的，讀完之後感到雖然並沒信服，但心裡卻尋思和惦念起來了。那些君子蘭、綠蘿和文竹在我眼前忽然不再是從前的它們了，我也想到，果真如此，那些父親死後也隨之死掉的植物的記憶，會分解到土壤裡流散融合到水裡，然後又消失到哪裡去呢？

有個樂隊名字突然跳進我的記憶裡，叫「Deep Forest」（森林深處），既然是森林，樹的種類就千千萬萬，喬木、灌木、草本，裡面會不會有一棵樹的「記憶」裡是有關我父親的，那棵樹可能沒有長大，可能是榆樹、楓樹、香樟、橡樹，會不會得了病，會不會影響它的記憶，我和父親曾經的歡樂時光，我那曾經彈錯的曲子，會不會還殘存在裡面？不知道為什麼，我流了淚。我突然感覺得到了安慰，我感到父親沒有死，他還活著，他終於變成了一棵他喜歡的樹。我立刻在網上搜索到「Deep Forest」樂隊的音頻，發現有四首歌曲，我就按順序播放。第一首歌並非是這個樂隊的，但卻與自己的期望契合，沒有歌詞，但好像什麼都含在裡面了，尤其是裡面的那個遙遠的

口哨曲子，真是動人心弦，我被深深感動了，然後懷著更大的期待播放下一首〈Shell Shocked〉，聲部是假聲，聽了很彆扭，再換第三首〈Sweet Lullaby〉，以及第四首〈Freedom Cry〉，意境大異，完全不對了，那個粗野沙啞的男人的嗓音像是一個漏風的塑料袋，嘶嘶拉拉的，這個嗓音跟父親有什麼關係？我想不出它們之間的任何聯繫，我一時迷惑了。

二

在這個公寓我生活了十多年，搬進來時我還年輕，上禮拜，當續簽房租合同時，那個下午，我感覺自己老了，是一個漸漸走向沼澤地的女人。對這個年紀的感受，我已經不再尷尬，再過那麼兩三年，就要四十歲了，我現在的心思好像全在怎麼去體驗和適應四十歲，而非對「已經三十七歲了」的感傷。人心的老，不是自己心理對現狀的反應，而是對未來老態的超前體驗，並沉浸在裡面不願自拔。

認識倪莉已有十五年。這些年裡，她似乎唯一在做的事情就是不停地結婚，離婚，然後又結婚，她對結婚的癖好和離婚的癖好是相等的。對結婚，她喜歡它的儀式、排場和鮮花，也許還喜歡誓言的信誓旦旦，從中得到某種安慰或充滿喜感的莊嚴，儘管這些誓詞她早就倒背如流，但每次結婚，證婚人問道：「你願意嫁給你身邊這位男士嗎？愛他，忠誠於他，無論他貧困、患病

或者殘疾，直至死亡，Do you?」她每次的回答總是像第一次那樣肯定，堅決，感情真摯，毫不猶豫：「Yes, I do!」她總是堅持要在彩色的氣球裝飾下舉行盛大儀式，同樣，每次去離婚的時候，她也是那樣肯定，堅決，毫不猶豫，一大早就紅光滿面地跑到民政局去辦手續。

我們在西溪濕地旁邊的一家叫「懶懶」的咖啡館一邊喝著咖啡一邊閒聊，倪莉一般不喝咖啡，她總是說含有咖啡因的飲品喝太多了對皮膚不好，在美容這項女人的終身事業上，她一直都兢兢業業，嚴肅認真。天氣相當好，在這樣一個梅雨季節，這麼好的太陽很少見。倪莉今天的打扮是一個標準的中產階級的太太的打扮，是春季色調系列裡的杏黃，所以更增添了陽光感。條紋的闊腿褲，上身是緊身的杏色針織衫，圍巾依然是她的風格，花花綠綠的，脖子上戴著了條金項鍊，銀幣那樣大小的黃金鍊帶連著一大塊甲蟲形的黃金。我有點擔心那沉重的金塊會把她的細長的脖子拉斷。倪莉比我大兩歲，今年已經三十九歲了，但她看上去要比我年輕，因為不管真假，她總在和男人約會。我不得不承認她比我熱愛生活。她曾經去韓國一家知名的美容醫院做過微整形手術，因而嘴角總掛著電影明星般的微笑。

倪莉喝了一口檸檬水，靈巧地把牙縫裡的檸檬肉弄掉，然後對我說：「你知道的，我又結婚了……嗯，這位不一樣……」說著，她臉上竟露出了不自在的表情，眼睛也沒有看我，繼續說：「希望你可以當我的伴娘，順便我希望你可以在我的婚禮上演奏一些曲子，你要知道，這可能是我人生的最後一場婚禮了。」

我扭頭往窗外望去，有個小孩在踢一個癟了的氣球，他一腳把球踢到了一個枯草叢裡，接著急速地鑽入草叢去追尋，好像那個球會跑掉似的。過了會兒，那男孩捧著球無精打采地出現了，走到草地空處又是踢了一腳球，這次那個球被踢得很高，然後落在了男孩附近，一彈一跳地滾到了一邊，男孩看了看，不再理會，無聊地坐在草地上。

我答應了倪莉的要求，她滿意地笑了。笑的時候，她眼角還是露出了皺紋，看來她注射過膠原蛋白的效果很有限，畢竟，地心引力的作用，不是一兩針藥劑能夠改變得了的。她對於這場婚姻並不開心，我是知道的，正像前幾次結婚時一樣，我忽然期待看到她離婚時的情景，儘管那也沒什麼特別之處。

我們又繼續閒扯了一會，基本上都是一些無意義的事了，然後在咖啡館一起吃了晚餐。牛排的味道依舊不錯，只是稍微烤焦了點，我不喜歡兩端烤得發焦中間卻血淋淋的牛排，也不喜歡烤得發灰的、過熟的。倪莉則不同，她的牛排最多只有六分熟，她切下了一塊還帶血的肉，張大了嘴，把肉送進了嘴裡。

回到公寓時已快十一點了，我已經很少在外面待到這個時間，我不知不覺地在沉寂的夜色中睡著了，醒來時天色還是黑的。我昏昏沉沉，一切似乎都很遙遠，我好像在另一個世界裡。想到倪莉，想著她面對的漫漫黑夜，是否和我面對的漫漫黑夜是一樣的？

公寓外面的高架橋傳來的轟轟隆隆的聲音，那個聲音既像是發自一個沉悶的空間，又像是在

一個巨大的遙遠的空間裡沉沉迴響。這麼多年，我已經習慣了這種聲音，很多時候，只有在聽到這種聲音的時候，才能使我平靜，我幻想著這個聲音來自一個巨大怪獸的喉嚨中，那喉嚨像個隧道，黑暗而血腥地向我張過來，直至把我吞沒。我想起有一年在長島的海灘上，天色暗下來，不知怎的我被沖到海裡，我在翻滾的海水裡聽到了某種怪獸的咆哮聲，那聲音就是那「轟轟隆隆」，只是它離我更近，更劇烈，我慌慌張張地把頭伸出水面，游回岸上。那是我第一次知道什麼是恐懼。

躺在沙發上，我看著沙發墊子那精密的重疊的小方塊圖案，一個方塊疊著一個方塊，無窮無盡，這個毫無引人之處的圖案，今晚看見它，不知道為什麼，我卻感到害怕，我感覺那裡面躲著一個經驗豐富的殺人犯，而我是他現在的目標，是他可以預見的一具女屍。「他」將會以什麼方式把我殺死呢，是將我勒死還是用匕首把我刺死？我看到自己身上鮮血四濺，處處像玫瑰開放。在這樣一個天色灰冷的凌晨，我幻想著自己的死相，我想我預見的圖像並非空穴來風，我知道自己的命運不會有第二個結局。

三

江邊總是有人釣魚。我發現魚上鉤時被釣上來的一刻，魚嘴半張，眼神驚愕，魚的眼神彷彿

永遠是驚愕的，好像永遠處在不知道發生了什麼狀況，我想人倒楣的時候，多半跟魚一樣，被一根無形的線給拽了出來。

據說魚的記憶只有十五秒，十五秒過去就不再記得原來的事，一切從頭來。所以魚來不及傷感，這是冥冥之中的一種精心設計：不論悲傷和快樂，持續的時間只有十五秒。很公平，因此快樂來不及變成狂喜，悲傷不至於自殺。如果可以變成魚就好了，這樣便可以忘記很多不開心的事。

那年第一次做人流時，我感到了徹底的孤獨。進手術室之前關上的是病患者和親屬之間的最後一道門。在那之後發生的一切，就是病患者自己一人必須面對的了。可能什麼事也沒有，也可能是訣別。我獨自一人，沒有人陪伴，沒有人訣別。我在那張「同意手術協議」的單子上簽完字，看著那道門關上後，走進了手術室。

躺在冰冷窄小的手術台上，晃眼的日光燈下戴著白口罩白帽子穿著白大褂的陌生男子的目光，也是冰冷的，我覺得在他眼裡自己是個動物，是個屠宰場裡的一隻動物，接下去的一切程序都是既定的，走個過場而已。但我真不知道這個過場走完之後，等待著我的是什麼，是死是活，我全無預感，眼前都很正常，可我就是害怕這種出事之前的沒有徵兆的「正常」，我想細微體會著這個正常，力圖記住它。

我看到他那戴著白色塑膠手套的手就那麼直直地侵入我的身體，另一個男醫生則站在一邊觀看，看著那雙戴著手套的手侵入我，屠宰的時刻要到了。這時有個什麼硬的「面罩」似的東西罩

住了我的臉，之後就沒了知覺。

這麼多年過去了，每當我想到那一天，我還是會不由自主的感到顫慄和恐慌，更準確的來說是一種前所未有的挫敗感。

那是父親死後的第二年。我二十七歲，第一次和男人正式約會，也是我第一次專門為一個我父親之外的男人做飯。我承認這次約會與其說是想談戀愛了，不如說我在寂寞之中試著填補父親去世後，我心裡留下的巨大的空虛。

巷口的那個小超市，我天天去的，天天機械地填滿我的籃子，因為他，我對那個店有了新的發現。他喜歡什麼？我一無所知，我想到了父親，父親是愛吃甜食的，如果他也喜歡父親喜歡吃的那幾道菜，我就不用臨時再去學做別的菜了。他會因此像父親那樣與我心心相印嗎？或者他因此是個類似父親那樣的男人嗎？走在貨架間，時間一分一秒過去，我的菜籃子裡還是空的。

好像什麼都想要，又總是猶豫不決。新鮮的蘑菇和西紅柿，還有西蘭花，我想應該買些肉吧，所有的男人都愛吃肉，紅肉白肉都無所謂，有肉就好。我努力回想小時候奶奶做的紅燒肉是什麼味道，還有奶奶拿手的蘿蔔燉排骨。我選了塊小里脊，很嫩的一塊，我決定做糖醋里脊、鯽魚燉豆腐，再來一個香菇青菜，甜品就弄紅豆湯好了。

我開始打扮自己。有幾條裙子可選，如何選呢？我挑了最緊身的那條裙子，配上柔軟的羊毛衫。我在浴室待了很長時間，不知道是要用特別的妝容來突出我的眼睛，還是乾脆保留素顏？最

後還是把化好了的妝抹去了。

他吻了我，就像電影裡那樣，都沒有先關上門。門廳裡的延時燈熄滅了。進門時，我們相互擠了一下，我顯得笨手笨腳。菜剛做好，我先盛到兩個盤子裡，然後去了一會浴室，把裙子上剛才不小心弄上的汙漬擦掉，然後抬頭照了一下鏡子，端詳著自己的臉龐和眼睛，我突然不再肯定自己是否喜歡這個男人。他說話的聲音單薄，好像他只有喉嚨而沒有胸腔，讓我有點失望，此外，他也過於拘謹，不善言談，顯然沒有任何幽默感，但是現在就做決定還為時尚早。面對一個陌生人，我不確定他能否燃起我的愛火，使我瀕臨各種愛恨交加的險境。我既害怕去愛，害怕不再能去愛，更怕永遠地失去愛。我害怕發展得太快，怕弄錯，怕早早地看到結局又要繼續佯裝若無其事地將剩餘的劇情演下去，甚至還要做那些肌膚之親的勾當。

我微微垂下眼睛，一點一點地吃著，毫無胃口，就像毫無懸念地設想著下一步要做什麼似的。他也沉默著，過了一會兒他終於開始說話了，我早已忘了他說什麼了，也記不起來他的話題，只記得我當時對那些沒有興趣，我的話題呢，他也就是敷衍著，不一會兒，彼此便沒什麼話可說了。

這時，他突然說了一句他並不是很愛吃糖醋里脊，然後又宣布不愛吃所有的甜食，我想到廚房還在燉著的桂圓紅豆湯，什麼話也沒說，但我知道，這句話已經變成了我和他之間的阻梗。我們喝著葡萄酒，顯然不知道下一步該做什麼，一頓飯吃了三個多小時又沒說過什麼話的晚餐，能

有什麼下文？

「下文」總歸要來。我們從廚房來到臥室，這個「變位」似乎是唯一避免尷尬的事，可卻好像在增加尷尬，可我並沒感到預想的那樣尷尬，似乎還算自然。雖然在我看來，餐桌談話之後他最好的選擇應是及時告辭而去，但奇怪的是，有的時候做自己不想做的事情要更容易。我是怎麼了？

我們做愛了，確切地說是「做了」。我明確地感到這是與他的第一次也是最後一次，這就給了我自由和意想不到的動作上的隨意。這奇怪的動作不受任何約束，沒有任何暗示，沒有愛的做愛，居然還有些投入，我身體裡的動物性那天晚上甦醒了，那個動物性引領著我漸入高潮，把紅暈泛在我的臉頰、胸和全身，周身的黏汗把身體裡的熱度傳遞了出來，汗終於變得濕涼了，我也醒了過來，裹上被子，闔上了眼睛。

之後，謝天謝地，好在他沒有在我身邊睡，而是在黑暗中整理好他的東西，悉悉索索地穿好，這當中我聽到他的褲帶的金屬頭碰到床框的清脆的聲音，他的皮鞋重重地碰到地板上，他曲身繫鞋帶時發出的輕微的喘息聲，然後，他終於走了。我沒有送他。我留在床上，又變回原來的那個女人。第二天早上，我把廚房收拾一新，把桂圓紅豆湯倒進了垃圾桶，又把整個房間打掃了一遍。

兩個月以後，我發現自己懷孕了。最初的反應根本不是像別人說的那樣，是奇怪的，我對自己子宮裡的那個生命的胚胎沒有任何親近的感覺，甚至感到體內的那個子宮在履行著別人的義

務，與我自己則完全是無關的。但讓我最終決定做人流的是一個說不清的原因，一個不可思議的現象，我懷孕後，總是有些蚊蟲圍繞著久久不散，趕也趕不走，就好像我是一個什麼更大的蚊蟲，甚至還招來了另一種花紋蚊子，牠的尺寸有近似一只小葵花籽，身姿矯健，叮人狠毒，從牠的興奮激動中，我感到自己身體出現了變化，兩天後，我獨自去了醫院做了手術。可是手術後被護士用輪椅推出手術室的那一刻，我卻莫名地不由自主的哭了。

四

倪莉的老公六十多歲了，這點倒是讓我略感意外。她以往的幾個丈夫裡，我見過兩個，都身材魁梧，與她年齡相當，那個時期可能還是倪莉的白馬王子的夢幻期。眼前倪莉的新郎倌，身高只到她的胸部，我不由得看了倪莉一眼，她明白我為什麼看她，露出了歉意的微笑。

白色紗裙的伴娘禮服掛在試衣間，在燈光下顯得略帶一絲微妙的淡紫。倪莉很細心的給我準備了配裙子的鞋子，芭蕾款式，讓我想起我十歲的粉色的夢，那是我第一次登台的行頭，那次表演，我彈的是一個難度很高的曲子，我很輕鬆地就拿下了，並獲得了一片讚賞。老師們都不停地誇我是音樂小神童，我還記得父親臉上為我驕傲的閃閃發光的神情，現在想起來就像昨天一樣。今天又要穿上這種東西了，雖然已事隔這麼多年，可我依然感到其中的這個循環是這麼小，這麼

快。老女人穿白裙子是可笑的，好像把我忽然放在手術台上的眾多的無影燈下，所有的細節都一覽無餘，我不由得捂住了臉，不想看自己，那個殘酷的鏡子裡面的影像。

此刻，倪莉也在鏡子前，正把兩片矽膠墊子往內褲裡塞，她想把自己的屁股弄得豐滿一些，但位置總是欠準確，弄了幾次還是不行，於是轉身貓腰看著自己屁股，我想到貓捉自己的尾巴的定格畫面，於是上前幫她。倪莉立刻白眼翻了我一下，埋怨起矽膠材質的不服帖，說現在韓國有種新材料的屁股墊特別柔軟，經得住擺弄，然後對我的屁股瞄了一眼說，唉，你不需要這些，不然我搞定後，你可以接著用，不用再煩神。

矽膠墊終於貼牢，倪莉的胸罩又因為剛才的貓腰動作鬆動了，於是她又咧著嘴忙著招呼，把胸罩的肩帶往上提了提，又把胸肉往上擠了擠。由於那個地方也有矽膠墊，所以倪莉又開始埋怨了，一邊埋怨一邊穿那件緊身塑身內衣，頗有節奏地嘟囔著：「我叫你鬆，我叫你鬆，我看你還鬆不鬆。」結果差強人意，便對我說：「幫我，幫我啊，扣下扣子，快點。」

我說你原來的胸還蠻大的啊，怎麼了？她說，「乳腺癌，去年得的，左邊的割了，右邊的也就萎縮了，唉。」聽了她的話，我即有摸摸自己胸的意識，於是也感到它們的存在。這時她貼著我的耳朵說：「別怕，有男人了，也就不容易得乳腺癌了。」我於是想問你那麼多男人，怎麼也得呢，可沒好意思開口，而她這時已經把自己料理停當，開始套婚紗了。

花童是倪莉的兩個外甥女，白色泡泡裙，花冠顫悠悠，刻意華麗，刻意安琪兒，但一切還是

動人的。四處都是鮮花，然而那些撲鼻的芬芳不是自花散發而來，而是不知何時噴灑上去的人工香料，十多尺的彩色結婚蛋糕，尺寸不等的葡萄酒成箱抬進來，香檳酒杯、葡萄酒杯、雞尾酒杯、白酒杯，各自井然排列成陣，幾個身穿制服的漂亮的禮儀開始往那些杯子裡緩緩斟酒。樂隊的弦樂手們開始校音了，滋滋啦啦的雜音倒也增添了不少熱鬧，嘉賓來客的人群中的永遠也聽不清的「人聲」裡忽有爆笑，孩子的肆無忌憚的叫喊和哭鬧，背景音樂又悄然換了個曲子，旋轉的燈光嫵媚地將所有人和物的影子匯合起來後又分離開，如此循環往復，整個晚上都會這樣的。我終於理解倪莉為什麼那麼喜歡婚禮了。

隨著音樂的升起，倪莉走出來了，燈光下璀璨奪目的白紗新娘禮服，妖嬈而純潔，一層層細浪似的裙襬，裙邊釘著亮片，閃閃生光，異常瑰麗，隨著輕盈而從容的步態溫柔地漲潮又輕微地嘆息地落潮了。她的髮髻上還戴著一頂鑽冠，雖然那不過是奢侈的裝飾品，但我還是沒想到它真可使一個女子如此地容光煥發。一時間所有人的目光都集中在倪莉身上，她美得像一個祭品。

我不由得走過去擁抱了倪莉，說：「你今天美極了。」她說你也是，你今天也像一個新娘。我們緊緊擁抱，不知道為什麼，此刻我感到彼此的了解前所未有，同時又含有意料之內的荒涼。

賓客多半都是三口之家、四口之家，再不濟也是結對而來，除了我自己之外，看不出有獨自一人來的。鬧哄哄的一張張圓桌，坐滿了人，衣裙悉悉索索，酒杯叮叮噹噹。倪莉興奮地要我彈幾首鋼琴曲助興，我當然欣然應允，我選了卡農，彈完後，接著彈《卡門》和《舞蹈至死》。

我的手指熱了起來，我已經記不清有多久沒有這樣在眾人之前彈奏了，人聲更加喧嘩，我斜眼看到人們在戲弄新娘，他們把可樂掛在倪莉的乳房的位置，可樂瓶中插了吸管，有人開始像吸奶似的吸吮著可樂。倪莉的表情我在這邊是看不清的，她好像也有點喝高了。

我開始彈瑪祖卡。肖邦的這組瑪祖卡節奏鏗鏘有力，彈著彈著，我自己也興奮起來，我感到自己整個人暢通了，於是忽然心血來潮，換了自己最喜愛的肖邦的即興曲和夜曲中的第三樂章，那是我最喜愛的肖邦音樂，但是，當在剛開始彈奏的前幾分鐘裡，我就已經意識到這無疑是個愚蠢的錯誤。這是個前一樂章節奏較慢，第二樂章的強度和節奏起來，第三樂章又回到第一樂章的音樂節奏和意境的曲子，我在第一樂章時根本沒有發現這種選曲的不適宜，我自得其樂，沉浸在這久違的音樂氛圍裡。

因為大堂眾人的哄鬧，我略加強了指力，音節調高一度，但還是無濟於事，於是彈得再強點，然而這樣一來，夜曲就不再像夜曲，而像進行曲，肖邦變成軍樂隊大隊長了，怎麼會這樣啊！我感到不安、後悔和懊惱，但若中途停下，又有違我的多年的職業習慣，也有辱這部曲子，有辱肖邦。我只好繼續彈，彈著，彈著，額頭冒汗，指尖也汗津津，指感、力度都開始紊亂，錯音落了一地，我更加氣餒，乾脆停下，不彈了。

客人們吃吃喝喝，吵吵嚷嚷，油頭粉面，滿面紅光，所有的人都很高興，都沉浸在自己關注的事，沒有任何人發現我音樂的中斷，更確切地說，根本就沒人在聽音樂。

我走下舞台，隨便找了個地方坐下來。周圍桌上的人正在划拳起鬨，接著又爆笑，我只好站起來，環視大堂看看有沒有更僻靜點的座位，我看到舞台左邊側門旁的桌子人很少，於是走過去找了個位子，舒口氣，平息了一下自己。我感到今晚完全是一個多餘的人，或者是一個自作多情的怪物。我忽然埋怨自己怎麼會在彈完瑪祖卡後彈起夜曲，多麼愚蠢，簡直是自取其辱，又讓肖邦和我一起承受，而且這種事竟發生在自己離開職業演出，離開舞台之後，有些「晚節不保」的感覺，這樣的心情前所未有，我直想哭，這時，旁邊悠然傳來一個低沉的男人的聲音：「你剛剛為什麼彈到一半不彈了，像急剎車似的，開始的那部分不是彈得很好嗎……」我扭頭看去，說話的那男人大約五十多歲，一副陰森的十足惡棍的臉，身著精緻講究的淡灰色平絨西裝，繫得隨意的深灰細領帶，鵝白襯衫，袖口的硬挺分明是漿洗過的。他繼續說：「你不應該停下來。」

五

那次人流之後，更具體地說是我有生以來第一次經歷了全身麻醉手術之後，我的感知和記憶力發生了一種奇異的變化，有點像一個手提電腦被重裝了系統。我的視力也更好了，能看見遠山上的樹的投影的變化和對面樓窗的窗鉤的鏽斑，記憶裡的事也變得更加清晰具體，可是這並非都是享受的事。

培訓班裡有個女生的爸爸是屠宰場的屠宰工。別的學生的家長都有各種討好我的辦法，而這位女生的爸爸卻不知怎麼做才好，送了我幾次禮，都是血淋淋的豬腿，每次都特別誠懇的看著我說，新鮮的，新鮮的，市場上肯定是買不到的！我理解他，不用他做什麼，只要他的女兒喜歡音樂就行。那血淋淋的豬腿讓我做了個可怕的相關的夢，我在夢裡去了屠宰場，到處都是新鮮的豬，新鮮的豬，牠們都被鐵鉤子倒掛在一個長達幾十米長的橢圓形的軌道上。那學生爸爸手中的遙控按鈕上的小紅燈一亮，那些豬就沿著軌道運轉起來，當豬們轉到一個特定的地方，牠們肥厚的脖子就被等在那裡的不斷伸縮的鋼刀刺入，鮮血立刻像小瀑布似的瀉落。我注意到地上的黏稠濃腥的血沒過了我的鞋面，我覺得噁心，一腳深一腳淺地往車間的門口走去，感覺鞋底有些滑。那門口有強光射入，我以為是陽光，可走近時，我看到那學生的爸爸笑嘻嘻地正操作著一個探照燈往我的臉上照，我躲閃著，繞開那光，可怎麼也繞不開，那強燈光死死纏住了我，後來我漸漸變得很輕，就從門縫溜出去了。到了外邊我回頭望，他不見了，也沒有探照燈，我只看到那帶血的刀依舊在那裡極其有節奏地伸縮著，刺入那些豬的脖子，再推出，再刺入，再推出。莫扎特的《魔笛》的序曲響起了，這時，我醒了。

早晨的寧靜是忘我的寧靜。雖然沒睜開眼睛，但無法再繼續睡了，只好起來，懵懵懂懂地穿著鬆散的睡衣喝著咖啡，坐在馬桶上閉目養神，好像還能像馬那樣半睡著。過了會，咖啡因開始起作用了，睜開眼，我看著那些熟悉而又陌生的衛生間。眼前的那面牆我已經看了十年了，上面

的霉跡斑駁，是樓上滲水造成的。房東叫人修過一次，不久水跡又現了出來，原來已經乾了的霉跡復又潤澤，緩緩地擴散得更大了，斑斑點點像女人臉上的雀斑，在左面的斑點消融開來，層層疊疊鬱鬱蔥蔥得像個原始山林。而牆角處的霉斑的左上角，有點像廠房的牆，那種牆通常也是有風吹日晒的斑跡的，此外還有些漏水的水跡，像各式各樣的動物和人的臉交錯在一起，難道其中也有戴口罩穿白大褂的人嗎？

客廳和廚房之間的牆角上也有一個大霉斑，不知樓上什麼地方又滲水了，那個霉跡更大，形狀也更怪，顏色泛綠，我想到一隻巨型蜘蛛，可惜它的眼睛的位置沒有眼睛，而是別的什麼，好像又是一條長毛的腿，霉斑顏色近來越發鮮綠了，蜘蛛彷彿活了起來，我捨不得打電話給房東讓人來修，隨它去，讓它繼續長。每天上班回來，特別是週末的閒散無聊的時光，望著它，感到自己有個伴。但後來那個綠色灰暗了下去，我猜樓上的人把漏水修好了，那隻蜘蛛便開始枯萎了，後來，再難辨識它了，那些不過還是一面灰白的牆而已，我因而感到若有所失。

那天，我驚奇地發現自己的脖子在流血，我用手一抹，手上都是血，我不知道血是從哪冒出來的，隨手擦掉，不一會，血又冒了出來，在那一刻我感受到不安，想到如果不管它，就這麼任意讓它流淌，需要多久能流掉我身體裡的三分之一以至二分之一的血？到那時，我還能否像現在這樣冷靜地判斷？估計不會了，那將是什麼一種狀態？也許不像想像的那麼可怕，我也許依舊能夠保持美麗的冷靜，我想我會的，並為能這樣而高興。

可我不明白發生了什麼，我仔細地在脖子上尋找傷口，沒有，血還在不停地流出來，那麼血不是從傷口流出來的，而是從我的皮膚裡滲透出來的？我就那麼站著，看那小股的血從脖子流到鎖骨又流到胸部，先是匯合，後又分散，像一條條吱吱叫的小紅蛇，在我的身上匍匐而行，臨到乳溝的地方開始分岔，亂爬亂鑽。我終於找到了這個血的出口，那是臉頰下面的一個小粉刺，一個幾乎就要被忽視，比針眼也大不了多少的小包，卻像是被打開了什麼缺口一樣地往外興奮地噴血，我用大拇指去摁它，兩分鐘後，血漸漸止住了。我把血清洗乾淨，奇怪的是那個剛才還在不停流血的小口子，現在卻難找到了，就好像幾分鐘前的流血事件不過是個幻覺。

眼前的綠蘿和君子蘭怎麼了？也是幻覺嗎？綠蘿的葉子怎麼大半枯黃了呢，落在桌台上的黃葉子已經蔫了，葉子的細葉莖雖然精緻如常，可能更精緻了，但這分明是植物死亡的徵兆。君子蘭的花瓣早已脱落，花粉細細地落在桌面上，葉子也開始枯黃了。上禮拜才澆的水啊，怎麼了？眼下是暮春，正是它們生長的旺季，而它們卻枯萎了。這是從未有過的事。父親死後的幾年裡，我視它們為父親的某種生命的存在和延續，即便這是迷信，我也樂意，對我而言這是個信仰。幾天後，我信仰的綠蘿和君子蘭死了。我決定再去買些綠蘿和君子蘭。我對自己説，只要品種一樣，生命則會繼續，我甚至感到，每次新生代的綠蘿和君子蘭，都攜帶著新的生命內涵和祕密，為什麼不呢？很可能的，這也許是逝者的新欲念的靜靜延展。

我去了街邊那個賣花的小店。多年來，店裡生意總是很好的，品種也多，還不時有新的品

種。綠蘿和君子蘭是常見的，任何時候都能買到。可那天走到店鋪門口的時候，發現店鋪已經空了，我把臉貼近玻璃往裡看，除了一些凌亂的枯草、包裝紙和破花盆外，再沒別的。我轉身看著空蕩的街道和偶爾來往的車輛。

回到屋裡，我感到空空的。無心做事，書看不進去，音樂也不想聽，餓了，也懶得做飯，隨便抓點垃圾食品往嘴裡一塞了事。打開電視，那些吵鬧的節目只會增加我的煩躁和不安，只好關掉，繼續靠在沙發上，不舒服，躺倒，躺著，什麼也不想。公寓外面的那座橫跨江面的大橋上又傳來轟轟隆隆的聲音，沉悶而悠遠，不知為什麼，今晚，這個我多年來早已習慣的聲音，卻讓我心煩意亂，不再習慣了，我感到一種莫名的不安。

來到街上，我朝著大橋那個方向走去。天色已經很晚了，街上已沒什麼車，也沒什麼人，所以那個轟轟隆隆的聲音顯得更響，更空曠。當我走近時，看到很多大貨車轟隆隆地經過，又轟隆隆地向江的對岸駛去。我想到有人說過外地的大貨車受到交通管制的限制，只能在夜晚才能駛入市區。

橋面上的照明燈並不亮，而橋外側的藍色裝飾燈則爍爍閃光。我細細察看那些藍色的裝飾燈，發現自己以前沒有注意這些，可是那些藍色的燈無疑是陰森美麗的，直直地橫跨黑暗的江面，江對岸的零星燈光似乎在呼應著這邊的什麼，又好像什麼也沒有呼應，只是閃亮而已。

這時，我忽然聽到一聲急促、沉重而尖銳的急剎車聲，是一輛從橋面開來正欲轉彎到這條街

道的巨型貨車，因為急促而猛烈的轉彎而失控了，它呼嘯著轟轟地向我這邊衝過來，斜斜地翻倒在地。然後，我聽見鋼鐵與地面強烈摩擦的聲音，伴隨著這個聲音的是貨物撞擊地面又擠壓翻滾的聲音，這一切發生得突然、迅速，斬釘截鐵，不可阻擋，當我緩過神的時候，一切已經靜止了。

我聞到一陣濃郁的血腥味，眼前一地是從貨車上翻落下來的黑乎乎的東西，近看，全是牛頭，它們有的滾落在空曠的馬路當中，有的撞在電線杆下而停滯，有的躺在下水口的鐵欄杆處。那成片成片的牛頭上的失神的眼睛在路燈下閃爍著刺目而幽冷的綠光，從四面八方向我望來。

二〇一六年七月寫於杭州

發表於《作家》二〇一六年第九期

脈

一

失眠快一個月了，雖然每天早早上床，闔上眼睛，努力讓大腦清空，但好像難以做到。只要一靜下來，就會被很多莫名的東西干擾、入侵、占領。這些莫名的東西總是在此時紛紛湧入，簡直揮之不去。我坐起來，在黑暗裡點著一支菸，慢慢吸著，看著紅亮的菸頭一會亮起來又一會暗下去，然後熄滅，再點上一支，就這樣重複著，我看著街邊的路燈一盞一盞地暗了下來，天色漸漸地亮了起來。

其實，一開始失眠的時候，並不覺得有什麼，我是喜歡夜晚的。夜晚的城市和白天的不一樣，很安靜，這種安靜和死寂不同，它是活著的、有體溫的安靜，類似心理上的平靜。一個人，如果心浮氣躁，即使在寂靜的深夜裡，也可能發瘋。我原來的一些鄰居裡就有人半夜聽搖滾，那個鬧騰，連帶夜色一起，翻江倒海起來了。所以失眠的人，多半是心理的心虛氣浮。可是呢，我覺得自己並非如此，我是安靜的，每天晚上九十點鐘的時候，我還是有睏意的，但那種睏意總是

在我上床躺下之後，無可奈何地亮亮地消失了，我變得清醒，而且越想靜心平氣，就越清醒，清醒得可怕。我也並非緊張，只是覺得我的意識變得明淨平滑猶如大理石，往事的細節，瑣細的、無聊的，全無任何意義的、可笑的，甚至早就忘得乾乾淨淨的東西，都向我輕輕地不盡地湧過來，湧過來，無聲無息，又完全占據了我。

城市睡了，我還醒著，好像能聽見人們的鼾聲，感覺良好，十分良好，覺得自己像一個俯瞰世界的智者。但這種良好的感覺沒有維持多久，在連續失眠好幾天後，我在鏡子裡看到了一張臉，略微灰白腫脹，皮膚暗淡無光，雖然離行屍走肉還有些距離，但沒有精神氣，也許智者就是這個樣子的？可是我疲乏得厲害，我是女人，年輕的女人，不想當智者了，我想睡覺，像白痴那樣睡覺。

然而失眠是這樣的，你越想睡，卻越睡不著，我虛弱得厲害，整個人都軟了，就好像泡了一夜水的糯米那樣又濕又重，我猶豫再三，終於決定去看醫生。

對於醫生，我有著本能的抗拒和懷疑。一般小病小痛，我從不理睬，撐兩天讓它們自己過去，不到影響日常活動的程度，我是不會往醫院裡鑽的。我的那些女友們卻不同，她們喜歡醫院，月經痛要去醫院，牙痛要去醫院，感冒發燒要去醫院，連秤個體重也要去醫院，都快把醫院當成商場了，因而和醫生總保持著良好的關係。去看看醫院的樓梯，看看醫院的小吃攤，看看醫院的大廳，看看量體重的秤，等等，心滿意足。何以如此呢，我也不知道，你問她們去吧。

我討厭醫院，對我來說，醫院的那種氛圍，會把生老病死忽然放大多倍，讓我感到在短時間裡，離重病，甚至離死亡貼近了很多，回到家後，那種感覺依然縈繞不散，得要花好長一段時間，我才能逐漸平靜下來，忘掉醫院裡無處不在的那種被稱為「氛圍」的東西。

我向女友莉莉訴說了失眠的煩惱，她說我應該去看中醫，好好調養一下，然後很大方地把自己珍藏的醫生名單拿來與我分享。她介紹了幾個醫生後，首推文醫生，說去吧，找他看病，他醫術特別好，他看好了我的月經疼，看好了我的乳房疼，看好了我的頭疼，還看好了我的青春痘呢。

一個悶熱的午後，我去了醫院，路上被太陽晒得昏昏欲睡，決定坐在椅子上喝礦泉水歇息一會。一個中年男人走過來，對著樹叢拉開褲鏈要撒尿，見我在側，猶豫了一下，又把褲鏈拉上，白了我一眼，悻悻然地走開了。其實這個男人算是文明的了，我曾碰到見了女的才拉開褲鏈撒尿的男人，這種無聲的性騷擾常使我煩惱，他們沒碰你，但無疑又在「碰」你，這些變態男像城市裡的髒老鼠，四處遊蕩，碰上了只有倒楣。陽光透過礦泉水瓶反射的光晃了晃我的眼睛，我想，這樣的午後是應該用來睡覺的，而我卻用來看病，用來看拉褲鏈病態男的白眼。

掛了號，穿過一排排密密麻麻的藥櫃子，走過一鍋鍋熬著的中藥罐子，繞過一個個嘰嘰喳喳的穿粉色護士服抓著藥的小護士，來到了三樓。也才是剛上班時間，這位文醫生的診室門口已有好幾個人在排隊等候了，我排在最後，正在看病的是一個年輕女孩，二十四五歲的光景，旁邊站了個中年婦女，興許是她媽，女孩低頭一言不發，中年婦女在嚷嚷：「醫生，她沒有辦法呀，生

不出來，生了這麼多年也生不出來，真是，沒有辦法呀……」文醫生氣色很好地坐在那裡，四十多歲的樣子，一副方中帶圓的臉，眉毛粗黑，眼睛很大，但目光很柔和，非常耐心地聽著這位婦女的嘮叨，並不煩，至少沒有露出來，很像我小學時脾氣很好的班主任，任你調皮，任你成績考得不理想，任你父母拎著你的耳朵在他面前不停地抱怨，他總是笑瞇瞇的，說：「好的，好的，我知道了。」之後，我再也沒有見到過這樣好脾氣的老師，更別說醫生了。我環顧了一下文醫生的診室，牆上掛了好幾幅錦旗，「妙手回春」、「當代神醫」、「轉世華佗」之類，這樣的錦旗，我是不大當真的，不過既然是朋友介紹，總有其道理，所以我也像文醫生那樣，他耐心地看病，我耐心地等待，而且，如果真是當代華佗，那麼排這點隊算什麼呢。

我發現牆上錦旗獎狀裡有一個銅質的獎牌，上面刻的字是『二〇一一—二〇一二年度『事業家庭雙創優型』先進個人文敬舟」，除了字外，還刻有一朵花束，花束的小飄帶斜斜地支棱著，遠看好像一隻蛾子。想到這我暗自笑了，轉念也想，蛾子也可能是有家庭的啊，「飛蛾撲火」的蛾沒準就是在為自己的家庭尋覓食物而捨生忘死的，可牠就不可能得到「事業家庭雙創優型」先進個蛾的榮譽稱號，人蛾之別，判若天地，好在蛾子不知，心理平衡，撲火的心情和動機十分純正，因此也可能是一種莊嚴的精神籠罩著牠呢。在這點上，文醫生能和蛾子媲美嗎？我看了看文醫生，這時他正在給人號脈，神情專注，目光如螢，暗暗發光，似乎已經在那神奇的脈動中找到了什麼精微而玄妙的蛛絲馬跡了。哎，那副眼神，專注得有點瘆人，幸好他沒看著我，否則我

會緊張的，怕他窺視到了我內心的祕密，譬如，我眼下的祕密是「蛾子」，如被他破解，他會怎麼看我呢，那眼神肯定就不是現在這個樣子了。想到這我竟然有點隱約地不安起來，覺得是自己不好，把人家往蛾子上聯想，那麼，我能不能往正面一點的方面聯想呢，聯想聯想，Lenovo，就是隨便想，這很容易，我的目光此時又回到那銅質的「蛾子」身上。果然心想事成，我看到那蛾子變成了小胖天使了，小胖天使帶著小飄帶斜斜地定格在那裡，這麼胖，肯定不缺食物，家人可能都是胖子，媽媽或者爸爸自然不用「飛蛾撲火」。可是天使有家庭嗎，天使那麼聖潔，不會涉及繁衍生殖這樣世俗的勾當，可是那胖肉，難掩某種生理上的欲望，而這欲望與繁衍生殖又不能毫無關係。想到這我又不安了，明明在努力把蛾子往天使身上轉換，可又想到繁衍生殖這樣的俗事，我只好抬起眼睛往別處看去，試著換一種思緒。

一個小時過去了，文醫生依然對每一位病人都保持著細緻耐心，這時終於輪到我前面那位病人了，她還沒坐下，就開始訴說她的內分泌失調：「哎呀，醫生，怎麼辦啊，我整個人都紊亂了，我長了非常多的痘痘，我胸痛，老是抑鬱，焦慮得很吶，我才四十歲，就絕經了啊……」她的痛苦剛才還處於靜態之中，瞬間就暢流了開來，像自來水龍頭被猛地扭開了開關，嘩啦啦地噴湧而出。我不知道這樣的突變能緩解她的痛苦呢，還是在加深痛苦，然而不管怎樣她的病也比我的失眠要嚴重得多，我因而同情她了，也發覺自己那小小的失眠實在不算什麼，我開始感到不好意思了。

當一個溫和的聲音幾次提醒著我時，我才發覺那是在喚我，文醫生看出我剛才在走神，和藹地問道：「你好，哪裡不舒服？……」我說大概是神衰，並把病歷遞了過去，然後補充道我已經連續幾個星期睡不好覺了。

「除了失眠還有別的症狀嗎？」

「盜汗，半年盜了兩次了，情況好像蠻嚴重的。」

醫生笑了笑：「你確定是兩次？不是三次？這麼清楚？」

「是的，我確定。」

「除此之外呢，還有什麼別的症狀？」

「每天早上起來都頭暈得厲害，胃也不舒服。」

「舌頭伸出來看看。」

我伸出舌頭，醫生一邊看一邊為我把了把脈，他把脈的手指很輕，談不上「指壓」，幾乎就是「挨著」。

把脈之後，他笑了笑，一種情況已經了然於心的神情。

「你平時是不是脾氣特別急躁，比較容易發火？」

「還行吧，一般般急，也沒有到特別的程度。」

「脈象是好的，失眠可能是有點神經衰弱，肝脾嘛也有一些失調。沒事的，很多女的都這

樣，睡前喝杯熱牛奶，胃不好，記得吃飯按時，我開點藥吧，你先回去吃吃，一個星期之後再來。至於頭暈，我給你看看，頸椎不好也會導致頭暈的。」

說完，文醫生站了起來，用他那隻剛剛給我把完脈的手替我做頸椎檢查，一邊按撫著一邊說，「你的頸椎曲度很不好，是個問題，這麼年輕頸椎就這樣不好，太不懂得愛惜照顧自己了。」

這樣溫和體貼的醫囑，我已經很久沒聽到了，一時竟不知如何回應。我看著文醫生放在辦公桌上的全家福照片，就像所有幸福的家庭合影一樣，太太是溫婉賢慧的，女兒是青春可愛的，丈夫是體貼而有擔當的，這種家庭很多，三者同甘共苦，緊密相依。

我一般是不看報紙的，如果看，也只是注意報紙裡社會新聞這一塊，留意裡面的家庭變故的「萬象」，對其中的許多悲歡離合潸然流淚，我痛感現在像樣的好男人是越來越少了，而像文醫生這樣家庭事業雙優的男人則更少了。

臨走時，文醫生又笑著對我點點頭說，好好休息，不要想太多。

二

我的職業是首飾專櫃的售貨員，一年三百六十五天的大半時間，都是在一家百貨大樓裡消磨掉的。我賣的首飾是意大利的進口品牌，價值自然不菲。我每天都衣著黑色套裝，畫著明豔的妝

容，與不同的顧客打交道，顧客裡有時是一起來的情侶，有時候則是單獨飄來的男人，這些男人對別的也許精明老道，而對首飾之類，則基本一竅不通，無知得可怕，所以面對此類單身男士，我常常還要充當一下臨時的模特，有時碰到某些嚴重缺乏有關首飾常識的男人，我還不得不做些掃盲工作，他們也對我充滿感激。然而，有些時候，這種臨時性的「師生關係」也會出現輕微的動搖。比如吧，當那些男人把選好的戒指戴在我的手指上的時候，多半都會說些略微離譜的、或者失去分寸的話，他們會說，哎呀，你的手真美，很雅致，哎呦，我怎麼就沒有給這樣美麗的手買首飾的福氣呢。話雖是這麼說，但一般情況下，他們也就是說說而已，極個別的也會有些突兀的舉動，如一邊說著讚美手指的話，一邊就輕輕地上手去摸了。此時我多半不作聲地取回我的手，然後再迅速捏著首飾說，你真有眼光，你的未婚妻會很高興的。這一招通常很靈，立即見效，但也有例外，那些男人還會繼續徘徊不去，這時我會亮出殺手鐧，說：「嗯，貴是貴了點，一般人買不起的。」我知道這一招很狠，也有點損，但無疑是讓我擺脫那些男人的微型「出格」的最佳武器，我畢竟是站了幾年櫃台的資深首飾銷售員了。

即使如此，這兩年我還是覺得那些單身男人，有時甚至是同來的情侶中男人的突兀舉動，比以前增多了。是的，我的手長得非常美麗，幾乎是美妙了，瘦而不瘠，肉而有骨，十指纖長勻稱，皮膚細嫩如脂，連指甲也是好看的，當這些璀璨奪目的鑽石戒指戴在我的手上時，我也不得不讚嘆驚訝它們的美了。所以，我可以理解那些男人在為我試戴戒指時的異常，按醫學術語，那

種「異常」是「一過性」的。我記得有一個男人讓我試戴了一款戒指後，又接二連三地讓我試戴了十多款戒指，有意思的是，他並不做決定買還是不買，但天天來，一連幾天，看我的眼神也越來越奇怪，或者說曖昧了。第六天，他再次出現的時候旁邊出現了個女人，更確切地說，他是被一個女人拖著來的，走到近處，那女人的眼光忽然直直地、火辣辣地朝我望了過來，並沒說話，幾秒後，眼光忽然轉向那個男人，嘴裡悶悶地發出一種聲音，男人的目光訕訕地不敢看我，好像「躲」了起來。那個女人後來買了一款近三克拉的鑽石戒指，刷卡的時候英勇果決，這時我看到這女人的手長得很短，與這只她花了四十二萬的戒指難以相配，無法好看，我的惆悵因之升起，畢竟，那只戒指在這櫃台裡待了近半年，也是我最喜歡的一只。

其實，我一點也不喜歡自己的工作，每天和珠光寶氣打交道的結果是什麼呢，我原以為是沉浸在裡面，或者對那些富麗的首飾日久生癖——女人嘛，這樣也不算病態吧，但結果卻出我意料之外，我感到那些珠光寶氣是一個精緻的假象，一個玲瓏的泡沫，此外，我也不喜歡雖然觸手可及，但事實上永遠也不會屬於自己的感覺。

我曾經想過，如果我有才華的話，會去做一個藝術家，哪怕像那位殘疾的墨西哥女畫家弗里達一樣，我也願意。我喜歡她用自己美麗的手，把自己青春的肉體畫得支離破碎，畫自己的濕潤閃亮的眼淚，畫盛裝美豔的自己和死神站在一起，彷彿凱旋而歸，儘管不知凱旋了什麼又往哪裡歸去。我不懂藝術，真正的藝術是奢侈品，這種奢侈比我賣的珠寶首飾要貴多了，但是美女與死

神在我看來是多好的主題啊，我永遠也看不膩。可惜我不是搞藝術的那塊料，我沒有任何才華，我知道自己還年輕，雖然長得不醜，甚至有些姿色，可是這個城市年輕的有些小資小色的女人太多了，我怕走在裡面會被淹沒的。我與男人們約會，與同事們聚餐，與女友們逛街，以此塞滿我下班後有限的時間表，可是這一切都難掩我的寂寞，我的寂寞一直在發芽，在生長，漸漸長成了一片瀟瀟的荊棘地。

我拎著文醫生開的兩大包中藥回到了家，發現沒有熬中藥的陶罐，只好把藥一股腦兒倒進鋼精鍋裡，反正怎麼熬都是熬。不一會，鍋裡的藥湯就熬黑了，那種特有的藥味徐徐漫出，浸潤著我的鏡子、鞋子、衣服、床褥，我的整個房間，我感到我已經病入膏肓了，可說實話，我並不討厭這種味道。我想起小時候臉上發疹子，爺爺也給我熬這種湯藥喝，怕我怕苦，喝完藥後，總是給我一塊牛乳餅乾甜嘴。那時爺爺怕疹子被風激起，便給我戴一頂大紅色的毛線帽，那帽子太大了，總是遮住我的眼睛和半個臉，常常影響視線，所以在記憶裡，那段時間的世界總是一團一團模糊的暗紅色的影子。

當熬好的藥湯入嘴時，我覺得和記憶中的味道相去甚遠，難喝多了，也許是因為沒有了那塊甜嘴的餅乾，也許是因為沒有了那頂紅帽子，也許是我真的長大了。

我強迫自己喝藥，強迫這些黑色的藥汁從喉管流入食道後再進入胃裡，然後擦去嘴角殘餘的藥渣，對自己說，好了，好了，睡覺吧，睡覺吧。

我又一動不動地躺在床上了。半小時過去了，一小時過去了，我想像著胃裡的藥在滲入我的血液，我的腎、肝、心臟、頭腦，還有我的四肢，我試圖靜靜地細微地體會那些黑色藥湯的作用，似乎沒有任何動靜，但是它們總會有點用的吧，畢竟不是白開水啊。窗外路過的車燈反射到玻璃窗後，又折射在天花板上，那片光的形狀一會兒菱形，一會兒方形，一會兒放大，一會縮小，似有生命。我好像聽到自己呼吸的回聲，那麼我也是活著的，活著是好，可是怎麼睡著呢，我發現睡覺竟是這麼困難的一件事情。

三

我跟文醫生慢慢熟了起來。雖然他給我開的藥藥性溫和，但還是有效果的，我忌諱吃速效藥，吃進去就覺得不安，感覺副作用遲早會來敲門。

文醫生每次都對我特別關照，看完病後，總會為我做免費的頸椎調整，開藥的價位也合適，從不開貴藥。一次他還私下送了包石斛給我，說可用溫水泡開慢慢喝，是養胃的。體貼開始入微，是否超出醫生對患者的關照範圍？不好說，一時也講不出哪裡不對，於是想到文醫生是一個好醫生，他對每一個病人都好，我是病人中的一個而已，也許是自己多心了吧。

「還是睡得不好？」

「是啊，可我按時吃藥了，有時有效果，有時沒有。」

「藥是溫性的，所以不會立刻見效。別想得太多，你總是喜歡胡思亂想對嗎？」

我沒吱聲，過了一會說也許是吧。

文醫生又笑了笑，說：「現在正好是飯點了，我要下班了，要不一起隨便吃個飯吧，藥要少吃，飯要吃好。」

我想了想，覺得吃頓飯也沒什麼，便答應了。文醫生說附近有家上海菜館，去那吧，我說可以啊，這是你的地盤，你熟悉。

餐廳裡有三盞巨大的燈，但依然不能把店裡照亮。幽藍幽藍的光映在那些顧客的臉上，襯得他們的臉灰白灰白。此時我發現顧客桌上的美味佳餚也被那藍光染得幽藍幽藍的了，好像頓時變了味，也變了質似的。

老闆娘長著一張圓潤的臉，五十歲上下，保養尚好，居然還殘存著一絲嫵媚，見了文醫生即刻熱情招呼，可見文醫生是這裡的老主顧了，老闆娘一邊跟醫生打招呼一邊意味深長地微笑著看著我。

我們挑了一個靠窗的位置坐下，文醫生去點菜。窗外的行人來去匆匆，還是下班的時候。餐廳裡的正在用餐的顧客剛才也是那些來去匆匆的行人吧。對面的一對母子在不停地吃不停地喝，幾乎沒有咀嚼，這樣好的胃口，我表示羨慕。其他的顧客，也個個在狼吞虎嚥，吃相可怕，旁若

無人，怎麼這麼餓？上了一天班，腦細胞消耗幾近枯竭？不至於吧，我就不相信你們是如此敬業的人，我看主要是習慣，貪吃，一見吃的，口水分泌立刻旺盛，起伏難平，我突然覺得他們是人面大老鼠，飢不擇食。

斜對角坐著是一男一女，男的比女的看去要老二十來歲，不像父女，也不像夫妻，可非常親密。男的頻頻往女的盤裡夾菜，女的頻頻笑眼回送，似嗔似怨，說：「你還嫌我不胖啊！」男的呢，嘻嘻嘿嘿地說：「胖點健康，胖點健康。」女的說：「討厭，可別後悔啊。」聽到這些，我有點不自在了，即使在餐廳這樣的公共場合，我也不大習慣於這種暗暗的撩撥和調情，如果這已是時尚，那麼我顯然是out了。這時文醫生回來，坐在我對面，旁邊那個剛才還在夾菜的男人看了看文醫生，又瞥了瞥我，我冷眼狠狠地回敬了他。

文醫生突然開始說話了：「你好像很容易發呆走神，你的小腦袋裡都裝著什麼呢？」我回過神來，發現文醫生似乎饒有興味地看著我。

我終於意識到從走進餐廳到現在的十來分鐘裡，自己一直耽溺在別的世界裡，完全忘了對面還有個文醫生，而他卻一直這麼耐心地看我走神、發呆，等我「甦醒」，他在研究我、觀察我嗎？我開始感到有些不好意思了。

菜很快就上來了。這個服務員讓我有點噁心，因為剛才我看見他站在一邊興致滿滿、神情專注地挖鼻屎，這傢伙長得也難看，我想該不該向那個老闆娘告他一狀？但很快就打消了這個念

頭。在外面吃飯，是不能輕易得罪服務員和廚子的，要時刻面帶微笑，對所遇之事採取隨遇而安的態度，不然他們會幹出更出格的事，而你怎麼樣也無從得知。

文醫生的胃口不壞，他一個人吃了半隻白斬雞。我原來以為醫生是不喜歡在外面這種地溝油餐館吃飯的，看來他對此安之若素。我原本有點餓，可是菜做得不好，動兩筷子就沒有胃口了。廚子明顯沒有用心思，魚頭燒得很腥，魚鱗竟然也沒清除乾淨就下了鍋，可見馬虎得要命。我吃了一個魚眼睛，本來想把另一隻魚眼睛也挖出來吃的，不過覺得實在苦腥，也就算了。

「你這麼瘦了，怎麼還吃得這麼少，吃那麼兩塊黃瓜就飽了嗎？」

「飽了。」

「多吃一點，你吃吃這個白斬雞，味道不壞，不過比我以前在上海吃的差多了。在上海讀大學的時候，有一家小館子的白斬雞做得特別好，我常去吃，那是我的最愛。我還愛吃三林熟食店的紅腸，紅腸裡面含有牛蒡，整根咬起來，吃相有點不好看，當然也可以切片斯文地吃。離開上海這麼多年，現在想起來，我也就惦記這兩樣東西了。」

「文醫生看來是美食家。」

「吃東西就像吃藥一樣的，都是人要治療自己，也算是給自己找點事做，不然漫長而又無聊的時間該如何打發呢。不過，這兩年因為吃，我胖了很多，我的夢想是花草精神，仙風道骨，可是現實卻是曲眉豐頰，腦滿腸肥。」

我笑了笑，說：「醫生也無聊？我原來以為無聊只是我們這種單身屌絲的專長。」

「當然無聊，不同的是，你是一個人無聊，而我卻是和家人在一起無聊。我有一個女兒，十歲了，我心底總覺得她比別的小孩更聰明可愛，每次回家看到她都寶貝得不得了，可一個人獨處的時候還是很苦悶，當然，我有很多生活的內容去遮蓋無聊。」

一個已婚的男人在單身的女人面前訴說自己無聊，我已經學會姑且聽之了。我突然覺得乏味起來，想回去了，正琢磨著如何開口，不想文醫生先開口了，「現在七點多，著急回家嗎，如果不急的話去我工作室喝個茶吧。」

我不太想去，也怕喝茶會更加影響入睡，想著如何推諉，可口裡卻冒出了相反意思的話：「醫生也有工作室？什麼樣的？我一直以為只有藝術家才需要工作室。」話音沒落我就後悔了。

「醫生也需要一個可以看書、寫字、養貓的地方。怎麼樣，要去坐坐嗎，放心，我是中醫，不是西醫，不會把你截肢的。」文醫生向我扮了個鬼臉。

四

文醫生的工作室在一棟公寓樓裡，並不太遠，十來分鐘的車程也就到了。一樓是快捷酒店，穿過酒店前台大廳往電梯走去時，我略不自在。酒店，晚上，和一個中年男人，這些讓我感到微

微有些尷尬，真的是不該來的。

「這是我一個朋友的房子，他現在人在國外，把房子借給我當工作室用，其實我也不喜歡這裡。」文醫生在一邊輕輕地解釋，也許他也感覺出了我的不自在。

電梯在二十六樓停下了，2601房，我們走了進去。一進門就看見一隻白毛棕斑的貓，眼睛一隻綠色一隻灰色，十分美麗，像小時候玩的那種透明玻璃彈珠，牠專注而冷漠地看著我們。我想走近摸摸，可牠煩躁地用爪子撓了我好幾下後跳開了。

「牠很凶的，不喜歡別人碰牠。」

「哦，牠多大啦，叫什麼名字？」

「叫『追追』，牠小時候特別皮，到處追東西，就給牠起名『追追』了。還有呢，現在的女孩都崇尚錐子臉，牠也長了一張錐子臉，你看像不像范冰冰啊。」他說到這，我笑了，文醫生自己也笑了。「這小傢伙八歲了，按人的壽命折算的話，牠也是四十多歲的中年女人了，依然像叛逆期的少女那樣桀驁不馴，發情前，我就把牠給閹割了。你養過貓沒有，喜歡貓嗎？」文醫生一邊問，一邊收拾著追追剛剛吐出來的毛球。

「小時候養過一隻，沒養熟就死了，爸媽吵架的時候，被我爸一腳踩死了，然後他把死貓扔進了屋外公廁所的蹲坑裡，貓扔進去沒有立刻沉下去，那張臉浮在上面，所以那幾天，每次去上廁所時，往下一看，就能看到那貓臉。」

「嘖，嘖，嘖，我應該把耳朵捂住聽這些的。」文醫生泡了一壺茶，大紅袍。我有些不自在地笑了笑，也奇怪自己怎麼會在文醫生面前開這種玩笑，我想可能是晚上造成我失眠的奇怪東西在作祟了。

房間裡有一個茶桌，幾套茶具，一些書，牆上掛著幾幅半新不舊的書法，其餘空蕩，沒有女人收拾過的痕跡。看著牆上的書法，我問：「文醫生，你寫字嗎？」

「亂塗塗，寫不好，其實我高考時是想考藝術學院的，可惜差了兩分，結果做了醫生，整個是一場事故。我本來不想當醫生的，想做個藝術家，不過我也知道那只是一個夢想，終究會醒的，沒辦法的，就像性愛，體會到高潮之後必然會跌落人間，夢想是不可能在現實中實現的。」

說完，文醫生看著我笑了笑，深深地吸了口菸，再緩緩吐出來，煙變了成兩朵小雲，在我眼前散漫飄過。醫生也抽菸的？我發現我對於醫生所知太少。

「別的醫生我不知道，我的菸齡已經超過二十年，而且只抽紅雙喜、中南海和水煙。水煙的菸葉是潤肺的，純天然的水煙是有益身體健康的，軍閥混戰的時候廣西軍隊每個兵帶兩桿槍，打完仗之後抽上一口，這種菸很柔，很舒服，飄飄欲仙。」說到這，文醫生看了我一下，「我有一個水煙筒，是以前大學同學特意從廣西坐火車給我帶過來的，你要不要試一下？」

我雖然抽菸，但沒菸癮，偶爾抽那麼兩支，還基本都是在男人面前抽的，因為我知道男人們多半不喜歡女人抽菸，我偏不討好他們。但水煙還沒吸過，有點好奇，心有點動了，我說，好

吧，拿來看看。

文醫生很快從隔壁的房間拿了一個小水桶，裡面立著一個竹製煙筒，一尺多長，煙嘴如小拳，我想到如嘴置其中，必被煙嘴吞沒，要啞口無言了，但怎麼吸呢？只見文醫生往竹煙筒裡倒了半筒水，把菸絲塞入煙嘴，點著，嘴用力吸起，菸絲頓時亮了，煙瞬間就從煙筒裡冒出來了。「你試試。」文醫生說著把煙筒遞了過來，我猛吸了兩口，不得要領，完全沒有吸進去。文醫生便再次示範。水煙的麻煩，就是點菸時間長，煙散得卻很快，反應稍慢，就煙消雲散了。

我又試了幾次，仍沒學會，只好作罷。文醫生大吸幾口之後，默默地呆坐在那兒，不至於暈菸吧?!我知道越是柔和的菸和酒，後勁越大，可這還沒吸幾口吶！文醫生坐著無語，我也不說話，一會兒，他突然慢慢地開口了。

「你知道嗎？我其實特別羨慕你，你是有明天的人，而我沒有了，我有穩定的工作，穩定的收入，穩定的家庭，但是我知道我不再有未來了，我現在的每一天都不過是在等死而已。我以後的生活每一天都是可以看到的，不會有大變動了。我呢，對你說吧，我願意用我現在所有的一切，換回你這個年紀，一切重新開始，即使混得很慘，我也渴望一個未知。」

我並不以為他真醉了菸，可我能說些什麼好呢，我很清醒，既沒醉菸也沒醉酒，我已二十好幾了，雖然生活不盡人意，但不會想到也不會認同文醫生的「青春贖回論」。文醫生年紀其實並不老，中年都不算，忽然如此絕望，其中原委是什麼呢，我這個病人與醫生相處並不久，所言忽

然涉及深處，我有些意外，甚至有點心理準備不足了。

追追蜷在沙發的靠墊裡發出咕嚕咕嚕的聲音。茶過半巡，也涼了，文醫生又燒了水，泡第二壺茶，這次是普洱。

「這兩天睡眠有沒有好一些。」

「哎，還沒有，渾身痠痛，累得要死，可就是睡不著。」

「你又胡思亂想了吧，有的時候覺得你還是個孩子呢，膽子很小，想像力豐富，自戀得厲害，又缺乏安全感。」

「我有你說的這麼不堪嗎？」

「沒有，沒有不堪，只是覺得你可愛得可憐。要不我待會給你兩片西藥吧，你回去吃吃看。」

「什麼藥？」

「黛力新，治失眠抑鬱的。」

「我只是失眠，沒有抑鬱，我不吃這種藥。」

「你有沒有厭世情緒？如果有，是要抗抑鬱治療的，你這樣的失眠基本上就是抑鬱了。我也經常抑鬱失眠，吃藥已經好幾年了，前兩天沒有力氣，情緒低落，我就給自己加了點藥，待會把我的藥分點給你，你試試看，沒事的，聽我的。」

「不吃不吃，我沒病，我拒絕承認是抑鬱症患者，你說我有病，那你給我把把脈。」

文醫生淡淡地冷笑著，說，「不用了，又有幾個醫生會把脈啊，其實啊，我跟你說吧，這話不能和別人說呢，我還得靠這個評職稱呢！我的意思是，我不相信脈搏啊，把脈啊，什麼的，這是個見仁見智的事，無法量化，無法理論化，因此也無法科學化的東西。大學時我學過西醫，因此有了點懷疑中醫的老本，可我不能說出來，因為畢竟中醫也能管點用啊，但不能迷信。我心裡說中醫可以取消了，但如果真的取消中醫，我的飯碗也就沒了，所以，還是先不取消的吧……你別這樣看著我，你應該知道的，是不是，你賣珠寶首飾，上面標明含金量，純度，那都是給顧客看的，他們雖不一定完全相信，但因為不懂，所以不得不相信，女的呢，就更相信，或者說更願意相信。信和不信，全在你願不願意，你願意，心裡就接受了，於是就相信了，否則相反，這是買首飾的，你是賣的一方，你相信嗎？是的，你當然不是賣假貨，但你肯定知道含金量是大大打了折扣的，究竟打了多少折扣，你不會告訴人家的，而且，退一步來說，你也不一定就全懂，你畢竟不是專家，你只是售貨員，賣賣東西而已。」

文醫生說到這，呷了一口茶，然後輕輕地嘆了一嘆，似乎換了一種眼神望著我，接著說：「中醫的行業也一樣的，其實大部分的行業差不多都是這樣，你是聰明女孩，一點就通的，所以我喜歡和你說這些，你說呢，你意外嗎，我的意思是，我如果不對你說這些話，你能想到我這個『優秀的中醫師』、『國家課題的主持人』、『學術帶頭人』的心裡的真實世界嗎？你眼睛好像在看一個什麼呢？一個怪物？還是一個通曉世故的老油子，一個人格分裂的人，一個心理健康而

又在某時露出真性情的人，還是……哈，你笑了，對了，我沒猜錯你，而且，哎，你笑的時候真好看，真的，真的，我今晚說的都是實話。」

他想了想，又繼續說道：「其實真的取消中醫了也好，我就不得不另謀生路了，難說我就不會當藝術家呢，我在上海讀大學時玩過一陣子樂隊，當鼓手，我的鼓打得好呢！我那時交了很多女朋友，具體交了多少個，我已經記不清了，其中有一個女孩，我們論壇上認識的，有一天約出來聊搖滾樂，我對她一見鍾情，不要笑，是真的，在心裡，我一直把她當成我的初戀。我們一起出去旅行，我向她表白，可她拒絕了我，說自己喜歡的男人是高高帥帥的那種，而不像我這樣白白胖胖，我才發現原來自己這麼喜歡的女孩是這麼的幼稚，那天晚上在旅館裡，我硬要和她怎麼樣的話，也可以，可是我連她的手都沒碰。後來，為了忘記她，我又找了個女朋友，是圈內著名的日本ＳＭ電影影評人，可是和她做愛很乏味，她長著一張讓人不想做愛的臉，完全沒有激情。她當時文藝得一塌糊塗，最討厭賺錢，後來和我分手了，也去賺錢了，現在是家網站的營運總監，到處跑業務，年入三十萬。再後來，我離開上海，來了杭州，很快就結了婚，她是藥房抓藥的小護士，二十一歲就跟了我。婚後沒多久，初戀忽然也來找我，她也結婚了，不幸福，說想我。她來找我的時候剛剛生完小孩，還在哺乳期，胸部還漲著奶呢，她叫黃婭蕾，和你名字最後一個字一樣，都有個蕾字。」

文醫生這時已經在泡鐵觀音了，這是今晚的第三壺茶，每泡一種茶，文醫生都會用新的茶

壺，估計是避免串味，哪怕是輕微程度的串味。雖是在琢磨茶壺的更替，我心裡卻在想「哺乳期」的初戀在匆匆趕來見他，他倆還愛著嗎，兩人發生了什麼呢？

「女人漲奶的時候氣色好，紅潤潤的，哎，我就對你說吧，反正你也是成人了，『哺乳期』的女人是不一樣的，皮膚透明白嫩，像你現在的臉色，你笑什麼？我說真的，哺乳期的女人很女人……你又笑什麼，你很壞，你壞的時候眼睛很好看，很懂事的，你看，我不知不覺對你說了這麼多，好像可以一直說下去，我已經很久沒有這麼話多了，今晚的氛圍真奇怪。我在家，平時就像啞巴似的，沒有話說的，哎，你年輕，還不懂，沒有話說，天天沒話說，是很難受的。」說著，文醫生忽然抓起我的手，不太自然地說，「你說要我把脈，脈這個東西你也知道的，你看看我的脈，你說我的脈怎麼樣？」說著他把我的手搭在他的手上，然後按在一個特定的位置。

事情有點突然，他的手也很有勁，我暗自訝異，心跳加快，那個瞬間，我不知是我自己的脈搏在跳，還是我手指下的那個脈搏在跳。我有點慌亂，猶豫著是否該抽回我的手，試了一下，不行，抽不回來，文醫生這時說，怎麼樣，把到脈了嗎，什麼脈啊，說著露出有些令人捉摸不定的微笑。

「春脈如弦，何如而弦？岐伯曰：春脈者肝也，東方木也，萬物之所以始生也，故其氣來，軟弱輕虛而滑，端直以長，故曰弦，反此者病。」

我有些茫然了，以為這個突如其來的朗讀的聲音來自別處，可是，是他，文醫生，分明是文

醫生的嘴在動，他在沉吟：

「夏脈如鉤，何如而鉤？岐伯曰：夏脈者心也，南方火也，萬物之所以盛長也，故其氣來盛去衰，故曰鉤，反此者病。」

恍然之中，那個聲音占據了我，雄辯無比，又親切委婉，猶如林中夜泉，潺潺低語著，那個聲音不能不是滲透你心裡的聲音。

「秋脈如浮，何如而浮？岐伯曰：秋脈者肺也，西方金也，萬物之所以收成也，故其氣來，輕虛以浮，來急去散，故曰浮，反此者病。冬脈如營，何如而營？岐伯曰：冬脈者腎也，北方……」

文醫生倒背如流，發自肺腑，源於心田，如此流暢，又如此突兀，那些文字從何而來？他把自己的手放在了我的腿邊，確切地說，放在了我的大腿邊。

文醫生的手不細長，手指圓圓的，潤澤的皮膚泛著細膩的光澤，保養得很好，與他的中醫身分相配。這是一隻沒有幹過苦力的手，比他的實際年齡小，甚至像少年的那種天真無邪，可是這麼嫩潔的、沒有閱歷的手已經給無數人把過脈，包括今晚給我把的脈。不可思議，我忽然有一種隱約的不安在心裡暗暗潛動，覺得那隻手已經理解了我，正在接近我，滲入我，讓我不安，讓我不由得對他有所防範。這隻手，這隻生動的，應該是生機昂揚脈搏微動的手，也和其他的手一樣嗎？這手已經了解了我，而我卻不了解它，就像貓的目光給我的感覺一樣，是的，就是那種感

覺，一種裸露在被熟知、被暴露的燈光下，而我對對方卻一無所知，這是一種讓我不舒服也不自在的感覺，甚至有點不安全？現在這隻手，它正在慢慢地向我的腿邊游移著，徘徊著，難道我的腿上，我的大腿上也有脈搏的跳動嗎？

「你是春脈，我是秋脈，何為秋脈，知道嗎？秋脈是收穫的脈，我不知我是否在收穫，收穫的時候，麥子是要熟的。」

我感到自己開始有點緊張了，或者也有些異樣，不知為什麼，突然想到文醫生的「哺乳期」初戀，我的乳頭也變得微微硬實，兩頰微熱，手心汗濕，渾身不自在起來了。我隱隱不安，在埋怨自己的某種失控，怎麼會這樣呢。我不想這樣，可我的臉越發熱了，越想冷靜，越想置自己於度外，使自己處在外面的空氣裡冷卻自己，那雙頰的燠熱反而越明顯，越難控，幾乎在與自己的意志在作對了，或者在嘲笑自己的念頭。我開始責備自己，也對人的精神意願和生理反應之間的無可奈何的差異而震驚，其實那是一種精神和生理之間的分裂吧。那麼，想點別的吧，我把自己的目光從文醫生的手挪開，轉到別處，轉到哪呢，桌上的茶具，牆上的書法，沙發靠墊的精緻紋路，能設計和繪製那樣的圖案，是必須全神貫注的，是要讓自己在那個時候全身心地被精緻複雜的紋路給包圍的，那樣才行，我也要這樣，可我心神難定，我注意到這個房間還有另外一扇門，臥房？我的雙頰更熱了，更緊張了，我打算離開了。

我將手慢慢收回，放到我的另一隻手上。文醫生的手這時更接近我的大腿了。我發現自己穿

了一件牛仔短褲，太短了，連我自己都感到那腿部的性感，它不該在此時這麼雪白，這麼豐腴，這麼柔軟而富於彈性，今天不應該穿透明的長筒絲襪，應該穿黑色的或者灰色的，可是那也於事無補，這樣想也毫無用處了，怎麼辦呢，如果他那隻手繼續往前，再往前移動，怎麼辦？這可是隨時都可能出現的情況，三秒，兩秒，一秒，半秒，隨時發生，我的青春時期，雖然也有過幾次類似的困境，但最終還是安然脱險，而且也沒有明顯地得罪對方，今天呢，怎麼辦，如果我的經驗幫不了我，那我只好求助於我的抑鬱症了。

追追依然半睡，呼嚕著，此刻，反常的安靜似乎驚醒了牠，牠抬起眼簾朝我望了望。我想，有了，正要説點什麼與追追有關的話，卻感到自己的那隻手被另一隻手輕輕抬起了。

我轉過頭來，看到文醫生的眼睛近乎是濕潤的，他輕輕地撫摸著我的手，喃喃説道，「你的手真美。」

我心裡在問自己，立刻收回自己的手嗎？我的手是我的，此刻又不完全是我的了，它在被撫摸，被愛撫，就這樣嗎，就這樣吧，就這樣任憑著這隻本來屬於自己的手同時也屬於別人，起初我不知如何是好，後來我知道如何是好了，我怔怔地呆滯在那裡，直到手臂發麻，感覺遲鈍，那隻手終於垂了下來，它重新又屬於我了。

遲疑片刻，我終於站起身來。

我的腿有點麻了。經驗告訴我，我現在最好站著不動，靠著沙發邊，這樣的話，當血液開始

重新恢復暢流的時候，也就是說那種麻木感在瞬間裡完全左右和控制著我的時候，我不至於失控而踉蹌起來，甚至會摔倒在地，這樣的話，文醫生會怎麼樣，他會即刻「攙扶」我的，而不知為什麼，現在，我不願意這種情景出現。

我穩住了，感到血液緩慢、猛烈又有點朦朧地在我的那條發麻的腿裡漫過去，漫過去，然後逐漸平和，又隱隱消失了，彷彿夜裡退潮的海水。我終於恢復到了十幾秒前的我，而我卻感到這十幾秒多麼長啊。

我說我該回去了。文醫生已經站起來了，看得出，我剛才發生的那短暫而又微妙的變化，他可能盡收眼底，卻沒說什麼，他在看著我，幾乎是在凝視著我。

「不再坐坐嗎，我是可以送你回去的。」我說不用送了，我自己回去。走到門口，文醫生突然說，我可以抱抱你嗎？

我輕輕擁抱了他。

二〇一四年十月寫於杭州
發表於《十月》二〇一六年第二期

爺爺

一

我七八歲時就模糊地聽大人說爺爺是國民黨上校，但「上校」是什麼，我並不明白，我是女孩兒，不懂這些，也沒興趣，在後來的日子裡，作為一個邪惡詞的同義字「國民黨」，通過課本、電視、電視劇，等等，不知不覺地滲入我的意識。記得很小的時候，院子裡的小孩常常罵我父親：「你爸爸是國民黨！」「你是國民黨的狗崽子！」所以，父親平常從不提「國民黨」的，爺爺當然更不用說了，這是他們的忌諱。但有的時候，父親在對生活不滿的時候，難免會抱怨，覺得他的命運不該是這樣的。

爺爺常給我講他年輕時的故事，我也常問，由於年幼，問的不過是些表不及裡的事。那時內地人對香港台灣嚮往，覺得那地方生活現代、時尚，我就問爺爺為什麼沒去台灣，爺爺說沒有那麼簡單啊，一大家人，怎麼帶走呢?!我不能什麼都不顧，拔腳就自己走吧。在後來的日子裡，與爺爺的聊天中，他的那段往事在我想像中，慢慢形成了比較清晰細緻的情景，像傳說似的。

你奶奶是我家人給介紹的親事，我見了，覺得她雖然沒文化，卻很善良，長得也漂亮，當時國民黨大勢已去，我心裡就想，即使去了台灣，那個小島也未必守得住，實在不行，就找一個賢慧的女人歸隱山林了吧，所以就答應了這門親事。那個時候你奶奶和我大姐因戰亂去了江西，上海失守後，國民黨很快不行了，很多地方打也沒打，直接就投降了，我從上海跑到了杭州，那個時候的杭州正是好時候，花紅柳綠，氣候溫和，可是我沒有心思欣賞，街上所有的人都行色匆匆，人心惶惶，國民黨撤退的撤退，百姓逃的逃，我剛走過武林門附近的一座橋，就被國民黨炸掉了，為了便於撤退，他們四處炸橋。我脫掉了身上的軍官衣服，穿了一套便裝，方便逃走。那時我身上還有一些金子，是不久前我在邊卡上執行任務的時候從別人那裡沒收來的，那是一個表情緊張的中年男人，天熱，他卻穿得很厚，神色慌張。我叫勤務兵把他給帶過來，那人見狀嚇壞了，我納悶，令勤務兵搜身，結果發現他腰上纏了兩條厚厚的棉布包子，打開，裡面有十幾二十塊麻將大小的金塊。這人見金塊被查收了，連連央求饒他一命。我放了他。金塊我本來打算上交的，但時局混亂，沒有上級管這檔子事，我便把它們藏在身上，算是我的了。

我計畫先去江西找到你奶奶她們，做好安排，再從廣州經香港去台灣。誰知從杭州到江西的火車很快就不通了，我當時沒估計到國民黨會敗得這樣快，局勢會發展得如此之糟糕，我自己一人能怎麼樣呢，我深感在這樣的大局勢中，自己就像被風颳下的敗葉，吹到哪就是哪了。往北面走的路上，我搭了很短的一段火車，剩下的只能沿著鐵軌走了，這樣不會迷路，後來鞋走破了，

裹上布條繼續走，走到最後就是赤腳了。幾十年過去了，只要天一冷，我的腳就會裂血口子，生疼，即是那時落下的毛病。那時是七月，酷熱，四處很亂，官兵搜查，土匪打劫，也有農民拿著鐮刀出來搶東西，我餓得心發慌，環視四周，看見一個飯鋪子夥計，我便用槍頂著他叫他給我兩個饅頭，他乖乖從命，有時也會遇到好心人給我點吃的。但多數時候我與逃亡的人混在一起，常常互相揣摩，此時我覺得藏在身上的那些金子是個累贅，掏出來換東西吃，「面值」太大不說，最可能的是反招殺身之禍，就像我搶別人一樣，所以我把金子埋在一個地方，想日後再取，可在那種兵荒馬亂的時候能記住什麼呢！就算記得，從後來的情況看也不敢去找，一旦被捉，定當地主富農和奸商處置，槍斃也是有的。有一天晚上，走得實在是很累了，便在路邊的草叢裡睡著了，早上醒來，才發現周圍的草叢裡橫七豎八地躺了十幾具屍體，繼而有臭味衝來，屍體我看得多了，戰場上各種屍體，成堆的，破碎的，都見過，血流得就像小河一樣，但那天早上撞見的死屍，不知何故，令人心悸，心想我遲早也會這樣的。

走了一個月，來到江西饒城一帶，沒找到你奶奶，一路打聽，全無消息，繼續走，繼續找，路上發覺當地人不時盯著我看，好像覺得我有異人之處，這時我才注意到自己是蓬頭垢面，晒得烏黑，光著兩腳，像個叫花子，我已變成了另一個人了。現在想來也怪，當時哪裡來的那股勁就那樣走啊走?!後來我算過的，那次北上找你奶奶，我走了七八百公里吧。快到潭城的時候，居然打聽到你奶奶的下落，見到她的時候，她正在湖邊洗衣服，你奶奶後來說我出現時，她以為我是

一個強盜。

找到你奶奶後，原沒打算留下，想轉頭南下或往東走，看能否去台灣、香港，但為時已晚，那時去香港的火車輪船已不通行了，沒辦法，就這樣留了下來了，在潭城一住就是五十多年，當時哪裡能想到在這地方一待待這麼久啊，這是我的大半輩子啊！命運是很奇怪的。

二

爺爺老家在江蘇蘇北農村，從小家境好，曾是鎮上首富，太爺爺（爺爺的父親）和老太爺爺（爺爺的爺爺）都是讀書人，老太爺爺曾是滿清秀才中的一個，家裡老宅前還有不知道哪個朝代皇帝御賜的牌坊。因防範土匪打劫，老宅造圍牆起炮樓，僱了保鏢，常有親戚們前來投靠，一吃就是幾個月，走時拿糧拿錢。爺爺的父親叫徐愛白，曾考過清末最後一場的科舉，中過舉人。當時世道已亂，不適合做官了，便做了鄉紳，與人合辦了私塾，教村裡孩子念書，在當地受人尊敬。

爺爺是他的第四個兒子，兒時在那私塾讀了兩年，大了點就去縣城讀小學了。爺爺小時候調皮，是村裡的孩子王，學習成績也一直優良，是兄弟中最會讀書的一個，常有教書先生家訪時說，這個孩子長大必有出息，給他準備錢以後出國留洋吧。太爺爺聽了之後就留了心眼，減少了每年買地的支出，開始存錢為我爺爺將來做準備了，如不是後來的抗戰，爺爺的人生必定不同

了，他可能會留洋從文，也可能會學醫。日本鬼子一來，我們家就開始敗落了，太爺爺被日本人抓去帶路後再沒回來。鬼子占領了南京，爺爺無書可讀了，過上了逃亡的日子，江蘇省政府遷到了安徽休寧，學校也遷到了安徽屯溪，也就是現在的黃山市所在區域，爺爺就這樣開始了遊學生活，每月到國民黨教育部裡的「善後救濟總署」下屬的「淪陷區青年輔導處」領一袋美國救濟的麵粉，六十斤重。爺爺說，一個月六十斤米是夠吃的，六十斤麵粉就不夠了。爺爺他們由政府安排住在當地老百姓的家裡，村民們看這些學生可憐，常接濟，有時候給些菜，他們便就著麵粉做些菜糊糊吃，有時候也給些餅，雖常吃不飽，但也就這樣混過來了。

美國駐華機構有時候還會救濟爺爺他們些衣服，裝入袋子，編上號，憑號拿衣服，打開之後才知裡面是什麼。運氣好的能拿到男人的襯衫褲子，甚至冬天的大衣，雖然其尺寸是美式的，寬鬆碩大，改改也能勉強穿。運氣不好，只能拿到女人、小孩的連衣裙，穿不了，只能改成褲衩。那時候，日本飛機常來轟炸，學校四處搬動，有時學生就在野外上課，條件雖差，他們多半刻苦努力。一次，爺爺靠在樹下複習，飛機又來轟炸了，爺爺還沒來的及跑，炸彈就「砰」的一聲落在了爺爺左邊的一棵樹上，緊接著另一顆炸在了右邊的一棵樹上，樹與樹之間非常近，爺爺在兩棵樹之間逃了一命。如此讀完高中，考上南京中央大學，此是當時中國最好的大學，在爺爺就讀的學校裡，無疑是件大事，像狀元似的，無奈學費太貴，衰敗的老家已負擔不起了。學校那邊知道了爺爺無法負擔學費這個情況，說可以免掉學費，只交伙食費和書本費即可，然而即使這

點錢，爺爺家也拿不出來。爺爺為此難過了好幾天，他知道他人生中原本的一條平坦大道至此徹底堵死了。

那時的軍校是不要學費的，食宿全包，每月還有好幾塊錢的補助，爺爺於是就去報考了國民黨在重慶的陸軍學院，考試當天萬頭攢動，千裡挑一，爺爺順利考上了。誰知道開學不到一個學期，爺爺的母親在老家病重了，爺爺要趕回老家侍奉，學校怕他學業跟不上，不肯放人，爺爺對校方保證絕對不會把功課落下，學校才勉強同意。回到家後侍奉母親，求醫問藥，病仍未見好，反越發厲害，太奶奶覺得自己來日無多了，一天，她把爺爺和大爺爺叫到床邊，指了指房間的兩面牆，說裡面藏了銀元，是太爺爺還在的時候攢的，是攢給爺爺將來出國讀書用的。她說，我死之後，你們拿去分了吧。聽了這個消息，大爺爺帶著他的媳婦連夜就住進了太奶奶的房間，兩人像門神一樣的把那個房間給包圍了，無事不准別人進去，包括爺爺在內。太奶奶去世後，大爺爺對爺爺說：「你考上了軍校，將來是有大出息的人，不會缺錢的。」爺爺明白了他的意思，說：「軍校包吃包穿，我不需要錢，你和幾個哥哥分了吧。」很快，太奶奶的屍體從那屋裡抬了出來，埋了，牆推倒後，藏在裡面的銀元迅速被瓜分殆盡。料理完後事，爺爺回到重慶。不久，爺爺的成績又回到全班第一。現在想來，他提及最多的就是重慶的學生生活了，即是他最春風得意的時候，意味深長的是，說到此，爺爺總是不忘再加一句：「那些啊，都只是曇花一現啊。」一

爺爺學習好，受人尊敬，畢業後不僅衣食無憂，還能幹一番事業。我不認為爺爺那時就看出

了當時國民黨的腐敗，也沒有想到這個政權的垮台會如此迅速，如此徹底，如此不可逆轉，他和許多國民黨人一樣，覺得自己是為國家利益服務，為百姓利益而奮鬥的。他們並非是「反動勢力」、「人民的敵人」，並非是我小時候在學校的課本上，在電視裡所看到的那樣的一幫可笑的小丑，他們是正直的、有理想有抱負的人，至於後來情形的發展，局勢的變化，我想連許多共產黨人也沒有料到，就別說普通的國民黨軍校的學員了。

爺爺就讀於重慶陸軍學院第一期，黃埔軍校自廣州遷至重慶時，就在爺爺學校的隔壁。黃埔軍校大名在外，陸軍學院卻沒人聽過，說到這，爺爺不免得意的說，你可不知道，陸軍學院比黃埔還難考吶，待遇也不相同，我們穿的是皮靴，他們打的是綁腿，我們配的是美式的武器，他們配的是俄式的裝備，蔣介石雖然同時是兩所學校的名譽校長，他卻是不在黃埔上課的，僅偶爾在那弄個講座，但在陸軍學院他是每個禮拜都要上一節課的。據爺爺說，重慶陸軍學院是老蔣為兒子的將來選拔和訓練嫡系人才的，所以尤其看重。上課時，蔣介石就是一杯白開水，一講就是兩個鐘頭，爺爺還說，老蔣在很多公共場合是不喝有顏色有味道的水的，他喝的水都是由他的兒子蔣經國親自倒的，怕別人下毒。

有關老蔣這個人，爺爺還談過幾次。一次，是蔣介石生日，他們學生出份子錢，合夥買了一個大蛋糕送給他，蔣很高興，和大家分吃了那塊蛋糕。不久中秋節來臨，蔣也訂了一塊直徑兩米的大月餅，用卡車運來，送給學生作為中秋禮物，切開分發，近百學生，每個人能分得碗口大一

塊，爺爺說他從來沒有見過那麼大的月餅，我問爺爺好吃嗎？爺爺笑了說，好吃喔。看得出，對爺爺來說，好吃的不僅僅是月餅，也是他的回憶。

爺爺講得最多的一次經歷恐怕也是他求學時最驕傲的經歷。那次出操，蔣竟親自蒞臨，也沒打招呼，所以連教官也不知道，爺爺說這樣的突擊檢查才是真正的檢查。那天蔣介石看他們出操後，用他那浙江普通話一一點名，「徐天翔」（爺爺的名字），「有」，爺爺應聲出列，行了一個標準的軍禮。通常，蔣每點完一個名字，就用筆在後面畫一個圈，這時他在爺爺名字上畫了圈後，看了一眼爺爺，又在名字上多畫了個圈，爺爺是他們班唯一一個畫了兩個圈的人，這傳達了一個信號，對你開始注意、將來可能會重用的信號，爺爺心裡明白，別人的心裡也明白，所以這次出操後，常有人半開玩笑的對他說：「徐老弟，你是老爺子看中的人啊，將來哪天你飛黃了，可別忘了兄弟我啊。」爺爺聽了笑笑，那年他不滿二十二歲。

快畢業的某夜，大家都睡得迷迷糊糊的，哨聲突起，緊急集合。他們趕快穿好了衣服跑到操場上去，只見黑暗處站了一人，此人一會從隊伍中拉出一個人，一會又拉出一個人，大家仔細看，發覺黑暗處站著的那人就是蔣介石，被拉出之人均因風紀扣沒扣上。他訓斥道，身為軍人，怎麼可以連風紀扣都不扣好呢，像什麼樣子！訓完之後，大家就從學校步行去中山陵，參加那裡的重修工程的竣工典禮，（那時爺爺他們的學校已經從重慶遷回南京了）蔣介石和他們一起步行，好多同學還沒睡醒，一邊走一邊打瞌睡。途中路過一個寺院，他們在門口停了下來，蔣介石

問道：「你們知道這是什麼地方嗎？」有人答道：「靈國寺。」蔣介石說：「不對，這裡應該叫正氣堂。」等爺爺他們從中山陵回到學校時，天快亮了。

「一九四四年，我進入軍校第二年，在湖南衡陽這個地方，和日本鬼子打了一仗，鬼子有二十萬人，國民黨也有二十多萬，戰線有上百里長，鬼子的總指揮是岡村寧次，日本侵華的總司令，國民黨的總指揮是陳誠，但是有好多決策都是蔣介石親自制定的，我那年作為督戰隊的一個小組長上了戰場，主要是監督，如誰臨陣脱逃，可以當場槍斃。那場仗打了二十多天，有一個軍長，名字我現在已經記不得了，他的軍打得只剩下九個人，我們督戰隊上前問他是按誰的命令下的戰線，軍長說沒有接到撤退命令，我們告訴他，蔣委員長的命令是不管是誰，如沒有命令而下火線，督戰隊可將之就地正法。軍長聽了，連口水也沒喝，對剩下的九個人揮了一下帽子，說：『兄弟們走吧。』然後就帶著那九個人又回前線了。後來，我再也沒見到過他們，我想他們肯定全死在戰場上了。」

「戰役結束後，日本人光俘虜的就有十萬，打死的不算，我們也死了十幾萬，繳獲的槍枝在路邊像小土堆似的一堆一堆的。日本的很多士兵和軍官都切腹了自殺了，岡村寧次殺出了條路逃了出去。日本軍俘先受審訓，然後就都關在了集中營，那時國民黨這邊的集中營主要關押共黨，日本的戰犯被關在一個臨時的監獄裡。」爺爺看了我一眼，然後繼續說：「我記得那個時候，審過一個日本的戰犯，我問他是不是自願當兵的，他說是被強行應徵來的，說自己原是一個工廠的

技術人員，說時從口袋裡掏出一張照片，是他和兩個女人的合影，俘虜用非常生硬的中文指了指其中一個女人說，這個是我妻子，又指了指另外一個女人說，這個是妹妹，說著說著他就哭了。」

「那時好多被日本強行徵來勞軍的慰安婦，國民政府要送她們回日本，她們多半不願意回去，政府就給她們編好號，說是沒有老婆的男人來掛個號就可以領走一個日本女人。我們家旁邊有一個彈棉花的，當時在上海做工，就花了五毛錢掛了個號，娶走了個日本老婆，後來這個女人日本的哥哥找來了，那個女人就帶著彈棉花的丈夫一起去了日本。」

「鬼子是一九四五年投降的，投降的前幾天空中到處都是飛機飛來飛去，因為他們投降的非常突然，所以要派飛機把士兵送到東北那邊去，接受他們的投降。我們大概是夜裡兩、三點時知道這個消息的，軍校宿舍外突然吹號聲，是緊急召見令，我們匆忙穿好衣服，跑到操場集合，教官告訴我們日本投降了，我們都很高興，不停地叫啊喊啊。天一亮，我們就出去遊行了，蔣介石騎著白馬走在前面，我們學生跟在後面，一路上人群都在歡呼，蔣介石不時的舉起手來向大家致意說：『日本投降了，日本投降了。』到處都在放鞭炮，還有的直接就敲起了臉盆在街上歡呼，鞭炮店生意供不應求，顧客擠不進商店來，老闆索性就把鞭炮往街上扔，免費讓大家隨便去放，那天真是好熱鬧啊。」

「日本投降後，國民黨整編了兩支軍隊，一支新六軍，一支新七軍，全是最先進的美式裝

備，當時的王牌。我在蘇州就跟著新六軍的部隊來到上海，整編那些俘虜。戰爭剛過，上海有很多房子和路面都受到了損壞，我們就監督這些俘虜修房鋪路。那時所有人都恨日本人，孩子也不例外。有一天，一群小學生放學，看到幾個日本俘虜兵坐在路邊休息，一個小學生走過去對其中一個日本兵吐了一口唾沫，說：『日本鬼子。』那個日本兵聽了就腿一伸將那小孩給絆倒在地，小孩趴在地上大哭，我看到這些，命令身後的幾個勤務兵把那個日本兵抓了過來，對他說：『你都繳了械，做了俘虜，還欺負中國人啊。』那日本兵一臉不服，我就把他槍斃了。」

「日本投降了，我就想回家看看你大奶奶，她是我的結髮妻子，我們自小相識，指腹為婚的，她叫許安葵。當年我出來上學時，本想帶上她的，但兵荒馬亂，她又漂亮，怕路上不安全，讓她在家裡等我。我走以後，大哥大嫂叫她下地幹活，她原是家千金小姐，不會做農活，也沒人幫她，家人就煩她，她想做針線，可連買針線的錢也沒有，於是想回娘家，不料娘家趕她出來，說嫁出去的女，潑出去的水，這裡沒有你的飯吃了。她那時已有身孕，無奈營養不足，小孩就這樣流掉了。後來老家土改，不分田給她，說她有軍官丈夫在外，但是，只要同我離婚，就分田給她，其實是當時有一個共產黨的幹部看上她了，她不肯，決定投河。投河時，她在河岸上靜靜的坐了一天，黃昏前還有人能看到她，天黑後就不見了。她死時只有二十一歲。我畢業後想著哪一天回去了要給她遷墳，重新安葬，給她立墓碑，她是一個忠節烈女。可是一直等到八九年才有了回去的機會，那條她自盡的河已經修成了一個水庫，找不到她墳的半點影子了。」

一九四七年，爺爺畢業了，畢業晚會是在國防部的大禮堂舉行的，蔣介石、宋美齡、蔣經國都來了，要和他們學生熱鬧熱鬧。當晚請來唱戲的都是當時的名角，有馬連良、四小名旦等等，連扛大旗、跑龍套的都是小有名氣的，有些遠的還是特地用飛機把他們給接過來演出的，那晚演了一齣《四進士》，此劇名因應時局而改為《節義廉明》，以示忠義。演出結束，同學自編自演的節目逐一登台，幾個人鼓動爺爺上去表演，推託不過，爺爺便上台唱了兩句京腔：「沙場征戰血猶熱，策馬揚鞭再奮蹄！」大家齊聲叫好，座位上的蔣介石和宋美齡也一起鼓掌，那晚宋美齡女士穿著齊到腳面的長袍，儀態很端莊。

爺爺畢業時軍銜是少校，這在畢業生中是最高軍銜了，大部分人一般都是少尉、中尉。畢業後爺爺被分到隸屬國防部，而實際是由蔣經國直接領導的一支特殊部隊，叫戡亂監國大隊，這個隊有六個大隊，我爺爺是第二大隊第二組的組長，當時有一個說法，凡是和二有關的都是政治上的核心，爺爺同時也擔任第一大隊警衛隊隊長，所以手上有一百六十多個士兵，一式全新的美式武器。爺爺說監國大隊，主要目的就是剿「匪」，另外，如國民黨內部的官員和地方官員出了問題，他們也可以管，但更主要的作用，是去發現找出這些問題所在。蔣經國是其頂頭上司，一般人都不敢惹，被戲稱為「太子太保」。

爺爺說蔣經國是一個非常謹慎甚至有點膽小的人，在大部分情況下，甚至吃飯時，他總是解開一顆中山裝的扣子，把手插在衣服裡胸口位置上，爺爺說那裡有支小手槍，以備不測。四八年

的上海，戰前夜晚平靜，蔣經國帶著爺爺一行人便裝在上海視察，路上有些挑攤叫賣的小販，他們走過去吃了一碗餛飩，昏黃路燈下，餛飩挑子冒著熱氣，蔣經國不知怎麼嘆了一聲，對爺爺說：「老弟，其實你我都是身不由己的人啊！」爺爺常想到此話，對我說，他豈止身不由己，更是生不逢時啊。

我也問一些別的事，比如有沒有女的喜歡他啊，爺爺笑道，不少咧！並無隱瞞，現在想來，我那時雖小，爺爺對我幾乎無話不說，為何呢，也許他太寂寞了，太需要一個談話甚至是傾訴對象。爺爺說他曾有個女祕書叫劉菁，其父是爺爺的上司，也是當時的國民黨青年軍２０２師師長，她喜歡我爺爺，但爺爺終未娶她，我問是她不夠漂亮還是別的，爺爺說她漂亮是漂亮，但是家中獨女，嬌寵慣了，很有些大小姐的脾氣。記得一次我去她家吃飯，她穿著一件粉底白玫瑰的旗袍，席間她小媽不停地給我夾菜，劉不喜歡小娘，就說，你給人夾那麼多菜幹嘛，想把他撐死啊。小媽尷尬地說，我也是好意啊。事後，我對她說你得給人家一點面子，但她聽不進去，很不屑的樣子。還有一次，我和她出門溜達，搭公車，慢了幾秒，車開走了，她大吼令車停下，車不理，她拔出手槍，對著公交車屁股砰砰就是兩槍，把司機嚇壞了，立馬停車。你看看，她這樣的脾氣，我若娶回家來，日後不一定過得好。此外，劉菁對我說了，只要同她結婚，她可讓她父親提拔讓我做參謀長，我那時年輕氣盛，覺得娶上司的女兒往上爬，會被別人看不起，男的嘛，靠老婆升官發財，很丟臉的啊！我不願被人瞧不起，也不願被人管，於是沒答應。她很生氣，覺

得我居然拒絕了她這樣的姑娘！罵我，嘲笑我，挖苦我，但我知道她還是喜歡我的。有一天，我出門辦事，回晚了，開宿舍門，見她坐在我床上，喚我過去，說要把一切都給我，我沒有這樣做，不娶人家又要那樣，不好，我做不到。後來她和她父親撤到台灣去了，臨走時問我是否一起走，我說上面沒有派我去，怕去了會受處分。她邊哭邊說「有爸爸擋著呢」，那時她也知道我的性格和脾氣了，明白勸也無用，只好千叮萬囑，叫我一定遇事隨機應變，早日過去找她。我終究也沒有過去，此後，再也沒有音信了。

一九四七年，我們駐隊在高郵。那天，我一個人出門走走，穿的是便裝，想看看當地的民情，穿軍裝的話就看不到了。走到一農家，看到屋簷下一個男人抱著一個小女孩在哭，哭得很可憐，我問原委，男人說老婆跟人跑了，女兒想媽所以哭。我又問：「你想不想呢？」男人說：「我也想啊！」我接著問：「你是做什麼的？老婆為什麼跟別人跑？」男人說：「我是個剃頭的，開了個小理髮店，沒賺什麼錢，老婆就跟人跑了。」我問：「你老婆跟什麼人跑的？」男人答：「是高郵縣的民政科科長，他已有家室，看我老婆漂亮，兩個人互相勾搭，就把她拐跑了。」我說：「為什麼不去告他呢。」他說：「人家是官啊，告不動。」我說：「你可以去更高的政府去告啊！」男人說：「什麼地方更有權呢，我個平頭百姓什麼人都不認識啊。」我說：「你去金山寺旁邊的三民主義青年團告他，一告一個准。」

第二天，那個男人果然找人寫了狀子，跪在團部門口喊冤，我料他會來，叫勤務兵替他遞上

狀子。一見我，他嚇了一跳，說：「是你啊。」我點頭道：「是我。」我帶他和部下一起來到高郵縣政府，此縣很小，沒有法院，只有個司法科，我把狀子拿給司法科科長，說：「這裡有個案子，你審一下。」司法科長見我，滿臉堆笑，誠惶誠恐，說：「軍長啊，您來了，這個案子當然您來審。」我說：「好吧，把那個民政科科長和那個女人帶來。」不一會兒，那個剃頭的老婆和科長被帶來了，起初那個科長滿不在乎，不以為然，我令他跪下，他不肯。我便叫兩個勤務兵過去把他胳膊一扭一摁，膝蓋一頂，他就跪在地上。之後，我叫那個女人跪在那個科長後面，再讓剃頭師傅跪在那個女人後面，然後，我對那個女人說：「看好了，前後兩個都是你的丈夫，你願跟誰走？」女人說：「我願跟前夫走。」我說：「後面是你前夫，跟他走吧。」女人連忙改口道：「我願意跟後夫走。」我說：「什麼『後夫』！那是有婦之夫，你算什麼！後面的才是你丈夫，跟他走吧。」女人急忙改口道：「前夫，前夫。」我說：「他就是你的前夫，跟他回去，好好過日子吧，以後再幹這樣的事情，我斃了你。」女人哭了，剃頭的也哭了，哭做一團。我轉身對那個科長說：「你以官欺民，強霸民婦，知罪嗎？」那科長一臉不服，於是我說：「你雖沒釀出命案，但你拆散了別人的家庭，死罪可免，活罪難饒，拖下去打四十扁擔。」他這時候知道怕了，連連求饒，但為時已晚，打他扁擔的人也恨他，下手毒辣，把他屁股打得血爛，如同肉泥，我開除了他的公職，全省不能錄用。

那時，我在江蘇上海一帶活動得較多，一些有錢人家想讓他們小孩認我為師，以我名聲為

助，在外面立身謀事，很多人送錢送禮，可我都沒答應，怕這些人出去做壞事。那時江蘇有一個戲班，有位挺紅的女旦託人找我，想求我兩個字製面錦旗，這樣的話，在戲班子唱戲的時候就會嚇阻別人砸場子，我看她一個女的也不容易，便給她寫了幾個字，還簽了名。那女的見我好說話，又想認我做乾哥，我心想她畢竟是個戲子，就沒答應她。

那年我在江蘇如東執行任務的時候，還槍斃了一個人，他是我唯一判處死刑的人。是夏天，部隊行軍，天奇熱，就叫隊伍歇息，在樹蔭下乘涼。路邊有一些幹農活的人，正在扛麻袋，一個女的老是向這邊張望，不一會走了過來，似有話對我說，我的兩個勤務兵攔住了她，她很慌，我趕忙招手讓她過來，她過來了，緊張得竟不知道說什麼，猶豫了好一會，終於開口，說，長官，我有冤，跟你講有用嗎？我說，有用，你講吧。那個女的聽了就開始哭訴了，說她被村裡的一個惡霸強姦了，這惡霸還強姦了村裡的好幾個姑娘，這人在村裡勢力大，她們無處可告，只好忍受。我問她這惡霸是什麼人，她說是村長的兒子，我又問她可不可以把其他被強姦的女人找來，一起在堂上當面作證，她說可以。第二天，那個女的帶了三個姑娘來，還有兩個姑娘怕被別人知道，名聲不好，故不肯來。我看證人夠了，就派兵抓那惡霸，惡霸有些勢力，叫了些村民和流氓攔住了我派去的兵，不讓抓人，我知道了後，又派了幾十人過去，並鳴槍示警，那些人害怕了。人被抓來，一臉傲慢，不承認他做過這些事，但那四個姑娘一齊指證，他難以抵賴，當時還有很多老百姓圍觀，也紛紛指控他的惡行，我定了他罪，判其死刑，為防夜長夢多，當天就叫人

把他槍斃了。那幾個姑娘看見此惡人被除，很感激我，哭個不停。

一九四九年，國內形勢很壞，我隱然預感國民黨大勢已去，上面已做撤退準備，往台灣運東西。我當時在上海，看著街上裝滿各類物資的卡車一輛一輛地駛過，日夜不停，開得飛快，軍車來時，街上的紅綠燈一律即刻調成綠燈，好讓軍車通過。我親眼看到，一個交警在變燈時慢了一秒，卡車上下來一個士兵對那交警猛踹一腳。雖然國民黨依長江天險設置防線，仍沒守住，防線破後，地方就敗得很快了。國民黨軍隊從上海撤退時，坦克所經之路，都鋪上草墊子，怕把馬路壓壞，因他們以為還會回來。

我這一輩子算是見了世面，歷經朝代變更，覺得政治這個東西，不外是幾個人玩的把戲，翻手為雲覆手為雨，我也不過是蔣介石的一枚小棋子而已，我也嘗到一個人失去了權力的悲哀和落寞，由此也感到任何世事都不會長久的，都會變的。人在最春風得意的年輕的時候無法想到這點，但只要不傻，遲早會悟到的。我其實在國民黨還沒全敗落的時候，就悟到了，所以我曾經暗中救過一個共產黨軍官，想著日後也許會得到某些幫助，那人也誓言旦旦，不住地說定會報恩，但後來的事情證明此人並沒有兑現他的諾言。

三

我找到你奶奶後，因無法南下去上海，更別說從上海去台灣了，所以在潭城待了下來。當地人說潭城是個養人的好地方，我聽了不知所以，不管如何，人總要活命吧。我們住在一個破屋子裡，一張床，一個掛在牆上的米袋，幾乎就是我們的全部家當了。沒米時，我就去當一個金戒指，那些金戒指都是戰前我用工資買下交給你奶奶的，當時候物價飛漲，東西一天一個價，錢不值錢，買金子是最保值的選擇，靠這些金戒指度日，過了最難的難關。但畢竟是只出不進，會坐吃山空，我想這也不是辦法，於是尋思做點小生意，和你奶奶商量後，當了個金戒指，準備進點白糖賣，在路上遇見一人，也想做小生意，於是搭了個伴。我們分別買了幾十斤白糖扛了回來，一起擺在路邊叫賣，開始生意不好，那個人就在白糖裡摻了白麵，因為那個時候的白糖是泛黃色的，摻了白麵就白了許多，路人經過我們的攤子時，就買他的糖，我的糖沒人問，一斤也沒賣出去。只有一個老人識貨，知道我的泛黃的白糖才是正宗的，買了一斤，但餘下的幾十斤再也賣不出去了，生意就此失敗，那些糖放在罐子裡，我和你奶奶吃了好幾年，後來在罐子裡化成了糖水。

既不會做生意，便想法子找份工作。以爺爺的身分和背景，四九年後，肯定是要被槍斃掉的，但他活了下來。據爺爺說原因一是他那時剛從軍校畢業，還沒做什麼，也就是說沒有血債，二是共產黨要用他。五十年代初期國民黨潛伏在大陸的特務很多，共產黨為了對付他們，便需要

了解這些人，於是找到了一些被俘虜的原國民黨的軍官，我爺爺即是其中一個。當時亂，爺爺找工作時被政府捉住，先在潭城關了幾個月，後被弄到江蘇老家監禁了五年，我想肯定為當局提供了許多有價值的情報，這些情報對瓦解破壞國民黨在大陸的特務組織肯定起到不小的作用，才保住一命。這些我並沒有問過，是猜的。爺爺說當時很多官職比他小的人都被槍斃了，可是他活了下來，爺爺出獄的時候，還登了當地的報紙，算是一新聞。

出了獄，爺爺進了一儀錶廠。他說當時工作很努力，搞了一個小發明，一種使機器的生產效率得到提高的小儀器，沒想招致車間主任妒忌，說這個發明是人民群眾的智慧，與個人無關。我心想無關就無關吧，只要不覺得我無用就好，但那個主任還是不斷找我麻煩，文革時還去告過我，說我是國民黨軍官，階級敵人，但沒能告倒我。那時候好多人跑到公安局檢舉揭發我，都被擋了下來，因為我是省裡的幾個保護對象之一，我想他們仍然認為我有利用價值，同時，我也需要他們的保護啊，否則我這把骨頭早就爛在泥裡了，有些人還因我提供的情報升官發財了，這是政府高明之處，不然我即使五十年代不死，文革也是逃不掉的。話說回來，那幫公安局的人真是好笨喲，包括那些頭頭腦腦們，許多凶殺案常破不了，都跑來找我。唉，好多案子是我幫他們破的。後來，公安局把我調到了華僑飯店上班，那時飯店來往人很多，我也明白他們讓我在那上班的意思，讓我從旁認人，看看有沒有國民黨特務或漏網分子。所以上班的時候我一直都很謹慎。

我知道我這個國民黨上校能活下來，養家糊口，是僥倖的，我也清楚，稍有疏忽，情況可

能隨時變化，所以心一直放不下來，彷彿身後有把刀一直頂著。記得有一天下班的時候，經過一個正在維修的樓房，房外面搭了許多竹架子，我剛前腳走過，後腳那些架子就全坍塌下來，一腳之差，就險被砸死，工人趕忙走過來看，對我說，「好傢伙，你老兄命大，大難不死，必有後福呢。」我呢，沒覺得害怕，死裡逃生的事我已經歷很多，從前打鬼子時，不知見過多少屍體，血流成河。一次在戰場上，鬼子炮火很凶猛，我四處躲，見一個人躲在一個炮彈坑裡，那人對我說，老弟，下來躲躲吧，這裡安全。我見他的坑那麼小，想著還是不安全，謝絕了，沒想到我話音剛落，一個炸彈就飛過來，正好落到他的坑裡，把他炸沒了。

奶奶年輕時也是個美人，我記事的時候，她已老了，乾瘦，還有些駝背，爺爺說是他關在牢裡時，她出去挑土壓的。那是男人也覺得累的活啊，想來不可思議，當時爺爺的工資是家中唯一的生活來源，爺爺進了監獄，全家生活一下就沒了著落。那時，我大伯和我爸爸已經出生了，分別是三歲和兩歲，常餓得哇哇哭，沒辦法，奶奶出去找活幹，起初是賣燒餅，賣了一天自己也捨不得吃半個，天黑了便把所剩的一兩個帶回去給孩子吃。家裡每天吃的都是白菜和一點點米煮的稀湯，大伯那時還小，吃飯的時候用筷子一撈，啥也沒有，全是稀湯，就大哭起來。賣燒餅掙錢少，難以糊口，便找了個在河邊挑石頭的活，開始人家嫌奶奶瘦小，根本做不了這種力氣活，不肯要，後來還是勉強留下了。

即使是這樣的日子，奶奶也沒有想過離開爺爺。自嫁給爺爺後，奶奶背著一個「軍官太太」

的名，卻沒享過一天「軍官太太」的福。五十年代初的時候，許多女的，包括一些「軍官太太」，都吃不了苦，紛紛和軍官丈夫離婚，或賣身活命，或委身男人，日子至少不那麼苦，奶奶沒有那樣做。

爺爺常說奶奶跟他是吃了苦的，可除了說說，爺爺也做不了什麼，奶奶照舊駝著背操持家務，為全家做了一輩子的飯。後來腿不行了，做飯時就搬個椅子坐在爐子邊炒菜做飯。我常感慨女人命運的脆弱莫測，奶奶年輕時雖是美人，按現在來說，美貌是一種可能改變命運的資本，但奶奶的一生卻沒沾上美貌的光，白白浪費了。爺爺雖沒欺負過她，但奶奶畢竟沒有獨立生活的能力，事事聽從他人，難免還是要受氣的。我想奶奶的一生並不快樂，她所過的生活並非她所嚮往的理想生活，肯定不是。她也曾出去賺過錢，就是在我讀的小學校門口擺攤賣瓜子、果凍、酸梅粉之類，當時也有其他老太太挎著籃子賣些小零食之類，一年下來，奶奶掙到的錢也就僅僅能買一雙鞋，利潤太低，只好放棄了。奶奶雖沒有文化，但氣質卻像讀過書的，曾有一個小學校長來家裡做客，看到奶奶知書達理的樣子，便提議讓奶奶去小學教書，說學校正缺老師呢，爺爺只好說奶奶並不識字，連自己的名字也不會寫，那個人聽了很詫異，怎麼也不肯相信。

奶奶屬馬，爺爺屬牛，奶奶總說她和爺爺是一對牛馬，都是苦命的。奶奶晚年的駝背很嚴重，身體開始畸形了，表情時有凶相，我有點怕她，我知道奶奶並不太喜歡我。記憶裡，爺爺奶奶的家裡有一個黑色大水缸，裡面的水專為日常所用，我小時候，一次在外面玩了回來，把髒手

伸進去水缸想洗洗，奶奶見了，厲聲朝我凶起來，我哇的大哭起來，奶奶後來把整缸水都倒了，刷呀弄呀的搞到很晚。從那以後，我有點怕奶奶。奶奶對我最溫柔的一次是我父親在車禍中去世的那個晚上，我為父親守夜，不知不覺睡著了，沒多久，就被人叫醒，說奶奶想我了，叫我去陪奶奶睡。我迷迷糊糊的，不知自己走過去的還是被人抱過去的，來到奶奶床邊，奶奶突然一個勁的叫我寶寶，乖乖啊什麼的，弄得我很不適應，躺下後，奶奶還不停的拍我摸我，我看了看她，覺得那種對我的關心好像也不是假的，便睡著了。

後來我大了，對奶奶理解多了，知道她是一個面硬心軟的人，她對孩子，對爺爺的照料，全然是自我犧牲式的。奶奶臨終的時候，我坐在她的床邊，她肺已衰竭，氣息奄奄，叔叔和大伯放棄了治療，把她從醫院抬回家了。那天晚上奶奶喘著粗氣，嘴像魚樣的一開一闔，我想她恐怕是熬不過今晚了，她躺在那裡，瘦得像一具被榨乾了的殭屍，甚至像木乃伊，痰漸漸堵住她的喉嚨，呼吸越發困難，越發吃力。此時，她突然把頭轉過來狠狠地看了我一眼，好像要把我的樣子牢牢印入她的心裡似的，又像在審判什麼，這是她看我的最後一眼，我心裡發慌，突然覺得自己是有罪的。我以前一直以為不喜歡自己的奶奶，她死前這深刻的一眼，傳遞了一些我至今也不明白的東西。

人的命運會不會遺傳呢？會不會像人的性格、智力和疾病那樣遺傳呢？這是我小時候不能想像的，大了，二十多歲了，見得多了，我會常常思考它。

爺爺一生，虎頭蛇尾，結局慘淡，他六個孩子的命運也差不多。爺爺坐牢時，家裡三個小孩的生計，全靠奶奶一個人做工維持，日子很艱難，家裡有親戚就提議把二姑送人吧，或給小孩一條生路。當時，找的是個幹部家庭，條件不錯，沒有小孩，會對二姑好的，奶奶就把二姑給了他們，二姑被領走的那天，奶奶難過極了，不想給了，可答應了別人又沒有辦法。二姑走一路，哭一路。二姑送人沒滿一月，爺爺從江蘇牢裡放了出來，到家得知此事後，責怪奶奶，但奶奶哪知道爺爺能不能出來呢，連爺爺自己也不知道啊。

領養二姑的那家人不久生了個男孩，從此二姑就沒好日子過了，據說二姑被養父虐待強姦，爺爺多次打聽，想領回家來，但是二姑反倒不願回來了，她恨奶奶，恨這個家，說家裡那麼多小孩，為何偏偏送她！此事成了爺爺的一個心病，時而提起，直到死前也沒忘掉。三姑小時候據說長得最漂亮，但話少，十分瘦弱，一陣風就會被颳倒似的，四歲時在河邊玩，失足淹死了。我見過三姑姑的一張舊照，小小的照片裡一個小小的人，臉上好像還撲了粉，那件亮亮的絲綢衣衫，估計是照相館提供的，三姑很美，可我的感覺好虛幻，不真實，這是位在我出生之前就已從這個世界上消失了的人，這種感覺很奇怪，無法把握，無以名狀。

爺爺的三個兒子，全不愛讀書，也全無爺爺的聰慧，每言及此，爺爺總沉默不語，時而嘆氣，顯出某種悲哀來。我大伯也住在潭城市，大伯母對爺爺也不好，逢年過節很少來看爺爺，平時就更不用說了。後來他做了單位的黨支部書記，照片時而上報，長相很像爺爺。大伯母是一個

強硬麻利的女人，嫁給大伯前曾結過婚，據說新婚之夜發現丈夫性無能，第二天就把丈夫拖去辦了離婚，之後，很快認識大伯，再婚，大伯懼內，對她也莫名其妙地迷戀，生下第一個孩子發現有缺陷，大伯母躺在自己初生的女兒身邊，不給蓋被，不給餵奶，女孩哭嚎一天，死了。

我叔叔也不是個讀書人，逃學，在街上幹架，常常有人頭破血流地找到我家門口，指控我叔叔，有時反過來，是我叔叔自己頭破血流地回得家來。他脾氣暴躁，動不動就嚷嚷要揍別人。爺爺開始也管他，揍他，可沒什麼用，他還手，手還很重，爺爺就不敢揍了。中學畢業後叔叔便輟學在家了，爺爺為了他操碎了心，起初出錢讓他學門手藝，於是他學了幾天理髮，開了個小理髮店，沒幹兩天就關了門，之後又陸續開過小賣鋪、租書店、早點店，沒一樣弄成，都是興沖沖開頭，潦潦草草結尾，之後只好找些臨時工做，又因和領導同事吵架幹架被開了。有一次，叔叔的女友和他吹了，於是他成天喝得爛醉，罵人，打人，說全是被爺爺的國民黨身分給害了。爺爺一聲不吭，在旁邊坐著發呆。後來叔叔又出壞招，為了驚動市委以替自己謀職，竟要爺爺到市政府前的廣場上跪下，手裡舉個牌子，上面寫道：可憐我這個老人吧！叔叔愉快地說，這樣的話，街上的人見了一定會同情的啊，爺爺沒聽他的，說不願意為了我叔叔下跪。我覺得叔叔簡直是個混蛋！

我父親也拙於讀書，但在爺爺的三個兒子裡，卻是最孝順的，爺爺如生悶氣，火總是衝著我父親發，說跪下！我父親就跪下了，所以，爺爺很需要，或者說離不開我父親這樣的兒子。我母親出身於浙江農家，後來到江西投靠她一個姑姑。母親是個裁縫，那個時候不興開裁縫店，家

家都有縫紉機，裁縫的事就是誰家有衣服要做，帶把剪刀皮尺去誰家，做到晚飯前返回，次日再來，直到衣服做好為止。母親和父親的相識，就是這樣的機緣，他倆很快結了婚，不過父母的新婚之夜，卻發生一件很不愉快的事情，這件事後來想起，總讓人覺得是一個不祥的徵兆。父母結婚的前一天，爺爺在吃飯的時候吃壞了東西突然冒出血吐血了，全家人都嚇壞了，急將爺爺送到醫院急救。爺爺要輸血，醫院抽血化驗血型，可爺爺的胳膊已經連血都抽不出來了，主治醫生趕來，費了半天勁，也只抽到幾粒黃色水珠，拿去化驗，得了血型，爺爺搶救回來了，但仍需留在醫院觀察。這時，大伯和父親的二舅一直在鬥酒，父親很著急，想著快點結束酒席，好去醫院看爺爺，就對大伯說，哥哥，別喝了，爸爸現在還躺在醫院裡呢，早點吃完去看他吧！誰知大伯和二舅公聞之便說，你個小輩，還來教訓我們，連酒都不讓人喝完！不由分說，打翻父親，父親哪敢還手，被打得鼻青臉腫，母親在旁不知所措，跪在地上，求他們不要再打了，他們不聽，直逼父親下跪認錯，父親無奈，只好跪了。爺爺在醫院知道了以後，非常生氣，病差點復發。這件事成了母親心裡的一個陰影，時而抖落出來，說這個婚，頭開得不好，以後還能好到哪去，沒料到日後所發生的事情證實了母親的那個「預言」。人生像一陷阱，但是這一磚一瓦都是由當事人自己親手砌成的。

父親初戀的女友也住在潭城，那女的臉上有塊胎記，爺爺奶奶看了不同意其婚事，父親只好和女友分手。父母結婚後，第二年就有了我。一日，父親帶我出門玩，街上遇見他初戀女友，女

友看了看我，幽幽地説，「這是你的孩子麼？要是那時候咱倆結了婚，孩子也有這麼大了。」父親聽了此話，強烈觸動了他初戀情結，回家把我往母親懷裡一塞，説，咱們離婚吧。母親問清原因，不哭也不鬧，抱我見爺爺，爺爺問清情況後，劈頭蓋臉地把父親罵了個狗血淋頭，我也在旁大哭不止，父親當時就老實了。

八十年代初母親自己開了家裁縫店，生意不錯，那時成衣的款式單調貧乏，自帶衣布到裁縫店裡量體裁衣的顧客很多，不少年輕的女孩還帶來國外雜誌中的色彩鮮豔的模特照片，讓裁縫生搬硬套，如法炮製。母親那時做衣服滿有靈氣，顧客拿來的各式「藍本」基本上都能做出來，所以生意好。記得那時母親的店裡總是很熱鬧，人聲嘈雜愉悦，潭城雖小，母親的店裡總匯集了一些不知從哪冒出來的靚男倩女，生意最好的時期，還僱了幾個學徒。記得其中有個年輕女孩，我很喜歡，她常常用很香的洗頭膏給我洗頭，説話細聲細氣，總是微笑，問水燙不燙啊，這樣撓頭皮舒服不舒服啊，酷似一個特別好的溫和的大姐姐。還有一個學徒叫羅鳳，個子不高，胖胖的，走起路來屁股一扭一扭的，她是我的一遠親，住的房間是在陽台上用木板隔出的一間房。我大表哥常和她偷情，後來事被捅破了，大表哥即刻和她斷了來往，娶了別的女人。小羅尋機復仇，在一次家庭聚餐中，這個小羅把大表哥老婆的乳頭咬下來了，因而獲刑，蹲了一年牢，出獄後很快的和一個混混搞在一起，生了一女。再後來，又和我大姑父，也就是她的繼父好上了，之後不久，大姑父越來越消瘦，小羅則越來越胖，再以後就沒有他們的消息了，這是題外話。那段時期

令我難忘，我家那個小裁縫店裡充滿了噠噠噠地踩縫紉機聲，很熱鬧很忙亂很有生機，日子日日向好有盼頭，儘管所盼是何，並不清楚。

有一天，店裡一個顧客給我梳頭髮時發現了蝨子，她驚叫一聲，然後很耐心地用篦子來篦，篦下許多，逐一捏死，放在我的作業本上，不一會兒，本上的蝨子就有一小堆了，連血帶肉的在我的作業本上細細翻滾，嚇得我哭起來。後來母親給我繼續篦，她很用勁，很煩躁的樣子，我疼得又哭了。之後，為了省事，母親乾脆給我剃了個光頭，我心裡難受，覺得像個男孩，太難看了，出於同樣的原因，母親讓我夏天打赤膊，這樣她就省著洗衣服了。街坊鄰居都笑我，說我是假男孩，還有的說我像小勞改犯，我變得自卑起來，覺得自己可能真的長得醜，所以母親不寵我，不打扮我，不願意給我買公主裙不願意給我紮辮子。父親也不管我，回到家就躺在床上看電視，喝酒，時而打發我出去給他打酒買菸，那條小路我重複地走了多少次，我已記不清了，只記得我總是趿著一雙小拖鞋，掛著鼻涕日日往返，以至於小賣部賣酒老闆每見我來，未等我開口，就把我杯子接去，用小木勺打白酒二兩，並不多話。父母那時常吵架，不知何因，每次總是父親占上風，後來聽親戚說，你媽覺得你爸在外面有外遇，冷落她。說來也怪，當我第一次聽到這個消息時，並不難受，而且真心覺得母親配不上父親。父親年輕時長得還是很英俊的，除愛喝點酒外，堪稱完美。有一次，父母剛吵完架，母親上樓找東西，父親領我要出門，母親見了不讓，說，去哪？不准出去。父親說不要你管，又看了看我，說，知道嗎？那不是你媽，是你阿姨，

叫阿姨！我很迷惑，她分明就是我媽呀，父親看我不叫，繼續誘惑我說，叫啊，叫了阿姨後，爸爸帶你出去吃好吃的，給你買玩具。我遲疑了，輕輕地叫了聲阿姨，父親聽了便高興地帶著我吃喝去了。母親傷心，一邊不停地踩縫紉機一邊不停地向她的那些徒弟訴說和抱怨，來一個顧客，她就訴說一次，父親聽了，也不在意，權當什麼都沒聽見。也許是某熟客的建議，母親開始打扮起來了，不再像以前那樣，只知道整日價踩縫紉機了。她門牙有些外暴，就用磚給敲掉了，鑲了對假牙，可不久，母親自己卻有了外遇，反過來要和我父親離婚了。

一天，父親喝醉了，說文革時爺爺和奶奶被拉出去遊行，爺爺脖子上掛的牌子上寫著「殺人如麻的國民黨軍官徐天翔」，奶奶脖子上掛的牌子上寫著「為虎作倀軍官太太劉雪華」，此外，造反派還給奶奶耳朵上掛了兩個大紅辣椒當耳環。我覺得大紅辣椒很有趣，就學了一句嘴，父親聽了，勃然大怒，吼道：「你在哪聽到的，給我跪下。」我從來沒見過父親那麼凶，怕了，一邊跪著一邊哭。媽媽看了在一邊說道：「她小孩子，懂什麼東西，自己喝醉了，拿孩子撒氣，你以為爺爺還是以前的上校啊，起來，不要理你爸爸那個醉鬼。」由於爺爺的原因，父親在人前，比如說在街道委員會的人面前，在單位領導和我學校老師面前，都十分客氣謙卑，甚而有些低三下四，回家喝酒，一醉就罵人，我那個時候有點看不起他。

那個年代，改革開放剛開始，「下海」從商的人很多，都想自己試試運氣，拼一下。母親總覺得父親的工資太低，說將來孩子長大了是不夠用的，父親於是辦了停薪留職，搞長途貨運去了。

白天黑夜地跑，一禮拜，甚至幾個禮拜都難得回家一趟。這時有個男的勾引了我母親，爺爺可能是知道的，非常生氣。因為他後來跟我說他和我奶奶看見那個男人半夜鑽進了我家的門，他和奶奶本來打算把門給堵住抓姦，但礙於我也在屋裡睡覺，怕對我不利，便放棄了這個計畫。母親偷情的事，其實我是知道的，晚上我沒入睡之前，時而聽見母親和一個男人說話的聲音，男人聲音壓的很低，渾濁地說：「你女兒睡著了嗎？」我母親說：「睡著了，你輕點，不要打擾她。」第二天早上我背著書包準備出門上學的時候，看見母親斜躺在床上，衣衫不整，滿臉春色，內衣褲都扔在地上。當時我還以為母親生病了，問她，她說沒有，我就走出了家門，上學去了。

父親是否知道此事，我無從得知，因為不久父親就死於一場車禍。據倖存的副駕駛的表述，事情是這樣的：那天深夜，他們從玉山拉貨回潭城，都很疲倦，父親好像心情很不好，開車前喝了些酒，車開得很毛躁，顯得很急，總是超車，像急於回家似地。那個致命的撞車事故就是發生在他超車的時候：他越過黃線，逆行在對面的行車道上，準備轉回原路時，瞬間被對面飛快駛來的貨車迎頭撞上，據說父親當場就死了，副駕駛身負重傷。由於父親逆行，故負全責，所以父親的死沒有得到任何賠償，反要支付對方車和自己車上兩個人的全部醫藥費和損失費，我們家一下子就垮了。

那天下午，我正在學校上課，爺爺來到教室門口，看了我一眼，然後，朝老師做了個手勢，老師就出去了，很快回來，朝我看了一眼，我覺得那眼神很怪，那是特別同情的目光，她親切地

走來，說你家有點事，跟你爺爺回家去吧。爺爺走過來，拉著我的手離開了教室，走過操場，走出校門，一路沒說話，後來，終於開口了，說孩子啊，你爸爸出事了，遺體現在正躺在殯儀館裡呢，我的眼淚一下子就流出來了……我想到父親死前見他的最後的那一面，是個中午，飯後他很累，原本是要回家睡的，卻在爺爺的床上睡著了，奶奶給他輕輕蓋上被子，對我說，你去上學吧。臨出門的時候，我回頭朝他望了一眼，發覺他的臉色異常慘灰，臥姿竟有點像屍體，我不知何故地走過去，在他臉上親了一下。第二天，父親就出事了。

日本有一個電影叫《戀屍師》，其中一個細節說母親死了，兒子在一邊看母親被火化的全過程，我覺得很sick，可這種sick的事，同樣也進入了我的記憶。父親去世時我十一歲，火化完，父親的骨灰被剷出，然後攤在一塊石灰板上，叔叔和大伯在收拾，大伯說，好在有熟人，可以排在今天第一爐，骨灰可以乾淨點，不會有別人的骨灰摻在裡面，一邊說一邊把父親的骨灰裝進骨灰盒，再把其中大塊的骨頭咯咯碾碎，一邊碾一邊說這塊是崇明的盆骨，這塊是崇明的頭骨，我站在一邊看著，聽著，終於忍不住，喊道：「你們不要這樣，不要再碾了。」但有誰會去聽一個十歲小孩的話，去理會一個十歲小孩的感受呢?!我看不下去，走了出來，我覺得這世界裡，這些人是多麼奇怪啊！回到家，好多人，客廳，廚房，都是人，我覺得很累，趴在沙發上睡著了，迷迷糊糊中，我感覺自己的身體好像在發生一些變化，下半身熱熱的好像有什麼湧了出來，是月經，是一個女孩的初潮，在那個晚上，我成年了。

父親死後，爺爺徹底寂寞了，一下老多了。他的背好像一下就駝了下來，顯得更矮了。從此以後，因怕我過馬路出意外，他每天接送我上學，往返要走八個來回，那是一段大約十公里的路，風雨無阻，天天如此，對爺爺這樣年已花甲之人何其不易！他走路比我還快，也不知哪來的勁。自那時起，同學和老師都用一種新的、異樣的眼光望著我，好像是另類人了。我討厭那樣的眼光，如果那眼光裡含有任何同情的話，那麼，我討厭那種同情，我拒絕它。我變得更沉默了，當時我十二歲吧。

父親的死，爺爺常懷疑與母親的那個情人有關，所以，他怕那個男的會因為我礙事而把我殺了。那個時候，爺爺心事很重，憂慮沉沉，擔心有人要害我，害我們全家，因此看起來有點神經兮兮。那段時間，爺爺經常給我講《油罈記》，是宋朝年間的故事，說一個年輕女人守了寡，寂寞難耐，和一個男人勾搭上了，她有一七八歲的兒子，有些礙事，為了偷得歡愉，和情夫勾結，殺了自己的兒子，然後分屍，裝在一個大油罈裡，密封好，藏了起來，不過事情最後還是暴露了，兩人被斬。爺爺在說這些故事時很認真，很焦慮的樣子。後來，爺爺還是不放心，叫奶奶每天晚上來陪我睡，母親覺得受到監視，所以很不高興，也很緊張似的。後來奶奶還把我領到爺爺家睡，母親趕來找我，爺爺就是不開門。母親就在窗外叫我，不停地拍窗子，她個子不高，需踩在什麼東西上才能搆到窗台，在窗外一直喊我名字，聲音慘兮兮的，爺爺不許我答應，母親只好走了。我聽到她離開窗子的時候摔了一跤，之後聽到她高跟鞋有些淩亂的聲音，我不覺得母親會

對我怎麼樣，覺得她也可憐，她畢竟是我媽。我想那天晚上，她是傷心的。

父親不在了，母親的那個情人也沒再出現，母親每大守在電話旁，不停地打啊打啊，脾氣越來越壞，越來越躁，說話也越來越奇怪。爺爺總是叫我觀察媽媽的一舉一動，然後把情況告訴他。後來，爺爺發現了母親有記日記的習慣，就偷偷地把母親的日記拿過去抄，我問爺爺為什麼要抄母親的日記啊，爺爺說，你不懂，這是抄她偷情的證據，以後她就不能抵賴了。

母親失戀了，準確的說，被拋棄了。突然有一天，母親不正常了，她坐在家裡樓底下的院子裡，不停地撕扯著自己的頭髮，捶著自己的胸部，哭著喊著。沒辦法，後來，外公就過來把母親帶回了浙江老家。一年以後，母親再婚，沒通知我們，我是去外婆家過年的時候才知道的，那時媽媽已是別人的妻子了，這是種很奇怪的感覺，覺得母親陌生了，親戚們也陌生了，我覺得我在外婆家變成了一個客人。翻看母親的相冊，她再婚時的照片，她胖了不少，肥嘰嘰的兩條大腿裹在黑色的絲襪裡，一身紅色婚服格外異樣，臉上化妝的面霜填入明確的皺紋裡，和她身邊粗俗的壯漢有些般配了。相冊裡還有我和母親從前的合影，我和母親看著鏡頭，頭碰著頭，看上去似乎很親熱，但那並不真實。母親似乎發現了我的失落，晚上特地陪我睡。經過長久的沉默之後，她突然說，其實，我真正喜歡過的人還是你的父親。這也許是實話，但那天晚上，我覺得那是句假話。

母親改嫁後，我和爺爺奶奶生活在一起，按爺爺的話說，祖孫相依為命，風燭殘年，還要撫養我，供我讀大學，其壓力之大是可怕的。他的嘆氣聲越來越多了，對別人越來越吝嗇了，衣

服也越穿越破越差了，連雙襪子都不捨得買，他總是對我說，他的錢就像這杯子裡的水，用一點少一點，不會再多了。初二時，大概是某個政府單位的形象工程吧，學校有幾個贊助品學兼優的貧困學生的名額，爺爺得知很高興，讓我報名，說是要爭取別人對我的同情，我聽了反感，為什麼要「爭取別人對我的同情」？但我還是依了爺爺的話，得到了這個名額，然而，不滿一個學期，那個單位就取消了對我的贊助，說是我進步不夠大，贊助的效果不明顯。爺爺知道了後沒有怪我，說早就知道他們靠不住的。兩年後，我升了高中，突然這個政府單位的領導又在電視台的簇擁陪同下，帶著攝影師亮閃閃地採訪我來了，那位領導對著攝影機口若懸河，滔滔不絕，神采飛揚，指著我對著鏡頭壯麗地說，「這位就是我們一直贊助了十多年的貧困學生，十多年來，我們贊助她的學費、課本費，還經常家訪，關心她的學習和生活，在我們的關懷下，這位同學健康成長，成了一名品學兼優的好學生，她以後考上了大學，我們也會繼續這麼支持她的。」這個時候，鏡頭對準我的臉，給我來了個特寫，攝影師對我說，同學，你說點什麼吧。我實在是不知道說什麼好，支吾片刻，終於「呃」出了一聲，像大便乾燥似的。

爺爺晚年的聽力一年比一年差，最後的兩年基本上消失了，要對著耳朵嚷嚷，他才能勉強聽到一兩句。視力也大幅減退，怕光，每天戴著墨鏡看著熱鬧嗆俗的古裝電視連續劇，到後來，電視也不看了，只是坐在床邊發呆，我問他為什麼不看了，他說他要保護眼睛，耳朵已經不太聽得見了，如果連眼睛也瞎了，那麼他就去死。偶爾天氣好，他也出去晒晒太陽。在陽光下，爺爺身

上劣質的衣服，褲腳的炸縫，領口的油膩和頭油的氣味如此刺眼熏鼻。在路人的眼裡，這是一個多麼邋遢寒酸的老頭啊！他已不大提起往事了，家裡人也早已厭倦再去聽，說實話，我都不願意再聽了。除了我早已耳熟能詳的那些往事之外，我難免要把他過去的輝煌神旺和眼下的破敗潦倒聯繫在一起，他自己是怎麼看怎麼想的呢？國家和個人的命運，自己和子女的命運，如此密切相連，如此殘酷無情，如此不可捉摸，三個女兒逐一失去，晚年喪子喪偶，餘下的又不孝不順。兩黨地位的變遷，意識形態差異的模糊昏暗，這些果真是有意義的嗎？爺爺的人生，我的人生，這些果真是有意義的嗎？爺爺的青年時代，無疑和所有有志學子一樣，為國家的前途、為自己的理想和信念赴湯蹈火，而政黨間意識形態的爭執使這些原本純粹的東西變了形走了味，使原本並無善惡之分的理念忽然間被劃為天使和妖魔的區別，爺爺是怎麼想的呢？如今爺爺走了，那些原本不是我敏感的事物漸漸變成我的所思所念了。我對政治沒有興趣，爺爺對我來說，是國民黨員，是上校，同時更是我的親人，世界上最愛我、最疼我、最掛念我的人，這就足夠了。西班牙民諺道，人至四十，便見過世界的全部罪惡了。如真是如此的話，那麼四十歲以後的人如何度過餘生呢？爺爺的後半生，也就是四十歲後又度過的四十餘年，他以什麼心態和感受度過那一天又一天的呢？爺爺死前，聽力的衰退，身體的衰敗，腦力的衰竭，已使他不能像從前那樣和我聊天解悶了，而在那時，我反倒有越來越多的問題想問他，想和他聊，想了解他，但這樣的機會卻永遠的失去了。我看到一個落寞的老人，可憐的老人，一個善良的老人，一個隨著命運的波濤無助飄泊

的老人。

記得小時候爺爺常帶我去火車站周圍轉悠，望著從車站口進出的熙熙攘攘的人群，他們相貌各異，口音紛雜，爺爺常看著這些人默默不語，心不在焉，當時我覺得怪怪的，不知為何。此外，爺爺還常常用樹枝在沙土地上寫字，畫畫，有一次我看出所畫的是一只大鐘，有時針、分針、秒針，一只躺在地上的大時鐘！我當時覺得，辨識時間是很難很難的事吧，後來回想起來仍覺納悶，為何畫鐘呢？這幾年，我才漸漸理解爺爺的那種心情和心態，那是他深深的寂寞。

我難免將爺爺的命運和我自己的命運聯繫在一起。爺爺的命運自然影響到我的命運，我無從抱怨，卻很悲涼，我感到生命的衰老比生命的死亡更可怕，我覺得如果我繼續待在爺爺家裡，在那個沉悶陰鬱，充滿嘆氣聲，沒有歡笑，沒有希望的地方生活，我會迅速衰老的。我開始不喜歡那個家了，我也憎恨貧窮，我想擺脫它，其實是懼怕爺爺的命運在我身上的繼續和重演，我渴望出去，渴望外面的世界，不是有歌裡唱的，「外面的世界很精彩」嗎?!高考的時候，我特地選離家遠的學校，當我接到外地的大學入取通知書時，我收拾東西走時是多麼快啊！

在杭州讀大學的時候，我曾經爬過夜晚的保俶山，山上難得的一片空曠寂寥，往山下望去，路燈、車燈在霧氣籠罩的夜裡像一隻隻小眼睛，忽明忽暗地望過來，不懷好意，我有時會產生一種跳下去的恍惚欲望。山下的西湖像是一個黑色的深潭，燈影斑斕絢美，仿若一個華麗的惡魔。不知怎地，剛考上大學的我，剛來到一個比潭城要大得多繁華得多的城市，我突然感到莫名的深

深的疲倦和寂寞，我想到了爺爺，我忽然感到我理解他了。

爺爺去世的時候八十八歲，我是在叔叔的電話上得到消息的。當時我竟是麻木的。我買票趕回了潭城，那些原本熟悉的街道、環境，好像一下子變得虛幻、陌生、很不真實了。從出租車一直到火車站，再坐上火車一路到爺爺的家，我都沒有眼淚，只覺得心中惻然，我躺在晃動的車廂裡，一種強大的空虛無形地包圍著我，透過車窗的玻璃，我看到了自己浮腫的臉，不合體的衣服，變形的胸衣，胸衣裡的鋼絲還有一半跑到了衣服外面，還有我自己似笑非哭的表情，怎麼會是這樣的我，我突然覺得自己也是陌生的。

進屋，家裡反常的熱鬧，親戚們都來了，大家都很開心，喝酒，寒暄，那聲音聽去幾乎像歌唱，客廳地上橫放著一大冰棺，製冷的馬達隱隱作響，隔著玻璃，裡面模糊不清地躺著一個人，那就是我的爺爺了。他變得如此瘦小，幾乎完全脫相，無法辨認，像一具結著薄霜的木乃伊，我無法想像眼前這恐怖的骷髏是我爺爺，他已不再惦念我，不再無比慈祥地看著我，無比親切地問我這問我那了，就是說，一切結束了，到此為止，歸零。我一個人靜靜地待在爺爺的屋裡。他的書桌抽屜已經被打開，翻亂，好像被洗劫一空。當晚，大伯、叔叔，遠近親戚幾乎都喝醉了，還划起了拳，喊聲震盪著那老舊的房間。

兩年後我路過潭城時，又去了一趟爺爺奶奶的舊居，叔叔照舊醉倒在桌下，嬸嬸躺在床上一面嗑瓜子一面想著什麼，堂妹低著頭在捏著手機玩遊戲。房子已經被徹底裝修一新，爺爺奶奶生

前用過的那些舊家具，床、衣櫃、木桌，都已無影無蹤，從前的一切都不復存在了。

二〇一三年九月寫於杭州

發表於《西湖》二〇一三年第十二期

美麗的高樓

一

丈夫得了晚期肺癌。電話裡醫生將這消息先告訴了我，讓我斟酌如何轉告他，之後，那位醫生近乎親切地低聲說道：「這種病現在很普遍，不是你們一家兩家人碰上，比你丈夫更年輕就得了的人有的是，人嘛，就是這樣，生老病死，想開點。」

以我不多的經驗，感到在通知病人和病人家屬絕症消息的時候，醫生常常很「人性化」，讓病人感到「你並不孤獨」，比你慘的人有的是，年齡也更小，甚至亮出底牌：醫院呢，就是人死前的最後一站，你懂的?!語義透徹，言辭也是經過反覆斟酌過的，使我不得不對他們肅然起敬，相見恨晚。然而那天醫生的通知完畢時，我的那種感覺轉瞬即逝，剩下的是：丈夫將死，一個與我生活了五年的人將死去，化為虛無，一切都為時已晚。

是的，死人的事並不新鮮，除了社會新聞，周圍的人中也時有耳聞，但碰上自己的家人就不一樣了，死亡忽然活了，變得真實了。雖然，家人噩耗和絕症消息的臨近對我來說不是第一次，

但這種事總是突襲，讓人措手不及。上大二的時候，父親得肝病去世，我第一次感到什麼是「沒了」。他深度昏迷的時候，我貼著他的臉，輕聲喚他，感受他那熾熱而生機勃勃的大口呼吸，感受他皮膚的溫度、他的體味，我多麼熟悉這種體味啊，我握住他柔軟無力又微燙的手，心想這麼活的生命是不會死的，是拒絕死的，然而沒過多久，他還是死了。和母親回到家收拾遺物，他一生中的那些紅塑料皮綠塑料皮的工作證，會員證，每年的體檢，X光片，老式的錢包（從前父親總是從這個錢包取出錢來給我買兒時喜歡的京果和花生豆），讀過的書，日記，放大鏡，太陽眼鏡，辭海，唐詩三百首，等等，等等，我感到處處是父親，又覺得處處都在提醒我：父親死了，不在了，永遠的，這兩種感覺都極其真實，同時並存，讓我迷惑，我思忖這種迷惑恐怕要栩栩如生地蔓延到我自己的死為止。

丈夫這次的絕症體檢消息，使我原本已經淡化的意識再次清晰浮現，他要死了，還沒死，快要死了，趁他活著，珍惜眼下的一分一秒，體味它，以使我以後能再想起它，排遣寂寞和空虛，我是妻子，自然該好好照顧他，可是，我為什麼那麼冷靜呢，甚至還有點懶散？

是的，我並不愛他，實話說，也許從來就沒有愛過他，既然如此，幹嘛結婚呢，而且一起過了五年，是啊，這就問死我了，我不知怎麼回答，不過，你最好也去問問別人，看看人家怎麼說，如果她們真願意說實話，回答八九是：「婚姻不需要愛情，習慣而已。」不是嗎，而且人常常不是想到了後果再去做事情做決定的，而是相反，至少我是這樣的。所以，我這是咎由自取。

這是丈夫合同單位的一次例行體檢，體檢報告一般在一個月內就會出現在他的辦公桌上，如沒見到這份體檢，他也可能會去問的，我還有一個月的時間。我會撒謊，但這個謊言也只能將真相推遲一個月而已，他是個心細的男人，所以這次的絕症噩耗，他會很快從醫院的體檢報告得到的。我想還是讓他自己去問吧，我做不到像那位醫生「和藹可親」的電話通知，做不到。家人不是「局外人」，即使不愛，也在一個燈下吃飯，在一個浴室沖澡，在一個屋裡吵架，在一張床上做夢。現在，死亡終於溜進了我們這個家，繞開了我，徑直走向他，快碰到他了，他還蒙在鼓裡，我想著眼下這個時候他可能在哪，在外面拍照？在和同事吃飯？或者在別的什麼地方？總之他還什麼都不知道，還在盤算著明天的事，我忽然覺得某種感情淡淡地漫了上來，是我久違的憐憫之心。我想，還是瞞著他吧，能瞞一時是一時。

二

我和丈夫是在一個同學的生日聚會上認識的，地點是一家羊湯館。平日大家各忙各的，這次見面大家話題驟多卻又各自心不在焉。那天的主角是我們當年大學的系花，頭頂戴一髮箍，布條做的，小商品市場到處有賣。戴一對義烏產的羽毛耳環，乍一見，恍惚如埃及豔后重生。她那天興高采烈，大冷天穿著露胸長裙，白亮的胸肉在人群裡晃來晃去，招致許多男性和她搭話，話越

多，她越高興，越俏皮，興致也就越高，我也迅速沾染了這股熱勁，心思空空而又妙語如珠，望著她的酥胸心想，我若是男人，也會有去揉一揉的念頭。她的男朋友是個胖子，據說是富二代，衣裝打扮使人想到歐美大片裡的走毒團夥裡的聯絡人，此人在肉湯翻滾的火鍋上空，送給系花一個卡地亞LOVE手環，系花見了高興地大嚷大叫，像被湯給燙了似的，對著胖子的臉一通亂親。周圍的同學也都開始起鬨，一驚一乍，熱鬧得像豬圈，然後各自紛紛就坐，開吃，熱氣騰騰中，有的嚷鮮，有的叫辣，有的悶聲撕肉，也有的唉聲嘆氣地喝酒，不一會，各種話題落英繽紛，黃段子閃亮登場，此起彼伏，眾人調笑揭短了幾個回合，興致依舊不減，臉色泛出紅暈，有的竟然躍躍欲試，試圖把矛頭對著我，我心裡一慌，泛出厭煩，溜了出來。我歷來討厭男人在這種場合沉迷黃段子和樂此不疲的樣子，就沒有別的話好說了？哪怕是些廢話呢！

外面空氣出奇的清新，想吸菸，但小包落在裡面了，此時我看見門外已有一人站在那裡抽菸，見了我，沒吱聲，走近遞菸過來，問是在找菸嗎？我說，「是啊，屋裡悶死了，出來透氣。」他打著火機，給我點上菸，然後我們各自徐徐吸了口，又慢慢吐了出來，這時他又瞧了瞧我，說，「不認識我了嗎？」我扭臉看去，苦笑地說認不出來，他有點失望，說，「我是隔壁班的肖小奇啊。」我看著他，還是搖了搖頭，這時他換了一下神色，硬了硬臉，冷笑地自嘲，說，「你當然不認識我，大學四年，我們從來沒說過話，我給你遞過紙條，你不理我。」

一時記不起來了，模糊中似乎想起當時塞紙條的不只一個，約我出去喝茶看電影和卡拉的，

是哪次？哪張紙條呢？所以沒法兒接話，只有岔開話題，問他在哪工作啊什麼的，他說沒工作，是屌絲，正牌的。我看了看他神色，倒是平靜坦率，並不自卑，他話裡的自嘲，讓我對他生出些好感，於是注意他了：瘦小，一頭蓬鬆紊亂的黑髮，很久沒洗的樣子，手指細長灰暗，小鬍子稀稀拉拉疏於照管，褲筒皺巴巴像肥腸，一副單身屌絲相，不過他的黑球鞋倒是一塵不染，牙居然也是格外白得有點奪目，不會是新裝的假牙吧？這時他又微笑地開口了：「你那時不大理人，很清高，看不上我，是吧。」我未置可否，他繼續說，「其實，學校很無聊，大家還爭成績名次，可笑得要命，外面才不管你學業好不好呢，看別的，如長相，臉緣，男的慫不慫，女的嫩不嫩，漂亮不漂亮，你看裡面的那個系花，學習成績全系倒數第二，現在已經是公司小主管了，而我卻常為房租發愁。」

「你呢？」他繼續問，我說我也是屌絲，「女屌絲。」他說，「怎麼會？」我說怎麼不會，他又淡淡地冷笑了，用腳在地上撚滅了菸頭，說，「其實你才是系花，你比屋裡的那個系花美多了！可你看，你們現在是一邊是火焰，一邊是海水，我這樣說沒冒犯你吧，也許你已經有工作，逗我玩！」

我笑了，說怎麼會呢，同時也覺得這男生傻乎乎，直白無忌，就說，「那麼下週有空嗎，請你喝茶？」心中暗想，這下滿足他的自尊心了吧。他有點意外，然後略平整了一下情緒，說，「好啊，但我來請你。」

半年後，我們結了婚。現在想來也笑自己，當初怎麼會請他喝茶，憑藉著些許好感就閃婚?!太離譜了，一個瘦弱的、無業無產的屌絲，我怎麼和他走進結婚登記處了呢?後來細想，我承認是一個毫不相關的原因，說出來不怕你們說我幼稚得可怕，那是最後一次約會，我準備好和他分手，不遠不近地聊了一會兒，我就想起身道別了，他其實也明白，見狀就慢慢站了起來，臉上露出一種讓我有點意外的神態，一種含著既理解又有些歉意的微笑，那樣子，那個角度的側臉，忽然讓我想到去世了的父親，那也是我和父親的最後一面，當時我與病床上的父親道別，父親就是露出了那種類似的表情，既理解又有些歉意的微笑，慢慢地伸出手來握住我的手，就是那個側臉，一個月後，父親死了。

就這樣，兩個屌絲住在了一起，準確說是一個半屌絲，他是真的，我是半真半假。半真是無業，半假的是我父親死後，家裡那套房子的租金是我和我哥對半分。此外，雖然父親有些存款，但考慮到哥哥工作單位命運風雨飄搖，那份工作說沒就沒，便在遺囑裡把不多的存款全都留給哥哥了，以期我們李家香火平穩地傳遞下去，那時哥哥已經明顯地露出了同性戀的傾向，這我一點也不意外，他從小就不大正常。但父親完全不知情，否則也會活活氣死。

所以與丈夫相比，我還算是有點收入的，即使不工作也可以撐一撐，但買房是遠遠不夠的，這樣就不得不儘量節省，在一個六人合租的套房裡租了一間。可以看出，那時的小奇對我懷有愧疚，是啊，我畢竟是曾經有很多男生追求、姿色在系花之上的女人啊。

這種屌絲公寓，本人還是第一次入住。公廁共用，體味混雜噁心，草莓奶液、椰味沐浴露、檸檬洗髮水，一經與房客各自的體味混串，味道就噁心起來，叫人反胃想吐，有時覺得還不如動物園的那種直接了當的腥臊。洗澡如廁，都要精確計算使用的規模和時間長度，否則就自惹麻煩，弄得總有一方在廁所外面憋得直踮腳跳舞，急催裡面的人快快快，好在房客都年輕，膀胱憋尿功能強大。但夏天情形就開始惡化，有些男的為圖省事，會光著屁股突然從廁所衝出竄入自己的房間，或穿著三角褲衩站在客廳裡弘論足球，毫無羞澀，弄得我們女的掛不住臉，一旦占領廁所就不願輕易退出。我更是樂此不疲，享受難得又基本的美好時光，結果引來男房客的不滿，認為女的自私得可怕。我在那段日子裡也常常抱怨丈夫，鬧得他心煩意亂，後來他自己也承認自己沒品。

公廁使用是一個矛盾，私人空間也是問題，牆壁隔音不好，各自屋裡的動靜，彼此或多或少都能察覺，不便之處，一般都心領神會，勉強相安無事，住在這種地方，肚量不得不寬容些。但有個男客房太過分了，此人前胸後背胳膊上都紋著油膩而怕人的紋身，時常半夜從酒吧把女人帶回屋，還隔三差五就換人，那些女人叫床的聲音都很肆無忌憚，旁若無人，根本不怕把大家吵醒，攪得大家都有點性亢奮又因睡眠不足而萎靡不振。時日一久，聽不到叫床聲我反而睡不著了，坐在床上眼巴巴豎著耳朵聽著，直到那震顫的熟悉的頻率響起，我才能夠正常地入睡。

後來我找到了一份工作，收入略多，我們就搬到了新的地方，睡眠質量才得到大幅度改善。

我和丈夫本來就不怎麼聊，後來越來越少了，有時我買菜回來，紮起頭髮，繫上圍裙，把自己關在廚房，做菜，燉湯，熬稀飯，看著米粒一顆顆地冒上來，又一粒粒紛紛隱下去，消失在無聲、沸騰而柔和的米湯裡。丈夫則躲入他的小書房，上網，看電影，玩蜘蛛牌，同時放搖滾樂。我們就這樣稀里糊塗的過日子，無聊而充實，慢慢地變成了滿大街最常見的那種丈夫和妻子，這種人是不需要名字的，統一叫作某丈夫或某太太，猶若某種生物散落在城市的各個角落，悄無聲息的存活著。

三

丈夫原本是學新聞專業的，業餘喜歡攝影，無業的窘迫使他曾有辦個婚紗攝影工作室的念頭，苦於沒有第一桶金，所以他那段日子情緒很低落和鬱悶。這種情緒也透露到他的攝影裡，他喜歡拍蟑螂，活的、死的微觀照，蜘蛛網上黏黏的飛蟲殘骸，滿頭是血的被打死的狗，街邊正在被人用開水燙殺的面目猙獰的、尖牙齜露的骯髒的肥老鼠，紅白喜宴上猥瑣又滿面紅光的人，垃圾堆裡新鮮而汙穢的塑膠女人體，等等。他還去精神病醫院裡拍各種類型的病人，每次回來，都很興奮，然後，精心剪裁分類，再分別給一些雜誌社寄出，可惜沒有一處回覆。

每天清晨丈夫還會站在窗口拍一張街對面的玉皇山。「每天拍一張一樣的照片，有意思嗎？」

我問。他沉吟片刻說不一樣的，自然每天都不同，每天都有不同情緒的，自然也有喜怒哀樂，比我們人還要敏感……

我仔細地看那些照片，它們的構圖基本上都是一致的，同樣的窗戶，同樣的街道，同樣的山，但確實如他所說，每張照片的山是不一樣的。晴時，陰時，雨時，雪時，確實是不一樣的，即使同樣的天氣，它也很不同呢。比起他的那些猥瑣照，我更喜歡他的這些風景照，我感到這些風景要婉約，傷感，是有生命的。

與拍照的興奮投入狀態相反，他出現一個生理問題，就是陽痿，結婚之前的幾次就不行，那時我以為是他緊張的原因，或者是單身手淫過度，或者是別的什麼，我就不知道了。每次做愛，他都滿頭大汗，身體總是不住地抖，又無可奈何地伏在我身上，不住地揉著親著我的乳房和我的全身，弄得我也很難受。有時我怨他，有時我也可憐他，他愛面子，拒絕就醫，沒辦法，我只好上電腦查，發現陽痿的原因很多，其中就包括有找小姐和外遇，這兩點，當時我將信將疑，我們結婚才半年啊。

幾個月後，丈夫意外地收到一個地方雜誌的一封信，是一個項目的邀請函，函中對精神病醫院裡各類病人的題材很有興趣，說這個題材多少是個冷門，如果拍好了，譬如，如能夠從犯病和復康兩個環節入手，抓住病人對困難的抗爭和對生活的熱愛，也能從另一個角度反映和體現社會主義精神文明對社會影響的深度和廣度，會對和諧社會的建立和鞏固提供更多的正能量，所以，

經過研究，社裡正式決定立項，兩個月時間完成。從此丈夫忙了，而且越來越忙，這對他是個事關前途的大事。以前他多半是混進精神病醫院裡偷拍的，現在有了那個雜誌社提供的官方介紹信，經醫院院方同意（醫院也希望得到各種渠道的宣傳），進出醫院比以前方便多了，幾乎可以拍任何病人，包括那些有攻擊性的精神病人，只要不影響醫生的治療就可以了。

照片拍得越來越多，也越來越嚇人，精神病院是個我未曾涉足半寸的地方，這些照片把我領進去了，那是個黑暗的深淵。有的病人看上去若有所思，通曉世故，陰森狡詐，有的惡毒陰狠，又好像有點可憐，有的和藹可親，毛骨悚然，讓人摸不到底，有的目光呆滯，空蕩寒冷，也有的天真無邪，笑容燦爛，還有紅光滿面，自以為是，很像現在某些專家學者之類。是什麼讓他們跌入那個深淵？他們能否再逃出來？或者他們的病就是要逃離開我們的世界的一種渠道？

丈夫後來說病人裡面身分很雜，不少是曾經有頭有臉的人，還有大學教授、大學生，等等。在拍這個題材的時間裡，丈夫變得更寡言了，天天很晚回來，回來後又待在電腦前面剪裁所拍的圖片，並寫些作為配圖的文字，他的話總是少，不斷寫。他擬定了幾個系列標題，如：「裡外」、「對話」等。

那段時間他很晚睡覺，我也被他打攪得睡不好，朦朦朧朧聽見他說夢話，很奇怪的，像是在和誰對話，當時我對他夢話的內容記得很清楚，想在第二天告訴他，但醒來就全忘了，他也不承認。最嚇人的是有次他夜裡說得很凶，忽然冷嘲熱諷，忽而傾心敘談，一套一套的，內容很瘮

人又很有意思，他白天肯定說不出來那樣的話，弄得我全醒了。有一次，他說著說著坐了起來，四周看了看，發現我，便低下頭來貼近我的臉，怔怔地盯著我，然後發出嗅東西的聲音，像狗似的。我毛骨悚然，想著他會不會咬死我，於是緊張地想，推醒他還是繼續裝睡？結果我決定還是裝睡，萬一他有異動，我就爬起來跑，他要追我，我就喊，我甚至想準備一把刀放在枕頭下面，又怕反被他搶了去捅我，那就慘了，考慮再三，買了個袖珍胡椒粉噴劑，塞入枕中，以應急用。這種胡椒粉是強力的那種，被噴了臉即刻懵掉，三五分鐘之內會喪失任何行動能力。大約從那時起，我覺得他有些陌生，好像有些我不知道的事，我睡得不踏實，神衰更嚴重了。有時想，他是不是也神經了？我後悔當時沒有阻止他做這個項目，但我也知道很難很難，他太需要做出點什麼事證明自己了。

這個精神病人的攝影展獲得成功，他名利雙收，並獲得了某個藝術節攝影類的新秀獎，重要的是，他很快又得到了另一個項目：考察都市妓女生存狀況。在邀請函上我了解到丈夫寄去的妓女生態系列照，得到主辦方的肯定，撥了經費，讓他繼續深入探訪，潛心拍照。

我從不知道他曾「寄去」妓女生活照，他什麼時候拍的妓女？在哪拍的，為什麼瞞著我？我感到不快，覺得蹊蹺，趁他不在，我翻看了他的東西。我發現了一些U盤，在名為「熱帶植物」、「山西晉祠」、「社會百態」的文件夾裡，發現了為數不少的女人的照片，每張照片只有「一」、「二」、「三」的排序號，沒有拍照的時間和地點。這些就是妓女照了？結婚以來，我們基

本沒分開過，以此推斷，這些照片應是他結婚前拍的。我開始細細查看這些照片。

除了少部分照片之外，這是一批普通的肖像照，如果不是已有了「妓女」的先入為主的意識，我會認為眼前的這些女人與大街上見到的女人沒多少區別，少數女人似乎有點「雞味」，此外難說有什麼特殊，現在女的差不多都是這類打扮，黑絲襪、露胸裝什麼的。我注意到有個文件夾裡一個重複出現、裝束不一的女人，長相並不出色，但好像眼熟，卻怎麼也想不起來是誰，在哪見過的？丈夫在和這個女人合影時顯得很親切隨便，看來是老相識了。這個女的是誰？是丈夫的情人？多大年紀了，幹什麼工作又或者也是個妓女？

我的腦子出現了空白，心裡有種被什麼攪扎了似的痛苦，我反覆不斷地回頭再看，感到兩人更加親密，那個女的長相更為平凡，我不愛丈夫，卻難以接受被對方欺瞞，雖然這不是第一次被欺瞞了。如果說初戀的那次欺瞞是在我心上扎了一刀，這次則像被一個熟人騙了。看來男人的演戲水準絕不亞於女的，嫖客和妓女也如此多彩，她是誰？

我的疑問越來越多，好奇心也越來越重。我想怎麼樣也要見她一次。機會終於來了。六月的一個清早，丈夫接了個電話，當時我埋在枕頭裡沒全醒，模糊聽到對方的聲音是個偈促的年輕的女聲，好像有急事，丈夫假裝鎮定，扭過頭去，支吾著，接完電話後轉臉看了看我，發現我已經醒來，從容而平靜地對我說單位的某某和老婆打架了，讓他去看看。丈夫看我的眼神冷靜無瑕，看不出什麼破綻，但忘了一個女人的聲音怎麼會說她和老婆打架了。

我叫了輛出租車跟在丈夫的車後，我並沒有像電視劇裡演的那種絕望主婦一樣緊張憤怒，我只是好奇而已。兩輛車不快不慢地開著，前面的車好像沒有發覺後面的我。這樣沒有警覺，如何躲得了我呢？轉念又想，他或許是故意想讓我主動發現的，手機也不設密碼，現在誰的手機不設密碼啊！

車行約二十分鐘，停了下來，旁邊是一所學校，一個戴頭盔的保安無聊低頭翻看著自己的手機，我沒出車門，叫司機停在角落裡面，坐在裡面偷偷觀察。我看見丈夫下了車去小賣部買了一包菸，點著，深深吸了一口再緩緩吐出來，很愜意，也像有點如釋重負的樣子，然後等著，也沒有四下張望。大約五分鐘後吧，一個女的走過來了，三十多歲的樣子，相貌雖看不清，身材、體態是好的，頭髮散落在肩，一身黑裝使她更顯得瘦了，翠綠色的圍巾使周身黯淡的色彩猛然青春起來，整個人遠遠望去，似比照片上好看一些。見了那女的，丈夫遞了個信封給她，說了會話，好像有點爭執，然後女的要了根菸，和丈夫一起抽著。

此人就是他的情人了吧，我已經幾乎可以肯定了，兩人雖然只是直直站在那兒，但可以看出他們的關係是親密的，很可能發生過肉體關係。我沒下車走過去，像報上社會新聞說的那樣出現「全武行」，我覺得那很可笑。武俠小說裡的女主角這時要是發現了男主角偷情的戲碼，多半會躲在暗處，握緊拳頭，負心漢走了以後，大喊一聲，「哇」的吐出一口鮮血。我沒吐血，我沒有那麼多血好吐，我把嘴裡嚼得乏味的口香糖吐了出來。我天生貧血，血不熱，沒有湧動起來就退

下去了，在我很細的血管裡繼續吝嗇地緩緩流淌著，只是速度加快了。我承認四十分鐘前我開始跟蹤他的時候，我還有點好奇和戲謔的心態，可真看到他們兩人見面，就感到深深的冒犯了，是啊，雖然我有點看不起他，但他畢竟是我丈夫。為這個男人，我這樣姿色超過「系花」的女人，屈就入住屌絲公寓，忍受無房無車的貧窮，遭同學朋友的議論，都無所謂，但被欺瞞是不行的。旁邊的司機師傅斜視著我，意味深長地說還等嗎，我說走吧，師傅問去哪，我說隨便去哪。

我胡亂地下了車，也不知道是什麼地方，實在無聊，看見街對面有家麵館，便走進去點了碗三鮮麵吃。蝦很不新鮮，都是死了的，我只好又咬了一口魚丸，湯汁濺在我白色的襯衫上，像個黃黃的尿漬子，要是在以前這件白襯衫我是不會再穿的了，因為漬子這個東西一旦出現，就算你洗得再乾淨，也還是會留有痕跡的。但是現在我無所謂了，有再多漬子的衣服我也會穿出門，我想我是真的有些老了，但是我是什麼時候開始老了的呢，我也年輕過吧，彷彿很久以前的事了。我感覺我的眼睛被熱氣霧濕了，夏天是不應該吃熱湯麵的，一定是湯麵的緣故，我早就已經老得不會哭了。

麵很難吃，但我還是把它吃完了，因為我不知道待會可以做些什麼打發時間，我無事可做。我付了麵錢，拎著包，在街上晃，路過一家成衣店，我被櫥窗裡一條黑色的連衣裙吸引，停了下來，我看見櫥窗裡有一個神情憔悴的女人，皺著眉頭，法令紋很深，胸前還有一塊可笑的黃斑，像一個抑鬱症病人，再仔細一看，發現她就是我，沒錯，就是我，我就是這樣難看。我被自己的

醜氣暈了，不明白自己怎麼會突然變得這樣難看，於是我決定還是回家去，不在街上混了。回去的路上，我想到家裡廁所的馬桶刷好像壞了，便在地攤上買了一個五塊錢的馬桶刷，綠色的，塞在了手提包裡。

四

十年前，我十九歲的時候，愛上了一個人。他叫夏燁，有一雙迷人的眼睛，目光一碰，我就中了邪，像被他打了一槍。算來他是我的初戀，他教我游泳，教我調雞尾酒，教我抽水煙，帶我去北京、深圳去聽搖滾音樂會，我們在混亂中接吻，在痴迷中大笑，在癲狂中、大雨中扭動著自己像蛇一樣的身軀。不到一個月，我就把自己給了他，那次我們在雨夜的車裡做愛，雨點打在車窗的玻璃上，發出陣陣劈劈啪啪的聲音，好像無數個雨珠「小矮人」在窗外歡樂地瞎起鬨。

我們頻頻做愛，覺得世界真好，即使末日來了也無所謂。一天醒來，屋裡死樣的安靜，牆上的太陽已經移到柔軟的被子上了，我此時發現他也醒了，正看著我，見我醒了急忙順下眼睛，躲開我的目光，但我還是發現了他眼中正在打轉的淚水，我問怎麼了，他沒說什麼，就壓過身來不住地親我、撫摸我，我的眼眶也濕了。

我們好像有說不完的話，我們談起兒時各自做的蠢事，各自的小祕密，某些奇怪的生活習

慣，有過的各種惡劣和猥瑣的念頭，讀過的書，看過的電視連續劇和電影，共同嘲笑國內影視片的愚蠢，譏諷某些單位領導的無能和無恥，歷數同學和朋友的種種綽號。在那一段我們相愛的時期，我感到彼此都又機靈又傻又快樂，而且對周圍的世界充滿善意。

我們也一起約著去上海看美術展覽，看那些綠頭的狗，蜂窩臉男人，避孕套做成的床單，女人的粉腿，興致勃勃地看那些莫名其妙的抽象畫。我們竟然試圖在那些畫裡尋找我們自己的臉，假裝是藝術評論家似的指指點點，這樣在展廳裡兜了一大圈，終於累了，出了門，我們就立刻鑽進小巷子裡熱氣騰騰的小飯館裡去吃咖哩魚蛋，吃烤豬蹄，吃鴨架子、雞翅膀、烤魷魚等等這些垃圾，直到把自己撐死。

我們去外灘散步，梧桐葉子落了一地，踩上去便發出一片咔嚓聲，葉子頃刻就四分五裂了。我愛上了這個遊戲，一路踩下來，彷彿回到童年。在風中看夜上海，燈火璀璨，還是美的，不知怎的，我們好像都突然有些傷感了，他輕輕地拉住了我的手。我心緒繚亂，不由地倚在他肩上，低聲喚著他的名字，「夏燁，夏燁」，在他的粗質地的衣服上不住地揉自己的臉，直到臉頰發燙，臉要揉碎了。

有一次做愛之後，我起身用雙手托著自己那兩隻柔軟的乳房，審問他道，「你是不是盯上我的肉體才和我好的。」他說是的，我說沒有一點別的什麼，他說沒有，我便用枕頭狠狠地砸了過去，他馬上嚷嚷說，「還看上了你的凶狠。」我說，「你這個人一定很壞，不吃眼前虧，滑頭滑

腦。」他說我汙衊他，我說，「怎麼樣，揭穿你的假面具了吧，你肯定是精神分裂的人格，說，你前後有過多少女人！」他樂了，說，「不少。」我正要打，他邊招架邊說，「那些女人加在一起也比不了你美貌的十分之一。」我冷嘲道，油嘴滑舌，久經情場，又無新詞，無聊透頂，說完也笑了。他說你腳踝上的那顆痣很好看，「真的？」「真的！」他點了一支菸，吸了口，然後說，「那顆痣有說法，你是跑的命。」我樂了，說，「此生就是喜歡跑，不愛待在一個地方。」他說他也是，我突然問他，「你有多少綽號呀。」他說你猜，我說猜不出來，試探著說，「一百個？」他說你才一百個呢，我拿著水果刀抵到他脖子上的動脈上說：「趕快招來。」他說前後有三十二個，我稍使勁壓了壓小刀，說不只吧，我看只是個小零頭，他說，「真的，沒騙你。」然後按編年史的順序一一道出，虧他還都記得住又說得出口：「小屁孩、豆屎、長腿豬、開襠兒、小雞胸、五大碗、樓上小四、一泡屎、猥瑣綠、一腳屎、無脖兒、小螺絲、屎嘎巴、五花屎、屎殼郎、梅花男。」我笑得死去活來，說你的綽號怎麼都是屎啊，他自己也笑，好像自己也是第一次發現綽號裡彼此的相似性，然後摟住我的腰問道：「你的呢？」我說我沒有，他說怎麼會，我說：「怎麼不會，因為我是美女啊。」

這樣胡鬧了一氣後，我擦了擦淚花，問他剛才我睡醒時在想什麼呢，怎麼淚汪汪？他聽了顯得有點窘態，拒不承認，好像做了什麼丟臉的事，我忽然更愛他了，我喜歡不知所措的成熟的男人，喜歡他的窘，我想那是大男人心裡殘存的小男孩，我忽然感到有些不安了，感到一種稱之為

母性的東西冒了出來。記得那天整個下午，我們好像嘴都笨了起來，變得寡言了，而且還有點不好意思，彼此卻感到更近了。

然而不到一年，他在一次車禍中死了。事發在一個十字路口，他走神闖了紅燈，一輛大貨車快速從左邊撞上，並碾壓了過去。

我還是活過來了，生活回到老樣子。當時我是大四的學生，畢業設計，找工作，託人打通關係，面上看去我很忙，心已寒冷，有個別男生也不知怎麼打聽到我的男友死掉的事，對我窮追不捨，這幫男的真是不懂女人，我不理，同時也儘量給對方面子，結果還是有人傳話來，說我清高，說我的笑「冰識入骨」，很瘆人。他們倒是看透了我，初戀之後，我想我是不會再愛別人了，如果事情就這樣過去，我的生活可能不會有太大的變化，但事實並非這樣，男友死後兩個多月後，有一天我接到一個電話，是交通局打來的。

見我的是一個穿著交警制服的中年女性，很和藹的人，問了我和男友的關係以及目前學校學習的情況後，說我們是從事故發生後的紀錄裡你留下的聯繫方式中得到你的手機號的，有件事，說到這她顯出了某種猶豫，繼續說道，讓你來，主要是你男友的一些遺物，考慮了之後，覺得還是交給你較好，總要交給一個人，事發當天你是來過現場的唯一的他的熟人。

遺物是事發當時男友隨身的東西，手機、錢包。兩件遺物上還有已呈深褐色的血跡，我細細擦淨，眼淚又流了出來。一個多禮拜裡，我把手機當作男友身體的一部分，放在枕邊，相伴入

睡，舊日的回憶紛湧了回來，那段時間幸福又難過。我想像這手機上他的指紋手印尚存，每摸一次，就像摸著他的手，可也會使那些印記逐漸消蝕，如同死去親人的體溫，不管怎麼樣，也無可奈何地涼卻了。我握著那手機，知道我的溫度在重新溫暖著他，他也在撫摸著我，雖然那是我的體溫，而我覺得裡面有一部分是他的，他還沒死，還與我同在。

直到一天夜裡，忽然被什麼驚醒，迷惑片刻，才發覺是手機在響，屏幕閃亮，出現來電顯示，我聚神看，是「嬌嬌」二字，我反應不過來，本能地拿起手機，盯著「嬌嬌」，按下接聽鍵，對方沒有聲音，我也沒出聲，寂靜得很，大約數秒之後，對面傳來「是你嗎，夏燁」，而且是個女聲，年輕的女聲，我拿錯電話了嗎？呆呆地繼續聽，對方傳來輕微而明確的哭泣聲，很激動，「說話啊，是你嗎，夏燁，你還活著嗎？你還活著?!我好想你。」

我開始問是誰了，沒想到對方傳來的話語也是這三個字，幾乎帶著哭腔，聲調緊張而嚴厲。

「不是你嗎！你是誰啊！」

我也重複著那幾句話。對方更嚴厲了，幾乎瘋狂，終於，我全醒了，明白了。

我把那手機砸爛，扔進垃圾桶，哭了，我用剪子將腳踝上的痣一刀剪掉，想著，以後即使一生到處流離，腳上也不帶著那顆痣，甚至連那雙腳也不帶。我感到我一夜之間掉入深淵，又感到一夜之間所有熟悉的東西都變成全然陌生的了，我試圖找到一個平衡點，一個實在的、可以站上去不像沼澤那樣的堅硬的水泥地。這樣，我便可以重新看人，重新看太陽和月亮。失戀的女孩是

很危險的，會果決地做出不可思議的事，但和上次一樣，我到底還是活過來了。

我不願別人提起這件事，學校班裡的男生這次不像上次那樣，在事發之後對我急起直追。男人這個東西，說得客氣點吧，真是不同的動物，可笑也可悲，一個個大男人的，怎麼那麼喜歡打聽別人的私事，我討厭別人窺視我的私事，不是我計較，是我煩唧唧歪歪。你要和我做朋友可以，但請別打聽我的私密和過去。如可以，我們握手言歡，如果不，就請你離我遠一點。是的，我和別人不一樣，就是不要一樣，我寧肯讓人討厭我，也不讓人同情我，你們這些臭男生，憑什麼同情別人啊，你們懂天懂地，懂數學懂幾何，就是不懂情感，如果真想女生喜歡你們，最好的辦法就是離女生遠一點。

我重新找了新地方租屋子，換了手機號碼，換了床，換了家具，當然也換了心。此心是陌生的，疲倦，冷漠，譏諷，其變化是緩慢的過程，像在網速極慢的情況下載一個大軟件，正版的軟件下載完畢，它就占滿自己了。一年之後吧，我發覺自己終於可以成為旁觀者了。我泡了杯菊花茶，臉上貼著保養的黃瓜皮，一邊給自己的腳指甲塗指甲油，一邊在網上，電視裡，報紙中，看著讀著那些人間的荒誕喜劇。怎麼也沒想到的是，現在我自己就是這種喜劇裡的一個小女人。

我開始看長篇古裝電視劇來打發時間，或者幾個小時幾個小時的翻看別人的微博空間，卻並不點讚，我把時間都沉溺在看別人每天的生活瑣事當中，吃一切甜食，我胖了不少。我還發明了一種打發時間的偉大遊戲，就是不停的逛淘寶，往購物車裡堆東西，堆各種各樣的東西，等堆到

九十九件，購物車滿了不能再堆的時候，就爽然清空，然後從頭再來一次。我還愛上街邊那家神奇的兩元店，裡面每樣東西都是樣樣兩元，統統兩元，花上十幾二十元就可以買一堆的東西了，什麼彈珠，皮筋，撲克，破塑料掛件，難看的刷牙杯，頭一碰就會掉下來的小公仔，雖然那些東西絕非我的需要，但每次路過，還是忍不住進去，買一堆廢物回家。有的時候，我覺得自己也同這些兩元店的東西一樣，都很廉價而且沒用。

五

初戀死後，我人死了大半，後來閃婚，其實是無聊。我承認我結婚時就想到離婚，並想到辦離婚的時候，幾點來法院辦手續人會少點，排隊短點，附近有沒有商場，辦完後可以去逛一逛。有人問蘇格拉底，結婚好呢還是不結婚好？老蘇說結不結婚你都會後悔的，我想嘗嘗這兩種後悔是兩種不同的味道呢，還是一種味道？可恨可憐的是女人為此要付青春的代價，付就付了吧，沒有什麼好後悔，我不付，我就要負我自己，我絕不苟且將就，苟且將就才是對自己青春肉體的褻瀆和浪費，我寧可快快樂樂地浪費我的肉體，讓自己的皮膚乾枯生鏽起皺，也絕不委屈自己，讓自己青春靚麗地早晚唉聲嘆氣，反正要老，我要唱著歌跳著舞地老，老了也要樂，也要跳舞唱歌。你說我是老妖精，說對了，就是妖精，女人來到這個世界不是要養男人的眼的，我養我愛的

男人的眼，可這樣的男的沒有，早就死了，或者還沒生下來，或者沒緣分，一天擦肩相錯五次，也沒有說話的緣由。自那個打擊之後，我好像不會嫉妒了，心情很平靜，平靜裡面還是平靜，有生以來第一次感到自己心明眼亮，處處看透男人。女人對婚姻的想像不會永遠一樣，嫉妒也不是天生的，是後天被男人撩出來的，是一種後天形成的癌細胞。多妻制社會的女人要是妒火旺旺，那就會天天撕臉拽頭髮，日子沒法過，多夫制社會的男人也一樣，占有欲不會像現在這麼強大，不然就天天刀光血影，殺得屍橫遍野，部落崩潰，種族滅絕。但事實是中國人口最多，越來越多，生生不息，一代代人活下來了，否則也不會有我，也輪不到我在此發這些議論了。

有時，我也想到自己那隻簽字的手，結婚和離婚的簽字是同一隻手，手自己不知道，是無辜的，但這隻手也是美的，柔滑如玉，寧靜賢淑，幾乎可以當手模了，拿當手模掙來的零頭辦離婚也是可以的，簽的字也將一樣，都是果決而流暢的字體，這一生我還要再簽幾次？留著美手纖指在，不怕沒有字來簽。

我是有惡作劇的心態，是有報復的心理，心裡時常充滿了憤恨，可報復誰恨誰好呢？拔劍四顧心茫茫，男人都是負心漢，我見到目前我稱之為丈夫的人時，心裡就在譏笑了，五年一晃過去，日子過得真快，有時也想到離婚，離了又怎麼樣呢？如果結婚和離婚的後悔是一樣的，何必辦什麼手續，太麻煩了，心灰意懶恐怕真是我的天性。我如此年輕，命運已在對我微笑了，好像在說，怎麼樣，再來一遍，會好嗎？我說再來一遍也一樣，我想對命運這個傢伙豎中指，大聲地

對它說：「Fuck you!」

我養成了夜晚散步的習慣，有時也和丈夫一起去，有時我自己一個人去。獨自的，無聊，無事，無目的地去走路，真好，我好像又回到了那新鮮的、無憂無慮的時光，回到了自己。

街燈照耀下，我看見夾竹桃開得正盛，豔麗的桃紅色，暗暗的，成團成簇，多麼好看。從小我就對夾竹桃有異樣的感情，因為它不僅好看，而且有毒，熱辣辣地具有某種刺激性，就像一個風騷的美女，你還沒來得及去挑逗她，她上來就給了你一巴掌。我也喜歡在路燈下看自己身影的變化，時長時短，時胖時瘦，影子胖的時候，就像我穿起了少女時候的百褶裙了，有些路人奇怪地望著我，然後也看著自己的影子，一頭霧水地走了過去。

夜晚的江景總是好看的，江水波光粼粼，橋梁上的燈光絢麗無比地映照在江水的波紋裡，美得像一場謀殺案。有一條漂亮的不明生物在波浪裡浮浮沉沉，漂近了細瞧，才發現那是隻爛了的拖鞋。如果下小雨了又沒帶傘，那也不壞，不用打傘的雨天曖昧得美麗。這座城市，雨季就像老情人一樣年年都會來，城市始終陰雨連綿像浸了水的高跟鞋，清新的霉綠在不知名的地方滋滋蔓延生長，自成一個世界，然後又將這個世界清新地霉爛掉。黑暗裡的雨水是那麼潮濕陰冷，濕冷得讓人有些絕望，我心中的餘熱已經不多了，還能支撐多久，也取決於黑暗的多久，陰濕得多透，哎，其實我是個多麼弱的人。

江邊幾乎無人，偶有一兩個人影飄過去，像個出水的遊魂，風也有些涼了。我忽然想到如果

沒有燈光，一點也沒有，古時候的錢塘江是怎樣的？如一片黑暗，也就看不到那隻拖鞋，看不到那個「謀殺案」了，那樣更好，一大片無邊無際的黑暗死寂的江岸，伸手不見五指，只能根據細浪拍岸的聲音才能感到來到了江邊，那樣我就能融入夜裡或者讓夜融入我，使我們不分彼此，沒有隔膜。風是涼爽的，吹來之後又毫無痕跡地消失在黑暗裡，繼續吹到別處，誰說過這樣的話，吹過來的風是古老的風，我不忍也加一句，瀰漫過來的黑暗也是古老的黑暗，它撫摸著我，擁抱著我，使我不再孤獨，或者使我更喜歡孤獨。

橋底暗處已經有一些小姐開始出來找生意了，她們都穿著非常暴露的衣服，露著早已下垂的胸部，搽著抹也抹不勻的白粉，眉毛畫得立了起來，三五成群，看上去有點像怪異的服裝秀，又有點像行為藝術。一個長著葫蘆臉、穿牛仔短褲的男人和裡面一個小姐嘀嘀咕咕，可能在談價錢，很快就一起走了，男人臉上的神態愉快瀟灑，彷彿帶走的不是小姐，而是昔日的女友。其中一個小姐粉搽很厚，畫著大紅唇，穿著一件白色超短裙，屁股一半在外面，她說話很大聲，兩隻胳膊甩來甩去，露出了腋下濃密的腋毛。我有點疑惑為什麼她們只敢在夜晚出來活動，白天則藏匿得無影無蹤。也許她們長期過度使用的肉體已被歲月「沙化」了，只有夜晚才可以讓她們看上去順眼些，像個人了。夜晚可以掩蓋很多東西，美化很多東西，夜晚真好，夜晚有只有夜晚才有的東西。

我曾獨自走進一個隧道，裡面很暗，直到拐彎處才可以看到隧道另一盡頭的亮光，在那之前

都是黑暗。隧道裡的燈大概都被什麼搗蛋小孩擊碎了，在這樣的黑暗裡，人是看不見自己的影子的，沒有影子的人應該是個很輕的人，輕到自己只是一個影子，四處飄蕩。白天隨處可見的牆上的塗鴉，性病廣告，賭博絕招等廣告，也都被黑暗悉數融入了，使黑色蘊含豐富，怪不得所有成熟滄桑的人都愛穿黑色的衣服。黑色是一種毒癮，嗜於黑的人，多半感到周圍只有黑，難再有別的了。

黑色也讓我想起海，非常深的海，每深一層，海就黑一層。沒人知道海底的最深處是什麼樣子，因為沒人去過。據說那裡也有植物，還有花卉，在接近冰點的水溫中也永不凋謝，有個海洋生物紀錄片，在海底探測器的燈光下出現過那種植物和花卉，像片裊娜多姿的白色螞蝗，狀態驚悚，這種花，還是待在黑暗的海底裡更好。而那海底探測器也不過下沉到海底五千米，海底最深處是一萬多米的瑪麗安娜海溝（Mariana Trench），那個探測器所到的深度還不足一半，再黑暗一倍會是什麼樣兒？我的想像力還沒有那麼黑，所以不知道，但那個海溝的名字顯然是個女人的名字，怎麼回事？莫非她發現的？不可思議。

一個人在黑暗的隧道裡走，好似永遠也走不完。沒有一輛車經過，安靜得連水滴的聲音都能聽見，遠處隱隱有狗在吠。我突然感覺我穿過的不是一條隧道，而是上帝的一條腸道，我穿過這條腸道，就像完成了從食物向排泄物轉換的過程？其實，我也許就是上帝的一堆排泄物，是上帝扔掉的一個爛蘋果。即使是爛蘋果，我也要微笑。

我突然想起結婚當天穿的那條白裙子，下擺的蕾絲足足有六層這麼長，我手裡拿著的捧花是紫色的，丈夫穿了一件白襯衫，繫的領帶是我送給他的，深藍色一樣的夜空。

走過隧道，來到大橋的西南邊，那裡有幾棟人早已搬走了的空的破樓，牆壁爬滿了藤蔓，使人想到人類的胸毛。樓道裡面居然還有燈光，我斗膽溜了進去，這是個人跡斑斑又沒有人的小區，很破舊很破舊了，走入一個門時，迎面被蜘蛛網罩住整個臉，細癢絲絲，我神經質地伸手抹了一下自己的臉。我用手機的光照著，看見了樓梯、走廊、房間、廚房，裡面全是垃圾，有的屋裡還有原來的家具，在風雨侵蝕中變形走樣了。牆上貼的男女影星照神態華麗色澤疲舊，日曆和報紙表明這是至少二十年前的東西，居然還有雷鋒像，傻傻地在那裡微笑，因而我也笑了。晒台上雜草豐茂，蛐蛐的叫聲就讓我恍惚起來，不知眼下是黑日還是白夜了，一個喧囂的城市居然有這樣純靜的角落，我走著，踩得那些垃圾喳喳作響，心也虛了。

這裡曾有許多家庭，曾有許多日常生活的情景，他們各自的命運是怎樣的？當時的年輕人，現在差不多也老了吧，當時老了的人，估計現在已經入土，至少一代人隨著這棟破樓已經消失不在人世了吧。那窗台上還有幾個紅陶的花盆，枯索的殘枝敗葉在微風中輕輕晃動，當年關照它、日日給它們澆水的女人今在何方？也結婚生子老死火化了嗎？她們有沒有後悔？那時沒有天然氣，燒煤球，蜂窩煤，我彷彿看見女人早上做飯前生爐子，被嗆得咳嗽，老人細細刷牙後，牙膏沫和口水哈喇子一起暢流而下，小孩哭鬧尖叫，媽媽不住地埋怨著什麼，女孩子在對著鏡子給自

已紮辮子，突然什麼瓷器落地摔碎了，罵聲爆起，鄰人熟視無睹，收音機裡的新聞播完了，走廊那面一個男人飛腳踹翻了生不著的煤球爐子，幾條狗忽然興奮地狂吠起來，綠眼睛的貓咪在窗台上伸著懶腰。

對面樓的窗子的木框和防盜門窗也沒有了，那些窗口猶如一個個像沒有眼珠的方形的眼眶，什麼都看見了，或者什麼都沒看見，磚牆色很是灰舊，可能是長久背光而變得陰濕，每個窗子裡面的昔日的生活，裡面的故事，都全無痕跡。那些新的樓宇沒有完工前的一個階段裡，也是這樣的灰灰的陰暗，特別是那些無框窗口，分明是排列整齊有致的黑暗的方形眼睛，尤其在夜晚，施工停歇，照明燈都關掉的時候，整個施工區的樓宇黑暗暗的像鬼城。

六

丈夫有一天忽然說咱們散步去吧，於是晚飯後我們一起出了門。現在看來，那是我們的最後一次散步，我居然仍舊以為他對自己的病一無所知，可見自己麻木得可怕。現在想來，當時他已知道了。黃昏時出門，半夜回來，有很多話我欲言又止，怕引起他的疑慮，不問，以後就沒有機會了，問，問什麼呢，問合影的那個女的是誰？已不忍心了，他將死，我再譴責他？問他為什麼找情人，為什麼瞞著我去拍妓女？也開不了口，為什麼就不能拍妓女？他為什麼要把一切都告

訴你？你自己就沒有隱私嗎？發現他的妓女照之前，你不也莫名地厭煩他，曾經半夜起身，盯著他，冷冷地看著他，甚至想將胡椒粉噴劑換成刀子捅死他嗎？你詛咒過他毀了你的青春，埋怨自己和他結婚，瞎了眼，昏了頭，這些，你也沒有對他說，你藏在心裡，讓它們生根，發芽，讓它們悄悄占領你。時間越來越少了，過一天，算一天，少一天，說點什麼吧，不一定自責，說點別的話，難道結婚了五年，在丈夫將死的時候，你就沒有一句話可說？絕症，死，使一切別的事情變得不再像原來那麼重要。道德，欺瞞，死亡，同時來到門口，敲門聲聲，不知給誰先開門，我不知怎麼辦，我很亂，理不出頭緒，只有一路沉默著，他的話本來就少，此時就更少了。我們就這麼走著，都在期待對方能先開口。

路過一片建築工地，尚未封頂的樓群有近三十層高，他停下來，呆呆地望著那些樓群，指著其中一幢說：「啊，多麼美麗的高樓，這是我喜歡的樣式，蓋好了會更美的，不過我可能看不見了。」

我順著丈夫的目光望去，那是樓群中最高的一座，灰暗的水泥裸樓，沒有什麼特點。我微微有些詫異，這有什麼好看的呢。他在暗示什麼嗎？我裝作一無所知，附和著說：「是很好看，你要真的這麼喜歡，我們就把原來的房子賣掉，在這幢樓裡的最高層買一套怎麼樣。」

他也附和著我：「好啊，好啊。」

我們繼續往前走，來到一個剛建成的小區，四下的樓宇林立空蕩無人，一年多前，這地方還

是野地，夏天的蟲子叫聲陣陣，現在已是柏油路和水泥牆了。「你看，小區剛蓋好，荒草就漫過路面了，以後還會長得更多，會長滿馬路的，你說呢？會的，真的……」一只塑料袋在風中跳起了舞來，它在我們的眼前左右亂晃，像一個小孩在和我們玩耍，見我們沒有理它，反而舞得更加起勁了，丈夫看著塑料袋，眼神裡露出了溫柔，說：「你看，它在跟我講話，我都聽見了。」我看了一眼丈夫，沒有說話，最近丈夫似乎看到什麼都會感動，看到一個斷了腿的螳螂，會感動，看到一個得了白化病的路人，也會感動，看到垃圾桶旁一個半邊長滿綠毛的爛蘋果，還怔怔地望著不走。他的神經末梢敏感得跟他幾乎沒有多少關係了。上次散步，他對著石階上一條不知何時遺留下的蛇皮注視良久，喃喃自語著：「太美了，太美了。」好像這個世界擁有太多的美，他已經無法承受，像氣球被撐得如此之滿以致隨時都會爆炸。有的時候，我覺得丈夫已經變成了一個與現實無關的人，這個人在城市的高樓大廈之間游弋幻想，幻想自己是一匹馬、一隻知更鳥、一隻貓頭鷹，在夜晚無人時暗暗地飛翔。

那天他散步興致很好，我們走得很久、很遠，一路上還有很多內容，我心亂如麻，已經想不起來了。

晚上回到家後，我忽然覺得內心異樣，想和丈夫做愛了，幾年沒有這種欲望了，我脫掉內衣，露出我的肉體，我那很久沒被男人沾染、撩撥和愛過的肉體，月光下如此豐美，如此充滿欲望。我摟住丈夫，他也摟緊我，久久沒有鬆開，這樣就好，可他一如既往地無法進入我，只是

緊緊貼著我，發出了無奈的呻吟，我多想讓他進入我，和我融為一體，這樣，即使他死了，也有一部分可能會活在我的身體裡，哪怕就幾天呢！我要感受一個行將就木的人，一個就要被燒成灰、爛成泥、化為土的人進入我，在我青春的肉體裡面活下來，成為我細胞分裂出去的細胞，成為還能繼續呼吸、繼續走路的生命，多麼可怕的轉換，死，將死了的灰燼滲透我，觸摸我酸性的陰道，滯留在那裡，還能觸摸我的靈魂嗎？我會把我的一切告訴他，沒有隔膜，因為他就是我，我也就是他，我們不再分開，不會再有以前愚蠢的猜疑，我們已經過死了啊……他呻吟著，什麼也做不成，我絕望了，我忽然感到，他死後，我的一部分也會死，很快，真的，我害怕了，也累了。

七

兩個月後的一天，丈夫夜晚從醫院溜出來跳樓自殺了。警察和工地的人將我領到出事地方，也就是丈夫摔落的地點，說他們就是在這裡發現他的，因是晚上，工人們都下了班，值班的人也沒察覺任何異樣，發現他屍體的時候已是次日凌晨。我抬頭望了望，深藍色的天空中，那座灰暗的、冰冷的高樓就是那座三十二層的「美麗的高樓」了，他就是從那座樓的頂端上跳了下來的。

很難說丈夫的自殺在我的意料之外，也難說在我意料之內。是的，一個得了絕症的人的自殺

不會令人意外，但這類事真的出現了，落在我的頭上了，我又難以相信。一個人，一個與自己關係如此密切的人，一個自己的枕邊人，一個曾是活著的、有著活著的肉體和活著的靈魂的人，突然沒了，無疑是特殊的體驗，雖然不是我唯一的體驗，但我想，凡「特殊的體驗」，也應是唯一的體驗，不是嗎？因為它們彼此無法取代，也就是說，我父親的死和丈夫的死以及我的初戀的那個夏燁的死，給我帶來的痛苦並不一樣，它們只是有些相似。我感到自己似乎瞬間變老了，我也在暗自體味這個變化，我發現「變老」的過程可能是被一個接著一個的「新經驗」促生的，「新經驗」越多，就意味著人經歷的增多，經歷的增多也就是人在逐漸變老了。

我一直覺得自己才會是一個死於自殺的人，而丈夫則不像，我沒有看出他如此決絕勇敢，在我的眼裡，他如陽痿一般溫吞、曖昧、模糊不清。我繼續平靜地過著生活，每天上班下班，買菜做飯，在燉湯的間隙抽一根菸、兩根菸、三根菸。獨自吃飯，默默地把碗洗淨，站在陽台上發呆。

刷牙的時候，丈夫的藍色牙刷還靜靜地躺在刷牙杯裡，他的拖鞋也還在走廊我的拖鞋旁邊，像老樣子一樣，其中一隻還微微的歪著，好像主人剛走。沙發上那只被他坐扁了的抱枕依然扁在那裡，床頭的那包中南海，他還沒有抽完，我數了數，尚剩九根，那麼，當這包菸剛打開，裡面的菸還是二十根的時候，他還活著。我撫摸著那菸盒，想著這菸盒也曾被丈夫的手溫暖過，把弄過，而現在我手的溫度滲入到裡面去了，這是一種奇怪的感受，或是一種猜想，我要將這菸盒留下來嗎，也可以，就像當年我把我父親的眼鏡和眼鏡盒留下來一樣。很多時候，我覺得丈夫還

沒有死，我總疑心他會在下一分鐘突然開門進來，在門口換上了那雙拖鞋，然後對我露出他那熟悉的抱歉的微笑，就在那兒，在那個空間裡。我呆呆地出神地望著那裡，彷彿時間真正開始了，或者時間已靜靜地停止，一分鐘又一分鐘過去了還是一分鐘一分鐘地堆積在那裡？總之我在等，在這靜得令人窒息的屋子裡，我在等，可是，我的理智提醒我，他不會回來了。

丈夫有什麼遺言留下嗎？我四處細細尋找，沒有，什麼也沒有留下。我心煩意亂，煩躁又空洞，敏感又麻木，這樣的心情也不是尋找遺物的心情，也許以後的某天我會突然發現什麼也未可知？但能找的地方著實都翻看多遍了，沒有，什麼都沒有。

我的睡眠越來越壞，總是做夢，淩亂而複雜。我經常夢見丈夫墜樓時的場景，以每秒數十幀的速度反覆回放，他身姿矯健，墜落快速，像被擊落的黑鷹，天空一片死寂，他腦殼撞擊地面的那瞬間迸出的聲響劃破了清晨的寂靜，接著他的頭顱破碎，石塊迸起，本來瘦小的身體沉重地、狠狠地撞擊在地上的水泥地上，居然將地面砸出了個不小的凹陷！夢境殘酷真實得讓我難以承受，我感到無法再夢下去了，可又不知道該怎麼停止，我看到血泊裡的他，他的眼神期待地看著我，希望我是第一個發現他的人，我走上前去，看到他的慘白的臉上分明敷著一張慘白的面膜，我走上去揭開面膜，發現不是他，而是我的臉，腦漿塗面鮮血肆流……

丈夫喪事料理完後，又過了兩三個禮拜吧，我收到一封郵件。是一個攝影雜誌發來的，看來這家雜誌社還不知我丈夫已經去世。信的大意除了表達對我丈夫的攝影作品的讚賞，主要是邀請

他參加一個攝影展。從信文的語氣和內容上看，此信其實是回覆：「您的作品，題材雖然並不特殊，但拍得有特點，瞬間性的深度和美感觸動了我們這裡的每個人，此外您的文字也別具風貌，與視覺形象並存，各司其職，各領風騷……」

我並不費力地在他郵箱的「已發送」中找到了丈夫那天發出的信件、照片和文字。照片有十一幅，那是丈夫在苦悶時期所拍的「黑暗」的系列，看著那些照片，我不由地又會想到我們那時初婚的日子，那段屌絲的生活。在那段不安定的日子裡，我知道自己的傷痕源自哪裡，然而奇怪的是，事過多年了，那段屌絲的公寓生活卻怎麼也抹不去，不能說我喜歡那種生活，可無疑那是我最獨特也是最困難的時期，而這樣的日子，我是和丈夫，剛剛死去的丈夫一起度過的，令人回味的是，困難的、悲哀的時期一旦過去，我自己也好像不再是、或者不完全是原來的我了。這次已經成為歷史的婚姻雖然出於我的無聊和寂寞，那麼現在我擺脫了無聊和寂寞了嗎？我開始想念我的丈夫，而在想念他的時候，我又發現自己並不真正了解他。當打開丈夫電腦裡的那些文件夾時，我感到在打開一個有些陌生的房間門，我也知道，不論我將看到什麼，都為時已晚了。

黑暗系列照片的文字是十一個章節，有長有短。照片我都是見過的，文字卻沒有，我坐在那裡，靜靜地將這些文字，也是丈夫的最後的文字細細閱讀下來：

「……老鼠可憎，但將牠關在籠裡活活燙死更可憎。老鼠偷食，不過求生，沸水燙殺，屠者快哉，觀者也欣賞，他們多快樂啊！虐殺，虐食，虐待是什麼？你們可知道，你們自己也會有困

境，也有同樣的遭遇，現在沒有，終究會有的，我是鄉下出來的，我知道，可你們忘了。」

「蟑螂噁心，傳播細菌，但蟑螂有牠特殊的地方，牠有兩個大腦，這不是很有意思嗎！一個殘了，還有一個，所以還有一點點希望，至少還能自立，不像人，被弄殘了，自殘了，就只剩腸子肚子腰子和肛門了。」

「蜘蛛織網，自食其力，從不不勞而獲，一隻蜘蛛要弄點吃的，需要多少精力去織網啊！希臘神話裡的蜘蛛原型是個美麗的姑娘，記得我讀到她織網時手指輕盈如晨光跳躍的時候，就深深沉浸在一種喜悅之中，當時我不懂那是神話，以為是真的事，不怕你笑，我還真的想去買希臘奧林帕斯山的火車票呢，想著有一天能見到她，甚至想要娶她，雅典娜記恨她，把她變成了蜘蛛，我因而憎恨雅典娜。後來，凡是懲治自食其力、勤勞美好的人，不管是誰，是神，是聖，是人，我都視為我的敵人。」

「很多人都想做一隻鳥，而我更願意做一隻蜻蜓，躲過那些獵人的獵槍，因為獵人不捨得用一顆子彈來捕殺蜻蜓那麼小、那麼沒價值的昆蟲的，可牠現在只剩下一隻眼睛了，另一隻眼睛已經被誰打碎，牠還能看到什麼？雖然蜻蜓有上萬隻瞳孔，牠還是看錯了這個世界，看錯了獵人，牠沒想到，每個人，不論老少，都是獵人。即使毫無價值，也會被捕殺，被撕裂，甚至被碾碎。小的時候，我曾經看過大院裡的小孩抓蜻蜓，他們抓到之後，會把牠們的翅膀拔斷，還有些小孩會把蜻蜓的眼睛刺瞎，這樣蜻蜓就不能再飛了，特別是那種藍綠色的蜻蜓，牠們本是屬於

天空的，落在地上像什麼呢？可是牠們死了，我想救活牠們，可是牠們身體很軟了，也很涼，越撫摸越感到涼，冰涼的……」

「蜉蝣朝生暮死，牠們必須在一天內找到愛人，交配產卵後很快便迅速死去。我也想同牠們這樣迅速死去，但是我捨不得我的妻子。蜉蝣雖然是最原始的有翅昆蟲，可卻有一個奇怪而有趣的名字叫『一夜老』，這說明牠們在無數個『一夜』中，生生不息地『朝生暮死』，這種持續性就是永恆吧！我想蜉蝣是很聰明的，活得久了，什麼都會變的，就會看到更多的醜惡，經歷更多的煩難，緩慢的衰老其實是更殘酷的過程，所以『一夜老』好。我也很想在一夜之間老去，雖然我不可能永恆，我也從來就沒想過永恆，因為生就是痛苦，我不想永遠痛苦，可在夜晚的河邊，用電筒的光照著那些蜉蝣們，我拍牠們，也羨慕牠們，天亮之前牠們就要死了，但牠們似乎並不知道，或者知道了也不在乎，牠們視死如歸，我覺得牠們美極了……」

半年過去了，新區裡的這家小酒吧生意不錯，有的時候我也會去喝上一杯，我愛喝一種名叫「塔吉拉」的雞尾酒。每次我看著調酒師把我點的酒端上來，酒杯裡藍藍的火苗自顧自的燃燒著，恍惚的跳躍著，這樣好看，可是它既不是為我燃燒的，也不會為我熄滅。年輕的舞者們在小舞台上一曲跳完，又是一曲，性感妖嬈地扭動著她們的身體，裸露著四肢和小腹。酒吧老闆年紀不到三十，做此行業，這個年紀顯得稍微小了些，閱歷不夠，好在他喜歡說話，有人緣，不久有

了一些常客。這些人有時無聊還會提起一些舊聞，包括「那個跳樓自殺的男人」，時間久了，人們對此事件添枝加葉，增添了某種傳奇色彩，比如，丈夫本來是晚上從樓上跳下的，人們的轉述中，晚上變成了白天，而且空中姿勢很美，有的說像是某種神祕的舞蹈，還有的說像奧運會跳台跳水運動員的姿勢，又有人說像一隻奮力向下的美麗黑鳥，聽了這些，我百感交集，越發寂寞孤獨，覺得丈夫離我越來越遠了。

二〇一四年十二月寫於杭州

發表於《當代》二〇一五年第四期

放生

豪華包廂的名字叫「羅馬廳」，不由地讓我笑了笑，一個城鄉結合部的小飯館，左邊就是自行車的修理小鋪，右面是個菸酒小店，竟弄出個「羅馬」來，裡面總不會有鬥獸場、角鬥士，還有凱撒大帝吧。環視片刻，我看到周圍還有雅典廳、波斯廳、維多利亞廳、楓丹白露廳、巴厘島廳。巴厘島？哪個巴厘島？是前幾年新聞裡說的那個嗎？它的出名可是因為一次海嘯死了好多人，我顫抖了一下，可是轉念想想，哪地方沒死過人呢！心裡略為安定下來，走進了羅馬廳，果然，整個房間和羅馬沒有半點關係。我又環顧了一下，期待看到浴血場面，還好，只有牆上光屁股的美女壁畫，是和平景象，這就好了嘛。

羅毅已經來了，坐在視線最容易被忽視的角落裡，一看見我就說：「快過來，過來，你來得早，他們幾個都堵路上了，過來坐，咱倆點菜。」羅毅是我的大學同學，做些小生意，家境也不錯，勉強算個富二代。他視我為友，什麼好事總是想到我。他一個，我一個，還有一個年齡大的，我叫他「老貨」的，我們三人在大學時被稱為「三賤客」，每次出門，這兩個男的就像保鏢，一左一右跟在我兩側，有此襯托，我便像個黑幫女老大，招搖過市，那真是一段快樂時光。

羅毅這傢伙呢，是個少見的情種，目前正全心全意當一個女人的奴隸——包養她。女孩住的豪華公寓，月租五千，還不願他住進屋，說一起住久了會彼此厭倦，這是為他著想，勸他與父母暫住，付月租的時候麻利點就行，不然她可能隨時出走。出語底氣十足，不過她長得確實漂亮，有資格這麼說，所以羅毅到處找活幹，累得像條狗。每月造訪女友時，女方戲稱他是修理工，羅毅也很高興，掙錢勁頭更加旺盛了。他看女友的眼神是亮亮的，說難聽的就像哈巴狗看女主人，言聽計從，我心裡暗笑他是被這個女人吃定了。

三賤客另一人是周盛，與羅毅相反，他和女孩約會極其注意開銷成本，每次出門吃什麼，幹什麼，花多少錢，都精打細算，唯恐透支，他看上的女孩太多，今天覺得這個不錯，明天那個也好，然而別人都看不上他，因為他窮。

現在，穿得皺不啦嘰的羅毅正盯著菜單瀏覽，目光近似盯著女友，專注而深情。我走到羅毅身邊坐下，說：「周盛那個老貨呢，怎麼還沒來。」「他說要晚一點，帶個女的來。」羅毅向我眨眨眼。「怎麼，又有女的了！上星期不是才被蹬掉嘛。」「誰知道呢，等著看就好了，哦，對了，這次還有我一個朋友要來，好久沒見了，是個帥哥哦，可惜他大學畢業早早就結了婚，不然你們倒可以有一搭。」「去，去，去，你認識的男人都噁心，少惹我煩。」羅毅聽後，嘿嘿地笑了。

鬧扯了一會，我已把涼菜裡的黃瓜絲吃盡，人依然沒有來，我嚷：「上熱菜，上熱菜，不管他們那些鳥人了，姐我吃完，你們再點。」「好的，好的，不管他們。」服務員走進來上菜了，我

抬頭一看，嚇了一跳，嘴裡的黃瓜絲沒有吸到口內便停在那裡，眼前這兩服務員長得有點怪，怎麼說呢，一個像騾，一個像馬，都很沉重，進門上菜的勢頭風風火火，以為要來拿人，我不由抖了一下，轉念想到自己近來奉公守法，心裡隨即而安定下來。「騾」女手中的菜是香酥鴨，我肚子裡咕咕叫了，嘴裡吃鴨，眼裡看騾，又溜了一眼馬，騾馬，羅馬，原來「羅馬」廳是從這來的，忍不住要笑，又怕被鴨脖堵了，還是細細剔骨咀嚼，做一個大吃大喝的淑女吧。

正吃著，他們來了，三個人一起到的，彼此照例寒暄了片刻。哎，周盛這次帶來的女人，一如既往，難看而風騷，穿一件肉色連衣裙，緊裹著胖肉，乍眼看去像光膀子，可說光著吧，身上又處處起褶，說穿著吧，那肉色又太肉，直逼真肉，不過她眼睛沒褶，目光圓潤而熾烈，火火地向我掃來，勉強地微笑了一下。我心裡迅速自動調整了一下，想，在她沒被周盛騙了之前，我應保持淑女狀，把大姐本色收一收才是妥當，所以我的目光謙和了，在意識裡默認了她今晚是這個包廂裡的一位客人，她也變得自在了一些。

周盛目光依舊渾濁而清醒，一副不知被騙還是騙人的表情。他把身後的男人介紹了一下，叫邱磊，穿一身黑，黑皮夾克，黑牛仔褲，黑球鞋。對於這種穿一身黑的男人，我通常有兩種解讀：一、裝逼，二、懶。因為黑色是最保險的顏色，也是基本色，不會錯到哪。那麼他是哪類？從皺皺巴巴的衣服看，八九是懶。他個子細高，長臉，瘦鼻梁上搭著一副黑框眼鏡，三十歲左右，還算順眼，可神情有些憔悴和疲憊，說實話吧，第一面，我對他印象不壞。

介紹完畢，飯局開始，我說：「羅毅啊，你是主持，別那麼快地低頭光吃好不好，說點什麼吧。」羅毅嚥了口什麼食物，舉杯站了起來，說：「今晚大家都是自己人，邱磊呢，是我哥們，混得比我好，來之前就要搶著買單，可見他人黑心不黑，所以我決定把這買單的機會讓給他，其他嘛，喝，喝，照死喝！」周盛聽了，說：「你現在說話怎麼和你爸似的，看來你是老了，想死了，你死了誰去給你的女朋友付房租啊，要不我去？」羅毅回道：「房租可以付，你現在就付啊，但人跟你沒關係，允許你付完房租後，讓你在三十米以外遠遠地看一眼。」他們這樣你來我往，飯局算正式開始了。

敘談間，知道了「一身黑」是山西人。我沒去過山西，覺得山西除了煤礦和老陳醋外，就是坐炕上掰玉米穿大紅襖的女人，山西的男人是什麼樣的？除了電視上煤礦井噴事件中出現的挖煤工人的黑臉外，就是眼前一身黑的他了，都是一片黑，不過他太瘦，挖煤估計會餓死，養不了家的，胃口卻好，吃得多，也不挑食，眼睛盯著面前的菜不放，三下兩下就吃完了，當別的菜轉過來時，他似乎發現了什麼新大陸一樣，完全沒有餐桌上美味佳餚的全局觀念。我不由地看了看他，他也沒發現，繼續吃，牙齒倒是不黑。

酒過幾巡也忘了，屋裡煙味太大，我近來咳嗽，這時咳了起來，便決定出去透口氣。他們說別走啊，我說就回。他們又說，少了女人可不行，酒也沒味了。我說你們目中無人，不是還有個美女嗎！要罰！說完我善意地望了那「肉色女」一眼，出去了。

來到大堂，現在正是晚上生意最火爆的時候，餐廳裡擠滿了人，老闆娘忙得不可開交。她長著一張倒三角臉，也就是誤解版的錐子臉，眼影很深，眼泡腫脹，像剛被打過，與誰嘔氣，身材也怪，頭部往下，順序分別是脖子粗、平胸、臀肥，大腿眼看要把絲襪撐破，腳又回歸小巧，所以穿著細高跟鞋，有些滑稽。漫長的夜晚，她也不怕把腳站扁了。

此時，餐廳門口又進來了一個女人，海藻綠色的長裙，臉被她的裙子和昏暗的彩光映照得有點絢爛斑駁，如螢火蟲的顏色，五十歲了？看五官，年輕時應是個美人，只是現已經進入了女人的徹底衰退期。她牽著一個小男人的手，一看就是那種騙女人錢的男人。女人捏握小男人手的樣子像是一個快要溺斃的人抓住了一根稻草，雖然於事無補，但她的意念是顯而易見的：我還年輕，我還在愛和被愛。我突然覺得眼熟，想起了她是誰。她年輕時曾是市歌舞團一位有名的舞蹈演員，名字一下已記不起來了，她和我高中時一個同學的叔叔談過戀愛，這位叔叔是拆白黨，把她肚子搞大後，就跑了，她不敢聲張，一個人去家小醫院偷偷做掉。手術沒做好，子宮穿孔，以後不能生育了。幾年後，她做了一個香港老闆的二房，婚禮倒不小，一百多桌，還請了那位搞大她肚子的叔叔，而此時的「叔叔」，早忘了她是誰，參加了婚禮，見新娘如此漂亮，色心頓開，打聽，原來是她，於是昏倒在地。

後來聽說她被香港老公拋棄了，跑車、別墅悉數收回，之後沒了消息。沒想今天在此處見到，哎，她是老了，身上的裙子很不合身，緊裹著腰間的贅肉，可能是多年前的衣服了，發覺有

人在觀察她，便也警惕地回看我，好像怕我戳穿她什麼祕密。

我趕緊順下眼去，徑直去了洗手間。走到洗手間門口，裡面忽然走出了個男人，我以為自己走錯了，抬頭看，明明是女洗手間啊，怎麼出來個男的，討厭！我砰地關了門，果然發現蹲坑沒沖，我閉眼屏住呼吸，放水沖掉，轉眼一看，又撞見門後一女性生殖器水筆畫，配有歪詩：「肉在肉中，其樂無窮，肉在肉外，不傻才怪。」我頓時噁心了，又砰地一聲摔門而出。

回到羅馬廳的時候，他們好像都喝大了，目光遲鈍，酒氣飄飄，見我回來，紛紛開罵，說我躲到哪裡去了，不夠意思，要罰酒，我說你看你們喝得傻樣，悠著點，別回去又挨罵，他們三個男的鄙夷地看了我一眼，咕嘟又乾了一杯。我見勢無奈，也就隨他們去了，男人嘛，都是這樣，沾酒後開始有點瘋，之後有點蠢，以為自己是什麼大人物。

「媽的，我終於把婚給離了，再為我乾一杯吧。」「一身黑」說著晃晃地站了起來，羅毅在旁邊說話了：「你啥時離的，我怎麼不知道。你晃什麼，裝醉。」「一身黑」說：「誰晃，你才晃呢，酒好啊。很久沒這麼痛快地喝了，酒好，酒好，酒好。」然後看著我說：「姐，敬你一杯。」從他的目光看，似乎並沒有喝多，我的酒杯早已被斟滿，只好拿起來與他碰了一下，各自乾掉。他說：「痛快，姐姐真是性情中人，一看就是見過場面的，我就喜歡和這樣的女人喝酒，別見怪啊，酒好的。」

這類人，我以前見過，他們酒量大，心事重重，醉就像沒醉，沒醉又像有點醉，酒桌上就怕

這種人，黏得很，他們能夠滔滔不絕地說一夜、兩夜、三夜，酒嘛，也會一直喝下去，有的可拖，我怎麼辦呢，此時，我只能聽他說。

「……我啊，我是大學剛畢業沒多久就結了婚的，那個時候我剛創業，窮得幾個兄弟吃一碗泡麵，連公共汽車都捨不得坐，低價接活，沒日沒夜，累得要把腸子吐出來。有個女孩喜歡我，對我特別好，給我送飯，哎，一個女人可以為男人做的，她都做了。我呢，說了別笑話，我那時連薯條叫什麼都不知道，也不知道什麼是漢堡，沒人理的。姐姐世面見得多，但見過我這種人嗎？不怕笑話，我那時還特別性飢渴，和牲口似的，可我從沒有過女朋友，沒有人願意跟我這窮小子，可她對我好，現在想想，我自己都奇怪，她怎麼和一個窮光蛋好呢？說實話啊，今天在座的都是哥們，我要是她，也不會和窮光蛋混，所以我像撿了個錢包，那就別怪我花裡面的錢了。我並不喜歡她，我雖窮，也有自己喜歡的類型，她長得並不難看，但不是我喜歡的那類型，怎麼說呢，她臉盤多少有點葫蘆相，嘴唇也厚，不好，眼睛過大，有點凶，不溫柔，可我還是和她好上了，不然她老哭哭啼啼的，沒多久她就懷孕了，她於是想和我結婚。」

「她是在我最慫的時候願意嫁給我的人，可是我當時卻不想娶她，我並不想一下子就被家庭拴住，所以呢……可是她喜歡我，不停地把我往結婚這條路上引，她家庭條件好，父親是教授，母親是醫生，我終於慢慢地妥協了，同她結了婚。我不想結婚，但想到可以離，那就先結吧，結了再說。」

說到這，「一身黑」又呷了口酒，點上了根菸，深吸一口，徐徐吐出，眼睛瞇著說：「你知道嗎，婚禮就像是一場陰謀，一場別有用心的陰謀，你要當著所有親友們的面宣誓你對這個女人的感情，保證永遠不會變，只要你一變，那些親友就會站出來指責你，說你有道德缺陷，可是誰又能夠保證永遠不會變呢！有什麼東西是永遠不會變的？我不相信道德，也不相信法律，我相信槍，槍是管用的，我想讓一個人幹什麼，就用槍頂著他腦袋，他就得乖乖地幹什麼。我以前讀高中的時候，家裡沒錢，我特別仇富，走在路上，車開過去濺的泥水甩到我的身上，我都會感到非常厭惡，我那個時候就特別理解小偷，因為我想要的東西沒錢買，怎麼辦，只好偷！現在我也特別理解負心漢，因為我老婆的家人一天到晚打電話過來罵我，說我沒良心，可你讓我怎麼辦呢！所以說，這個世界沒有好人壞人，只有這樣生活和那樣生活的人。我婚前沒碰過女人，婚後找過很多小姐，二十多個吧，也許還要多，第一次找小姐的經歷非常糟糕，我們一群做生意的，飯後挑小姐，因為我是合同的甲方，他們就說，邱總，你先挑，你先挑，你挑剩的，我們再挑。我當時非常緊張，找女人，怎麼就像是去商場買衣服呢？他們說你挑個喜歡的，我就隨便挑了一個，實際上是不敢正眼多看，然後就一起進了小房間。進去後，我不知道接下來該做什麼，待在那裡發愣，那個小姐對我說，脫啊，我就脫了，然後那個小姐又說，要『吹簫』嗎？我說什麼是『吹簫』，她說就是用嘴做，我說不用，然後她就讓我躺著，趴到我身上來了。她臉貼上來的時候，我感到她年紀有些大了，皮膚鬆了，長相也不像剛才我挑她時那個樣子了。怎麼回事呢？

我發覺她臉上化妝很濃，做的時候，妝花了。整個過程非常磕巴，很不舒服，她好像還用她那乾裂的嘴唇親了我，我覺得髒，只想找個地方刷牙，匆匆射掉，穿衣繫帶，好快快了事。出了房間，走廊上沒人，一起來的人都還沒出來，還在忙著，我只好等他們，可那時我滿腦子想的都是刷牙。」

「我大學時有個最好的兄弟，他的第一次都是給了小姐的，他也實在是沒辦法了。他和小姐進了房間，小姐就那麼的往床上一坐，衣服一脫，眼睛一瞪，說，你幹吧，我那兄弟就幹了。幹完出來，打電話給我，讓我接他，見面就哭，難受得跟什麼似的，好像被毀了。可是找小姐這事吧，也奇怪，只要你找過一次，就算當時感覺再不舒服，過後你也會再找第二次、第三次。後來，我每次出差都找小姐，有時找一個，有時兩三個，開始還有點拘謹，後來多了，也就變成了習慣。有些小姐規矩很多，比如不可以碰她的胸，不可以吻她，不可以這不可以那的，價格就要相應的低些，你可以砍價，也有的小姐非常配合，像和情人一樣的和你做愛，還不停地叫我使勁。這些小姐裡有很多都是白天還有一份正經工作，白領公關粉領祕書什麼的，晚上再來做小姐，因為這個掙錢快。在座的姐姐妹妹們也不要見怪，小姐這行當是最古老的行當，只要世上還有男人，這個職業就不會消失。也是，她們錢太好掙了，你想啊，每天只要一到那個鐘點，她的口袋裡就會多幾千塊錢，這個世界的財富每天都會有一部分是她們的。」

「我和其中一個小姐聊過天，她很年輕，二十來歲，皮膚很白，我叫過她好幾次，每次做

完，可能她想歇歇，不想那麼快接下一個客人，就會和我聊聊天。我們漸漸熟了，有時我在酒店走廊上碰見她，大家還會點點頭，打個招呼。我一個人出差在外，有時挺寂寞，便想找她陪我吃個飯什麼的，我也真的這麼做了，接到我約請的電話，她有些意外，轉而答應了。那天約好在酒店門口碰頭，她遲遲未到，我等著無聊，抽菸解悶，見一個女孩走過來，停在我旁邊，也不講話，露出害羞的樣子，我定神看，原來是她。她沒化妝，我一時認不出來。我覺得她沒化妝的樣子更好看。她好像也有點緊張，氣氛有點怪。吃飯的時候，她坐我對面，這是我第一次得到機會好好地、從容地、認真地端詳她，有一種新鮮的、美好的感覺。奇怪，以前在酒店裡和她做愛的時候，那個肌膚相親的時候，我怎麼從來沒顧得上正眼看她呢？不過她那時好像也沒正眼看我，哎，這是什麼事啊！她素顏時，皮膚沒那麼白了，卻很自然，細細打量時，反倒覺得透著比『白皙』更加動人的青春潤澤來，這比『白皙』還好，還要美。她的眼睛不大，細長溫柔，額頭豐滿，頭髮雖沒刻意梳理，反倒有種隨意的好看。我想到年曆上的那種古代仕女的典雅，但這個典雅更現實，更眼前。咫尺之間，可以感到她的呼吸，她的真實存在。在那一刻，我是充實的，甚至是幸福的，因為，我也感到我的存在。我突然有種自卑感，我不禁想，如果不是找小姐，而是在現實生活裡，我這樣的屌絲，這樣的鄉下出身的人，能有機緣認識她嗎？不大可能。奇怪的是，我這樣的人，偏偏在招妓時成了對她可以吆三喝四的顧主，這實在是譏諷。如果此時她揣摩到了我的心思，會怎麼想？要是我以前就碰到了她這麼一個人，而非我現在的妻子，她也沒有做小

姐，是一個白領，我們相遇了，會怎麼樣？她會看不上我吧？我突然覺得很不舒服，一定有什麼東西弄錯了，我感到命運中的遊戲和裡面某種深深的惡意。」

「她知道我一直在暗暗打量她，也對我微笑地直視過來，說：『我們怎麼好像第一次見面似的。』我心裡怦然動了一下，覺得這怎麼有點像談戀愛的味道呢！可想想我雖早已不再是處男，卻還真的沒有談過戀愛呢！我覺得那天下午美好靜謐，自己忽然處於某種戀愛的氛圍裡了。在她那個眼神裡，我發現某種『似曾相識』的東西，我說不清它是什麼，但無疑是我很久以來在等待的。」

「聊天的時候，我忍不住問她為什麼做小姐，她說她的家境原本是好的，父親做生意，賺來的錢炒股，賠光了，跳樓自殺，後來母親再嫁，遠走他鄉，她自己一人領著弟弟，起初親戚們多少也幫一點，時間久了，也就故意疏遠了，慢慢就做了小姐。可是說完她卻笑笑，抬起那雙聰敏、幾乎是清純的眼睛，含笑地看著我，說：『小姐的故事，你還真的會信嗎？』在那一刻，我脫口想說我相信的，但這個回答卻會是她所懷疑以致輕微嘲笑的。是啊，我多麼願意相信她，多麼希望我和她之間能形成一種真正的、親切的關係，可是這可能嗎？我相信她，她相信我嗎？相信多久呢？我終究是嫖客，她畢竟是妓女，而已，而已，這是多麼可惡的現實關係，換句話說，我同她沒什麼關係，這頓飯，這次約見之後，我們立刻會恢復嫖客和妓女的原貌，就是這樣，哎……」

「那次見面後，我也想給她打電話，但我猶豫，終究沒有這樣做，我也說不清為什麼，我想

像著她接到我電話時，也許正和另一個男人在一起，剛做完，在洗手間補妝或又接到下一個嫖客的電話，這時我的電話打來了，她心想：這個傻乎乎的傢伙，先把他打發掉再說，於是拿起了手機。我這邊呢，我這邊還在做著戀愛的美夢。我不想再嫖她了，忽然也不想再見她了，不見她，我覺得我還可能擁有我們之間的那種友誼，那種甚至有些曖昧的親昵關係，而見了面，一切反而會破碎，會回到現實了，現實是我連她的名字叫什麼都不知道。」

「我經常覺得啊，我自己實際上就是精神分裂，我是嫖客，又是個需要感情的人，作為嫖客，很簡單，就是一手交錢，一手上床，完事走人就行了，可是和這些小姐們做，就像和一攤肉做，這樣一來，弄得自己也像一攤肉，媽的，像動物似的，這種感覺很糟糕，可是我沒辦法，我控制不了自己。話說回來，我們就是動物，不是動物是什麼呢？羅毅，周盛，你們說說，我們不就是他媽的牲口嘛！」「肉色女」這時吃吃地笑了，對周盛說：「你就是個牲口。」

「一身黑」繼續高談闊論：「你們知道『海天盛筵』和俄羅斯轉盤嗎？不知道？看來你們真是什麼也不知道，俄羅斯轉盤就是叫一群女人脫光後撅著屁股趴一圈，你一個個做過來，最後射在哪個女人裡面，就給那個女人一大筆錢，他們有錢人是這麼玩女人的，我將來發了，也這麼玩！」

聽到這我有點些受不了，這個「一身黑」無疑喝多了，出語下流，不分場合，竟當著我們女的面亂說一氣，我斜視了一眼那位「肉色女」，她正在貌似一臉好奇地聆聽，同時又在嘻嘻哈哈地打電話，應酬裕如。旁邊的一「騾」一「馬」兩個女服務員，神閒氣定，好像根本就沒在聽我們

說什麼。

羅毅和周盛此時看出我的不悅，就舉杯說，「邱兄今晚高興啊，怎麼，要不要來點茶啊，歇歇再喝，好不？」「一身黑」沒有舉杯，回敬道：「我喝多了嗎？你倆加起來也不是我的對手！今晚我高興，我告訴你們，你們可別掃我的興，誰攔我喝酒，我就和誰喝，不喝就不是我邱磊的朋友！」

聽到這，經驗告訴我，「一身黑」今晚的故事得讓他講下去，講下去，沒事，不讓他講，反倒可能有事，沒準還會動手。我能怎麼辦呢？我只能說點什麼：「邱磊，你的酒量，我今天算是知道了，再來半斤一斤的也沒事，你看這樣行不行，我們換個地方，喝個茶，唱唱歌，再繼續說你的故事，如何？」

聽了我的話，「一身黑」露出極其和藹溫順的微笑，低頭沉默了片刻，緩緩抬起頭來，望著我，說：「姐，我今天是遇到對手了，你看不起我，我聽得出來，你以為我喝多了，對不？這樣吧，姐，我呢，我說我沒喝多呢！你們不信，那麼你們就容我把我的話講完，我要是嚼了一下舌頭，說明我喝多了，馬上回家睡覺，我如果流利地、清晰地講完，你們就得服我，好不好？」他說完，從容地又點上一根菸，斯文地抽起來了。

我們還能說什麼呢？互相迅速地交換了一下眼神，羅毅說：「好吧，你說你說，誰也沒不讓你說啊，你說吧，我們聽著。」

「一身黑」往菜碟裡彈了彈菸灰，從容地說：「我從來沒有像今晚這麼清醒，你們以為什

麼，以為這個世界就我一個嫖客嗎？我告訴你，十個男人九個嫖，還有一個你不知道而已。你去大街上看看，那些人模人樣的鳥人，到了晚上都是嫖客，道德是什麼，道德是傻逼，請原諒，女士們，我說的是真的，但有時道德也他媽的怪，每次出完差，做過小姐後回到家，我反而更想和老婆做愛，覺得還是家好，出軌後的男人會加倍愛自已的老婆，你說這道德怎麼解釋？我每次回到家都會給她買很多的禮物，想抱抱她，親親她，她要鬧脾氣，跟我吵架，我也忍著，因為我覺得有點他媽的內疚。和妻子做愛的時候，她深情地吻我，完全不知道我剛嫖了回來，我也不明白哪來那麼多力氣，可以做這麼久，我很滿足，她也很滿足，做完兩人都睡得很香。所以我說，維護家庭和睦的辦法，就是每週找一次小姐，你們女人別這麼看著我，我說的是實話，實話不好聽，但好用得很，你們記著，這方面我是哥。」

「肉色女」聽了，她的目光也和邱磊一樣往我們這邊「巡視」了一下，好像那個有關道德問題的總結，不僅是邱磊的，也是她的總結，我看到「肉色女」眼中的「通曉世故」的溫柔目光，心想，完了，周盛玩不過她。「一身黑」繼續說：

「其實我和我老婆的關係在一段時間裡，還是穩定的，她在家，帶孩子做飯，我上班，回家，飯菜熱乎乎地端上了桌，挺好的，我知足，我這樣的人，能夠有這樣的生活，也是可以的了，但好景不長。那段時間我生意做得不錯，公司裡有不少女下屬對我眉來眼去，給我發曖昧短信。說實話，我對她們沒什麼興趣，她們無非是看上我有兩個錢了，施美人計，想撈點好處，

我心裡覺得她們也不比小姐高級多少，與其和她們勾搭，還不如去找小姐更簡單。其中有一個女的，結了婚的，個子高高，身材勻稱，性格也潑辣，她對我言語放蕩大膽，能看出她是那種欲望很強的女人，這樣挑逗我，是什麼意思呢，老公不能滿足她？我也想過，她這樣主動，索性就發生點什麼也沒啥，反正彼此都是結了婚的人，都不會太當真，可是我對在性上這麼主動的女人，反而不太喜歡。」

「有一天，我在公司加班晚了，正要收拾東西回家。她走進來，往沙發上一坐，腿一翹，裙子很短，幾乎包不住臀部，穿成這樣，肯定是刻意打扮過的，身上的香味也很濃，還沒說兩句話，就整個人撲上來了。我本來想把她推開的，可是手卻情不自禁的自己摸上去了，真的，我也不知道怎麼回事，那雙手怎麼會不聽我的話，自己摸上去呢！我的手就這麼從她的屁股摸到了她的腰，又從她的腰摸到了她的胸，又摸回到了她的屁股。手還在繼續摸著的時候，辦公室的門被推開了，走進來一個人，竟然是我老婆，那天雨下得很大，她是過來給我送雨傘的。」

「我的噩夢從此開始，老婆和我翻臉了。我同她解釋，她不聽，她說，我手機裡的曖昧短信她早就全知道了，原來她一直偷偷查看我的手機，那天去給我送傘，也不過是找個機會查崗，沒想到一查就抓了個現行，由此可見我是早就開始騙她了，我沒什麼好解釋的了。從此她就像變了個人一樣，飯也不做了，孩子也不管了，成天神經兮兮，還偷偷跟蹤我，除此之外就是哭鬧，哭鬧，哭鬧，說我對她不好，從來就沒愛過她，我開始還想，也許鬧鬧就過去了，沒想到她更

厲害了，和瘋了似的，分分鐘追著我鬧，我在外面辦事，她一個下午要打十幾個電話給我，問我在哪，要我立馬回家裡去。連我身邊的人都受不了，我當時不明白一個好端端的人怎麼會變成這樣。說實話，如不是老鬧的話，我不會和她離婚的，畢竟是夫妻，我至今還是認為，最好的愛情是從婚姻中產生的，我已經有點喜歡和習慣家庭生活了，可她卻變了，我後來想，她外婆發過瘋，家裡沒準有瘋的遺傳，會不會這方面出了什麼變化？想想就可怕，也無助。」

「我煩透了，想和她離婚，趕快離婚，叫她趕快滾蛋，越快越好，能在九點十五分和她離，就絕對不拖到九點十六分，一分鐘都不想再和她拖了。誰知道她聽到離婚要自殺，我後來才知道她攢安眠藥，攢了幾十顆了，那次她一次吞了，我送她去醫院洗胃，後來她又吞了兩次，又洗了兩次胃，我每天要出門賺錢，回來還要看著她，防止她自殺，我實在受不了。吞藥未遂，她要跳樓，我沒辦法了，報了警，警察一來很快就控制住了場面，然後，一位年紀稍大的警察把我叫到一邊說，小夥子啊，你老婆有抑鬱症啊，一眼就看出來了，現在是春天，正是精神病的高發季節，我們已經處理了好幾宗抑鬱自殺的案子了，趕緊送你老婆去住院治療吧。」

「我第二天就同她的母親帶她去了精神病院，那個醫生還沒和她說兩句話，就確診了，在病例上寫道：『嚴重抑鬱症，分隔治療』。我到了住院部一看，那些分隔的病房裡住的都是瘋子，我不想讓她住在這樣的地方。她媽是醫生，後來給她找了一個紹興的醫院，裡面有開放式病房。她住進醫院的第一天，醫生就給她打了一針，她原本呆滯僵硬的臉，馬上就變得有活氣了，臉上

的肌肉也開始活動了，她在醫院住了幾天，人也開始活潑了，臉上也有笑容了。可是我看著她的眼睛，這個和我共度了好幾年、朝夕相處的女人，她的眼神是這麼的陌生，好像不認識我了，我們夫妻這麼多年，忽然變成了陌生人，這種感覺奇怪得很，我知道她是真瘋了。」

「醫生跟我說，她這個病是要終身吃藥，隨時都會復發，好不了的，問我要不要過段時間把她接回去，接回去就要找人二十四小時看護，而且她在家的話對孩子可能會造成一定影響，夫妻生活也是個問題。可是繼續住院的話，醫院條件始終是有限的，她要是不配合治療，犯起病來，他們只能採取強制治療了，比如有時要把她綁起來什麼的。我想到她會被綁，也不忍心。我不知怎麼辦，你們說說我該怎麼辦，我能怎麼辦？」

「我只能同她離婚，我怎麼能和一個瘋子維持婚姻呢？我趁沒人的時候，抓住了她的手，摁了手印，她的簽名是我寫的，不知怎麼，那時我感到必須火速辦理離婚，晚了，大家又都知道了，我的婚就沒法離了，我必須快快辦，我辦成了，整個鬆了口氣，覺得解脫了。」

「可我現在不快樂，不像剛辦完離婚時快樂了，那時我覺得我自由了，可以做自己想做的事了，可以沒有顧慮地找小姐，找女友，可是我都沒有去做，我很難受，整天都不知道該幹什麼，……我在整理東西的時候，翻到我以前的照片，在農村上學的照片和結婚照，怎麼說呢，哎……」

說到這，「一身黑」目光變得空洞了，他又喝了一口酒，說：「我並不是傻子，我知道，其

實是我把我老婆逼瘋的，把一個可能是最愛我的，在我最窮、最沒人理我的時候愛我、幫我的女人，逼瘋了……，我前幾天去醫院把離婚證帶給她的時候，她已經不懂這些了，她一直對我微笑，就像從前剛認識我那樣的微笑，可是，我發現她對什麼都微笑，對牆、對藥、對水杯子都微笑……我老婆是完了，她是被我害的，但是我也是受害者啊！只是我不知道害我的是誰，害我的是誰啊！我也是人，我的生活不應該是這樣的，可怎麼就變成這樣了呢……」

說著，「一身黑」似乎動衷了，低下頭，說不出話了，羅毅用手拍了拍他的肩膀，也沒說什麼，好像特別理解他似的。這時大家都有點不知說什麼好了，只有「肉色女」正在轉動著桌盤，尋覓著自己想吃的菜，找到了，於是夾起了一隻鴨頭。

「我昨晚閒得無聊，一個人去江邊走走，江面很黑，我看到四五輛跑車停在岸邊，我心想怎麼這麼多好車，幹什麼呢？真他媽過分，只見那些人走下車，從後備箱搬出一箱一箱的東西，我也不知道他們要幹嘛，就站著看。他們搬著箱子來到江邊，放下後，一一打開，我圍上前看，都是活魚，他們默不作聲，把魚都倒了入了江裡，原來是放生。」

「晚上江裡的浪真大呀，放生的魚很多就被沖到了岸邊，就有人過去撿魚的，還有人找來小網要撈魚。那些沖上來的魚已經被浪打爛了，渾身是血，牠們還不適應突然落入江裡，估計牠們也活不了多久……我理解放生的人，理解他們為什麼要這麼晚跑到江邊來放生，肯定是做了虧心事，想要做些什麼補償一下，讓心裡好受一點。我以前接過一個政府工程，做一個城市雕塑，我

經常祈禱那個雕塑不要塌下來，不然肯定會砸死人。我看著他們放生，心想自己要不要也買點魚來放，可是真的會有用嗎？沒有用的。放生能把我的生活放回來嗎？放不回來了，那不過是自我安慰，我這輩子也就這樣了……我也可能是被放生的，一個更壞的、更大的什麼，犯了什麼比我要大的罪，然後把我放生的，你們說呢，是不是?!」

「一身黑」確實清晰、流利地說完了這些，沒有嚼自己的舌頭，但這時，我倒覺得他真的醉了——臉色灰白，目光暗淡，吸菸的動作也僵硬了，我看出他要吐，便催周盛和羅毅帶他去洗手間。我話音未落，他倆已一左一右，架起邱磊，幾乎是拖了出去。很快，羅毅跑回來說，哎呀，吐得厲害，全都吐出來了，一塌糊塗的，真是，怎麼醉成這樣了呢，他的酒量不至於啊。

「肉色女」這時還在玩手機。服務員一「騾」一「馬」開始收拾桌上的杯盤碟碗了。酒桌上杯盤狼藉一塌糊塗，像個小戰場了。服務員表情平靜，也是，他們成天待在這個包廂裡，聽到的故事怕比誰都要多吧！一撥人來了，一撥人走了，天天如此，每撥人的故事也不一樣，今天是「一身黑」的故事，明天恐怕就是「一身灰」的故事，後天又變成了「一身紅」的故事。

我的意識裡忽然出現了奇怪的場景，我看見許多「一身黑」、「一身灰」、「一身綠」、「一身紅」都是一條條魚，牠們在江水裡成片成片地游來游去，被水流沖亂，被浪花打翻，身上流著血，不知所終，也許很快牠們就被撞昏，繼續飄蕩，猶如水面上的泡沫，頑強執著又毫無意義地隨波逐流，消失在黑暗裡。這是一個虛擬的畫面還是一個真實的畫面，我一時竟無法判斷和分辨了。

我走出包廂，來到走廊窗邊向外望去。天早就黑了，樓宇上的廣告燈和霓虹燈的豔麗的玫瑰色和陰森的幽藍色忽明忽暗地閃爍著，變幻著，它們整齊地映照在面前的玻璃窗上，顯得更加陰冷和幽深，我漸漸發現在那玻璃窗裡面有個模糊人影，肯定是我了吧！但她好像不認識我，打量著我，端詳著我，像個旁觀的人，在窗子裡的黑暗中，靜靜觀看和聆聽著什麼，我想到放生，想到江邊和那些湧動不息的浪潮，不禁有點恍惚了。

二〇一四年十一月寫於杭州

發表於《西湖》二〇一五年第二期

黃眼珠

中年之後，我的生活是越發不堪了。外遇到底還是被妻子發現，一場「沙塵暴」之後，離婚手續於十日內辦妥，好在沒孩子，程序簡單，房子給她，存款也差不多都給了她，我又回到青銅時代——屌絲租房時代了，有點歸樸返真的味道。一開始望著那空蕩的席夢思床墊有點獨愴然而涕下，後來覺得一個人生活也挺好，下班出去喝個酒唱個歌混到半夜，不再有人管，頓覺無家一身輕，但不久我又無聊了。老同學們有時吆喝個聚會，開始還有點新鮮勁兒，很快也味同嚼蠟，我也越來越不願意參加了。我發覺那些同學都和我差不多的無聊。雖然大家奔著舊情來，但畢竟是彼一時此一時也，人早已變了，忘了誰說的，兒時的友誼如同兒時的衣服，不是不想穿，而是穿不下了，真是一點不假。而且，雖然大家各有成就，有的混了官，有的混成了學者專家，有的混成了一個混混，混得不怎麼樣的，自然也就不大熱心來聚會，來了說什麼呢？時間一久，各自忙各自的，不大見面了，也好。

然而每一次老同學聚會，有一個人是永遠也不來的，這麼多年來誰也沒見過，只有一次，那是前年的聚會吧，有人在席間說見到了，說他在大馬路的中間走路，來往的車罵他，他也不理，

就那麼低頭走，好像在地上找什麼東西。他戴個草帽，身穿破爛的制服，腰間繫根草繩，光腳，手挎個籃子，籃子裡有盒火柴。

「我當時在開車，和他也就是一步之遙，我沒看錯。」說完，這位老同學冷冷地看了我們一眼，說沒想到他還活著。

他叫解兆元。

他是我們那屆唯一的被學校開除的學生。沒人清楚原因，有說是曠課太多，有說是在外面肇事，還有說亂搞男女關係，但都沒能證實，只是把他的事當作無聊時的談資而已。

解兆元那時常穿青年裝，立領子，三個口袋，走起路來很快，而且嚴重的外八字，可是他的鞋子卻爛趴趴，像經不住主人走路速度的折磨而散了架。我和他同屆不同班，但即便是和他同班的，也沒人和他一起玩。他是何等人，我不知道，能記住的就是他那野獸般的黃眼珠，瘋狂的樣子，濃密的微黃的鬍子遮住總是譏笑的嘴角，見到誰都不理，但有時又忽然親切地笑了，叫人吃不準他這個人是怎麼回事，特別討厭。

那會兒國內閉塞，除了圖書館那些被翻爛和永遠也不會有人看的畫冊和別的書，我們什麼也看不到。解兆元那會兒口口聲聲抨擊學校的教學，說是拾蘇聯的牙慧，他曾燒了一本從學校圖書館借的俄羅斯的契斯恰科夫素描畫冊，這可是當時圖書館和系裡教學的「鎮館」之寶啊！他為此付出了沉重的代價，照書價十倍賠償不說，還通報批評。我那時就很喜歡契斯恰科夫，夜晚熄燈

後，被窩裡打著電筒都看過那本被黃眼珠燒掉的畫冊，為此，我還和他吵過架，他那架勢差點要把我吃掉。

他畫素描的鉛筆線條很堅硬，像鞭子抽在紙上，一條條刺刺的「血痕」，看得難受。我認為他有暴力傾向。但他用這「鞭子」線條畫大衛石膏像，空間感、重量感、體積感又都不錯，居然把大衛那英俊的味道畫出來了，構圖也妥貼，我真是不知說什麼好，想到他那黃眼珠裡面的黑瞳孔，我懷疑他的前世絕對不是人，可能是隻野貓。我討厭野貓，貓是陰險的，渾身帶著夜氣，當你看見牠時，發現牠已在打量你，嚇你一跳。解兆元的眼睛雖是黃的，陽光色，但眼神卻是陰的，望去恍惚，謝天謝地，好在我們不是同班也不同宿舍，否則就麻煩了，不是他把我當耗子吃了，就是我把他當貓宰了。可是他好串門，每次見到他，總看到他不時地從口袋裡掏出什麼東西扔到自己的嘴裡，然後咀嚼不停，鬍子上總黏著什麼瓜子或花生皮屑，媽的，連嗑瓜子的時候他都不可一世的樣子。

多年了，要不是那個老同學提到了他，我早把他忘掉了，可那次聚會後，解兆元卻不時冒出來，緣由也說不清，黃眼珠子，鞭子一樣的素描線條，不可一世的樣子，爛趴趴的鞋？

那年春節我從外地回去看父母，票不好買，費了半天勁才買到一張慢車車票，就是那種綠車皮，這種車票價便宜，幾十塊錢一張，過年過節回家，草根族就靠它了。火車到站時是凌晨三點，走出燈火通明的火車站後，街道就漸漸隱在黑暗裡了。

我在離車站幾乎一里路的地方才打到了出租，司機一副懶洋洋的樣子，打著哈問我到哪裡去，我說了地名，他說這麼近還打什麼車，走兩步就到了，我操著當地口音的話說不近啊，至少有四五站路呢，他聽出我是本地人，厭厭地嘆了口氣，說上吧上吧，倒楣！我感到非常內疚地上了車。一路上，司機把廣播音量放得很大，一言不發，也好像防範我說話似的，我由內疚轉為深感自己的多餘，這樣兩人一路無語，廣播裡音樂一路高唱地駛入這座正日益擴大的小城市。

父母家在環城南路的一個單位大院，大院大門面朝西南，位處城市的一個小鬧區，鬧區歸鬧區，這時卻是安靜的。保潔工竟已在掃地了，唰唰唰的聲音好清脆。我看了看手機上的時間，三點半多一點。我拎著行李下了車，站在單位大門口猶豫了起來。此時也是父母正睡得最香的時候，我雖然有鑰匙，也不好哐啷啷地開門弄醒兩位老人，怎麼辦呢？傳達室坐著一個保安打瞌睡，另一個人在打量著我和我的行李，旁邊一把竹籐椅子空著沒人坐，好像等著我，我坐了下來。那一直看著我的人好像總想審問我一下子，結果還是沒開口，將目光轉向別處。打瞌睡的那個保安的呼嚕聲更明確了，快天亮的時候，也正是人最睏的時候，我剛坐下不一會也睏了。

我忽然被什麼聲音驚醒，是保安的嚷嚷，同時又有一陣急促的腳步聲傳來，我看到大門口外邊有一個人跑了過去，他跑的步子有點像鴕鳥，速度不慌不忙，嚴重的外八字，頭戴一頂草帽，緊跟在後面的那個人分明是追趕他的。此人一身白，連鞋也是白的，矯健地追著他，我覺得他很快地就會被追上，於是我一下就全醒了，跟著剛才嚷嚷的那個保安跑到了大門口外，果然，「一

身白」的人已經在猛烈地踢著倒在地上的那個人，與其說是踢，不如說是用腳在跺他的頭，那鞋也是白的，皮鞋，跺在頭上的聲音並不響，悶悶地顯得力道非常凶狠，腳腳要命。地上那個人完全不掙扎，只在那哎哎地喘氣，那人繼續跺，我衝過去對他說，你他媽的要把他跺死啊！那「一身白」有點吃驚地看著我，好像有點意外，說，他媽的，他搶我手機。我說搶你手機也不至於要把他弄死啊。

這時又多了幾個圍觀的人，晨練的人吧。這些人都盯著那個躺在地上的人看，對「一身白」毫不注意，我發現地上那個人已經不再喘了，他滿臉是血，頭下有一片東西在濕濕地漫開，也是血，很多，越來越多，我於是尋找那個「一身白」，他還在那，這時卻裝成了一個圍觀的人，他發覺了我的目光，有點害怕，我說你打１２０，出了人命你要負責，他說手機沒了。旁邊一個人打了電話。

救護車約二十分鐘後來了，在我們眼前開了過去，又轉回來了，估計是司機走了神。車停下，出來了兩個人，拿出了一個很窄的擔架，也不問些什麼，直接把地上那個人拉起來，那人就坐在地上了，昏黃的路燈下的那張「血臉」五官模糊，兩眼迷迷糊糊地閉著，像還沒睡醒，耳朵裡還在往外流著血，救護人員往他頭上套了一個像睡帽的東西，然後被弄得平躺在擔架上，我這時又在尋找那「一身白」，他已經沒蹤影了。

救護車要離開了，引擎卻熄了火，於是大家都幫著在車屁股後面推，推一下，司機加一腳

油，再推一下，司機再加一腳油，終於啟動了。啟動了的救護車一溜煙地消失在天色微明的馬路上。圍觀的人慢慢散去了，車來人往，不到十分鐘，地上的血跡就模糊得不能辨認了，那落在路邊的草帽，也被一個買早點的人拾了去。

我看看時間，五點多一點，就來到父母住的那棟樓。樓道裡還是沒人聲，都還在睡吧，我拿出鑰匙哐啷啷地開了父母的門，門剛一打開，就看見母親已往門口走來，她好像正要來開門，見到我，她說，回來啦。我問爸還在睡？母親說還在睡。我向父親的臥房探了一下頭，聽見了父親打呼的聲音。

父母退休在家快十年，身體都大不如以前了。開口閉口都是過去的事，我每次春節回家除了見見老朋友老同學之外，基本在家陪父母聊天，他們那些往事，我不知聽了多少遍了，說實話，早就膩煩了。但為了不讓他們掃興，每次我都假裝第一次聽見，還不時插話，了解詳情。有一天父親問，你原來藝校的那個老師叫什麼來著，就是那個瘦瘦的，有心臟病，說話文謅謅的那個，我說早死了。早死了？多早？我說，五六年前吧。父親聽了沒吱聲，說大院裡那個居老頭也死了，他自己作的，跳廣場舞，跳著跳著就栽地上去了，還有那個洪大麻子，身體好吧，每天早晨出去遛鳥，逛舊貨攤，有天死在回家的路上。家裡人接電話後趕去，人已經沒氣了，鳥籠子裡的鳥還在那跳上跳下，吱吱哇哇亂叫。

那天照例早早吃罷晚飯，之後接到一個電話。從來電顯示看是一個陌生號碼，接聽後沒說兩

句，我就聽出是誰了。她是劉悦，藝校時的老同學，那會兒她漂亮，我追過她，沒追上，以後也就沒有音信了，今天她的電話有點突兀，她怎麼知道我電話號碼的呢？這麼多年了，她在哪兒？她的聲音細聽也老了，顯得「笨重」了，人的模樣可想而知，我不由得想到她當年的樣子，苗條的身材，秀氣的杏仁臉，一笑起來嘴角的酒窩若隱若現，最動人的是她純淨得透著淺藍色的眼白。

我們大約通了一個小時的電話，也許還要久，彼此沉浸在往日時光。我忍不住地對她説，你知道嗎，那時你是舞蹈班裡最漂亮的女生，全校公認的美女。電話那頭傳來了嘆息，説，哎，那都是多少年前的事了，何況當年我們班最漂亮的女生怎麼可能是我，是那個後來進了劇團的沈蘭啊，人家後來嫁了個有錢人，和現在的我相比，那是一天一地了。我聽出了她口中的隱隱的沮喪和失落，於是安慰道，哪裡哪裡，被繪畫班男生公認的美女才是第一美女啊，而且這是群眾的意見啊！她聽了不由得格格地笑了，這個笑聲動人如初，使我彷彿「看」到了當年的她，我趁機約了她喝咖啡，她略遲疑，很快也就答應了。我們約好了時間和地點，然後彼此道了晚安。

掛了電話，我站在窗邊往外望去。窗外不遠處是大院的院牆，外面有一片小樹林，冬日雨後，濕黑濕黑的，後面有一條護城河，河面的波紋平靜而黝暗，路燈將一個個圓形光斑投射在河面上，使那條「亮鏈」如同一條長著斑點的黑色響尾蛇。

這麼多年過去了，父母不可阻擋地老了，大院老了，水泥樓梯老了，電線杆子老了，我也老

了，大門邊的泡桐樹和那個小樹林卻年年吐芽綻新，每次都好像平生以來第一次發芽似的那樣認真，那樣全力以赴，牆上的爬牆虎也歲歲蔓延，當它們爬到樓頂的時候，便無處可去了，有點壯志未酬似的。

剛上藝校那會兒我多大？十八九歲吧，真年輕啊，年輕得我都快忘了自己也曾經這樣年輕過。那時，為了參加藝術學校的考試，請假複習，學校不批准，我找了後門，到醫院割掉了扁桃體，爭取了兩個星期的假，我就是在那十二天裡，傷口流著血，身上淌著汗，嗓子腫著複習著那些可惡的語文、政治和什麼鳥歷史，連嚥水時傷口都疼，不料居然考上，也該考上，不然真是對不起離我而去的兩個鮮活鮮嫩的扁桃體了。它們在哪？當時手術醫生把那兩顆扁桃體放到白色的瓷盤裡給我看，並說看看吧。那兩塊肉真像菜場裡剛宰殺的雞肚子裡扯出來的血淋淋的雞胗，那一瞬間，我琢磨這是否取自我的喉嚨，那醫生看了看我，略停頓片刻，像在給我和那兩塊肉永別的機會，然後就端著盤子離開了。

那時的升學委實不易，每個考生可能明裡暗裡都有自己的故事，不說也罷。劉悅是舞蹈系裡的女生，現在想來，她當時真是漂亮，身材也好，腿和胳膊都很修長，尤其出挑的是她的長相有點像是混血兒，骨相眉宇都有點像外國人，後來聽她說她父母都是土生土長的湖南人。記憶裡，夏天她總愛穿一條灰白格子的長裙，配一雙白球鞋，走起路來輕得像一朵雲。她的身材比例在我們這些學畫畫的男生眼裡看來，是標準的九頭一身，我們常常私下說要是劉悅能給我們做次模特

該多好，裸體不敢奢望，但能畫畫光著的腿也是好的啊。那時很多人追過她，包括我，但都被她一一無情拒絕，大家都覺得她根本看不上我們。有個聲樂系的男生不知用了什麼招，成功地把她約去了公園，結果差點出了事——那男的在遭到拒絕時使勁掐她的脖子，幸虧當時天沒黑，公園裡還有些人，聽到喊聲跑來報了警，才救了她一命。後來劉悅就不見了，有人說她休了學，有人說她去了外地走穴，總之再沒見到她了，直到畢業時，在舞蹈系畢業表演的演出上，她才忽然亮相。她演柴可夫斯基《天鵝湖》裡的黑天鵝，光芒四射，造成轟動，她那絕佳的舞感和一身黑的打扮，美得讓人發呆，遠遠蓋過了女一號白天鵝，那晚整個舞台是屬於她的。可自從那晚驚鴻一瞥之後，我們大家就再也沒有見過她了，如說起她的時候，幾乎全部都一致認為她傍了大款逍遙而去，於是紛紛感嘆在金錢面前藝術是何等脆弱和不堪一擊。

第二天去約會地點，我特地早到了十五分鐘，倒不是緊張，好奇而已，路上我還買了一把小雛菊。經驗告訴我，無論如何，女人總是喜歡殷勤的男人的，對大齡女人說來，更是如此，她們需要更多的殷勤和眷顧，果然，當劉悅緩緩走來的時候，我發現她的眼光率先被我手中的那捧花吸引過去了，隨即露出愉快的甚至感激的神態。

那天她是一身黑的打扮，這個用心，使我覺得她很可憐。這麼多年過去了，難道她還活在過去的輝煌裡嗎？她的大輪廓雖然還在，但一眼看去，整個人有種模糊的暮氣。頭髮梳得精心，口紅是泛冷的玫瑰色，這是特別適合中老年女人的一種顏色，因為會顯得人年輕、不躁氣。可她的

皮膚還是不可避免地鬆弛了，臉色也灰白，像是經常沒有睡好覺的那種臉色，我已無法將她與當年那個舞台上的黑天鵝聯繫到一起了。

她看到我的一瞬間略顯矜持，臉色剎那間泛出紅暈，這種變化，估計她自己也感到了，知道我在打量她，因而鎮定了一下自己，大方地伸過手來和我握了握，搞得像簽合同儀式那樣的架勢。寒暄之後，我們走進那家茶室。

喝茶，吃點心，當然不是約會的目的。窗戶被密集的冬青樹遮掩得嚴實，使這間屋子顯得幽暗私密，可是我和她並沒什麼私密可守，彼此雖是同學，但十幾年的兩無消息，現在又能怎麼樣，這個「私密」空間好像來得早了點，或者永遠不應該來。

我感到她在注意我。她比當年更瘦了，眼袋有點明顯，因此眼眶發暗，眼影塗得略濃，有點太濃了，反倒增加了她的憔悴，顯得有點像巫婆，說實話，如果不是她那殘存的輪廓呼喚著我對她從前的巨大好感，以她現在的相貌，走在街上，我恐怕不會多看一眼的。這時，她那樣地看了看我，說：「我老了吧？」我趕緊說沒老沒老，還是美人呢。她聽了笑了，可以看出在這個微笑裡，她原諒我的不誠實。她說你們男的就不能說點新鮮點的來討好女人嗎！我聽了也笑了。

我問她畢業後的情況，她說她早就改行去賣保險了，老同學也來往得少。我問為什麼不跳了，你的條件那麼好，而且當年的黑天鵝多麼轟動啊！她眼睛一亮，說老了，跳不動了啊。她說的是實話，舞蹈是吃青春飯的。我們又繼續敘舊，不外是些熱烈的廢話。我發覺我問了她什麼

後，並不關心她的回答，她問了什麼後，也根本不留意我的答覆。這樣一來一往，我們倆好像說了很多話，又好像什麼也沒說。

我們在附近的一家酒店開了房。這個過程很自然，雙方默契。我對此曾閃過迷惑。說實話，她曾很美，但眼下她卻明擺著即將是個老女人了，青春的魅力早就沒了，為何還開房，而且這麼自然，是慣性還是別的，我也不清楚，她畢竟是我追過的女人。

她沒有當我的面脫光自己，而是跑到洗手間待了很久，出來的時候穿著一件浴袍，然後她說關燈吧，沒等我反應過來，燈已啪地關掉了。但即便在黑暗中，肉體也是有年紀的，肉體自己會說話。當我摸著她的乳房、腰、大腿的時候，它們已不再天真了，已變得很「老練」。肉體的氣味也怪，由香水和體味混合而顯得渾濁沉悶，她平日就用香水，還是今天有備而來？這麼多年過去了，她顯然不再是那個倩麗的女生。我明白無誤地感到我是個後來者，忽然間，我感到自己的愚蠢。

那次的做愛草草了事，完了，她徑直去了洗手間沖澡，後來我也起身跟了進去。我看到燈光下的她了，那曾讓我想入非非的肉體。她看我進來感到很不自在，讓我出去，我賴著不走，也就拿我沒辦法。她戴浴帽，不願意弄濕頭髮，我想是因為她頭髮已經稀少的緣故吧。此時，噴頭噴出的水很大，水霧瀰漫開來，雖然渾身被沐浴液的奶白泡泡籠罩，她的膚色還是黝黯的。我發現她腰部有條滿長的疤，三四寸長吧。那條像條小蛇的疤是哪來的啊？我沒問，我這個年紀已不再

輕易地問那些愚蠢的問題了。

洗完後，她從容地一件一件地穿上內衣、毛衣，從容地盤起頭髮，她那盤頭結髮的姿勢依舊嫵媚。她燒了壺水，然後泡上了兩杯旅館裡的那種劣質的綠茶。

「我知道我老了，事實上，我早就老了，我也不知道為什麼總是提不起生活的興趣。我對很多東西都失望，包括對我自己，我試著努力生活過，但沒過多久就心灰意懶了，像長了一塊頑固的皮癬。我年輕的時候你們一個個圍著我，追我，可是現在我身邊什麼也沒有，但我也沒有到了一敗塗地的程度，因為我真的愛過，也許也被真的愛過，所以我還是滿足的。」

我不知說什麼好，對那個她「真愛」的人是誰，也沒有問的興趣，看她那樣子也不想對我說，但又為什麼說這些？她見我，總不會就要告訴我這些吧，我不明白，坐在那裡喝著那杯劣質的茶。我想到那道疤。

夜宵是在酒店裡吃的。她的胃口居然不壞，顯然是常熬夜的人才有的習慣。吃完後，她說出去走走吧。夜裡的空氣寒冷清爽，走在路上，我才注意到她穿的是黑色過膝長筒靴，緊緊裹著雙腿，夜色裡，一下是看不出這是年過四十的女人的。我必須承認她腿的修長和步姿的好看，女人老了，腿居然還是年輕的，這是我那個夜晚的一大發現。她挽起我的胳膊，像真正的情人那樣在馬路上走著。我們來到一個公園。這個公園很大，但現在已經沒什麼人了。樹叢裡的翠綠色的照明燈依舊亮得刺目，把本來光禿禿的冬林照得如同夏天那樣鬱鬱蔥蔥，被綠光照亮的河水顯得綠

得不自然，似乎裡面有毒，靠岸的水面有些薄冰，綠光之下泛著冷色，彷彿地攤上廉價的翡翠。

走到一個地方，她停下腳步，向那個方向望去。我看到一個也被燈光照亮的塔。我差點都忘了這是一個老塔了，由於光照的原因，黑暗裡那座塔透著濃豔的橘紅色，顯得格外的燦爛，好像裡面正在舉行著華美的盛宴或舞會，賓客們興高采烈，人聲鼎沸，可是那座塔卻明明是寧靜的，寧靜得可怕。她望著那個塔的神色很怪，好像被得罪了似的，突然，她說那塔好像在燃燒，真是一個輝煌寧靜的塔啊。

之後，我們又見了幾次，我們再也沒有開過房，然而除了聊那些過去的事，也就沒什麼可說的了。我感到彼此的來往可以到此為止了。可她還是繼續約我，再說些什麼呢？她感到我逐漸表現出來的冷淡了，也就不再那樣無話湊話地閒扯了，那天，終於在完全沉默後，她忽然向我問起了一個人。

「你有解兆元的消息嗎？」她問。我說沒有。她對我的回答顯得不意外，所以沒再問什麼，她彈了彈指間香菸灰，望著很遠的地方，輕嘆了一下，稍停片刻，接著說道：「他才是一個真正的男人。」然後把目光轉向我，盯著，好像這幾次見面她第一次真正地正視我。

「沒人能比上他，你也比不上，相比之下，你們都是平庸的人。」說著像男人那樣深深吸了一口菸，再緩緩吐出來。她說這些話時的樣子，完全無視我的自尊，所以我覺得她好像在挑釁。

這個解兆元，劉悅不提也倒罷了，提了，而且如此誇獎，我幾乎要怒了。我本來就討厭解

兆元，現在劉悅這樣誇他，引我加倍反感。可細想也沒有什麼具體的理由，他就是這樣的人：你和他說一句話都會嫌多的人。記得有一次我在學校門口的小賣鋪裡買牙膏，和他撞了個面，他見我手裡抓了個新買的牙膏時，便一臉的輕蔑，那意思是你們這種俗人，還買牙膏！我當時就想在後面踹他屁股一腳。可我這個念頭剛冒出，他已經外八字地走開了。媽的，那你他媽的來商店幹嘛？莫非來宣講康德?!那時學校圖書館不知怎麼有人借出了一本康德，在學生中迅速傳閱，可很快也就沒動靜了，那時沒人能讀懂康德，或者懂了也不敢說。有一次在食堂，解兆元捧著飯缸子，邊吃邊露出那慣常的輕蔑的神氣，說你們讀過康德嗎，沒人理他，他繼續嚼著肉，問你們知道什麼是「先驗論」嗎，還是沒人理他，「悖論」呢？眾人開始不耐煩，白他眼，可他也無所謂。

劉悅說完就起身告辭了。當時我感到不悅，認為她的輕視並非一時的心血來潮，而是由來已久的。我已決定不再和她來往了。

當天半夜就接到了她的電話。電話裡她的聲音幾乎在央求我和她見面，我說現在都淩晨兩點了，她沉默片刻，說，那麼明天吧，不不，是天亮吧，六點、七點，一起吃早飯？

她的樣子顯然是一夜沒怎麼睡，也沒任何化妝，顯得更疲憊了。擺在她面前的咖啡和三明治她一口未動，好像有什麼東西在催促她似的，她說道：

「最近不知道怎麼了，老想到解兆元。」我問為什麼？她說：「我平生第一次也是最後一次追的男人就是解兆元……周圍的男人，我都看不起，都低眉順眼娘娘腔。我討厭這些，我爸就是這

樣子的，我不喜歡我爸，心想將來我找男朋友，一定不找我爸這樣子的男人。可我總是碰不到自己看上的男人，我也無所謂，那時我還年輕。那些恨我的人都等著看我的笑話，我說你們看著吧。

我在十九歲的時候碰到解兆元，一下子就喜歡上了他，他笑起來的時候太可愛了，一口白牙不說，那一笑，那蔑視的味道，簡直要把世界都給欺負了。我從沒想到我會追男人，可是我追了他，而且沒追上，好笑吧！

為了得到他，我成為他姐姐的朋友，雖然我一點也不喜歡他姐姐。後來我也想成為他父母的準閨女，但他父母早亡，我也想成為他哥們的朋友，可是他沒有哥們，一個也沒有，奇怪得很，大家都討厭他。人人都是無聊平庸的，可個個活得比他好。

他畫過我的裸體，我要他畫的，想不到吧。他臉都紅了。地點在他的宿舍，那時四人一房間，暑假時畫的。你沒想到暑假的宿舍樓是空的吧！

宿舍窗子外有條狗，不知誰養的，臉像人臉似的，苦歪歪的很醜，眼珠子也黃的，一副惡相，可牠安靜，我都沒聽牠叫喚過。你知道那條狗嗎？不奇怪，沒人知道。不知從哪裡冒出來的。解兆元有時給牠蒜吃，牠喜歡吃蒜。他和那狗蠻親的。每當我們在屋裡燒飯，放音樂，那狗都蹲在窗外伸著舌頭往這邊看著。

我脫光後躺在床上擺pose，我是第一次在男人面前那樣做，緊張得發抖，但過一會就好些了，畢竟是我自己追他的，把自己送上門的。哈，解兆元也緊張的發抖，我倆抖到一塊了，他黃

眼珠子都變黑了，後來他說他那是第一次畫女人體，換句話說就是第一次看女人體。以前看的都是畫冊上的。他鼻頭直冒汗，嚴肅極了，都快莊嚴了。這個素描高手，第一張沒畫半小時，就被他撕了，接著畫，又撕了。

晚飯是我做的，煤油爐，暑假沒人管，我自己帶的菜，我也不知道那天怎麼還帶了菜，就像早知道要走到那一步似的。可他一直啞巴，我給他夾菜，發現他比看上去還瘦，臉色也不好，大概是老抽菸，一根接一根。

他忽然對我說，你不要對我好，你這樣，我就畫不好。我聽了，反倒覺得他可愛，一下摟住他，他躲閃，但躲不開，也就摟住了我。

當晚我想留下來，可他不幹，覺得走廊有人，窗外有人，樹上有人，我笑了，說沒想到你膽子也這麼小啊！他聽了顯得十分不自在。我關上窗，拉上窗簾，他還是什麼也不敢做。後來他執意讓我走，讓我明天再來，很堅決，我只好走了，傷心極了，我沒有被人這樣拒絕過。

第二天再畫，他雖稍鎮定些，但還是心神不定，那隻手拿炭筆的手還是猶猶豫豫，不敢肯定，總在尋找什麼，又總沒找到，愣在那裡發呆。我喚了他一聲，他一驚，似乎不知道該看哪裡。我看他這麼緊張，便笑了，說怎麼了，我嚇著你了？他沒理我，還呆在那裡，我一時也不知如何是好了，我提議給他跳段舞看，他看著我，沒吱聲，像沒聽懂，但也沒反對。我本想光著身子跳的，可擔心那樣會讓他更不自在，所以就穿上了衣服。

我似乎沒加思索就跳起舞了。自己也弄不清這跳的是什麼，反正想把有生以來所學的都一下亮出來。我開始的那個動作肯定是徹底打動了他，因為他瞪大了雙眼，十分天真地看著我，我很得意，心想這算什麼，有你瞧的，所以我接著給他跳一段民族舞，但是宿舍太窄了，腿腳完全展不開，我還不小心一腿踢到了臉盆架中的臉盆上，臉盆咣啷啷地摔在地上。他見狀說我們出去跳舞吧。時值初夏，學校的小池塘裡開著紫色的睡蓮，天空是鳶尾花的那種藍色，月光清澈又明亮，向路邊那開花的喬木投下了朦朧而扭曲的影子，空氣中有一股混雜的微甜的氣味，知了的叫聲好像不知疲倦，偶爾有個什麼人走過，像保潔啊、花工啊，偶爾還有老師家屬什麼的，他們是沒有暑假的。

籃球場算是校園裡最大而又平坦的一塊空地了，我們來到那裡，他眼睛亮亮地看著我，說你跳吧。那時我雖是在校生，但已經常參加社會上各種大小的表演和比賽了，台下那些觀眾的眼神不僅不使我緊張，反能讓我興奮，所以老師同學都說我是演出型的演員，就是『人來瘋』，可那天來到四面都是教學樓的籃球場上的時候，感到那樓上無數黑洞洞的窗戶裡有無數眼睛盯著我的時候，我緊張了，四肢僵硬，不聽話了。我跳了新疆舞、蒙古舞、朝鮮舞，越跳越緊張，那跳得什麼呀，我很不滿意自己，覺得自己在他面前出醜了，我想擺脫那種狀態，於是就選了一段我當時正在排練的那段舞蹈——《天鵝湖》裡的黑天鵝上場時的那段。因為當時常排練，跳起來順一些，終於感覺得心應手了。旋轉，騰躍，大跳，小跳，急停，跳著跳著，感到血脈流暢，身

邊生風了，舞感又回來，我看到天上亮亮的小星星了。他站在一邊看著看著，突然也來了勁，在那兒奇怪張狂地瞎跳起來，他的舞是四不像，開始時簡直像傻瓜在亂蹦，後來變得囂張起來，跳得癲狂，動作可笑而讓人意外，有時像在打拳，分明在攻擊什麼，後來更得意了，把帶來的一瓶白酒喝乾了，然後把瓶子往地上狠狠一摔，破碎而尖銳的玻璃散落開去。我聞到空氣中燒酒的味兒了。

那天晚上他讓我留下來。我們很快就睡著了，後來不知怎的我忽然醒來，看見解兆元在臉盆裡燒火，他正在往火裡加爛紙，目光像野獸，火勢倒不大，灰燼已有不少了，我一驚，喊怎麼燒火啊，他轉過臉來朝著我笑了笑，說火好看。我發現那些爛紙都是他的素描和水粉畫，我說你怎麼燒自己的畫啊，他說畫壞了，不要了，我說那也不能燒掉啊，於是我把那些畫從他手裡奪來，展開看。畫我是完全不懂的，是外行，但可以看出這些畫都費了很大功夫才畫出來的，特別是那幾張素描，線條那麼密、那麼細，要花多少功夫啊，我很喜歡，我說不要燒吧，不要就給我吧，他說不，畫壞了的畫是要毀掉的，畫得再好看，也沒有火好看。然後說，火苗多好看，奶奶的，多好看！這是絕對畫不出來的，唉，畫不出來的！

接下去的幾天他接著畫我，可我心裡老是想到那天晚上他燒自己素描的火焰，我想眼下他畫我的那些素描，會不會也會在某一天毀於那樣的火焰之中？我問他會不會燒掉畫我的這張素描？他說那要看他的手氣，畫得不好也要燒掉，我心裡想我的這個相貌難道不能讓你動心而讓你碰上

好手氣嗎，但嘴裡沒說。他一邊畫一邊繼續說有關火的話題，說現在所有人的畫，包括那些很多國外的大師，他也看不上，那些畫都是僵死的，沒有靈氣。你注意了嗎，火的奇異是它自己發光，火焰自己是沒有投影的。

他漸漸沉下心來，畫了一上午沒說話，完後忽然還要撕，被我攔住。我很喜歡那素描，線條一反他的常態，不是那種『鞭子』，而是紗窗的『網狀』的細密輕盈的線，很奇怪，沒畫我的臉，所以畫裡的我是沒有頭的，就像被『斬首』了，問他怎麼不畫我的臉，難道我長得醜，他沒說話。我當時心裡一沉，覺得有種什麼不祥。

後來我們來往了一陣子。我幫他收拾，一起做飯吃。除了畫畫，他簡直什麼都不會做，而我覺得那是他的優點，男的幹嘛做那些雞零狗碎的事啊！我替他做就是了。有一天，我正幫他收拾床換床單，發現床墊子下面有很多素描壓在那裡，我好奇，一張一張地翻看，畫的全是狗，因為壓在床墊子下面，所以上面的鉛筆線都被磨糊了，整個畫面的狗群顯得雲山霧罩，朦朦朧朧的，有點可笑，從狗的特徵講，可以看出是窗外那隻討厭的狗。

暑假過後沒多久，解兆元被開除了。後來，解兆元告訴了我他被開除的原因，他說被開除的正式理由是他宣揚現代藝術，其實真正的原因是他瞧不起系主任，他說這個馬姓主任，專業特差，常常出笑話，又特別傲慢，覺得這個系就是他的，解兆元瞧不起系主任的畫，說是『土包子』，結果傳到系主任耳朵裡去了。

『系主任把我叫到他辦公室裡，關上門，然後點燃一支菸，直直地盯著我，說，你知道我為什麼開除你嗎？告訴你吧，並不是什麼資產階級現代派，不是的，其實我也看現代派的畫，不是這個原因，是我討厭你，我討厭你的那雙眼睛，那雙雞屎黃的眼睛，你小子太狂了！給我滾蛋！』解兆元對我說這些時，那神態並不憤怒，而是他那慣有的輕蔑。

被開除後，解兆元沒回老家，就在街上混，賣過瓜子花生，擺了個畫像攤，我還幫過他。開始還有點生意，掙點錢，但他脾氣不好，動不動就和人家吵嘴，也不能全怪顧客，你說人家來畫個像，他把人家都畫毛了，說畫得太醜了，解兆元說這是表現派，而且也是很像的，可顧客不願付錢，解兆元就不幹了，其中一次他把人家臉打腫了，旁邊人說，嗯，現在那畫像倒是蠻像的了。這樣的事發生了幾次，生意就沒了。他那時很難。被開除的事他一直瞞著他父母，因為他是農村出來的，是他全家的希望。過年他也不敢回家，沒錢，一個大男人。後來父親去世，他趕回老家奔喪，我去火車站去送他。我給他買了一些送給他母親的補品之類的東西，讓他帶著。上車前，他緊緊地抱著我，像是不願和我分開，又好像想對我說什麼，但欲言又止。他在最後一分鐘上了車，我跑到車廂的窗口找他，看著他，他也怔怔地看著我，有點像孩子。隨著車的移動，他的臉也漸漸移動起來，遠去了，消失了。那時我不知為什麼隱然地感到這是最後一次見他了。果然，他回去兩個月一點消息也沒有，不知道他那邊發生了什麼事。想寫信問問，卻沒他老家的地址。我獨自去了趟黃山，想忘掉解兆元，可卻在那個時候發現自己意外懷孕了。回學校後，還是

聯繫不上解兆元，我想打掉又不敢，不得已休學半年，回老家把孩子生了下來，誰知道那孩子先天不足，不到半個月就死了……

畢業後我去了深圳，一晃二十多年過去了，解兆元的消息一點也沒有，最近不知怎麼了，忽然想他了，只是同學裡幾乎沒人知道他的行蹤，最近我把那張我從解兆元手裡要來的素描翻出來看，都發霉了，霉得厲害，我要不要把它裝個畫框呢……」

那天長談之後她便回深圳了。走前來個電話，簡單而匆匆地道了別。春節後我也離開了這個城市，生活很快就回到原來的軌道了，日子日復一日的重複著，大同小異，小異大同，而已而已。

沒過多久，我在藝校老同學的QQ群裡看到一句留言：「你們的老校友劉悦因病醫治無效，於二〇〇九年八月十七號凌晨三點四十七分去世，遺體告別儀式定於二〇〇九年八月二十四早八點半在H市殯儀館舉行。」消息來得突然，我感嘆不已。春節期間的見面聊天也就三個月多前的事吧，那時她知道自己得癌了嗎？也許是知道的。

我談不上愛劉悅，那麼多年過去了，原來的情誼早已褪色，但那天晚上我卻坐立不安。晚飯後不再像網蟲子那樣待在網上，我出了屋子，自己一個人四處亂走。我發覺自己好像很久沒有自己一人毫無目的地瞎走了。周圍的街景樓房樹叢也變得陌生，不知不覺，我走到了舊城區。

斑駁的舊牆長了些青苔，有些牆上的字跡已褪了色，無法辨認了。另外的一段牆面上也有類似的景觀，不同的是在那片模糊的字跡上面又多寫了新的廣告詞語，還有手機號碼，這些字跡互

相滲透融合，因而彼此都模糊掉了。這時小巷裡走出來了一個駝背老人，眨眼間把我嚇了一跳，他的左眼上面長了一個核桃大的瘤，黑紅色，水汪汪的，像行將腐爛的水果。店鋪門前搭在木凳子上的兩個粉紅色的舊枕頭大概是主人忘收了回去，白色路燈下，變得冷紅。過了座小石橋，路的轉彎處在一片廣告牌投射過來的大黑影中，黑影中有個窗子，裡面的暖光中傳來流行老歌，那是家咖啡館，我想起來曾在這裡約過朋友，聊過天，裡面那個女老闆年紀不大卻通曉世故，幾乎所有的顧客都被她服侍得舒舒服服的，成為她的鐵桿回頭客，可今晚我一點不想進去。胡同越往前走越窄了，也越來越破，牆上開始出現「拆」字，這些「拆」字寫得都很果決而潦草，表明寫的人知道這些牆和房子很快就會被拆掉的，但從字跡看，那些字卻是很久以前寫上的。房屋窗子裡也漆黑寂冷，像已死掉。繼續往前走還是掉頭回去？然而，我的腳步沒有停下來。

年底的一天，出差時我在一個小城市裡滯留了幾天，看到一則尋人啟事，啟事上照片裡的人有點眼熟，竟有點像解兆元，但不能確定，畢竟，那黑白照片太小，又經風日侵蝕，顯得模糊。我又讀了一遍文字，從年紀、籍貫等方面看，此人和解兆元沒有任何關係。可是他真的有點像解兆元，特別是那輕蔑的眼神，模模糊糊地望著前方，我想，如果他死了，他的黃眼睛會首先爛掉，失去了眼睛的頭顱想來是不會和別人有什麼區別的，那麼，解兆元在哪？我想是沒有人知道的。

二〇一六年七月七日寫於杭州
發表於《上海文學》二〇一六年第十一期

後記——我是一隻向下奮飛的鳥

算起來，我寫小說竟三年多了，有時會有一種錯覺，覺得自己已經寫了很久了，甚至有一種感覺，覺得自己已經活了好長時間了，這種感覺有點怪，我想這種感覺可能來自於我寫小說之前一直有寫日記的習慣，記錄，哪怕是爛筆頭的記錄，讓我覺得時間好像延長了。我發現對於我而言，寫小說和寫日記在某一點是相似的，就是在下筆的時候，覺得這些東西只是寫給我自己的。

我喜歡在小說裡用「我」第一人稱，這可能源於寫日記的習慣，但我也不確定這麼多「我」是不是都是我自己，因為畢竟，我也難說對自己瞭若指掌，一覽無餘。第一人稱這點不稀罕，現代小說之前就有人用了，譬如歐洲中世紀的奧古斯丁的《懺悔錄》，用的就是第一人稱。這是一種「設置」，在這設置裡面，作者必須直對自己，在持續的與自己的獨白或「糾纏」中，發現自己當中的「自己」，換句話說就是許多的「我」。這個「我」有時是屌絲，有時是洗髮女，有時是警察，有時是當官的，等等，歌德說「代人生活」，估計就是這個意思，在「代人」的體驗中，不斷獲得新鮮感。「自己與自己對話」，我覺得這是當代藝術裡的一個特點，當代藝術不再迷惑與主客體的關係，不再模糊曖昧，而是明確地表明只有主體，也就是作家、藝術家自己，才是藝術的內核，

並由此區分出藝術家之間的不同來。

說實話，在開始寫的時候，我並不太清楚筆下會發生什麼事，將會出現什麼情節、什麼人物、什麼形象，一切都是未知，每一筆、每一個念頭，都好像出自機緣和偶然性，也正是如此，我的寫作過程，才會充滿意外。我喜歡在寫作中的變化，還談不上是風格的變化，而是接二連三出現的未知感，對它我愛恨交加，但其實我更喜歡它，說白了，未知感是唯一的讓我創作的動力。

記得在還沒有到上幼兒園的年齡時，曾有過模模糊糊的理想，就是做女演員、走T台之類，那個時候家裡沒有人照看我，大人為了圖方便，總是把我關在臥室裡，囑咐我坐在床上好好看電視，哪裡也別去，我就真的老老實實的坐在電視機前看電視。印象比較深的有《聊齋》、《封神榜》、《新白娘子傳奇》，電視裡的內容比起我的現實生活要神氣多了，電視機裡有山有水有世界，而我待的那個小房間裡就是我自己，我那時很渴望鑽到電視機裡面去生活。

升到高中以後，我對學校的文化課漸漸不感興趣，所以上課散漫，好走神。有一天，當我在為前後左右傳紙條的時候，那個平時就不喜歡我的英文老師突然衝到我的面前，瞪著我說，你在這裡會影響大家的學習，你還是出去吧，回家自學。從她的眼神中我能看出，在傳遞紙條上，我只是一個傳運工而非始作俑者，但是任何解釋都是多餘的，她只是討厭我而已，因而我也討厭她。我走出了教室，但沒有地方可以去，只好去大街上晃悠，晃到學校差不多放學的時候再回家。

從那以後我漸漸養成了蹺課的習慣，因為我發現自己一個人待著的時候很自由，我偶爾會坐環線公交車，那時膽子小，只選乘自己熟悉的那路車，坐了一遍，再坐一遍，因為是相同的路線，路邊的風景總是相似的，但是每次上車下車的人都不同，我喜歡看這些陌生的人，他們每個人都是各自人生的絕對主角，都懷揣了只有自己才知道的祕密。而且，雖然我出生的那個地方是座小城市，但是也不大容易在公交車上反覆遇到相同的人。這樣類似的情形在別處也都一樣。我後來到杭州上大學時，問過一些出租車司機是否碰到過同樣的乘客，都說沒碰過。只有一個老司機說在某一條街，兩次載過同一位女顧客。

我發現了美術學院考前班，覺得好奇，當時自己也喜歡畫畫，幾乎是草率而衝動地報名參加了繪畫班。想來也怪，人生中一些大決定，往往都是草率而就的。進了考前班，發現要畫那些枯燥的石膏和頭像，覺得也無聊，但總要考個大學，於是不知不覺的這樣下來了，好在後來，在繪畫裡我找到了自己的世界，我在裡面自得其樂。

我寫小說，更是出於偶然的契機，全是由於對家人故世的感慨所促成的，所以很多人對我寫作的持久力表示了質疑，其實，我原來也就是寫著玩的，也許也正因為這種質疑，我才堅持了下來。我想讓別人知道我是一個怎麼樣的人，我能夠走多久。

我不喜歡把寫作看成對一個既定觀念的註腳，我認為這種「既定」像一條僵死的「水渠」，而實際的「寫」就像水渠裡流淌的水了，沒有意外，沒有糾結，沒有柳暗花明，「水」就必然地、註

定地、乏味地在水渠流著，或死寂般地待在那裡。我不喜歡這樣，以為索然無味。我視寫作以至任何類型的藝術創作，都是個實驗性的活動，好比把一碗水往地上隨意一潑灑，那水跡的形態隨意而成，自有天然的趣味，什麼是「天然」呢？我想恐怕就是沒有一個定式，就是包含意外，包含陌生，包含「走丟」。

好像是那位保爾．瓦萊里說過那樣一句話：你閃爍了嗎？我旅途的終點。每想起這句話，心裡都微微一動，那是瓦萊里暮年說的話，他在期待了。而我呢，我沒有那樣的期待，如有的話，我期待每次的寫，都是一次陌生之地的漫遊。

二〇一七年三月寫於杭州

發表於《山花》二〇一七年第五期

附錄 祁媛創作年表

一、文學獎項

作品名稱	獲獎
〈爺爺〉（中篇小說）	二〇一二—二〇一四年度浙江省優秀文學作品獎（二〇一五年八月）
〈奔喪〉（短篇小說）	第五屆「西湖・中國新銳文學獎」（二〇一五年九月）
〈奔喪〉（短篇小說）	第三屆「紫金・人民文學之星」短篇小說獎（二〇一五年十一月）
〈我準備不發瘋〉（中篇小說）	浙江省青年文學之星優秀作品獎（二〇一六年十月）
〈脈〉（短篇小說）	十月文學獎（二〇一六年十一月）
〈我準備不發瘋〉（中篇小說）	第四屆「郁達夫小說獎」中篇小說提名獎（二〇一六年十二月）
〈脈〉（短篇小說）	陸漁小說獎（二〇一七年一月）

二、出版

（一）書

作品名稱	出版社
《脈》	浙江文藝出版社二〇一六年出版
《我準備不發瘋》	作家出版社二〇一六年出版

（二）其他發表在雜誌的文學作品

作品名稱	刊物
〈爺爺〉（中篇小說）	杭州《西湖》二〇一三年第十二期。
〈放生〉（短篇小說）	杭州《西湖》二〇一五年第二期。《長江文藝，好小說》二〇一五年第六期選載。
〈奔喪〉（短篇小說）	北京《人民文學》二〇一五年第四期。《小說月報》二〇一五年第六期選載。
〈美麗的高樓〉（短篇小說）	北京《當代》二〇一五年第四期。入選《中國短篇小說年度佳作二〇一五》（孟繁華編）。
〈我準備不發瘋〉（中篇小說）	上海《收穫》二〇一五年第五期。入選二〇一五中國小說學會排行榜。
〈約會〉（短篇小說）	北京《青年文學》二〇一五年第十二期。
〈脈〉（短篇小說）	北京《十月》二〇一六年第二期。《長江文藝·好小說》二〇一六年第五期轉載。
〈跟蹤〉（中篇小說）	北京《十月》二〇一六年第二期。
〈眩暈〉（中篇小說）	上海《收穫》二〇一六年第五期。入選《二〇一六中國中篇小說年選》（謝有順編）。
〈翻車〉（短篇小說）	長春《作家》二〇一六年第九期。
〈黃眼珠〉（短篇小說）	上海《上海文學》二〇一六年第十一期。《小說選刊》二〇一六年第十二期選載。
〈橋洞裡的雲〉（中篇小說）	貴州《山花》二〇一七年第五期。《小說選刊》二〇一七年第六期選載。

人間 書訊

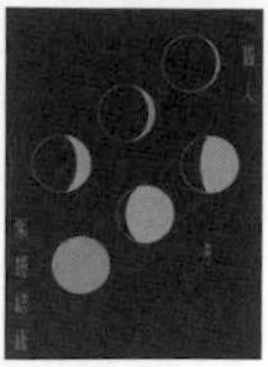

當代大陸新銳作家系列

01 在雲落　張楚著　二〇一四年十二月出版

二〇一四年魯迅文學獎得主張楚第一本台灣版小說集

河北作家張楚的《在雲落》以現代主義筆緻，書寫北方小縣城裡面貌模糊、生存堪慮的人們面對生活中種種困阨與苦難時的現實選擇與精神狀態。無論是〈曲別針〉裡既是殘暴凶手也是慈愛父親的宗國，或是〈七根孔雀羽毛〉裡吃軟飯的宗建明，甚者是〈細嗓門〉裡因不堪長期家暴殺了丈夫後，被捕前到了閨蜜所在的城市，想幫閨蜜挽救婚姻的女屠夫林紅；張楚既逼近他們的生命創傷又滿含悲憫，寫出他們絕望的黑暗與卑微的精神追求，介乎黑暗與明亮間蒼茫的生存景觀。

02 愛情到處流傳　付秀瑩著　二〇一四年十二月出版

被譽為具有沈從文之風的七〇後女作家

在《愛情到處流傳》中，北京作家付秀瑩以沉靜的目光靜看「芳村」，遙念「舊院」，不管是「芳村」系列中農村大家庭裡夫妻、母女、贅婿們之間的愛情與競爭，或者是〈小米開花〉裡，小米的性啟蒙與看待身體的方式，無一不精準的抓到鄉村人們特有的、微妙的人際關係、獨特的處世方式與世界觀。另一部分作品則是書寫都市人們精神與情感的隱密曖昧：〈出走〉裡男性小職員亟欲逃離瑣碎平庸日常生活的衝動；〈醉太平〉中學術圈裡浮沉男女的利益交換、欲望追逐；〈那雪〉則寫出了都市女性的情感缺憾。付秀瑩以傳統溫柔敦厚的溫暖剔透筆法，書寫了這人世間的岑寂荒涼。

03 一個人張燈結彩　田耳著　二〇一四年十二月出版

當魯蛇（loser）同在一起！

《一個人張燈結彩》具有鮮明的通俗色彩，來自湘西鳳凰的田耳筆下的人物都是現實世界中的失敗者、邊緣人、被損害者，他們在陰鬱、沒有出口的情境中，群聚在一起，以欲望反抗現實困阨的生存法則，以動物感官吹響魯蛇之歌。他們欲以魯蛇之姿，奮力開出一朵花。

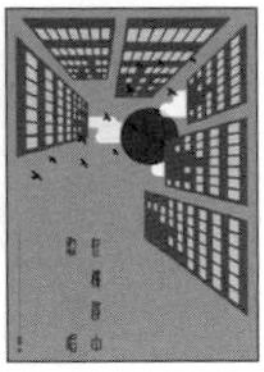

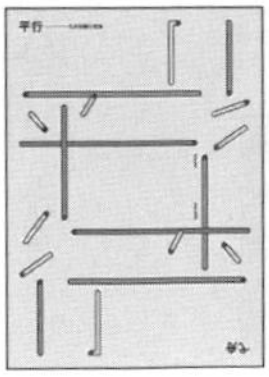

04 **愛情詩**　金仁順著　二〇一四年十二月出版

與衛慧、棉棉、陳染齊名的七〇後女作家

二〇〇二年的〈水邊的阿狄麗雅〉造就了二〇〇三年張元、姜文和趙薇的電影《綠茶》。二〇〇九年的〈春香〉又開啟了朝鮮民間傳說的故事新編。不管是朝鮮族的金仁順、女作家的金仁順，或是編劇的金仁順，她總面對著愛情，描繪著孔雀開屏時的美好與幸福，以及華麗開屏背後的殘酷與幽微。

05 **在樓群中歌唱**　東紫著　二〇一四年十二月出版

山東作家東紫擅長日常生活化敘事，在《在樓群中歌唱》一書中，她敏銳細膩地觀察人情百態，寫出各階層人物在近乎無事日常生活中的情感空虛與心靈創傷。〈白貓〉藉由一隻白貓介入初老失婚男性與闊別十年的十八歲兒子重聚的生活，帶出父親對兒子期待又戒慎恐懼的情感、初老失婚男性枯寂冷漠的生活與對生命的回顧與甦醒。〈在樓群中歌唱〉中，透過喜歡唱著「我在馬路邊撿到一分錢，把它交到警察叔叔手裡邊」的清潔工李守志無意間撿到十萬元所引發的波瀾，寫出消失中的德性與安於本分的快樂。東紫的作品看似庸常，卻宛若「顯微鏡」般總能於瑣碎中見深刻。

06 **狐狸序曲**　甫躍輝著　二〇一四年十二月出版

剛滿三十歲的甫躍輝來自中國南方邊陲保山，大學考上了上海復旦大學，從此開始了一個鄉村青年的都市震撼教育，也開啟了他的創作之路。身為作家王安憶的學生，也為現在大陸最受注目的八〇後青年作家之一，他的小說主人公多數和他自身一樣，是外地移居上海的異鄉人，他們孤寂，他們飄零，他們邊緣，他們是大城市中的一點浮塵微粒，他們存在，但並不擁有這個世界。然而，這群浮塵微粒也有過去，因此，他也喜寫老家保山，這個孕育他想像力的故鄉。在這些鄉村書寫中，可以察覺出他對幼年時代農村生活的懷念。然而，懷念亦表示這群浮塵微粒再也回不去了，他們註定在這個世界中繼續飄零。

07 **平行**　弋舟著　二〇一五年十一月出版

蘭州作家弋舟寫作題材多元，他描寫愛情、親情、友情，他勇於直面社會的不公、時代的不義、人身肉體的老朽、愛情的逝去、親情的消融、友情的善變。弋舟用他充滿愛情的眼光，深情的注視著這些生活中的

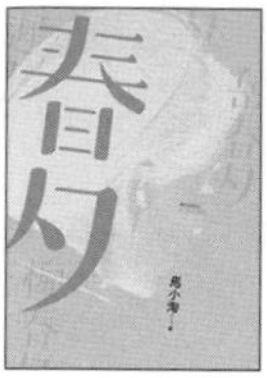

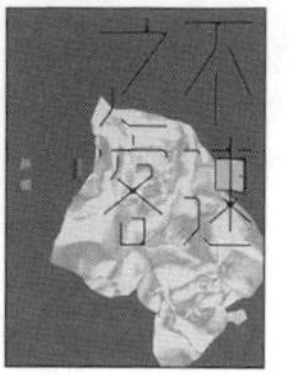

起承轉合、陰晴圓缺，然後執筆，將這一切化作一句句重情又深刻的文字。

08 走甜　黃咏梅著　二〇一五年十二月出版

杭州七〇後女作家黃咏梅擅長從日常出發，透過一點一滴、細水長流般的生活細節，描繪出單身大齡女性的複雜心理和細緻的情感流動。她筆下的女人們，多數生活在狹小的南方騎樓。她們煲湯，她們喝粥；她們有情有義，有哀有怨；她們不死去活來，不驚天動地；她們放下浪漫，立地成佛；她們在平凡的日常中，過得有苦有甜，有滋有味。

09 北京一夜　王威廉著　二〇一五年十二月出版

定居廣州的八〇後作家王威廉喜從哲學思辨出發，透過他筆下的一個一個人物、一篇一篇故事，討論人的存在意義，並對虛無和絕望進行巨大的反抗。如此，王威廉的作品成為在思想與藝術張力之中，又隱含著深奧迷思的詭祕綜合。

10 春夕　馬小淘著　二〇一五年十二月出版

北京女作家馬小淘小說中的角色幾乎都是伶牙俐齒的新世代少女，她們多數從事廣播工作，透過作者幽默犀利的對話和明快聰慧的筆調，表現出這批新世代年輕人的機靈、俏皮與刁鑽，字裡行間充盈著八〇後的生猛活力。然而，她們並非不解世事。在一些世故卻又淡然的細節和收束中，我們又可以看出這些新世代少女直面低工資、無情愛、蟻族困境等日常生活壓力時的韌性和勁道。

11 不速之客　孫頻著　二〇一五年十二月出版

太原八〇後女作家孫頻迥異於一般女作家溫柔婉約的陰柔寫作特質，以極具力道和痛覺的陽剛式寫作方式，創作出一篇篇討論底層人們生存與死亡、尊嚴與卑微、幸福與苦難的作品。透過這些懷有強烈敘述美學和文字魅力的作品，孫頻展現出在人間煉獄中，人們用殘破的肉身於黑暗與光明中穿梭、抗爭的力度、堅韌與尊嚴。

國家圖書館出版品預行編目(CIP)資料

眩暈 / 祁媛作. -- 初版. -- 臺北市：人間, 2018.
07
384面；14.8 x 21 公分
ISBN 978-986-95141-2-5（平裝）

857.63　　106015114

眩暈

作者　祁媛
執行編輯　曾莍筑
校對　陳筱涵、黃淑芬、曾莍筑
封面設計　蔡佳豪
內文版型設計　黃瑪琍
排版　仲雅筠

發行人　呂正惠
社長　陳麗娜
總編輯　林一明
出版　人間出版社
台北市長泰街五十九巷七號
電話　（02）23370566
傳真　（02）23377447
郵政劃撥　11746473．人間出版社
電郵　renjianpublic@gmail.com

定價　四〇〇元
初版一刷　二〇一八年七月
ISBN　978-986-95141-2-5

印刷　崎威彩藝有限公司
總經銷　聯合發行股份有限公司
新北市新店區寶橋路二三五巷六弄六號二樓
電話　（02）29178022
傳真　（02）29156275